U0651087

唐宋文史论集

李一飞 著

中华书局

图书在版编目（CIP）数据

唐宋文史论集/李一飞著. —北京:中华书局,2020.11
ISBN 978-7-101-14801-5

Ⅰ.唐… Ⅱ.李… Ⅲ.中国文学-古典文学研究-唐宋时期-
文集 Ⅳ.I206.42-53

中国版本图书馆 CIP 数据核字（2020）第 191834 号

书　　名　唐宋文史论集
著　　者　李一飞
责任编辑　余　瑾
出版发行　中华书局
　　　　　（北京市丰台区太平桥西里 38 号　100073）
　　　　　http://www.zhbc.com.cn
　　　　　E-mail:zhbc@zhbc.com.cn
印　　刷　北京市白帆印务有限公司
版　　次　2020 年 11 月北京第 1 版
　　　　　2020 年 11 月北京第 1 次印刷
规　　格　开本/920×1250 毫米　1/32
　　　　　印张 9½　插页 2　字数 280 千字
国际书号　ISBN 978-7-101-14801-5
定　　价　59.00 元

目　录

序　言

　　李一飞先生是我素来特别尊敬的师长。他今虽已届耄耋之年，尚耳聪目明，精神矍铄。记得两年前，李老师就对我表达过要在有生之年整理出版个人待出书稿的想法。文章千古事，出版论文集是件非常严肃的学术工作，丝毫马虎不得。很多著名学者的经典、传世之作，往往就是以论文集的形式呈现，陈寅恪的《寒柳堂集》、钱锺书的《七缀集》、闻一多的《唐诗杂论》、王瑶的《中古文学史论》等等，莫不如此。李老师现将其数十年来发表的学术论文，摘其精要，汇于一编，题曰《唐宋文史论集》，拟付梓问世，以嘉惠学林。这一善举既是他个人学术人生的圆满总结，又是他奉献给学术同仁的文化硕果，可庆可贺。

　　该集的内容，正如书名，分作唐、宋文史研讨两大部分，凡三十篇。所收论文，揆其时间，从最早发表于1981年的《词的艺术手法探讨》，至2018年的收官之作《宋集小考（续）》，时间跨度长达三十八年，基本上贯穿了他的全部学术人生。研究范围则涉及诗、词、文等不同文体，还有关于笔记作者、唐宋诗别集、总集、词话、史籍、年谱的考评及十余位作家个案的研究，面广点多、格局宏大，彰显出作者比较开阔的学术视域与广泛的学术兴趣，允称既有广度，也不乏深度的唐宋文史研究力作。

　　本集论文乃作者积年精思而成，分读各有特点，合看颇具共性，体现了独特的治学门径。全书的内容构成是系列研究与个案探讨的有机结合,研究方法上是宏观分析与微观研究的彼此交融。作者多年来对杜甫研究下过很深的功夫,前既有《杜甫与杜诗》(岳麓书社1994年)一书出版,收入本集的又有三篇杜甫研究系列论文,《杜诗"诗史"说略评》《杜甫流寓湖南行事考辨三题》《〈江南逢李龟年〉笺证》均为在前书的基础上,继续思考的结果。作者没有面面俱到,而是抓住杜诗学中比较关键的问题予以探讨,推进了杜诗研究的历史进程。《唐国史补》作者李肇考、《因话录》作者赵璘考以及《教坊记》作者崔令钦考等,均为有计划撰构的学术笔记系列研究之作,史料扎实,逻辑绵密,反映了作者企图对唐五代笔记整体思考的努力。个案研究则涉及杜甫、韩愈、张籍、王建、李商隐、梅尧臣、苏轼、秦观、王以宁、张孝祥、范成大等唐宋两朝主要诗人、词家,其中有作者生平事迹的考辨,有作品思想内涵的深度发掘,也有艺术审美特征的分析与阐释。视野方法上,有关乎诗歌系年、作家行事之类极微极细的考辨,又不乏诸如中唐传记文学、中唐诗歌、中晚唐怀旧诗、唐代咏玄宗诗、唐人台阁诗、词作艺术、词体地位等视角开阔的宏观探讨,多种手法、多幅笔墨,既顺应了研究对象的不同特征,又满足了读者不同的阅读需要。

　　该集的第二个特色是能够以小见大、以微见著,立论稳妥,实事求是,往往在对史料进行精审比勘、分析后做出新结论,其为文一如为人,朴实、平淡,不发惊人之言,不作蹈空之论。论集中《韩愈诗系年考辨六则》《张籍王建交游考述》《张籍行迹仕履考证拾零》《梅尧臣早期事迹考》《苏轼〈答毕仲举书〉为答毕仲游作刍议》《宋集小考五题》《宋集小考(续)》等文,均以考据见长。如《宋集小考五题·詹慥、詹体仁诗真伪辨》一文指出:《全宋诗》卷一九二三所录詹慥诗,除去本卷重见一首,实为十首。这十首诗中,除《桐江吊子陵》一首可能为本人作,仍难断定外,其余九首均为他人之诗;卷二六一三所录詹体仁诗十首,除《姑苏台同年会次袁说友韵》为本人作、《解组自乐》存疑外，其余八首均为他人之诗，两人诗中杂入他人诗歌凡十七首。这十七首伪作，全都出自清朱秉鉴所辑编的《詹元善先生遗集》，且为朱氏有意作伪。集中诸如此类的论断有根有据，发人所未发，颇令人信服。

作者阅读广泛，既熟悉研究对象的研究历史，又特别关注研究现状，所涉论题凡有学界前辈、师友同仁的旧说新解，皆逐一标举，或备列他说，按而不断，或截断众流，自立新说，不以人蔽己，不以己自蔽，是为该集写作中努力彰显的第三个特色。如《杜甫流寓湖南行事考辨三题》一文中，作者通过史料梳理，考证韩愈《题杜工部坟》、李观《补遗杜子美传》为伪作，得出杜甫"溺死说"与"牛肉白酒饫死说"一样经不起推敲，但究竟死于什么原因，如已有的醉死说、毒死说、病死说等，均未做分析。但在杜甫的卒年这个问题上，作者态度鲜明，极力否定清钱大昕、晚清陈衍及今人丘良任等卒于大历六年（771）之说，而维护元稹《杜君墓系铭》和旧新《唐书》本传以来卒于大历五年（770）的传统说法。又《唐人台阁诗及其艺术教训》一文亦是显例。此文写作于 20 世纪末，之前的学界以唐人台阁诗题材狭窄、主旨颂圣而多不能做出合理的评价。作者引证大量材料进行分析，指出唐人台阁诗有真实再现时代太平气象，有突破歌功颂德基调而意存规讽，甚至也有推动唐代诗歌繁荣、诗风形成的积极意义。

李老师性情温文尔雅，为人和善低调，鲜与外界过多交游，也较少外出参加学术会议，故学界一般学者对他不甚了解。他民国二十二年出生于位于大湘西的湖南永顺县，1953 年中师毕业后，保送至湖南师范学院中文系学习，毕业后曾在浏阳县一中、湘潭地委宣传部工作二十余年，1979 年调入原湘潭师专中文科。该校先后升格为湘潭师范学院、湖南科技大学，李老师均在中文系任教，曾任该系主任数年。2003 年年底以七十高龄荣休，为国家教书育人凡四十六年有余。李老师虽平时不事张扬，然学问渊源有自，在湖南师院学习期间,曾师从湖湘著名学者马宗霍、周秉钧诸先生。新时期以来,长期从事唐宋文学教学与研究,1995年获评湖南省优秀教师,1999年获曾宪梓教育基金会高等师范院校优秀教师三等奖,先后出版《杜甫与杜诗》《谭嗣同诗全编》《杨亿年谱》等著作。他与陶敏、傅璇琮教授合著出版的《唐五代文学编年史》(中唐卷),获第四届国家图书奖、湖南省第六届社科优秀成果一等奖;与陶敏教授合著出版的《隋唐五代文学史料学》,获湖南省第七届社科优秀成果二等奖;参编的《中国古代文学教程》获国家教委第二届普通高等学校优秀教材奖;另参编有《全唐五代诗》《全唐五代笔记》等典籍。

李老师不仅治学严谨踏实,学术著述比较丰硕,而且家庭生活也非常和睦幸福。他与老伴、同在中文系任教的张占梅老师夫妻恩爱数十年,四个儿女均事业有成,分别在不同城市工作,爱女远在美国哈佛大学医学院附属医院行医,任产科麻醉主任。晚年的李老师含饴弄孙之余,时常于庭前栽花、种草,或校园散步,以遣余年,有时也会拉拉二胡,沉醉于音乐的快乐中。他退而不休,十余年来,偶尔也有学术论文发表,除继续完成学术论著外,尚能用心坚持古典诗词写作,其中有数百首结集出版为《晚霞集》(中华书局2014年)一书,广布于诗词写作界,颇受好评。

我与李老师同在一个教研室工作的时间只有两年。在他退休前的那段时间,我先是离校到上海复旦大学读书,后来又在校图书馆任职。我们平时交往过从却较多,友情甚笃,有段时间还比邻而居,开户接语。二十多年来,他独特的人格魅力、严谨的治学态度,深深地感染着我。我们年齿相差悬殊,他总以平常心与我往来,许为忘年交。但我始终以师礼待之,习惯于称呼"李老师"。2000年5月,我的博士论文《苏诗研究史稿》在岳麓书社初版,李老师曾撰写书评,极口揄扬;两年后,他的《杨亿年谱》在上海古籍出版社出版,我亦投桃报李,撰写书评,积极推介。2006年,我在上海古籍出版社出版《唐宋诗史论》,蒙他不弃,曾为赐序,谬为奖掖;今其《唐宋文史论集》出版,特嘱撰序。后学实在愧不敢当,再三推辞不过,来而无往非君子,只得勉为其难。序文言浅意拙,语不及义,没有很好完成任务,还望李老师与广大读者有以谅之。

明末清初顾炎武有诗曰:"苍龙日暮还行雨,老树春深更著花。"愿李老师身心康泰,人生百年,学术之树常青。

王友胜

庚子年农历四月十一日于听雨楼

杜诗"诗史"说略评

在文学史上,杜甫及其诗素有"诗圣""诗史"之誉,而"诗史"一说具有更丰富的内涵,更为人们普遍采用。"诗史"说最早见于晚唐孟棨《本事诗》和宋初宋祁《新唐书·杜甫传》。孟云:"杜逢禄山之难,流离陇蜀,毕陈于诗,推见至隐,殆无遗事,故当时号为'诗史'。"宋云:"甫又善陈时事,律切精深,至千言不少衰,世号'诗史'。"二说受到后人普遍赞同,辗转引用;而历代学者在运用这一概念时,又根据自己的诗学观点和对杜诗实际的理解,从不同视角、不同层面进行阐释、引申、修正和辩证,从而大大增强了这一概念的学术性和实用性。

一些论者从诗与社会现实关系的角度看杜诗,以为杜诗多写时事,从中可见一代之历史面貌,故称诗史。如陈岩肖《庚溪诗话》卷上云:"杜少陵子美诗,多纪当时事,皆有据依,古号'诗史'。"李复《与侯谟秀才书》云:"杜诗谓之诗史,以班班可见当时。"王嗣奭《杜臆》评杜之《八哀诗》,以为"此八公传也,而以韵记之……而诗史,不虚耳"。刘克庄引"三吏""三别"、《天边行》《苦哉行》等诗谓"新旧唐史不载者,略见杜诗"。陈岩肖还认为,杜诗不仅如实记载时事,即使日常生活的方方面面,大大小小,无不如实记叙,"非特纪事,至于都邑所出,土地所生,物之有无贵贱,亦时见于吟咏";姚宽《西溪丛语》卷上也说:"或谓诗史者,有年月、地理、本末之类,故名诗史,盖唐人尝目杜甫为诗史。"故章圣谓"自可为一代之史"(余成教《石园诗话》

卷一引）。以上诸家与宋祁《新唐书》所说一脉相承。可以说，这是读杜诗触处可得的表层印象和直觉感受。

又一些论者从诗歌吟咏情性的特质上看杜诗，以为杜诗之所以可称作"诗史"，是因其所写国事和私事，无不是亲身所历，真情流露，因而具有一般史书所缺乏的具体性、生动性和激动人心的艺术效用。如胡宗愈《成都新刻草堂先生诗碑序》云："先生以诗鸣于唐，凡出处去就，动息劳佚，悲欢忧乐，忠愤感激，好贤恶恶，一见于诗。读之可以知其世。学士大夫，谓之诗史。"浦起龙《读杜心解》之《读杜提纲》云："史不言河北多事，子美日日忧之；史不言朝廷轻儒，诗中每每见之。可见史家只载得一时事迹，诗家直显出一时气运。诗之妙，正在史笔不到处。"杨伦《杜诗镜铨》引邵子湘评《悲陈陶》《悲青坂》云："'日夜更望官军至'，人情如此；'忍待明年莫仓卒'，军机如此。此杜所以为诗史也。"由于杜诗所叙写的历史事件是与个人亲身遭遇相结合，从肺腑中流出，或如《自京赴奉先县咏怀》《羌村三首》、"三吏""三别"等在天宝前后的历史背景下展开生活、感情的画面；或如《北征》《彭衙行》等在个人、家人行迹的记叙和感情的抒写中显现历史面貌；或如《春望》《述怀》《登楼》等叙时与感时相结合；或如《月夜》《月夜忆舍弟》《春日梓州登楼三首》等在注入感情的景色中映照出时局与世情：不仅记下了历史上发生的重大事件，且写出了包括诗人在内的百姓大众在历史变动中的遭遇、认识、情绪和心态，使整体与局部、一般与个别、大与小达到和谐统一，因而读之不仅"可见当时事"，且"可以知其世"。这由"见"到"知"的提升，正是对称作"诗史"的杜诗真谛由表及里的把握，也正确道出了诗歌魅力的源泉所在。故文天祥序其《集杜诗》，从自己的切身遭遇中深感"凡吾意所欲言者，子美先为代言之"，因谓"昔人评杜诗为诗史，盖以其咏歌之辞，寓纪载之实，而抑扬褒贬之意，灿然于其中，虽谓之史可也"（《文山先生全集》卷一六）。从这种意义上理解杜诗之为诗史，肯定杜诗不仅因其如实记载时事可为一代历史,还因其皆是通过个人的生活、遭遇、真情实感反映时事,是一代历史与个人心灵史、大众世情史的结合,比历史记载更为生动感人。这种理解与孟棨《本事诗》所说近似,而比孟说更明白、透彻些。

还有一些论者把杜诗放在整个诗歌发展史中,考察其历史地位,以为杜诗之称为"诗史",是因其无所不包的思想内容和赋比兴手法的完美结合,胡应麟《诗薮》称其"主理近经","叙事兼史";蔡居厚《诗史》赞其"有《三百篇》之旨";黄庭坚赞其"足与《国风》、《雅》、《颂》相表里"。如李纲《子美》诗云:"杜陵老布衣,饥走半天下。作诗千万篇,一一干教化。是时唐室卑,四海事戎马。爱君忧国心,愤发几悲咤。孤忠无与施,但以佳句写。风骚列屈宋,丽则凌鲍谢。笔端笼万物,天地入陶冶。岂徒号诗史,诚足继风雅。"(《梁溪先生文集》卷九)戴复古《杜甫祠》诗云:"呜呼杜少陵,醉卧春江涨。文章万丈光,不随枯骨葬。平生稷契心,致君尧舜上。时兮弗我与,屹然抱微尚。干戈奔走踪,道路饥寒状。草中辨君臣,笔端诛将相。高吟比兴体,力救风雅丧。如史数十篇,才气一何壮!"(《石屏诗集》卷一)高棅《唐诗品汇》则云:"公之忠愤激切、爱君忧国之心,一系于诗,故常因是而为之说曰:《三百篇》,经也;杜诗,史也。'诗史'之名,指事实耳,不与经对言也。然风雅绝响之后,唯杜公得之,则史而能经也,学工部则无往不在也。"潘德舆《养一斋诗话》卷二引陆象山"杜陵之出,爱君悼时,追蹑风雅,才力宏厚,伟然足镇浮靡,诗为之中兴"语,以补救《新唐书·杜甫传赞》"诗史"说的不足,谓"此数行文字,能贯三四千年诗教源流,又洞悉少陵深处,语意笔力,皆臻绝顶,乃可谓道劲简括耳。以作杜公传赞,庶几不愧"。在中国文学史上,《诗三百》既是诗歌源头,也是诗歌的优秀传统,被尊为经而与其他五经并列;其风、雅、颂的体类与赋、比、兴的手法,一向被推为诗歌创作的最高准则,具有崇高的地位,当代学者还多以为它可与西方文学中的史诗媲美。上述论者在诠释杜诗"诗史"含义时，或如黄庭坚等以杜诗"诚足继风雅""力救风雅丧""足与《国风》、《雅》、《颂》相表里"；或如高棅以为，《三百篇》经史有别而杜诗"史而能经"，都将杜诗与《诗三百》相提并论，既是对杜诗"笔端笼万物"的内容和"切挚动人"的艺术魅力的肯定，也是对杜诗"文章万丈光，不随枯骨葬"的不朽价值的高度评价。

此外，还有从其他角度进行理解、做出解释的。如蔡启《蔡宽夫诗话》云："子美诗善叙事，故号诗史。"《清诗话续编》载佚名《静居绪言》云："子美之诗，兴在目前，故意在言内。李诗骚，杜诗史也。"杨伦《杜诗镜铨》评《草堂》一首云："以草堂去来为主，而叙西川一时寇乱情形，并带入天下，铺陈终始，畅极淋漓，岂非诗史？"仇兆鳌《杜诗详注》评"用古体写今事"的乐府诗《前出塞》《后出塞》云："大家机轴，不主故常，昔人称'诗史'者以此。"则着眼于杜诗的表现手法、艺术技巧。《瀛奎律髓汇评》引无名氏谓杜甫"以史笔为诗"。这"史笔"有二义：一谓如史之纪传，叶梦得《石林诗话》评《述怀》《北征》诸篇云："穷极笔力，如太史公纪、传，此固古今绝唱。"《馀师录》卷上引《步里客谈》陈长方云："老杜作诗，笔力可方太史公。如《郭元振宅》等，便是与之作传。"陆时雍《唐诗镜》评《喜达行在所三首》云："三首中肝肠踪迹，描写如画，化作记事，便入司马子长之笔矣。"一谓是是非非，直书不讳。黄庭坚《次韵伯氏寄赠盖郎中喜学老杜诗》云"千古是非存史笔"，王嗣奭《杜臆》评《忆昔二首》云"公俱不讳，真诗史也"，则是着眼于杜诗如史的笔法笔力，即班固《汉书·司马迁传赞》评《史记》"善序事理，辨而不华，质而不俚，其文直，其事核，不虚美，不隐恶，故谓之实录"之意。还有探讨杜诗之所以称为"诗史"的原因的，如何梦桂《王樵所诗序》云："先辈谓杜工部以诗为史……由其胸中储贮博硕，然后信笔拈出，自成宫商，非抉摘刻削，求工于笔墨言语以为诗也。"其《永嘉林霁山诗序》又云："古今以杜少陵诗为诗史，至其长篇短章,横骛逸出者,多在流离奔走失意中得之。"虽视角不同,侧重点各异,然肯定杜诗为诗史这一点是相同的,对上文所举者是一种补充。

既然对"诗史"的理解和解释众口异辞,于是,"诗史"的含义也就变得难以界定。但必须看到,历代运用这一概念时,赋予它的基本含义是指杜甫善陈时事,叙事为诗,是诗也是史,可见一代之史,具有不朽的历史价值。这种解释不免有强调诗歌、历史反映现实的一致性而忽视各自反映社会现实的独特性之嫌,故虽意在提高杜诗在文学史上的地位,客观上却可能产生把文学艺术形式之一的诗歌混同于属于科学门类的历史的歧义,因而引起后人的质疑。早在南宋,沈洵《韵语阳秋序》就说:"杜子美之诗,世或称为诗史。夫以《诗》三百篇皆出圣人之手,其不合于礼义者,固已删而弗取,岂容致疑其间。子美诗虽比物叙事,号为精确,然其忧喜怨怼、感激愤叹之际,亦岂容无溢言?"在沈氏看来,如果用"质于事而合,揆之理而然"的历史实录标准要求杜诗,则杜诗也难以完全达到而不能称作诗史。明代杨慎《升庵诗话》则云:"宋人以杜子美能以韵语纪时事,谓之诗史。鄙哉!宋人之见,不足以论诗也。"他认为,六经各有体,《三百篇》皆约情合性而归之道德,然未尝有道德字,皆意在言外,使人自悟,"杜诗之含蓄蕴藉者,盖亦多矣,宋人不能学之,至于直陈时事,类于讪讦,乃其下乘末脚,而宋人拾以为己宝,又撰出'诗史'二字以误后人。如诗可兼史,则《尚书》、《春秋》可以并省,又如今俗《卦气歌》、《纳甲歌》,兼阴阳而道之,谓之'诗易'可乎?"(《升庵诗话》卷一一)杨慎提醒人们从诗歌的本质特性去认识杜诗,是可取的,但由此曲解、贬低杜诗"直陈时事"之作,进而否定"诗史"之说,却是过激过偏的。故清人吴乔从另一角度对"诗史"说提出质疑和修正时说:"杜诗是非不谬于圣人,故曰诗史,非直指纪事之谓也。"他以为直书其事的《哀江头》和微婉而讽的《宿昔》同为"是非不谬于圣人",同样可称诗史，故云："用修（杨慎字）不喜宋人之说，并'诗史'非之，误也。"（《围炉诗话》卷四）沈洵认为诗与史难以同一标准界定；杨慎在强调诗与史的区别时否定诗直陈时事；吴乔则进一步用班固《汉书·司马迁传赞》对《史记》"其是非颇谬于圣人"的评价肯定杜诗在这一点上超过了《史记》：各有各的误区和盲点。但也从侧面说明，仅用"直陈时事""实录"去理解和解释杜诗"诗史"的含义，是不全面，也较为浅表的。说来说去，最后，我们还不得不承认孟棨《本事诗》的表述较为切当。因为它既注意到杜诗具有如实反映安史之乱前后唐代历史面貌的这一特点，也说明了它是通过诗人的亲身经历、遭遇去体验并遵循以个别表现一般的艺术规律去反映，"杜逢禄山之难，流离陇蜀，毕陈于诗"，是诗也是史；而唯其如此，使杜诗呈现一代历史面貌，达到了史书记载难以达到的深微程度，"推见至隐，殆无遗事"，是史更是诗；并指出这是"当时"唐人已有的认识而非个人臆说。如此看来，孟说较诸说为胜，也就不足为怪了。如果再参以胡宗愈、文天祥、高楝等的阐释，将可得到一个比较完整而符合杜诗实际的理解。

　　除杜诗之外，古代诗人李白、陆游、汪元量、元好问，近代诗人黄遵宪等各自的部分诗也获得了"诗史"的称誉。在中国古代诗论中，以"诗史"评价古代诗人及其诗作，以提高诗人的地位，有其深刻的文化背景。儒家传统观念中，向来以拯时济民、泽被后世为人生最高目标，《左传·襄公二十四年》云："太上有立德，其次有立功，其次有立言。虽久不废，此之谓不朽。"这摆在立德、立功之后的"立言"，主要是指事关治国安邦的经、史文章，即曹丕《典论·论文》所云"盖文章，经国之大业，不朽之盛事"，如司马迁《史记》那样"藏之名山，传之其人"（《汉书》卷六二）的著作。至于诗，则重视《诗三百》那样史诗般的经典，轻视描写个人生活、吟咏情性的一般作品。早在汉代杨雄就认为辞赋之作是"雕虫篆刻……壮夫不为也"（《法言》卷二）、班固《宾戏》亦云："著作者，前烈之余事也。"经过六朝诗风衰变后，唐宋许多人更视诗歌为个人遣闷排忧之作,是经济人生的"小道""末技":"文章一小技,于道未为尊"(杜甫《贻华阳柳少府》),"多情怀酒伴,余事作诗人"(韩愈《和席八十二韵》)。在这种文化氛围下,以"诗史"称杜诗,将其拟作史书,比为《风》《雅》,正是强调杜诗高于一般诗作、杜甫高于一般诗人,突出其成就,提高其地位的一种文化现象。主其说者,如李纲、戴复古、潘德舆等固然从此出发。非其说者,如陆游两首《读杜诗》云"常憎晚辈言'诗史',《清庙》《生民》伯仲间","后世但作诗人看,使我抚几空嗟咨",以为杜甫非只是诗人,而是未得遇合以施展其怀抱的社稷之臣;杜诗非只诗史,而是《清庙》《生民》那样的雅乐、史诗,也是从此出发。稍有不同的是,前者意在借"诗史"以提高杜诗的地位,后者则嫌以"诗史"提高杜诗地位还不够:殊途而同归。这也说明,杜甫及其诗在后人心目中的地位有多么高!古代诗人之诗获"诗史"称誉的虽不止杜甫一人,然如杜诗这样得到历代公认并产生广泛影响,却是绝无仅有的。

原载《杜甫研究学刊》1998年第2期

杜甫流寓湖南行事考辨三题

湖南亲友与生活来源

杜甫流寓湖南期间的《暮秋将归秦留别湖南幕府亲友》《风疾舟中伏枕书怀三十六韵奉呈湖南亲友》诗和"故人湖外少""以兹朋故多""所亲问淹泊"句，屡屡提及"湖南亲友"，这些亲戚和亲故、旧友与新知，是杜甫寓湘期间生活的依靠、交游的寄迹、感情沟通的渠道，考其事，有助于对晚年杜甫的了解。

韦之晋。两《唐书》无传，甫有《哭韦大夫之晋》《送卢十四弟侍御护韦尚书灵榇归上都二十四韵》诗。《旧唐书·代宗纪》：大历四年二月，"辛酉，以湖南都团练观察使、衡州刺史韦之晋为潭州刺史，因是徙湖南军于潭州"。据同书"秋七月己巳，以澧州刺史崔瓘为潭州刺史、湖南都团练观察使"载语，知韦之晋约卒于大历四年六月，二诗分别于是岁夏、秋作。前诗云："凄怆郇瑕邑，差池弱冠年。丈人叨礼数，文律早周旋。"郇瑕邑，唐河东道河中府地，知甫弱冠游其地时即遇韦并受韦礼待。后有《奉送韦中丞之晋赴湖南》云"湖南安背水，峡内忆行春"，黄鹤注："韦尝峡内作守。"当是杜甫寓夔州时送韦自峡内某州守移官湖南都团练观察使、衡州刺史作。又有《送卢十四弟侍御护韦尚书灵榇归上都二十四韵》《舟中夜雪有怀卢十四侍御弟》。卢十四弟，卢岳，《全唐文》卷七八四穆员《陕虢观察使卢公墓志铭》:"府君讳岳,字周翰。……以大理评事兼监察御史始佐湖南观察使之政,前帅韦之晋倚之以清,后帅辛京杲藉之以立。"甫之祖母卢氏,是岳为甫表弟。岳秋护韦之晋灵柩归京,甫以诗送;岳至冬未归,故以诗怀之。诗云:"从公伏事久,之子俊才稀。长路更执绋,此心犹倒衣。感恩义不小,怀旧礼无违。"叙岳与之晋的情分甚明,后二句兼含自己亦受恩顾的感激意。

阳济。甫有《舟中苦热遣怀奉呈阳中丞通简台省诸公》诗。阳中丞,阳济。《千唐志·唐故鸿胪少卿贬明州司马北平阳府君(济)墓志铭并序》:"加御史中丞……出为潭州刺史,转衡州刺史,遇观察使被害……遂率部兵遽临叛境。"《旧唐书·代宗纪》:大历五年,"夏四月庚子,湖南都团练使崔瓘为其兵马使臧玠所杀,玠据潭州为乱。澧州刺史杨子琳、道州刺史裴虬、衡州刺史杨济出军讨玠"。诗云:"愧为湖外客,看此戎马乱。中夜混黎氓,脱身亦奔窜。……中丞连帅职,封内权得按。身当问罪先,县实诸侯半。"为避臧玠乱至衡州作,又有《入衡州》诗叙其事尤详。台省诸公,当指同讨臧玠的道州刺史裴虬、澧州刺史杨子琳等。按:《旧唐书》作杨济,误,当作阳济,参陶敏《全唐诗人名汇考》第356页。

裴虬。甫有《湘江宴饯裴二端公赴道州》《暮秋枉裴道州手札率尔遣兴寄递呈苏涣侍御》《江阁对雨有怀行营裴二端公》诸诗,皆湖南作。在长安时甫曾有诗《送裴二虬尉永嘉》,而《暮秋枉裴道州手札率尔遣兴》云"忆子初尉永嘉去,红颜白面花映肉。"知湖南所作三诗中的裴二端公、裴道州,均指裴虬。吴曾《能改斋漫录》卷六《事实·裴二端公》载云:"余偶读蒋参政之奇《武昌怡亭序》云:怡亭铭,乃永泰元年李阳冰篆,李莒八分书,而裴虬作铭。又云:因过浯溪,观唐贤题名,有河东裴虬,字深源,大历四年为著作郎,兼侍御史、道州刺史。始知杜甫所谓裴二端公者,为虬也。"《吕衡州集》卷一〇《湖南都团练副使厅壁记》:"始则裴谏议虬以逸材奇略,傲视而静荒寇。"合而观之，知裴虬于大历四年由湖南都团练副使为道州刺史，甫在宴饯其赴道州席上作诗在是年；《江阁对雨》称"行营裴二端公"，作于诸路军讨臧玠的大历五年。《暮秋枉裴道州手札率尔遣兴》云"虚名但蒙寒暄问，泛爱不救沟壑辱"，急切求助之意毫无掩饰；而"鄙人奉末眷，佩服自早年"云者（《湘江宴饯》），又说明过去和目前都受到虬的眷顾。

崔伟。甫有《奉送二十三舅录事之摄郴州》诗，自注："崔伟。"诗云："气春江上别，泪血渭阳情。丹镪排风影，林乌反哺声。永嘉多北至，勾漏且南征。必见公侯复，终闻盗贼平。"江，指湘江。大历五年春长沙作。时湘中未乱，而岭南朱济已平，故诗云云。录事，崔伟在潭州任职，以录事往摄郴州事，非谓为郴州录事。四月湖南乱，甫奔衡州，作《入衡州》云："诸舅剖符近，开缄书札光。频繁命屡及，磊落字百行。江总外家养，谢安乘兴长。下流匪珠玉，择木羞鸾凰。我师嵇叔夜，世贤张子房。柴荆寄乐土，鹏路观翱翔。""世贤"句原注："彼掾张劝。"既有舅氏书招，又得舅氏下属之贤，故其后不久即往依。按：甫母崔氏，《祭外祖祖母文》云："岂无世亲，不如所爱；岂无舅氏，不知所归。"甫诗言及的舅氏还有行十一（《阆州东楼筵奉送十一舅往青城》)、行十九(《白水崔少府十九翁高斋三十韵》)者诸人。

李勉。甫有《衡州送李大夫七丈勉赴广州》诗。《旧唐书·代宗纪》：大历三年十月"乙未，以京兆尹李勉为广州刺史，充岭南节度使"。《旧唐书·李勉传》作大历"四年，除广州刺史，兼岭南节度观察使"，诗为四年在衡州作。诗云："日月笼中鸟，乾坤水上萍。王孙丈人行，垂老见飘零。"《杜臆》释其意云："日月照临之下，身如笼鸟；乾刊覆载之中，迹若浮萍。此垂老飘零之状，王孙乃我丈人行，忍见其若此耶？盖望之援手矣！"勉贞元四年卒，年七十二，则小杜甫五岁，而诗称之"丈人行"，求援窘状可见。

萧某。甫有《奉赠萧十二使君》诗。萧使君，不详。诗有"停骖双阙早,回雁五湖春"句,或为大历五年春衡州作。诗云:"昔在严公幕,俱为蜀使臣。艰危参大府,前后间清尘。……重忆罗江外,同游锦水滨。结欢随过隙,怀旧益沾巾。"知萧曾与杜甫同在西川严武幕,过从甚密。结末"不达长卿病,从来原宪贫。监河受贷粟,一起辙中鳞",诉贫病之状,求其贷粟救济意甚苦切。甫曾有《赠比部萧郎中十兄》诗,原注:"甫从姑之子。"未知二诗中萧使君、萧郎中有亲否,俟考。

卢岳、崔渼。杜有《江阁卧病走笔寄呈崔卢两侍御》诗。卢侍御,即上文提到的卢岳;崔侍御,崔渼。此前夔州诗有《别崔渼因寄薛据孟云卿》云:"荆州遇薛孟,为报欲论诗。"原注:"内弟渼,赴湖南幕职。"当即此人。甫祖母卢氏,母崔氏,崔、卢两侍御为甫表兄弟,今同佐湖南幕,为侍御。诗云:"客子庖厨薄,江楼枕席清。衰年病只瘦,长夏想为情。滑忆雕胡饭,香闻锦带羹。溜匙兼暖腹,谁欲致杯罂!"当是大历四年夏在潭州作,因卧病缺食无医,故以诗代书求助于亲故。仇注题下云:"崔乃崔大涣。"据《旧唐书·代宗纪》,大历三年八月,"贬崔涣为道州刺史";十二月,"道州刺史崔涣卒"。又见《全唐文》卷七八四穆员《相国崔公(涣)墓志铭》,与甫诗时间不符;若指苏涣,甫虽在潭遇其人,先后有《苏大侍御访江浦赋八韵记异》《暮秋枉裴道州手札率尔遣兴寄递呈苏涣侍御》诗及之,与前诗序"旅于江侧,不交州府之客,人事都绝久矣"、后诗"市北肩舆每联袂,郭南抱瓮亦隐几"所云苏涣情事相去甚远,足证仇注有误。

苏徯。《暮冬送苏四郎徯兵曹适桂州》,黄鹤注云:"大历四年十二月,桂州人朱济反,当是此时作。"诗有"卢绾须征日,楼兰要斩时"句,意合。甫前有《君不见简苏徯》《赠苏四徯》《别苏徯》诸诗涉徯。《赠》诗云:"巴蜀倦剽劫,下愚成土风。幽蓟已削平,荒徼尚弯弓。"又云:"君今下荆扬,独帆如飞鸿。"知作于河北安史之乱已平而巴蜀仍乱的大历元年,时在夔州。《别》诗原注:"赴湖南幕。"诗云:"北辰当宇宙,南岳据江湖。"知甫先在夔州送苏徯下荆、扬,甫至江陵后又自荆送徯赴湖南幕,至此又在湖南送徯适桂州。

寇锡。甫有《奉酬寇十侍御锡见寄四韵复寄寇》诗。《千唐志》九三七《有唐朝议郎守尚书工部郎中寇公墓志铭》:"上谷寇锡,字子赐。……俄转大理司直,擢为监察御史,风宪克举,受命监岭南选事,藻鉴唯精,迁殿中侍御史……享年七十七,以大历十二年十月廿五日终于京师……"诗云:"南瞻按百越。"知寇锡时监岭南选事。又有《送魏二十四司直充岭南掌选》诗,寇、魏充岭南掌选当在同一年。诗又云:"往别郇瑕地,于今四十年。来簪御府笔,故泊洞庭船。"前引哭韦之晋诗云"凄怆郇瑕邑,差池弱冠年",若记年不虚,则作此酬寇诗时甫已年近六十。

张建封。甫有《别张十三建封》诗。《旧唐书·张建封传》:"大历初,道州刺史裴虬荐建封于观察使韦之晋,辟为参谋,奏授左清道兵曹,不乐吏役而去。"知诗为建封去湖南幕职时作。诗云:"相逢长沙亭,乍问绪业余。乃吾故人子,童丱联居诸。"《旧传》载云:"张建封字本立,兖州人。……父玠,少豪侠,轻财重士。……建封少颇属文,好谈论,慷慨负气,以功名为己任。"甫父杜闲为兖州司马,甫于开元二十三年赴举不第后"东郡趋庭日"(《登兖州城楼》)游兖时,与张玠同游。据史传,张建封以贞元十六年卒,年六十六。则甫二十四五岁游兖时,建封才六七岁,故称玠为故人,谓建封为童丱。诗又云:"挥手洒衰泪,仰看八尺躯。内外名家流,风神荡江湖。范云堪结友,嵇绍自不孤。"以范云好节乐助喻建封,以嵇康死前托其子绍于友人山涛喻己,故《杜臆》云:"范云、嵇绍一联,既欲托身,又欲托子,非真重其人,必不作此语。"

甫诗言及的湖南亲友,除此之外,还有岳州裴使君某,湖南及属州判官郑泛、郭受、李曛,先在潭州、后在道州为侍御的苏涣,赴韶州刺史任的韦迢,赴广陵使君的敬超先,赴交广少府的魏佑,自湖南充岭南掌选的魏二十四司直,离长沙他任的李衔,自江陵使长沙的卢琚参谋,自襄阳来湖南括马的刘十弟判官,阻水耒江得其济助的耒阳聂令,重表侄王砅,同流落湖南的故人李龟年等。

　　杜甫流寓湖南的两年中,生活是十分艰难窘仄的。仇注杜诗笺评《上水遣怀》云:"公初入蜀,则曰'故人供禄米';在梓阆,则曰'穷途仗友生';再还蜀,则曰'客身逢故旧';初到夔,则曰'亲故时相问'。至此,则亲朋绝少,旅况益艰,故篇中多抑郁悲伤之语。"从以上考证看,旅况益艰是实,亲朋绝少恐未必,在另外场合下杜甫说过"以兹朋故多"的话;他之所以感到亲朋少,是因为他虽有望于所有亲故新识,但真能在艰难中给他济助的,似乎除舅氏崔伟以书热情招往、岳州裴使君对他"礼加徐孺子,诗接谢宣城"、耒阳聂令馈赠酒肉外,也就不多了。葛立方《韵语阳秋》云:"陶渊明《乞食》诗云:'饥来驱我去,不知竟何之。'而继之以'感子漂母惠,愧我非韩才'句,则求而有获者也。杜子美《上水遣怀》云:'驱驰四海内,童稚日糊口。'而继之以'但遇新少年,少逢旧知友',则求而无所得者也。山谷《贫乐斋》诗云:'饥来或乞食,有道无不可。'《过青草湖》云:'我虽贫至骨,犹胜杜陵老。忆昔上岳阳,一饭从人讨。'由是论之,则杜之贫胜于陶,而山谷之贫尚优于杜也。"是的,杜甫生命最后时日的生活是极其艰难的,衣是"乌几重重缚,鹑衣寸寸针"(《风疾舟中伏枕书怀三十六韵奉呈湖南亲友》),食是"薇蕨饿首阳,粟马资历聘"(《早发》),住行都靠一叶扁舟,"可怜处处巢居室,何异飘飘托此身"(《燕子来舟中作》),落到"真成穷辙鲋,或似丧家狗"(《奉赠李八丈曛判官》)的地步。"穷途多俊异,乱世少恩惠"(《宿凿石浦》),他深知这不单是他个人的灾难,而是由于世乱造成的社会灾难所致。故篇中多抑郁悲伤之语的同时,看到想到的仍然是天下大众。他自身困厄,却"减米散同舟,路难思共济"(《解忧》);自虽"翅垂口噤心劳劳",却"下愍百鸟在罗网""愿分竹实及蝼蚁"(《朱凤行》)。"嗟余竟辗轲,将老逢艰危。胡雏逼神器，逆节同所归。河洛化为血，公侯草间啼。"
(《咏怀二首》其一）他身处灾难，而希望天下人远离灾难；忧生涯艰
危，更忧时危，因时危才致生民艰危，故一生为时平民康而歌唱，直至
"齿发已自料，意深陈苦词"(《咏怀二首》其一）。

不可小视、不能置信的溺死说

关于杜甫死因的异说中，溺死说最为晚出，虽不如饫死说影响
大，然由于托韩愈、李观之名，且打着否定牛肉白酒胀死说、为杜甫洗
雪的牌子，故仍不乏人相信。从宋末戴复古《杜甫祠》诗"呜呼杜少
陵，醉卧春江涨。文章万丈光，不随枯骨葬"(《石屏诗集》卷一），到
当代傅庚生"联想'惊湍漂没'的传闻，'夜沉秋水'的诗句，我们甚至
可以怀疑他是像屈原一样怀沙自沉了的；不过别无佐证，不能故作惊
人之论"(傅庚生《杜甫诗论》第 28 页，上海古籍出版社 1985 年），说
明此说影响至今，不可小视。但此说也是绝不可信的，有必要从史料
学的角度追本溯源地进行辩证。

此说最早出于北宋刘斧《摭遗》，该书已佚，南宋曾慥编《类说》、
朱胜非编《绀珠集》尚存一些佚文。刘斧为北宋仁宗、哲宗时人，其说
出在《明皇杂录》首发、后由两《唐书》所采的"白酒牛炙饫死"说之
后，为自圆其说，于是抬出韩愈《题杜工部坟》和李观《补遗杜子美
传》来。为了辨明真伪，现自《分门集注杜工部诗》卷首转录于下：

何人凿开混沌壳，二气由来有清浊。孕其清者为圣贤，钟其
浊者成愚朴。英豪虽没人犹嘉，不肖虚死如蓬麻。荣华一旦世
俗眼，忠孝万古贤人牙。有唐文物盛复全，名书史册俱才贤。中
间诗笔谁清新，屈指都无四五人。独有工部称全美，当日诗人无
拟伦。笔追清风洗俗耳，心夺造化回阳春。天光晴射洞庭秋，寒

玉万顷清光流。我常爱慕如饥渴,不见其面生闲愁。今春偶客
耒阳路,凄惨去寻江上墓。召朋特地踏烟芜,路入溪村数百步。
招手借问骑牛儿,牧儿指我祠堂路。入门古屋三四间,草茅缘砌
生无数。寒竹珊珊摇晓风,野蔓层层缠庭户。升堂再拜心恻然,
心欲虔启不成语。一堆空土烟芜里,虚使诗人叹悲起。怨声千
古寄西风,寒骨一夜沉秋水。当时处处多白酒,牛炙如今家家
有。饮酒食肉今如此,何故常人无饱死? 子美当日称才贤,聂侯
见待诚非喜。洎乎圣意再搜求,奸臣以此欺天子。捉月走入千
丈波,忠谏便沈汩罗底。固知天意有所存,三贤所归同一水。过
客留诗千百人,佳词绣句虚相美。坟空饫死已传闻,千载丑声竟
谁洗? 明时好古疾恶人,应以我意知终始。(韩愈《题杜工部
坟》)

　　唐杜甫子美诗有全才,当时一人而已。洎失意蓬走天下,由
蜀往耒阳,依聂侯,不以礼遇之。子美忽忽不怡,多游市邑村落
间,以诗酒自适。一日,过江上洲中,饮既醉,不能复归,宿酒家,
是夕,江水暴涨,子美为惊湍漂泛其尸,不知落于何处,洎玄宗还
南内,思子美,诏天下求之,聂侯乃积空土于江上曰:"子美为白
酒牛炙胀饫而死,葬于此矣!"以此事闻玄宗。吁! 聂侯当以实
对天子也,既空为之坟,又丑以酒炙胀饫之事,子美有清才者也,
岂不知饮食多寡之分哉? 诗人皆憾之,题子美之祠,皆有感叹之
意,知非酒炙而死也。高颋宰耒阳,有诗曰:诗名天宝大,骨葬耒
阳空。虽有感,终不灼然。唐贤诗曰:一夜耒江雨,百年工部文。
独韩文公诗,事全而明白,知子美之坟,空土也,又非因酒炙而死
耳。(李观《补遗杜子美传》)

对此一诗一文,北宋末郑昂即提出怀疑,阙名《分门集注杜工部诗》卷
首引其语云:"尝读李元宾补传,及韩退之题子美坟诗,皆谓溺死于涨

水,此自《摭遗》所载,疑非二公所作,大抵好事者为之耳。"然接着说韩诗"其中隽拔之语,又似非后人所托,何耶? ……或云……亦其散逸人间者"。其后,黄希、黄鹤《黄氏补千家集注杜工部诗史》、徐居仁《集千家注分类杜工部诗》均将韩诗、李文收入附录,直至清仇兆鳌《杜诗详注》还将韩诗收入《诸家咏杜》中。二作真伪既莫辨,遂使持溺死说者代有其人。说明仅"疑非二公所作"是不够的,有必要进一步辨明。

细读二作,觉出真为伪作的理由有四:

一、诗谓"有唐文物盛复全,名书史册俱才贤。中间诗笔谁清新,屈指都无四五人",文称"唐杜甫子美",不是唐人而是后人口气。

二、诗、文一致针对"白酒牛炙饫死"之说进行批驳,然此说出于郑处诲《明皇杂录》,该书为郑处诲大和八年(834)登进士第后为校书郎时作,其时李观(766—794)、韩愈(768—824)去世已久,焉能驳其死后出现之说?

三、诗云"过客留诗千百人",然今能知见题耒阳杜甫坟的诗为晚唐罗隐、裴说、释贯休、释齐己等作,均在《明皇杂录》言杜甫饫死耒阳之后;文所引"一夜耒江雨,百年工部文"之"唐贤诗",为五代南唐孟宾于作。也就是说,诗、文论及的这些诗,韩、李都不可得而见。至于传戎昱《耒阳溪夜行》为伤杜甫作,现已考明为初唐张九龄诗,所谓"为伤杜甫作"的自注为后人伪托(详见萧涤非《〈耒阳溪夜行〉的作者是张九龄——它不可能是杜甫死于耒阳的"铁证"》,《文史哲》1985年第5期)。

四、文云"独韩文公诗,事全而明白",俨然韩诗在李文之前,今诗云:"今春偶客耒阳路,凄惨去寻江上墓。"愈于贞元十九年(803)与元和十四年(819)两次因事先后贬阳山令、潮州刺史,才有可能路过耒阳写此诗,然李观已在贞元十年(794)早逝(《韩昌黎全集》卷二四《李元宾墓志铭》),怎得见所谓韩诗? 又怎知愈卒后谥"文"?

至于诗云"聂侯见待诚非喜",文云"依聂侯,不以礼遇之",与杜甫本集赠聂耒阳诗题"聂耒阳以仆阻水,书致酒肉,疗饥荒江"所说不合;文云"子美为惊湍漂泛"死后,"泊玄宗还南内,思子美,诏天下求之",与玄宗殁于宝应元年(762)的史实不符,已多有人指出,不再赘述。

合而观之,可以肯定,此一诗一文,非韩愈、李观作。也许是《分门集注杜工部诗》的编者有所察觉,特将《补遗杜子美传》题作"皇宋李观撰"。北宋虽有一李观(1023—1095),但所生活的年代距杜甫已三百年,又何以知杜甫必"为惊湍漂泛"而死? 那么,作伪者究竟是谁? 有必要把目光投向初载此二文的《摭遗》的作者刘斧。

《题杜工部坟》与《补遗杜子美传》虽文体不同,但同为洗雪杜甫被胀饫而死之丑而作,以同样的推理批驳"白酒牛炙饫死"说,同样提出溺死一说而代之,同样解释耒阳杜坟的缘由和后人的凭吊。可以认为,所谓韩诗、李文,同出于刘斧一人之手,只是托名唐代两位名人而已。刘斧另有笔记小说《青琐高议》一书,《前集》卷九云:

> 衡州耒阳县有杜甫祠堂,寒江古源,设像存焉。留咏莫知其数,欧阳永叔尤称赏徐介之休诗曰:"手接汨罗水,天心知所存。故教工部死,来伴大夫魂。流落同千古,风骚共一源。消凝伤往事,斜日隐颓垣。"(所引徐介诗据《杜诗详注》附编所录有改动)

徐介诗不仅将屈原、杜甫的诗歌成就和在后人心目中的地位并提,更以一江一水将二人联系起来,刘斧在称赏徐诗的同时,从中得到启发,于是一个"江水暴涨,子美为惊湍漂泛""寒骨一夜沉秋水"的论断显现了出来,并杜撰一诗一文而嫁名于两个多世纪前的韩愈、李观。这应该是溺死说的本源所在,但此说也与"白酒牛炙饫死"说一样经不起推敲。

卒于大历六年说不能成立

　　杜甫年五十九卒,元稹《杜君墓系铭》和旧新《唐书》本传有载,宋吕大防、蔡兴宗、鲁訔、黄鹤诸谱皆定甫卒年为大历五年,历代及今人作谱,大都定杜甫生卒为先天元年(712)至大历五年(770)。但亦有卒于大历六年说,今人丘良任等先后有文论考。其依据主要有二:一谓清钱大昕、晚清陈衍已有此说;一谓杜甫绝笔于六年春。其实,卒于大历六年说并无可靠证据。

　　先看钱大昕所论。持六年卒说者往往摘取其《十驾斋养新录》卷一六"《唐诗纪事》谓先天元年癸丑生,大历五年辛亥卒,似矣,而干支却差一岁"一段话以为佐证,其实钱氏这段论《少陵生卒年月》的文字是:

> 元微之志子美墓云"享年五十九",而不言卒于何年。《旧唐书》云:"永泰二年卒。"永泰二年即大历之元年,是岁丙午,则当生于景龙二年戊申矣。按子美《追酬故高蜀州人日见寄诗序》云"大历五年正月二十一日",则大历庚戌春尚无恙。谓"卒于永泰二年"者误也。《唐诗纪事》谓"先天元年癸丑生,大历五年辛亥卒",似矣。而干支却差一岁,盖先天改元实壬午,大历五年实庚戌也。吴曾《漫录》引鲍彪《杜诗谱》云"大历四年己酉,年五十八"。干支虽合,却非卒年。

　　钱氏在这里,首先据杜甫大历五年正月有诗追酬高适,证明《旧唐书》谓甫卒于永泰二年之说误;其次指出《唐诗纪事》记杜甫生于先天元年癸丑,卒于大历五年辛亥是近"似"的,只是"干支却差一岁"。这段文字中,钱氏已准确无误地说,《追酬》高适诗作的大历五年是"大历庚戌"，鲍谱所云"大历四年己酉"是"干支虽合"，可知他指出《纪事》的"干支却差一岁"，是指计氏将杜甫生年先天元年"壬子"误作"癸丑"，将卒年大历五年"庚戌"误作"辛亥"。如果再查检一下计有功《唐诗纪事》原文，就更加清楚了。该书卷一八《杜甫》，录元稹《墓系铭》全文及白居易《与元九书》评杜一段文字后，撮举杜甫一生行事云："大历五年辛亥，有《追高适人日作》。夏，甫还襄汉，卒于岳阳。"既知甫《追酬》诗作于"大历五年正月二十一日"，也就确知计氏之误，不是误"六年"作"五年"，而是误"庚戌"作"辛亥"，换句话说，计氏本意是记杜甫卒于大历五年，只是误记该年岁次辛亥，以致出现"干支却差一岁"的差错。附带提一笔，《唐诗纪事》这段文字纪年，自"先天元年癸丑""开元三年丙辰""天宝元年癸未"至"大历元年丁未""大历五年辛亥"，凡十三处，全都将干支推后一年，造成疏失，贻误后人。南宋王观国《学林》卷五《杜子美》条，在正确考证《旧唐书·杜甫传》"永泰二年卒"之误后，谓"甫生于先天元年癸丑，卒于大历五年辛亥"，就是传承计氏讹误而"未深考"（《四库全书总目·杜工部诗年谱提要》）者。

持杜甫生于开元元年（713）、卒于大历六年（771）之说的，最早当为北南宋之际的赵子栎，其《杜工部年谱》为订正吕大防谱而作，谓："吕汲公大防为《杜诗年谱》，以为甫生于睿宗先天元年壬子，而甫实生于开元元年癸丑；以为甫没于大历五年庚戌，而甫实没于大历六年辛亥。其推甫生没所值纪年，与夫纪年所值甲子，皆有一岁之差。"全谱除将杜甫行事（包括生卒）依次推后一年外，未提出任何可靠的证据。近人陈衍承其说，其《石遗室诗话》卷二三在订正钱谦益《少陵先生年谱》以甫卒于大历五年，《聂耒阳以仆阻水书致酒肉……至县呈聂令》为绝笔，云："《耒阳阻水》当在大历五年春夏之交，《风疾书怀》在其冬。其夏《舟中苦热》，已有'耻以风病辞，胡然泊湘岸'之句，则杜公之卒，必在大历六年，而扁舟下荆楚间，竟以寓卒,旅殡岳阳,享年五十九。元稹撰墓系铭,言之凿凿,焉有卒于耒阳之事耶?"难道五年夏有风疾,其卒就不能在五年冬,而只能在六年春吗? 显然陈氏虽有力地证明了非"卒于耒阳",然对卒于大历六年说,并未提出任何可靠的新证据。

再看杜甫的绝笔,自清仇兆鳌以《风疾舟中伏枕书怀》为杜诗绝笔后,得到广泛赞同,一般据诗意推定甫卒于"故国悲寒望,群云惨岁阴。……郁郁冬炎瘴,濛濛雨滞淫"的大历五年之岁暮;也有人据"春草封归恨,源花费独寻"句,谓"显然已到了大历六年"(丘良任《杜甫之死及其生卒年考辨》,《深圳大学学报》2000 年第 4 期)。其实"春草"二句是忆往,而不是记当前之词。诗追叙大历三年春自夔州放船出峡,本拟北归,然春草封阻了归路,只得改道南行,来到桃花源所在的湖南。然到湖南后,又感到这里并非乐土,故发出"费独寻"的感叹,以下便叙入湖南以后的遭遇和感受,意脉清楚,并非叙眼前已到了大历六年春。故此说与引钱大昕、陈衍说一样,都不能成为"卒于大历六年"说的证据。

有力的证据是杜集中的诗文作品,其《进三大礼赋表》云:"臣生长陛下淳朴之俗,行四十载矣。……适遇国家郊庙之礼,不觉手足蹈舞,形于篇章。"《旧唐书·玄宗纪》载:天宝"十载春正月乙酉朔,壬辰,朝献太清宫。癸巳,朝享太庙。甲午,有事于南郊,合祭天地。礼毕,大赦天下"。《三大礼赋》记叙行礼的庄肃盛况,当作于天宝十载正月八、九、十日礼成之时,时杜甫"行四十载",将四十岁;史纪又载:天宝十载,"是秋,霖雨积旬,墙屋多坏,西京尤甚"。甫作《秋述》云:"秋,杜子卧病长安旅次,多雨生鱼,青苔及榻……我,弃物也,四十无位。"明本年秋年已四十。对此,前人和时贤已多有详论。知杜甫生当在先天元年壬子,合元《志》、史传云"享年五十有九",则其卒为大历五年庚戌。卒于大历六年之说,无据而不能成立。

原载《杜甫研究学刊》2004 年第 1 期

《江南逢李龟年》笺证

岐王宅里寻常见，崔九堂前几度闻。正是江南好风景，落花时节又逢君。

《杜诗详注》卷二三录此诗，引朱鹤龄注云："题曰江南，必潭州作也。"岐王，李范，睿宗第四子，《旧唐书》谓"范好学工书，雅爱文章之士，士无贵贱，皆尽礼接待"。崔九，原注："即殿中监崔涤，中书令湜之弟。"《旧唐书》称其"多辩智，善谐谑，素与玄宗款密……用为秘书监"。二人均于开元十四年卒。李龟年，开元、天宝间著名歌手。诗一、二句追忆开元盛日在岐王、崔秘监宅第常见李龟年，闻其歌喉，睹其风采，而那已是四十多年前的往事；三、四句转至目今，虽在山清水秀的江南，又是花落叶茂的阳春季节，可二人都因那场给国家、人民带来巨大灾难的安史之乱的抛掷而流落他乡。昔见今逢之间，包含了多少对时事的感伤和身世的叹喟，无尽的辛酸泪尽在"又逢君"几字中，读之令人凄恻不已。何焯《义门读书记》评云："四句浑浑说去，而世运之盛衰，年华之迟暮，两人之流落，俱在言表。"杨伦《杜诗镜铨》引邵云："子美七绝，此为压卷。"

但是，它也是一首引起后人颇多争议的诗。争议集中在作品的真伪上。明胡震亨《唐音癸签》卷三二《集录三》云："《江南逢李龟年》岐王、崔五（九）云云。岐王薨于开元十四年，崔五（九）涤亦卒于开元中，时子美方十五岁。天宝后子美又未尝至江南。他人诗无疑。"其说源于南宋胡仔、江季恭。胡仔《苕溪渔隐丛话·前集》卷一四、姚宽《西溪丛语》卷上引江季恭语，均谓此诗非杜甫所作，所举理由也完全一样，胡震亨不过袭用胡、江陈说不加考辨并断言"他人诗无疑"而已。

　　其实，胡仔、胡震亨的判断是站不住脚的。先从作者杜甫方面看：一、据《旧唐书·睿宗诸子传》和《崔仁师传》，岐王李范、秘书监崔涤均卒于开元十四年(726)。时杜甫十五岁，年尚幼。但并不能据此得出杜甫不能在李、崔宅堂得见李龟年、得闻李龟年歌唱的结论。杜甫《奉赠韦左丞丈二十二韵》云："甫昔少年日，早充观国宾。读书破万卷，下笔如有神。"《壮游》又云："往昔十四五，出游翰墨场。斯文崔魏徒，以我似班扬。"则此时出入王侯名士宅第并非没有可能；况开元三(一作五)年，甫四岁或六岁时即已对观公孙大娘舞剑器留下深刻印象，五十年后还记忆犹新地写在《观公孙大娘舞剑器行并序》里。"七龄思即壮，开口咏凤凰。九龄书大字，有作成一囊"(《壮游》)，如此早慧、具有诗歌天才和音乐、舞蹈鉴赏力的少年杜甫，在岐王宅、崔涤堂上得见李龟年，闻其歌唱，自有可能；二、考杜甫行踪，天宝后曾至江南，史料有明确记载。杜甫去世不久，樊晃序《杜工部小集》载云：甫"东归江陵，缘湘沅而不返"，元稹《杜君墓系铭并序》亦云："扁舟下荆楚间，竟以寓卒，旅殡岳阳。"两《唐书·杜甫传》载甫大历中出瞿塘，下江陵，泝湘，客死湖南，亦无异词。北宋宝元中王洙编辑、嘉祐中王琪编订成为以后各种杜集祖本的《杜工部集》二十卷南宋翻刻本，录存杜诗一千四百余首，包括《江南逢李龟年》共约百首为湖南所作。这些诗自叙辗转流离湖湘之时、地、事极为鲜明，只要稍加翻阅，略加思考，是不会做出"甫天宝乱后，未尝至江南"的错误判断，并据以肯定杜赠诗为伪作的。故浦起龙《读杜心解》卷六之下辨别此非伪作后深有感慨地说："世有细心读书人，请无信后人之臆解，疑作者之原文也。"

再从李龟年方面看。关于李龟年其人其事,史料也多有记载。《太平广记》引《传记》说龟年"善羯鼓",乐史《杨太真外传》说他善觱篥。史载:天宝中,安禄山希李林甫奖引,以林甫颜色为喜惧,"李龟年尝效其说,玄宗以为笑乐"(《旧唐书·安禄山传》)。更多的是记载李龟年的音乐天赋,明廖用贤《尚友录》卷一四载李龟年"尝至岐王宅,闻琴曰:此秦声。良久又曰:此楚声。主人入问,则前弹者陇西沈妍,后弹者扬州薛满"。《杨太真外传》记开元、天宝间,禁中牡丹繁开,"诏选梨园弟子中尤者,得乐十六色。李龟年以歌擅一时之名,手捧檀板,押众乐前,将欲歌之。上曰:'赏名花,对妃子,焉用旧乐词为?'遽命龟年持金花笺,宣赐翰林学士李白立进《清平乐词》三篇……龟年捧词进,上命梨园弟子略约词调,抚丝竹,遂促龟年以歌"。王琦注《李太白全集》卷五《清平调》词题注即引此。郑处海《明皇杂录》卷下云:"唐开元中,乐工李龟年、彭年、鹤年兄弟三人,皆有才学盛名。彭年善舞,鹤年、龟年能歌,尤妙制《渭川》,特承恩遇。……其后龟年流落江南,每遇良辰胜赏,为人歌数阕,座中闻之,莫不掩泣罢酒。则杜甫尝赠诗所谓……"范摅《云溪友议》云:"明皇幸岷山,百官皆窜辱,积尸满中原,士族随车驾也。伶官张野狐觱栗,雷海清瑟琶,李龟年唱歌,公孙大娘舞剑。……唯李龟年奔迫江潭,杜甫以诗赠之曰……"《全唐诗》卷二八五李端《赠李龟年》诗云:"青春事汉主,白首入秦城。遍识才人字,多知旧曲名。风流随故事,语笑合新声。独有垂杨树,偏伤日暮情。"从以上材料看,李龟年是一位善乐歌、谙音律,又富有表演天才的艺术家,开元、天宝间颇承恩遇,风流一时。安史乱起,窜奔江南,杜甫赠之以诗。暮年白首又回到长安,山河不改,风景已殊,只有"偏伤日暮情"了。无论是与之同时的李端、杜甫赠诗描写,或后于他的郑处海、范摅的记载均相契合而无抵牾。

《江南逢李龟年》的创作不是偶然的,它是经历安史之乱灾祸的人民群众饱受家破人亡、颠沛流离之苦,目睹国家残破之痛在诗歌创作上的反映;是安史之乱后的中唐诗坛出现大量怀旧感今之作的先声和首唱。《白居易集》卷一二《江南遇天宝乐叟》之"白头病叟泣且言,禄山未乱入梨园。能弹琵琶和法曲,多在华清随至尊。……欢娱未足燕寇至,弓劲马肥胡语喧。……从此漂沦到南土,万人死尽一身存。秋风江上浪无限,暮雨舟中酒一樽",舒元舆《八月五日中部官舍读唐历天宝已来追怆故事》之"零落太平老,东西乱离客"说的虽不是李龟年,但也是李龟年一类的天宝遗民。他们是开元、天宝遗事的旧识,是安史之乱及唐帝国由盛转衰的见证人,在中唐的许多忆昔怀旧作品中经常出现。戎昱诗中的梨园人,元稹诗中的曲江老人、宫边老人、白头宫女,韩愈诗中的宫前遗老,戴叔伦、白居易诗中的康洽,李涉诗中的洛滨老翁,鲍溶诗中的黄发老叟,张籍诗中的陌上老翁……这些有名或无名、诗人亲见或得闻的人物,在诗中成了一类典型。其中李龟年的事迹更多又可考,影响也更为深远。宋敖陶孙《臞翁诗评》云:"元微之(诗)如李龟年说天宝遗事,貌悴而神不伤。"迺贤诗云:"修禊每怀王逸少,听歌却忆李龟年。"清洪昇《长生殿》第三十八出《弹词》李龟年唱:"一从鼙鼓起渔阳,宫禁俄看蔓草荒。留得白头遗老在,谱将残恨说兴亡。"又《北调货郎儿》:"叹不尽兴亡梦幻,弹不尽悲伤感叹,抵多少凄凉满眼对江山……把天宝当年遗事弹。"追本溯源,不能不看到是杜甫最先发现了李龟年身上体现的时代特征和政治文化内涵,因而不仅使杜诗获得了扣人心弦的艺术效果,且为其后中唐的怀旧忆昔之作开辟了广阔的创作空间,奠定了一种情意深至、感慨万千、如泣如诉的基调。

原载《杜甫与长沙论文集》,中国文联出版社 2000 年

韩愈诗系年考辨六则

关于韩愈诗系年,自宋及今,专家学者做了大量工作。用力尤多的有宋方崧卿《韩文年表》、清方成珪《昌黎先生诗文年谱》(以上二著汇入《韩愈年谱》,中华书局1991年)、方世举《韩昌黎诗集编年笺注》(清雅雨堂刻本)。当代学者钱仲联先生之《韩昌黎诗系年集释》(上海古籍出版社1984年,以下简称《集释》),在前辈学者研究成果的基础上,经过精慎的考证、辨析,对三百九十九首韩诗、十五首联句悉数进行编年、笺注和集评,可谓集前人之大成而有创见之巨制。但笔者在研读唐诗时发现,《集释》在系年方面仍有个别疏误之处,兹提出六则加以考辨,以就教于钱先生,并盼海内专家、读者有以教之。

一、《调张籍》(《韩昌黎全集》卷五),约贞元十四年作。诗云:"李杜文章在,光焰万丈长。不知群儿愚,那用故谤伤。蚍蜉撼大树,可笑不自量。"此诗洪兴祖《韩子年谱》、方崧卿《韩文年表》、顾嗣立《昌黎先生年谱》(并见《韩愈年谱》)均未系年;《昌黎先生诗文年谱》类次于《赠张籍》之下,以为作于元和元年。《集释》引方世举注以此诗为元稹、白居易尊杜抑李论而发,因系于元、白论出后的元和十一年。

其实,关于此诗是否针对元、白而发,向存两说:宋魏泰《临汉隐居诗话》云:"元稹作李杜优劣论,先杜而后李。韩退之不以为然。诗曰:'李杜文章在……可笑不自量。'为微之发也。"周紫芝以为不然,其《竹坡诗话》云:"微之虽不当自作优劣,然指稹为愚儿,岂退之之意乎？"清方世举《韩昌黎诗集编年笺注》云"此诗极称李杜,盖公素所推服者,而其言则有为而发",即指针对白居易"交讥李杜"、元稹"尊杜而贬李"而发;方成珪持论相反,其《韩集笺正》云:"微之墓志亦是文家借宾定主常法耳,况并未谤伤供奉也。谓此诗为微之发,当不其然。"高步瀛《唐宋诗举要》亦曰:"魏氏以此诗起数句为元微之发,恐未必然。"此诗非为元、白而发,周、方、高说是。

　　兹补充理由如次:被认为扬杜抑李的元稹《杜君墓系铭》(《元稹集》卷五六),作于元和八年,时元稹贬为江陵士曹参军;白居易的《与元九书》(《白居易集》卷四五),作于元和十年,时居易贬为江州司马。此期间,韩愈与元、白,尤其是与元稹的交往颇密。元和四年,韩为都官员外郎,元为监察御史,同分司东都,元稹妻韦丛卒,韩愈为撰墓志铭,称元稹"以能直言,策第一,拜左拾遗,果直言失官,又起为御史,举职无所顾"(《韩昌黎全集》卷二四)。五年春,元稹向韩愈乞辛夷花,有《辛夷花问韩员外》诗云:"问君辛夷花,君言已斑驳。……韩员外家好辛夷,开时乞取三两枝。折枝为赠君莫惜,纵君不折风亦吹。"见二人过从颇为相得。其后,元稹贬江陵,韩愈入朝。元和八九年间,韩愈任比部郎中、史馆修撰。元稹致书韩愈,请将所了解到的甄济在安史之乱中义不从逆的事编入史册,韩愈《答元侍御书》云:"足下以抗直喜立事,斥不得立朝,失所不自悔,喜事日坚。"又说稹"乐道他人之善",对元稹的品行予以热情称赞。元和十年,元稹自唐州召还,旋贬通州司马。时韩愈为考功郎中、知制诰(唐代知制诰可称舍人),元稹作《见人咏韩舍人新律诗因有戏赠》诗云:"喜闻韩古调,兼爱近诗篇。玉磬声声彻,金铃个个圆。"对韩愈古、近体诗予以嗟赏。明白了这些,怎能相信,就在这时韩愈会写诗咒骂元、白是"愚蠢"的"群儿",是故意"谤伤"李杜呢？怎会讽刺元、白是"蚍蜉撼大树,可笑不自量"呢？此其一。同样不可忽视的是:韩诗本意在维护李、杜二人,抨击的是同时谤伤李杜的"愚儿",即使元、白言论中有扬杜抑李的倾向，也并未谤伤李、同时又谤伤了杜，此其二。还应当看到，韩诗是写给张籍的，张籍不仅与韩愈有深厚的交情，同时也与元、白是良好的诗友，约元和三年张籍《病中寄白学士拾遗》诗云："自寓城阙下，识君弟事焉。"（《张司业诗集》卷七）白居易《酬张十八访宿见赠》云："问其所与游，独言韩舍人。其次即及我，我愧非其伦。"（《白居易集》卷六）要是韩诗真为元、白而发，这不仅对元、白是罚不当罪，且对韩愈也是一种损害，中伤、离间朋友，肆意骂人，这不是"与人交，终始不少变"（《新唐书·韩愈传》）的韩愈的本来面目，此其三。韩诗自有所指，那就是始于李杜生前、盛于大历、延及贞元初诗坛的某些重形式、轻内容之风。宋人毕仲游指出："至韩愈时，人或谤甫之诗，愈为作诗讼之。盖非特愈之时有谤甫者，未死之日，谤已多矣！"（《西台集》卷八）此其四。总之，韩诗非针对元、白而发，不当系于元和八年元稹作《杜君墓系铭》、元和十年白居易作《与元九书》后的元和十一年。

今按：韩愈有《醉留东野》诗云："昔年因读李白杜甫诗，长恨二人不相从。吾与东野生并世，如何复蹑二子踪。……吾愿身为云，东野变为龙。四方上下逐东野，虽有离别无由逢。"（《韩昌黎全集》卷五）作于"东野不得官"时。《集释》排除作于元和六年旧说而系于贞元十四年，良是。今《调张籍》复云："李杜文章在，光焰万丈长。……伊我生其后，举颈遥相望。……顾语地上友，经营无太忙。乞君飞霞佩，与我高颉颃。"与《醉留东野》一样，均由李杜联想到自己与诗友（一张籍，一孟郊），表示愿与诗友相携追蹑李杜，语词均有调侃味，当是同作于贞元十四年。时张籍、孟郊游从韩愈于汴州。

二、《远游联句》（《韩昌黎全集》卷八），贞元十五年春初作。旧注："元和三年作。远游，送东野之江南也。公尝有《送东野序》云'东野之役于江南'，此所谓远游者，亦其时欤！"此注实将贞元十七年、元和三年两说混为一谈。韩愈《送孟东野序》所云"东野之役于江南"，系指孟郊为吏役赴溧阳尉任。据韩愈《贞曜先生墓志铭》推知郊调溧阳尉在贞元十七年，今《远游联句》云"即路涉献岁，归期眇凉秋"，而赴溧阳尉任，自无春去秋还之理，故联句非贞元十七年作。然云"元和三年作"，亦非。孟郊自元和元年十一月受河南尹郑馀庆辟为水陆运从事，至九年赴兴元军参谋任前，一直官居洛阳，其间元和四年前后服母丧（见韩愈《贞曜先生墓志铭》及李翱《来南录》），亦不当于元和三年有春去秋还之远游。《集释》有见及此，断定"《远游》诸篇作于（贞元）十四年春初无疑"。

今按：《远游联句》为韩愈、孟郊、李翱三人同作。韩愈于贞元十二年秋受汴州刺史、宣武军节度使董晋辟为观察推官（见洪兴祖《韩子年谱》）；据李翱《祭吏部韩侍郎文》"贞元十二，兄佐汴州，我游自徐，始得兄交"语（《李文公集》卷一六），知翱于本年来汴州；孟郊于贞元十二年登进士第后，至汴州依行军司马陆长源，据长源《酬孟十二新居见寄》"去岁登美第，荣名在公车"语（《全唐诗》卷二七五），知孟郊于贞元十三年来汴州。及至贞元十五年二月董晋卒，随之汴州军乱，陆长源被害，韩、孟、李三人都在此前后离开了汴州。据此，知三人联句只能在贞元十四年或十五年春初。然李翱于贞元十四年登进士第（《登科记考》卷一四），则翱十三年秋至十四年春在长安应试，不在汴州，故此联句必作于贞元十五年春初。孟郊早在去年秋即拟南游，其《与韩愈李翱张籍话别》有"秋桐故叶下，露寒新雁飞。远游起重恨，送人念先归"语（《孟东野诗集》卷八），然未即成行；冬，复有《夷门雪赠主人》（同前卷二）赠陆长源，长源有诗答之，知仍眷留汴州；及至贞元十五年"献岁""春冰泮"时方正式启程（参华忱之校订《孟东野诗集》后附《孟郊年谱》，人民文学出版社1984年），因与韩愈、李翱有《远游联句》。附带一提：张籍经孟郊介绍，于贞元十三年冬由和州来到汴州谒晤韩愈，十四年秋于汴州取解后赴长安预礼部试，十五年二月登进士第（见《韩昌黎全集》卷二《此日足可惜赠张籍》及《张司业诗集》卷七《祭退之》);孟郊远游登程,籍正在长安,故未能预此联句,亦可作为《远游联句》作于贞元十五年,而非十四年春初之一佐证。

三、《和崔舍人咏月二十韵》(《韩昌黎全集》卷九),贞元十九年八月作。旧注:"舍人,崔群也。公元和七年以职方员外郎下迁国子博士,此诗其年八月所作,故落句云'独有虞庠客,无由拾落蓂',意谓职在虞庠,去尧阶远矣。"据此,《昌黎先生年谱》《昌黎先生诗文年谱》均系此诗于元和七年,《集释》据以系于元和七年,似无异议。

今按:《刘禹锡集》卷二二有《奉和中书崔舍人八月十五日夜玩月二十韵》,与韩诗同为五古,二十韵;韩诗青韵,刘诗先韵,同属下平声;刘诗题标明"八月十五日",韩诗有"三秋端正月"句,知为同时。可证二诗同为和崔舍人月诗作。然元和七年禹锡远在朗州贬所,无由与在长安的崔群唱和。此崔舍人乃崔邠,《旧唐书》本传:"贞元中……以兵部员外郎知制诰至中书舍人。"权德舆有《奉和崔阁老清明日候许阁老交直之际……》(《权载之文集》卷六)、《酬张秘监阁老喜太常中书二阁老与德舆同日迁官相代之作》(同前卷七)、《酬崔舍人阁老冬至日宿直省中奉简两掖阁老并见示》(同前卷六)等诗,诗中崔阁老、中书阁老、崔舍人阁老均指崔邠。李肇《唐国史补》卷下:"两省相呼为阁老。"时德舆为尚书省礼部侍郎,邠为中书省舍人,故以阁老相称。后诗"分命秩皆真"句自注:"十月中,崔阁老正拜本官,德舆正除礼部。"《韩昌黎全集》卷三〇《唐故相权公墓碑》"权公,讳德舆……贞元十八年,以中书舍人典贡士,拜尚书礼部侍郎",知崔邠拜中书舍人与权德舆拜礼部侍郎同在贞元十八年十月,亦知崔邠咏月,韩愈、刘禹锡和之在十九年八月。韩愈自贞元十七年为四门博士(洪兴祖《韩子年谱》十八年按),刘禹锡于本年闰十月自渭南主簿征为监察御史,因先后得以和崔邠诗。韩诗末云:"独有虞庠客,无由拾落蓂。"旧注以为"职在虞庠,去尧阶远矣",意谓韩愈时非常参官,故不得常见皇帝面。《旧唐书·职官志》："国子博士二人,正五品上","四门博士三人,正七品上"。韩愈"三为博士"(《进学解》),但贞元十七年至十九年为四门博士,元和七年始为国子博士。唐制,五品以上为常参官,知国子博士为常参官,四门博士非是。张籍于元和十五年因韩愈荐,由秘书郎(从六品上)授国子博士,"特状为博士,始获升朝行"(《祭退之》)可证。故韩愈《和崔舍人咏月二十韵》之"独有虞庠客,无由拾落蓂",正好证明作于为四门博士的贞元十九年,而非作于官国子博士的元和七年。

四、《孟东野失子》(《韩昌黎全集》卷四),约元和六年作。旧注:"东野为郑馀庆留府宾佐,在元和二三年,此诗当是时作也。"《昌黎先生诗文年谱》《集释》均系于元和三年。

今按:韩诗有序云:"东野连产三子,不数日辄失之。几老,念无后以悲。其友人昌黎韩愈惧其伤也,推天假其命以喻之。"诗有"此独何罪辜,生死旬日间"句,与孟郊"悲昔婴"所作《杏殇九首》"儿生月不明,儿死月始光""此诚天不知,剪弃我子孙。垂枝有千落,芳命无一存"语(《孟东野诗集》卷一〇)相吻合,当为同时作。因可据孟诗以定韩诗作年。关于孟郊《杏殇》诗,韩泉欣《孟东野诗作年补考六题》(《杭州大学学报》1989 年第 1 期)以为作于元和六年,基本上可信。孟郊悼子诗,除《杏殇》外,尚有《悼幼子》一首,诗云:"负我十年恩,欠尔千行泪。洒之北原上,不待秋风至。"(《孟东野诗集》卷一〇)知此幼子年十岁而伤,华忱之先生《孟郊年谱》以为此幼子即《立德新居十首》提及的"品子",诗云:"品子懒读书,辕驹难服犁","畏彼梨栗儿,空资玩弄骄"(《孟东野诗集》卷五)。诗作于孟郊初为河南转运从事之元和元年冬,其时品子已是可读书、可摘梨栗的童孩,韩文以此时品子六岁计,推知其十岁卒,在元和五年,是有道理的。然必须补正的是:(一)《杏殇序》云:"因悲昔婴,故作是诗。"即悲"生死旬日间"的"连产三子",十日之内三子生而复死,只能是三胞胎;

而《悼幼子》所悼为十岁幼子。韩文以为十岁死去的品子,即"生死旬日间"的三个儿子中的一个,是有违诗意的;(二)据《孟东野失子序》"念无后以悲"语,知孟郊失连产三子之前,十岁之幼子已卒。郊于元和五年作《教坊儿歌》(《孟东野诗集》卷三)、《吊卢殷十首》(同前卷一〇),其后作《喜符郎诗有天纵》(同前卷九)、《上昭成阁不得……》(同前同卷)、《济源寒食七首》(同前卷五)、《哭卢贞国》(同前卷一〇),屡有"无子""孤老"之叹,可知郊伤十岁幼子后又连失三幼婴在元和五年前后,六年或七年春见杏花坠落,悲昔婴而作《杏殇》诗。孟郊作《杏殇》诗,心情极为悲痛,"踏地恐土痛,损彼芳树根。此诚天不知,剪弃我子孙",有怨天意;韩愈《孟东野失子》复云:"失子将何尤,吾将上尤天。……天曰天地人,由来不相关。……闯然入其户,三称天之言。"假天命以喻孟郊,知韩诗作于见郊《杏殇》诗稍后,即元和六年或稍后。愈于元和六年秋由河南令召入为职方员外郎,无碍于以诗喻在洛阳的孟郊。

五、《梁国惠康公主挽歌二首》(《韩昌黎全集》卷九),元和七年作。此诗《韩文公年谱》《昌黎先生年谱》均未系,《昌黎先生诗文年谱》附于"无年可考"诗中。《集释》引方世举注,以为元和八年"公主犹未薨","诗为元和八年后作,其年月不可考",类系于元和十一年作《大行皇太后挽歌词》之后。

今按:《新唐书》卷八三《宪宗公主传》:"梁国惠康公主,始封普宁。帝特爱之。下嫁于季友。元和中,徙永昌,薨,诏追封及谥。将葬,度支奏义阳、义章公主葬用钱四千万……"于季友,于顿之子。《旧唐书·于顿传》:"宪宗即位……以第四子季友求尚主,宪宗以长女永昌公主降焉。"关于永昌公主卒年,《旧唐书·李吉甫传》载:"(元和)七年,京兆尹元义方奏:'永昌公主准礼令起祠堂,请其制度。'初贞元中,义阳、义章二公主咸于墓所造祠堂一百二十间,费钱数万;及永昌之制,上令义方减旧制之半。吉甫奏曰:'伏以永昌公主,稚年夭枉,举代同悲……臣以祠堂之设,礼典无文……依义阳公主起祠堂,臣恐不如量置墓户,以充守奉。'"《唐会要》卷六《公主·杂录》记载略同,且载明时为元和七年十一月。方世举注谓元和八年"公主犹未薨",当是源于《旧唐书》之《宪宗纪》及《于頔传》。《传》云:元和八年,于頔坐其子杀人,由司空、平章事贬恩王傅,数子或赐死,或远贬;《纪》云:元和八年二月,"宰相于頔男太常丞敏专杀梁正言奴,弃溷中。事发,頔与男季友素服待罪。贬頔恩王傅。于敏长流雷州……驸马都尉于季友诳罔公主,藏隐内人,转授凶兄……宜削夺所任官,令在家修省"。然细审文意,当是于季友兄敏杀人、季友欺骗"诳罔公主"在前,及其兄杀人事发,连及昔事,因夺其官。永昌公主卒于元和七年,《李吉甫传》《唐会要》言之甚明,足以为据。又:与韩愈同挽惠康公主的还有窦常《凉国惠康公主挽歌》(《全唐诗》卷二七一)、权德舆《赠梁国惠康公主挽歌词二首》(《权载之文集》卷八)、羊士谔《梁国惠康公主挽歌词二首》(《全唐诗》卷三三二)。羊诗注云:"时诏令百官进词。驸马即司空于公之子。"考四人行踪:韩愈自元和六年秋由河南令入朝为职方员外郎,至元和十四年正月均为朝官(见《韩子年谱》);窦常于元和六年由湖南幕入为水部员外郎,七年冬出为朗州刺史(见《全唐文》卷七六一《窦常传》及《刘禹锡集》卷九《武陵北亭记》);权德舆于元和八年七月由礼部尚书为东都留守(《旧唐书·宪宗纪》);羊士谔于元和六年前为巴州刺史,七年入朝,八年复出为资州刺史(参见陶敏《羊士谔生平及诗文系年》,《唐代文学研究》第一辑)。知四人同在长安唯元和七年有可能,亦知韩愈以及窦常、权德舆、羊士谔挽惠康公主歌词均为元和七年永昌公主卒后"诏令百官进词"时作。

　　六、《听颖师弹琴》(《韩昌黎全集》卷五),约元和七年作。此诗《韩文年表》《昌黎先生年谱》均未系年。《昌黎先生诗文年谱》系于元和十一年,引"方扶南云:李贺有《听颖师弹琴歌》云……盖颖师以琴于长安诸公而求诗也。贺官终奉礼,殁于元和十一年,特盖已病,而公亦当被谗左降,有'湿衣泪滂滂'之语"。《集释》据以系于元和十一年。

按:韩愈此诗实难系年,诗中"自闻颖师弹……湿衣泪滂滂"语,自是音乐感人之深,亦不足以为"当被谗左降"时作之证。唯李贺《听颖师弹琴歌》云:"凉馆闻弦惊病客,药囊暂别龙须席。请歌直请卿相歌,奉礼官卑复何益。"知作于官奉礼郎期间。据沈亚之《送李膠秀才诗序》"余故友李贺……年二十七,官卒奉常"(《沈下贤文集》卷九),知贺卒于元和十一年;卒前北游潞州,其《客游》诗有"三年去乡国"语,知北游自元和九年始;此前在长安官奉礼郎,其《示弟》诗有"别弟三年后"语,推知贺约于元和六至八年为奉礼郎。朱自清《李贺年谱》、周阆风《李贺年谱》均以贺元和六年春为奉礼郎,八年春"以病辞官,归昌谷"。是知李贺《听颖师弹琴歌》约作于元和七年。诗有"请歌直请卿相歌"语,知颖师请人歌非只贺一人,韩诗当同时受请而作。钱仲联先生《李贺年谱会笺》(《梦苕庵专著二种》,中国社会科学出版社1984年)既以贺《听颖师弹琴歌》"盖作于贺在长安官奉礼郎时",又以贺于元和五年始官奉礼郎,八年春因病辞归,自当系此诗于元和五年至八年间,然其《集释》复引方世举注"贺官终奉礼,殁于元和十一年,作诗时盖已病"语,系此诗于元和十一年,陷于自相矛盾,殊不可解,当是一处疏忽。

原载《四川大学学报》1993年第4期

韩诗"以丑为美"说

　　清人刘熙载论艺独具只眼,在其名著《艺概》卷二中说:"昌黎诗往往以丑为美。"刘氏虽未就此做进一步阐发,但有此一说,已为后人窥探韩诗的艺术独创性开辟了一个合适的窗口。

　　在自然界和人类社会中,美与丑都是客观存在的。法国杰出的浪漫主义大师维克多·雨果在《〈克伦威尔〉序言》中指出:"万物中的一切并非都是合乎人情的美,丑就在美的旁边,畸形靠近着优美,粗俗藏在崇高的背后,恶与善并存,黑暗与光明与共。"在中国文学史上,比雨果约早一千年的韩愈已注意及此,他看到妍美与丑怪并存:"草木明覆载,妍丑齐荣萎。"(《寄崔二十六立之》)也看到美丑之间的本质联系:"影与形殊,面丑心妍。"(《送穷文》)甚至发现丑极而美极的艺术辩证法:"金春撼玉应,厥臭剧蕙郁。"(《山南郑相公樊员外酬答为诗,其末咸有见及语樊封以示愈,依赋十四韵以献》)因而他在诗歌创作中有意运用以丑为美的艺术原则,追新探奇,从而使他的诗具有很高的美学价值,富于鲜明的艺术独创性。

　　韩愈运用以丑为美的艺术原则,其表现是多种多样的。

　　一是以丑物托讽。如《病鸱》借性好攫夺而贪恶的鸱鸢遭弹射堕入恶水沟,被人救起便径去不顾的描写,讥讽那些贪恶成性、负恩不顾的人。诗中描写鸱鸢平昔"夺攘不愧耻,饱满盘天嬉。晴日占光景,高风送追随。遂凌紫凤群,肯顾鸿鹄卑?"的丑行,又嘲笑其今天落得"屋东恶水沟,有鸱堕鸣悲。青泥掩两翅,拍拍不得离"的可悲下场的丑态,借丑物托讽丑恶之辈,深含诗人对那些作恶多端、一旦失足而仍恶性难改的丑类的鞭笞和嘲讽,表现出诗人疾恶如仇的人生态度和审美标准,比直接描写更为深刻,也更耐人寻味。类似作品还有"朝蝇暮蚊,以讥小人;乌噪鹊鸣,以讥竞进"(魏怀忠《新刊五百家注音辨昌黎先生文集》引韩醇语)的《杂言四首》,讽刺"求食呕泄间,不知臭秽非"的害人虫的《谴疟鬼》,惩戒"聚鬼征妖自朋扇,摆掉栟榈颓墜涂"的《射训狐》,都刻画得入木三分,其中寓意发人深省。

一是借丑写美。韩诗还偏从本来是美的事物中,找出丑点加以突出描写,让人从另一种意义上得到美的享受。如写自己脱齿缺牙的丑:"我今呀豁落者多,所存十余皆兀臲。匙抄烂饭稳送之,合口软嚼如牛呞"(《赠刘师服》),"叉牙妨食物,颠倒怯漱水。终焉舍我落,意与崩山比"(《落齿》)。他形容自己病魔缠身的窘丑:"中虚得暴下,避冷卧北窗。……连日挟所有,形躯顿胮肛。"(《病中赠张十八》)别的诗人如杜甫、白居易也有无功受禄的自责,而韩愈自责中竟以鼠窃雀偷自比:"家请官供不报答,何异雀鼠偷太仓!"(《卢郎中云夫寄示送盘谷子诗两章,歌以和之》)他与白首不得官的孟郊相比,自认"韩子稍奸黠,自惭青蒿倚长松"(《醉留东野》)。为表现与诗友牢不可破的友谊和形影相随的关系,他竟用"鼠前而兔后,趋则顿,走则颠"的"蟨"和遇敌害时负蟨而走、平日仰蟨取食的"蛩蛩"比自己和诗友:"低头拜东野,愿得终始如蛩蛩"(同前)、"况逢旧亲识,无不比鹡鸰"(《送文畅师北游》)。展示的形象是丑的,但正因为敢于展示这种丑,反倒表现了诗人敢于自我解剖以及他和诗友之间的亲密无间,使人感到一种真纯美、幽默趣。程学恂评云:"苏轼劾程奸,诸儒遂愤骇不已。试看韩子却自认,何等胸量!"(《韩诗臆说》)正说明这些以露丑因得美的诗收到了令人叹服的美感效果。

一是以丑映衬美。韩诗在描写大自然的美时,常常找出它看来并不美的地方,从而映衬出大自然非同寻常的美。咏雪是诗家喜爱用的题材,韩诗咏雪却常写一般诗人未注意之处:"坳中初盖底,垤处遂成堆。……度前铺瓦陇,奔发积墙隈。……松篁遭挫抑,粪壤获饶培"(《咏雪赠张籍》)、"妒舞时飘袖,欺梅并压枝。地空迷界限,砌满接高卑"(《喜雪献裴尚书》)、"暝见迷巢鸟,朝逢失辙车"(《春雪》);游赏也写景丑:"萍盖汙池净,藤笼老树新"(《闲游二首》)、"廉纤晚雨不能晴,池岸草间蚯蚓鸣"(《游城南十六首·晚雨》)、"石粗肆磨砺,波恶厌牵挽"(《南溪始泛三首》),乃至有兴致写上古墓会饮:"偶上城南土骨堆,共倾春酒两三杯"(《饮城南道边古墓上逢中丞过赠礼部卫员外少室张道士》),并不太美的景物描写中,映衬出诗人独到的鉴赏力。韩诗还运用恶劣的环境"君居泥沟上,沟浊萍青青。蛙欢桥未扫,蝉嘒门长扃",反衬主人道德文章的高尚:"名秩后千品,诗文齐六经"(《题张十八所居》);居住"破屋数间"的卢仝,派长须老仆来告状,而当身为河南令的作者故意"立召贼曹呼伍伯,尽取鼠辈尸诸市"时,卢仝却信以为真,又遣"长须仆"来说"如此处置非所喜",因他认为"都邑未可猛政理"(《寄卢仝》),见出卢仝的善良宽厚。此外,写淡师的"鼾睡"、惠师"难笼训"的野性、灵师浪游饮博的犯佛戒,都衬托出他们各自与众不同的奇逸性格。自然界和人类社会原本就是充满矛盾而又和谐统一的美的整体,韩诗不避披露它们的丑,更能使人感受它们色彩斑斓的、丰富的美。

　　一是以丑明理。如用"鱼子满母腹,一一欲谁怜?……鸱枭啄母脑,母死子始翻。蝮蛇生子时,坼裂肠与肝",说明"有子且勿喜,无子固勿叹"(《孟东野失子》),来宽慰孟郊丧子的悲痛;用"两家各生子,提孩巧相如。……三十骨骼成,乃一龙一猪。飞黄腾踏去,不能顾蟾蜍。一为马前卒,鞭背生虫蛆。一为公与相,潭潭府中居。问之何因尔?学与不学欤!"(《符读书城南》),以激励儿子读书做官,干禄求进;用"穷年枉智思,掎摭粪壤间。粪壤多污秽,岂有臧不臧?"(《读皇甫湜公安园池诗书其后二首》),规劝皇甫湜作诗应务其大,而不屑其细,都是借丑恶肮脏的事物说明道理。这些道理在今天看来并不是完全正确的,但在诗人当时的视野内认为是真理,其艺术表现则是明确的。

一是借丑物抒情。如写荒遥贬所的恶劣环境:"远地触途异,吏民似猨猴。生狞多忿很,辞舌纷嘲啁。白日屋檐下,双鸣斗鸺鹠。有蛇类两首,有蛊群飞游。穷冬或摇扇,盛夏或重裘。飓起最可畏,訇哮簸陵丘"(《赴江陵途中寄赠王二十补阙、李十一拾遗、李二十六员外翰林三学士》),"恶溪瘴毒聚,雷电常汹汹。鳄鱼大于船,牙眼怖杀侬。……飓风有时作,掀簸真差事"(《泷吏》);写岭南饮食的丑怪,举出蠔、蛤、蒲鱼、章举、马甲柱等数十种,"调以咸与酸,芼以椒与橙。腥臊始发越,咀吞面汗骍"(《初南食贻元十八协律》);对食用青蛙也描绘一番:"虽然两股长,其奈脊皱皰。跳掷虽云高,意不离汙淖。鸣声相呼和,无理只取闹。……居然当鼎味,岂不辱钓罩?"(《答柳柳州食蝦蟆》)这都反映了诗人随俗自乐的旷达,也发泄了非罪遭贬的牢骚。

广义地说,怪异也是丑,故韩诗追求怪奇也是运用以丑为美的艺术原则的一种表现。"我愿生两翅,捕逐出八荒。精诚忽交通,百怪入我肠。刺手拔鲸牙,举瓢酌天浆。"(《调张籍》)这种"搜奇抉怪,雕镂文字"(《荆潭唱和诗序》)、"若使乘酣骋雄怪"(《酬司门卢四兄云夫院长望秋作》)的艺术追求,使韩愈写出了《陆浑山火一首和皇甫湜用其韵》《嗟哉董生行》《雉带箭》《南山诗》《苦寒》《谒衡岳庙遂宿岳寺题门楼》《游青龙寺赠崔大补阙》等大量展示千奇百怪的形象、锐思镵刻、笔带刀锋的怪怪奇奇之作,形成韩诗雄怪奇崛的独特艺术风格。

就人们的审美习惯而言,妍美的事物易于为人接受,而丑怪的东西是不易为人接受的。故夏敬观发挥刘熙载关于韩诗以丑为美的观点时说:"以丑为美,即是不要人道好。"(《说韩》)韩愈也知道这一点,他曾借评崔立之诗以自道:"才豪气猛易语言,往往蛟螭杂蝼蚓。知音自古称难遇,世俗乍见那妨哂?"(《赠崔立之评事》)但艺术的规律正如清代徐增所说:"作诗须被别人骂过几年,才有进步。若追逐时好,以博一日之名,则朝华夕萎,不能久也。"(《而庵诗话》)以写丑而论,雨果在《〈克伦威尔〉序言》中说:"美只是一种典型,丑却千变万化","滑稽丑怪作为崇高优美的配角和对照,要算是大自然所给予艺术的最丰富的源泉"。如果敢于写丑,善于以丑为美,是可以获得更高的艺术效果的。因此夏敬观继续说:"诗至于此,乃至高之境。"以丑为美的韩诗正是这样,它不太合乎一般人的审美习惯,乍看使人不欢,但只要深推细玩,便会觉得它呈现在读者面前的不是贫乏、单调、苍白的美,而是丰富多彩的、健康结实的美;它创造的是一种无人道好的好,外丑内妍的美。这使韩诗在唐诗发展过程中蹊径独辟,拔戟成队,从而扩大了诗境,丰富了诗歌的艺术技巧。这应是韩诗受到后人特别重视,并产生重大影响的原因之一。

原载《湘潭师范学院学报》1993 年第 4 期

张籍王建交游考述

中唐以乐府诗并称的诗人张籍与王建，一生大部分岁月有交往。而他们的生平仕历，尤其是王建的仕历，至今仍存有不少疑窦，如二人早期行迹，早年同窗求学于何地，王建是否尝官侍御，是否为渭南尉，王建在朝官职迁转情况，由何官出为陕州司马等等。考证二人交游之始终，参以并世诗人的有关作品，不仅可看清成就这二位杰出诗人的诸多共同因素，还可为了解二人生平仕历、解开上述疑点提供一个可以凭倚的窗口，找到一些可以利用的线索。有鉴于此，特成此文，以就教于专家、读者。

"洛阳城里见秋风"

从张、王的作品中可以看到：二人早年都在东都洛阳生活过，他们相识应是从这里开始的。张籍《洛阳行》《北邙行》，王建《北邙行》《行宫词》《上阳宫》都以洛阳风物为题材。张籍有《秋思》诗云：

> 洛阳城里见秋风，欲作家书意万重。复恐匆匆说不尽，行人临发又开封。

晋吴人张翰在洛阳为官，见秋风起，因思吴中菰菜、莼羹、鲈鱼脍，遂命驾归。诗人借用张翰故事表现客中乡思，修书一封以抒远怀，轻快流利的笔墨中见深婉情思,洋溢着青少年时代富于想象、才华横溢的气息,当是诗人早年离吴客居洛阳所作。

张籍有《洛阳行》和《董逃行》诗,从中可大致看出其客居洛阳的时间。前诗云:"洛阳宫阙当中州,城上峨峨十二楼。翠华西去几时返,枭巢乳鸟藏蛰燕。……上阳宫树黄复绿,野豸入苑食麋鹿。陌上老翁双泪垂,共说武皇巡幸时。"据《旧唐书·玄宗纪》:玄宗于开元中尝五次巡幸东都,最后一次为开元二十二年正月至二十四年十月。诗于"翠华西去"后云"御门空锁五十年",自开元二十四年下推五十年为德宗兴元元年,知诗约作于此时,亦知籍时在洛阳。后诗云:"洛阳城头火瞳瞳,乱兵烧我天子宫。宫城南面有深山,尽将老幼藏其间。重岩为屋橡为食,丁男夜行候消息。闻道官军犹掠人,旧里如今归未得。董逃行,汉家几时重太平!"旧说诗中之"乱"指安史之乱,然安史之乱于代宗宝应元年已基本平息。诗云"汉家几时重太平",似在乱未平定之前,然籍约于大历元年(766)才诞生。又,唐人对安史叛军,一般称盗、贼,而不称"乱兵",故诗中之"乱"非指安史之乱。今据《旧唐书·德宗纪》:建中四年,李希烈、朱滔叛乱,乱兵踞长安拥立朱泚。叛军从东、西两面逼近洛阳,诗中之"乱",当即指此。诗为乱后作,亦可证张籍于建中、兴元间尝客居洛阳。二诗虽用乐府古题,但时、事在在可考,当视作借古题写时事的新乐府诗。王建元和中有《送韦处士老舅》诗云"自从出关辅,三十年作客",建为关内人,出关辅,当先至洛阳,故得与客居洛阳的张籍相识,并有诗及之。

"鹊山漳水每追随"

张、王在洛阳相识后,约于兴元、贞元之际一同来到河北道邢州,开始十年的同窗求学生活。以后二人诗中屡屡忆及:"相看头白来城阙,却忆漳溪旧往还"(张籍《酬秘书王丞见寄》)、"十年为道侣,几处

共柴扉"(张籍《登城寄王秘书建》)、"昔岁同讲道,青襟在师傍"(王建《送张籍归江东》)。张籍《逢王建有赠》云:

> 年状皆齐初有髭,鹊山漳水每追随。使君座下朝听易,处士庭中夜会诗。新作句成相借问,闲求义尽共寻思。经今三十余年事,却说还同昨日时。

此诗点明张、王同窗求学在鹊山、漳水等地。《元和郡县图志》卷一五《邢州·内丘县》:"南至州五十八里","鹊山,在县西三十六里,昔扁鹊同虢太子游此山采药,因名"。同书同卷《邢州·平乡县》:"西至州九十里。……浊漳水,今俗名柳河,在县西南十里。"知诗中所云鹊山、漳水都在邢州。张、王诗还有提到邢州、襄国(邢州曾名)的,可知二人"每追随"之地,即在邢州附近的山水之间。《逢》诗约作于元和八年(详后),"经今三十余年事",由元和八年上推三十年为兴元元年,张、王在邢州一带求学约自是年始。时二人约十九二十岁,与"初有髭"亦合。

"使君座下朝听易,处士庭中夜会诗",记下了张、王同窗求学的生活内容。与白居易《与元九书》所云"十五六,始知有进士,苦节读书。二十已来,昼课赋,夜课书,间又课诗,不遑寝息矣"一样,走着当时士子共同的道路,即攻读儒学经典,学诗作赋,以期举进士登上仕途。有一种说法,在否定王建于大历十年登进士第旧说时,认为"王建不但未第进士,而且轻视营求科第",并举其《山中寄及第故人》中语为证(谭优学《唐诗人行年考续编》第104页,巴蜀书社1987年)。诚然,王建登大历十年第之说固不可信,但似不能据此匆忙否定王建有过走科举道路的意图。唐代也有因门荫而不靠进士登上仕途的,然王建出身"衰门"(《自伤》),自不能奢望走这条路。其《山中寄及第故人》讲了些不满及第故人的话,但出发点是斯人的言行不一,言而无信，"去年与子别，诚言暂还乡。如何弃我去，天路忽腾骧"。王建交友最重言信道合，"我言彼当信，彼道我无疑"，深恶"效学不效诚，朋友道日亏"（《求友》），故不惜与这位朋友绝交，"既为参与辰，各愿不相望。始终名利途，慎勿瞿咎殃"（《山中寄及第故人》）。事实上，王建在更多的场合下是向往和鼓励仕进的，其《送薛蔓应举》云"四海重贡献，珠贝称至珍。圣朝开礼闱，所贵集嘉宾。若生在世间，此路出常伦。一士登甲科，九族光彩新"，表现出对通过科举走上仕途的肯定；《冬至后招于秀才》云"闻君立马重来此，沐浴明年称意身"，预祝苦读于石瓮寺的于秀才明春高中；他也以勤苦攻读六经自励："况我性顽蒙，复不勤修学。有如朝暮食，暂亏忧陨获。若使无六经，贤愚何所托！"（《励学》）这足见王建在走科举道路方面，与当时的士子并无多少相异之处。

学诗写诗，是张、王二人同窗求学时期的又一生活内容。白居易元和九年作《读张籍古乐府》谓籍"业文三十春。……始从青衿岁，迨此白发新。日夜秉笔吟，心苦力亦勤"，说明张籍早年求学时已开始从事乐府诗的写作；张籍自己也说："籍在江湖间，独以道自将。学诗为众体，久乃溢笈囊。"（《祭退之》）王建不仅虔诚地崇拜、学习前辈诗人，"少小慕高名，所念隔山冈。集卷新纸封，每读常焚香"（《寄李益少监兼送张实游幽州》），还从同辈诗友身上吸取营养，"君诗发大雅，正气回我肠"（《送张籍归江东》），互相磋砺切磋，"新作句成相借问，闲求义尽共寻思"（张籍《逢王建有赠》），从而使张、王的乐府诗取得很大成就，奠定二人在唐代诗歌发展史上的重要地位。韩愈《代张籍与李浙东书》云："籍又善于古诗……阁下凭几而听之，未必不如听吹竹弹丝敲金击石也。"白居易《读张籍古乐府》谓籍"尤工乐府诗，举代少其伦。为诗意如何，六义互铺陈。风雅比兴外，未尝著空文"。姚合《赠张籍太祝》云："绝妙江南曲，凄凉怨女诗。古风无手敌，新语是人知。……麟台添集卷，乐府换歌词。"张籍称王建早期

"赋来诗句无闲语"(《赠王秘书》),杨巨源谓王建"讴歌已入云韶曲"(《寄昭应王丞》)。这些评价非专指张、王在鹊山、漳水一带求学时期所作,但主要在这个阶段完成的乐府诗奠定了二人的地位,却是各家公认的。

《逢王建有赠》诗还点出张、王求学邢州一带的交游情况。综观二人诗,这期间交游甚众,有官吏、处士、亲友、同学。其中关涉张、王行迹较多者有:

元谊。王建有《从元太守夏宴西楼》《元太守同游七泉寺》诗。前诗云:"五马游西城,几杖随朱轮。……青衿俨坐傍,礼容益敦敦。愿为颜氏徒,歌咏夫子门。"为求学时所作。"山东地无山,平视大海垠"云者,明在太行山之东的邢州。元太守,元谊。《新唐书·地理志》"邢州平乡县"注:"贞元中,刺史元谊徙漳水,自州东二十里出,至钜鹿北十里入故河。"据《旧唐书·德宗纪》:贞元十年七月,元谊以昭义军节度使别将权知洺州,则其为邢州刺史在贞元十年前,正张、王在州境求学期内。知张籍《逢王建有赠》诗"使君座下朝听易"之"使君",当即指邢州刺史元谊。

于鹄。《唐诗纪事》卷二九云:"鹄,大历、贞元间诗人也。"《全唐诗》卷三一〇存其诗一卷,其中《山中寄樊仆射》为寄樊泽诗,《册府元龟·帝王部》:贞元十二年二月乙亥,"加山南东道节度观察使……兼襄州刺史……樊泽检校右仆射",《新唐书》本传谓其"少孤,依外家客河朔",鹄寄诗云"却忆东溪日,同年事鲁儒",知于鹄与樊泽昔日事儒求学在"河朔""东溪";而张籍有《别于鹄》《哭于鹄》诗,《哭》诗云:"我初有章句,相合者唯君。今来吊嗣子,对陇烧新文。"推知张、于聚后复别当在河朔之漳溪一带。据《旧唐书·樊泽传》,泽卒于贞元十二年稍后,享年五十,则长张籍、王建十余岁,是知樊、于在漳溪求学于前,张、王在漳溪求学于后。张籍、于鹄有《不食姑》,王建、于鹄有《送唐大夫让节归山》等同题诗,都说明张、王与于鹄有一段时间在同一地生活过,这地便是河北漳溪一带。

胡遇兄弟。《韩昌黎全集》卷三〇《唐故中散大夫少府监胡良公墓神道碑》云:"少府监胡公者,讳珦……其子逞、迺、巡、遇、述、迁、造,与公婿广文博士吴郡张籍……请为公铭。"据沈亚之《祭胡同年文》(《沈下贤文集》卷一二),知胡遇登元和十年进士第,长庆元年十一月卒。张籍、贾岛、朱庆馀有诗哭之。籍哭诗谓其"早得声名年尚少",贾岛哭诗谓其"夭寿",知遇比籍幼,为籍之内弟。遇为贝州人,邻邢州,籍在漳溪求学,有《登楼寄胡家兄弟》诗,时遇尚幼,籍与胡氏兄弟交往,因被胡珦招为东床。

李肇。唐代著名史学家、文学家,著有《国史补》三卷、《翰林志》一卷,为世所重。《新唐书·宰相世系表》赵郡李氏房"肇,大理评事",赵郡即赵州,南邻邢州。元和初,王建作《荆南赠别李肇著作转韵诗》云:"早岁慕嘉名,远思今始平。孔门忝同辙,潘馆幸诸甥。"知王建与李肇亦尝同馆受业,当即在邢州境内。又云"自知再婚娶,岂望为亲情",其《自伤》诗亦有"再经婚娶"语,知王建与李肇为友上加亲。

"十八年来恨别离"

鹊山、漳水的求学生活结束后,张、王有两次别离。王建《送张籍归江东》说得很清楚:

> 昔岁同讲道,青襟在师傍。出处两相因,如彼衣与裳。行行成此归,离我适咸阳。失意未还家,马蹄尽四方。访余咏新文,不倦道路长。……回车远归省,旧宅江南厢。归乡非得意,但贵情义彰。五月天气热,波涛毒于汤。慎勿多饮酒,药膳愿自强。

　　第一次别离是在"同讲道"结束之后。张籍《登城寄王秘书建》云"十年为道侣",知张、王同在邢州一带求学约为兴元元年至贞元九年。约于贞元九年,张籍离开邢州,辞别学友。王建《送同学故人》诗云:"各为四方人,此地同事师。业成有先后,不得长相随。……黄叶堕车前,四散当此时。"所送同学故人,或即有张籍在内。张籍有《襄国别友》诗,《元和郡县图志》卷一五《邢州》:"秦兼天下,于此置信都县,属钜鹿郡,项羽改曰襄国,盖以赵襄子谥名也。……隋开皇三年,以襄国县属洺州……大业三年,改为襄国郡。武德元年,改为邢州。"知诗为籍离邢州留别所作。诗云"晓色荒城下,相看秋草时",与王建《送同学故人》之"黄叶堕车前",时令亦合。

　　张籍此去,目的地是"适咸阳",即往西京长安。籍《襄国别友》诗云"独游无定计,不欲道来期",建《送张籍归江东》诗云"失意未还家",从"失意"二字看,当是籍怀诗文往长安干谒,无成,随后开始游历:"失意未还家,马蹄尽四方。"

　　有足够的资料证明:张籍此次游历是由长安经河东至蓟北,然后经漳水旧地南归。籍有《寄别者》诗为取道河东北上途中作,诗云:"寒天正飞雪,行人心切切。同为万里客,中路忽离别。别君汾水东,望君汾水西。积雪无平冈,空山无人蹊。羸马时倚辕,行行未遑食。"邢州在汾水东,籍此时在汾水西,时为严冬。诗中"君"虽未必指王建,但有其影子在,故不妨理解为王建等学友故人。籍至蓟北,有《蓟北旅思》《蓟北春怀》诗,前诗云"失意还独语",明北游即"失意未还家,马蹄尽四方"一次;后诗云"今朝蓟城北,又见塞鸿飞",知北游经历了一个冬春。约于贞元十一年春南归,过访邢州王建漳溪山居,将归江南,再别王建,建因作《送张籍归江东》诗送之,时为五月。

　　张、王再别后,经过了一个"十八年来恨别离"(张籍《喜王六同宿》)的漫长阶段。其间,张籍南归,又南游,贞元十三年往汴州见韩愈,十五年进士及第,元和初为太常寺太祝;王建则约于贞元十三年入幽州刘济幕为从事,元和初先后入裴均荆南幕和田弘正魏博幕为从事。约于贞元十三年冬由幽州奉使淮南,一至扬州,十四年春将北返,作《扬州寻张籍不见》诗,云:"别后知君在楚城,扬州寺里觅君名。西江水阔吴山远,却打船头向北行。"数年后,约于贞元末,张籍、王建有诗寄酬。王建《酬张十八病中寄诗》云:"本性慵远行,绵绵病自生。见君绸缪思,慰我寂寞情。风幌夜不掩,秋灯照雨明。彼愁此又忆,一夕两盈盈。"此诗可能为酬张籍《寄王六侍御》而作。籍诗云:"渐觉近来筋力少,难堪今日在风尘。谁能借问功名事,只自扶持老病身。贵得药资将助道,肯嫌家计不如人。洞庭已置新居处,归去期君与作邻。"建时已离幽州入荆南幕,籍居丧服除后去洛阳候选调。籍在风尘,建亦不甚得意,故有归山之期。洞庭,指太湖洞庭山,诗中代指籍吴中故里。据《唐人行第录》,王建行六。侍御,建为使府从事时兼衔。唐人诗称使府从事兼侍御史衔为侍御者屡见不鲜,王建诗《将归故山留别杜侍御》《寄杜侍御》之杜侍御,均指元和初在荆南幕掌书记的杜元颖,《淮南使回留别窦侍御》之窦侍御则指贞元中为杜佑淮南幕参谋的窦常;张籍《送韩侍御归山》亦为送"为佐嫖姚未得还"的韩某。《八琼石金石补正》卷六八《诸葛武侯祠堂碑》(元和四年二月二十九日立)《碑阴记》列剑南西川节度使府属官等二十一人,兼侍御史或监察御史衔者达十四人之多,足见唐代使府从事兼侍御衔之普遍,故《平津读碑记》云:"裴度结衔称掌书记侍御史,柳公绰结衔称成都少尹侍御史,此侍御史皆兼衔,《唐会要》谓之宪官,故本传皆删而不书。"张籍《寄王六侍御》之侍御当亦军府任职,而非谓王建为朝官侍御。《唐才子传》据籍此诗谓王建"迁太府寺丞、秘书丞、侍御史"、《唐人行第录》"王六建"条据以谓"建正由侍御史改官陕州司马者",朱金城先生《白居易年谱》已指出其"失考",然未做深究,特补述之,以备一说。亦可见张、王二人在阔别中交情并未中断。

"今日相逢在上都"

　　张籍、王建经过一十八年阔别后,于元和七八年之际相逢于长安,张籍《逢故人》《逢王建有赠》《喜王六同宿》均作于初逢时。《逢故人》云:

　　　　山东一十余年别,今日相逢在上都。说尽向来无限事,相看摩挲白髭须。

这"故人",合张籍其他诗,知即王建。《逢王建有赠》在回忆鹊山、漳水求学生活后云:"经今三十余年事,却说还同昨日时。"《喜王六同宿》云:"十八年来恨别离,唯同一宿咏新诗。更相借问诗中语,共说如今胜旧时。"《逢故人》云"一十余年",《喜王六同宿》云"十八年",加上求学十年和学成后张籍西北南游、王建仍居漳岸数年,与"三十余年"合;《逢故人》云"说尽向来无限事",《逢王建有赠》云三十余年事"却说还同昨日时",言殊而意近。知《逢故人》诗亦为逢王建于长安而作。

　　王建此次入长安,是为了求人举荐。其《归山庄》诗云:"长安寄食半年余,重向人边乞荐书。山路独归冲夜雪,落斜骑马避柴车。"《别李赞侍御》亦云:"荐书自入无消息,卖尽寒衣却出城。"王建约于元和八年秋授昭应丞,推知其始入长安求荐约在元和七年秋,荐书已上归庄候消息约在七年冬或八年春的雪天。建有《上武元衡相公》《上李吉甫相公》诗,武于元和八年三月由剑南西川节度使、李吉甫于元和六年正月由淮南节度使复入朝为相(《旧唐书·宪宗纪》),建诗当为荐书送上后所献。张、王相逢在上都,当在王建寄食长安乞荐书的半年内。时籍仍官太常寺太祝;八年秋,建亦得授昭应丞。

"病友经年不得看"

元和八年至十五年的七八年内，张籍一直在朝为官，十年前为太常寺太祝，十一年转国子助教，十五年为秘书省校书郎，同年末迁国子博士；王建则在京畿县为吏。相距虽不远，聚会的机会却不多，见于诗者更是屈指可数。王建《归昭应留别城中》反映了得官昭应丞后喜中有憾的心情："喜得近京城，官卑意亦荣。并床欢未定，离室思还生。计拙偷闲住，经过买日行。如无自来分，一驿是遥程。""并床"之"欢"，当即张籍《喜王六同宿》一样的欢，但引以为憾的是虽只一驿之程，却有京官与地方官之别，责任所在，不能与朋友经常欢聚。

这种心情，张籍同样存在，其《寄昭应王中丞》诗云："借得街西宅，开门渭水头。长贫唯要健，渐老不禁愁。独凭藤书案，空悬竹酒钩。春风石瓮寺，作意共君游。"《类编长安志》卷五引《两京道记》：石瓮寺，"本福严寺，在骊山华清宫东，半山下有石瓮谷，故名之"。寺有红楼，楼中有玄宗题诗、王维山水画。昭应县城即在骊山北，门对华清宫。张籍期望能前往偕王建同游。王建有《题石瓮寺》《奉同曾郎中题石瓮寺得嵌字》《秋夜对雨寄石瓮寺二秀才》数首诗提及石瓮寺，了无张籍行踪，知籍与王建共游此寺之"意"愿终未得偿。

元和十年或稍后，张籍有诗《赠王建》，诗云："白君去后交游少，东野亡来箧笥贫。赖有白头王建在，眼前犹见咏诗人。"孟郊卒于元和九年八月，白居易于元和十年七月由太子左赞善大夫贬江州司马，王建仍在昭应丞任上，故诗云云。

张籍任国子监广文馆助教、博士时，王建先后两次有诗赠之。其一《留别张广文》云："谢恩新入凤凰城，乱定相逢合眼明。千万求方好将息，杏花寒食的同行。"乱定，指元和十二年十二月平定淮西；张广文，张籍，韩愈《游城南十六首·赠张十八助教》有"喜君眸子重清

朗,携手城南历旧游。忽见孟生题竹处,相看泪落不能收",作于元和
十一年,知籍十一年改为国子监广文馆助教,目疾初愈。建诗作于
"乱定"后、籍"眼朗"时,又约籍寒食同游长安城南杏园,当为元和十
三年初春作。其二《寄广文张博士》云:

> 春明门外作卑官,病友经年不得看。莫道长安近于日,升天
> 却易到城难。

张籍约于元和十五年末因韩愈荐,由秘书郎迁国子博士,诗称籍为广
文博士,知作于籍尚未官秘书郎、国子博士前。

关于王建这一段的仕历,历来有不同说法,至今仍有疑点:一是
是否曾为渭南尉;一是何时入朝为太府丞。范摅《云溪友议·琅琊
忮》谓"王建校书为渭南尉",胡仔《苕溪渔隐丛话》卷二二引王建宫
词《旧跋》谓"初为渭南尉",《唐才子传》卷四云:"释褐授渭南尉,调
昭应县丞。"近著一般略而不提,似有意无意回避。论及的有:卞孝萱
《关于王建的几个问题》和《唐诗大辞典》"王建"条(胡可先撰)均肯
定曾为渭南尉;谭优学先于《王建行年考》疑元和十一年前后"转官
渭南尉",十二年前后"自渭南尉授太府寺丞";继在《唐才子传校
笺·王建传校笺》中断然否定,以为"为渭南尉之说亦大误","其诗
中亦无为渭南尉之蛛丝马迹可寻"。今按:姚合长庆中有《送王建秘
书往渭南庄》诗,或即《云溪友议》谓建为渭南尉所本,诗云:"白须芸
阁吏,羸马月中行。庄僻难寻路,官闲易出城。看山多失饭,过寺故
题名。秋日田家作,唯添集卷成。"知渭南系指王建所居之山庄坐落
在渭水之南,非专指渭南县。时姚合为武功县主簿,县在长安西约百
里的渭水北岸,当是王建经武功归庄,姚合以诗送之。似不能据姚合
诗认定王建曾官渭南尉。据《旧唐书·职官志》:畿县县丞正八品下,
县尉正九品下,如王建无过错,亦不当由昭应丞降至渭南尉。

又：裴度于元和十四年四月由门下侍郎、同中书门下平章事出为太原尹、河东节度使，张籍、王建均有诗送。然籍诗题曰《送裴相公赴镇太原》，建诗题曰《送裴相公上太原》，自京"赴"镇，经官道"上"太原，极有分寸，不可易移。建诗有"山城候馆壁重修"句，亦与籍在京城相送不同，可见建诗为裴赴任经骊山北之昭应而作。随后，建有《和裴相公道中赠别张相公》诗。张相公，张弘靖，元和十四年五月"丙戌，以河东节度使、检校吏部尚书、同平章事张弘靖为吏部尚书"（《旧唐书·宪宗纪》），是知裴度为代张弘靖镇太原。建诗云："云间双凤鸣，一去一归城。鞍马朝天色，封章恋阙情。"一、二句合言裴、张，三句言张弘靖，四句言裴度。当是张自太原归朝、裴自京赴太原遇于道中，裴以诗赠张，张过昭应时持以示王，王建因有和作。诗云"日临宫树高"，其《初到昭应呈同僚》有"暮山宫树黄"句，均指昭应城南骊山上之华清宫，足证是时王建仍在昭应丞任上，非为渭南尉，亦尚未入朝为太府丞。

"常参官里每同班"

长庆、宝历至大和初，张籍先后为国子博士、水部员外郎、主客郎中、国子司业，历官较为清楚。虽知王建先后为太府丞、秘书郎、太常丞、秘书丞，出为陕州司马，但系年及官序都有疑点。这期间，张、王同为朝官，交往唱和频繁，可惜王建赠酬张籍诗一首无存，独存张籍寄赠酬和王建诗多首，赖此可考证二人仕历，解决王建仕历的部分疑点。

王建由太府丞改官秘书郎，由白居易《授王建秘书郎制》和《寄王秘书》诗推知在长庆元年秋。建为秘书郎期间，贾岛、姚合、朱庆馀、白居易等有诗寄之，张籍有《赠王秘书二首》《书怀寄王秘书》等诗。《赠》诗云："独从书阁归时晚，春水渠边看柳条"；《书怀》云："赖君同在京城住,每到花前免独游";另一首《赠》诗云:"自领闲司了无事,得来君处喜相留",表现出二人集会京师的喜悦和官清多闲的适意。

张籍又有《酬秘书王丞见寄》《贺秘书王丞南郊将军》诗,雍陶亦有《酬秘书王丞见寄》(《全唐诗》卷五一八),说明王建尝官秘书丞。籍《酬》诗云:"芸阁水曹虽最冷,与君长喜得身闲";《贾长江集》卷九《酬张籍王建》云:"水曹芸阁枉来篇"。籍又有《贺秘书王丞南郊摄将军》诗,据《旧唐书·敬宗纪》:"宝历元年春正月乙巳朔,辛亥,亲祀昊天上帝于南郊,礼毕,御丹凤楼,大赦,改元宝历元年。"诗云"正初天子亲郊礼,诏摄将军领卫兵",知其时王建在秘书丞任上。秘书丞与秘书郎为品第不同之官职,《白居易年谱》将王建任二职混为一谈,殆误。

张籍此期内赠酬王建的多首诗中,《酬秘书王丞见寄》一首尤可注意,诗云:

> 相看头白来城阙,却忆漳溪旧往还。今体诗中偏出格,常参官里每同班。街西借宅多临水,马上逢人亦说山。芸阁水曹虽最冷,与君长喜得身闲。

可以看出:张、王二人对青年时代的同窗生活十分珍视,现又同官于朝,旧情加新谊,岁愈久,交情愈深。诗题还说明本阶段王建有诗赠酬张籍,只是未留下来而已。

"常参官里每同班",还可见二人官阶在逐步迁升。王建《初授太府丞言怀》诗云"此去仙宫无一里,遥看松树众家攀";改官秘书郎,籍《赠王秘书》谓其"老去官班未在朝",说明其时王建还不是常参官。王建为常参官,当始于长庆、宝历间为秘书丞后。张籍《祭退之》云:"我官麟台中,公为大司成。……特状为博士,始获升朝行。"

其为常参官始于元和十五年末为国子博士后。据《旧唐书·职官志》：太府丞、秘书郎，俱为从六品上；国子博士，正五品上；秘书丞，从五品上。唐代五品以上之京官始得常参，故长庆、宝历间王建为秘书丞后，张、王便"常参官里每同班"了。

"更无因得到街西"

大和中，张籍为国子司业，王建则出为陕州司马。王建赴任，张籍、白居易、刘禹锡、贾岛均以诗送之。籍《赠别王侍御赴任陕州司马》云：

> 京城在处闲人少，唯共君行并马蹄。更和诗篇名最出，时倾杯酒户常齐。同趋阙下听钟漏，独向军前闻鼓鼙。今日春明门外别，更无因得到街西。

王建为陕州司马，见《新唐书·艺文志》，然由何官为陕州司马，据张籍此诗为"侍御"，《全唐诗》此诗题注"一作《赠王司马赴陕州》"，无"侍御"字样。刘禹锡《送王司马之陕州》原注"自太常丞授"，诗云"暂辍清斋出太常，空携诗卷赴甘棠"，自可信从。然如上述，王建此前已官从五品上的秘书丞，似不当降为从五品下的太常丞，俟考。陕州为大都督府，司马，从四品下（《旧唐书·职官志》）。唐代地方官俸禄从优，对王建来说，无论从太常丞或秘书丞出为陕州司马，都是一美差，故白居易《送陕州王司马建赴任》云："陕州司马去何如？养静资贫两有余。公事闲忙同少尹，料钱多少敌尚书。"白居易此诗编于《大和戊申岁大有年诏赐百寮出城观稼谨书盛事以俟采诗》《雨中招张司业宿》后，前诗云："早禾黄错落，晚稻绿扶疏。……莫道如云稼，今秋云不如。"知王建出为陕州司马在大和二年秋。

张籍诗深受时辈推服，韩愈、元稹、白居易、刘禹锡等中唐大家都赞不绝口。从张、王唱和诗则可看出，王建诗名出众，更多是由于张籍的推许。早年，张籍便称王建"诗似冰壶见底清"；孟郊去世后，籍以"赖有白头王建在，眼前犹见吟诗人"感到欣慰；二人在京时，籍称建"赋来诗句无闲语"，"今体诗中偏出格"。现籍《赠》诗云"更和诗篇名最出"，则是对二人在诗的天地里互相促进、比翼齐飞的恰当概括。至此，王建的诗名也是有口皆碑了。在送王建赴陕州司马的一组诗中，几乎无一例外地称赞了王建的诗，白居易称其"投刃必应虚"，刘禹锡称其"风烟入兴便成章"，姚合更谓其"文高轻古意"，尊之为一代"诗宗"。

王建出为陕州司马，使张、王久别重逢后，又面临诀别，这意味着"唯共君行并马蹄"的惬意生活将要结束，故籍诗怅叹云："今日春明门外别，更无因得到街西。"街西，指张籍当时寓居的靖安坊。

事实也是如此。王建赴陕州司马任后，与张籍交游日稀，今亦未见二人再有唱酬诗。大和三年三月，白居易罢刑部侍郎，以太子宾客分司东都，张籍与裴度、元稹、令狐楚等于兴化亭送别，各为赋诗。四月，居易赴东都，过陕州，王建相迎，居易有《别陕州王司马》诗，知本年建仍在陕州司马任。此后，张籍事迹无考。据姚合《寄陕州王司马》"欲知居处堪长久，须向山中学煮金"语（《姚少监诗集》卷三），似王建在陕州司马任不久即罢去。建有《原上新居十三首》，知其去陕州后退居长安附近原上，为距长安"百里""墙下当官路"之"原头地"。

大约此后不久，二人即先后去世。张籍卒，贾岛、无可有诗哭之。据无可《哭张籍司业》诗，知籍官终国子司业；据贾岛《哭张籍》诗"石磬韵曾闻。即日是前古"，似倏忽即逝，未尝久病。白居易有《感旧诗卷》云："夜深吟罢一长吁，老泪灯前湿白须。二十年前旧诗卷，十人酬和九人无！"（《白居易集》卷三一）诗编于《七年春题府厅》《罢府归旧居》诗后,《罢》诗注:"自此后重授宾客归履道宅作。"知"七年"为大和七年。"二十年前",约元和初。元和以来与白居易酬唱的诗人,当指元稹、元宗简、卢拱、钱徽、李绅、刘禹锡、崔玄亮、令狐楚、韩愈和张籍、王建等。至大和七年,除刘禹锡、李绅尚在世外,余皆先后去世,自然也包括张籍、王建在内。知张籍、王建既"年状皆齐",去世年限亦相去不远,约在大和四年至六年间。

原载《文学遗产》1993年第2期。收入本集有修改订正

张籍行迹仕履考证拾零

关于中唐诗人张籍的生平，自卞孝萱《张籍简谱》（《安徽史学通讯》1959 年第 4、5 期合刊）问世以来，多有论著进行考订，对籍元和初至长庆末这十余年间官职迁转情况已有确考。本文拟在此基础上对张籍早年行迹和晚年仕履中尚无人言及或语焉不详的一二零碎问题做些考证，以就教于方家。

南游江湘岭表

张籍尝作江南、岭表游之前，其《江南行》"江南风土欢乐多，悠悠处处尽经过"、《寄友人》"忆在江南日，同游三月时"诗句及《岭表逢故人》诗题可证。此游之踪迹和时间亦可大体考知：

张诗中叙及江南、岭南的地名有金陵、会稽、江陵、岳州、长沙、桂林、象州等，说明足迹几乎遍及五岭南北。《留别江陵王少府》，游而复离江陵作，诗云："况此分手处，当君失意时。"与王建《送从侄拟赴江陵少尹》"无事日长贫不易，有才年少屈终难"意合，疑少尹即王拟；《岳州晚景》写晚眺所见所感，明游踪尝至；《蛮州》《蛮中》《山中赠日南僧》《岭表逢故人》记叙岭南事物，言及"象州""日南"，日南属爱州，与象州俱为岭南地，见《元和郡县图志》卷三七、三八。《岭表逢故人》云："过岭万余里，旅游经此稀。相逢去家远，共说几时归？海上见花发，瘴中唯鸟飞。炎州望乡伴，自识北人衣。"《宿临江驿》

云:"楚驿南渡口,夜深来客稀。月明见潮上,江静觉鸥飞。旅宿今已远,此行殊未归。离家久无信,又听捣寒衣。"岭表,犹五岭外,指今两广地;临江,唐县名,属吉州,今江西省清江县。二诗同言去家远、离家久,归思甚切,与江陵、岳州之作不同,故谓籍此游自和州溯江先游江汉,再潇湘,再岭南,然后北还经江西、浙江归家,大体是不差的。

关于此游时间,其《舟行寄李湖州》云:"客愁无次第,川路重辛勤。藻密行舟涩,湾多转楫频。薄游空感惠,失计自怜贫。赖有汀洲句,时时慰远人。"《雪溪西亭晚望》云:"雪水碧悠悠,西亭柳岸头。夕阴生远岫,斜照逐回流。此地动归思,逢人方倦游。吴兴耆旧尽,空见白蘋洲。"其久客远乡之愁、倦游思归之意与岭南诗同,当为此游归途中过湖州作。二诗同用柳恽《江南曲》"汀洲采白蘋,日落江南春。洞庭有归客,潇湘逢故人"语,《全唐文》卷六一八李直方《白蘋亭记》云:"新作白蘋亭,书时,且志政也。梁太守柳恽赋诗于始,因以名州。今邦伯李公成室于终,兹用目亭。……吴江之南,震泽之阴,曰湖州。……洲在郡城南,东乱雪溪而即焉。"知张诗中之西亭即白蘋亭,张诗中之李湖州,即《白蘋亭记》中之"今邦伯李公"李词。李词为湖州刺史在贞元十四至十七年(参见郁贤皓《唐刺史考》第九编《江南东道·湖州》),《白蘋亭记》作于"己卯岁冬十月",贞元十五年岁次己卯,则张籍远游北归过湖州当在此数年内。考籍这几年行踪,贞元十三至十四年从韩愈游于汴州,十五年春在长安应进士举登第,夏,晤韩愈于徐州(见《韩昌黎全集》卷二《此日足可惜赠张籍》及张籍《祭退之》),十六年春于和州居丧(见《韩昌黎全集》卷一五《与孟东野书》),推知张籍远游江湘、岭南,归过湖州,在贞元十七年前后,其后即入长安候选调,为太常寺太祝。

籍旧居吴门,移居和州,加上此次较长时间的漫游,使他得以广泛而实地了解、体验江湘、岭南一带的风土人情,这对其诗歌创作无疑是有助益的。其乐府诗《寄远曲》《行路难》《采莲曲》《贾客乐》

《远别离》《江南行》《湘江曲》《江村行》《湖南曲》等均以江湘、岭南风情为题材；近体诗《江南春》《蛮中》《蛮州》《夜到渔家》《宿江店》《江头》《岳州晚景》等描写江南、岭南风光，应该说皆得力于诗人游历的具体感受。故王士禛《万首唐人绝句选评》论《蛮州》《蛮中》诸篇云："说出南方风土，使人如履其地。凡登临风土之作，当如此写得明净。"

二次衔命使南

张籍于长庆二年和大和初尝两次衔命使南，郭文镐《张籍生平二三事考辨》(《唐代文学研究》第一辑)已考及，然犹有未尽之义，兹补叙于次。

籍初次使南在长庆二年七月前后，有白居易《逢张十八员外籍》诗可证，白诗为白居易是岁七月由中书舍人出为杭州刺史，赴任南行遇张籍使南北归至内乡而作。此外，籍往程也有诗言及，其《赠商州王使君》云："衔命南来会郡堂，却思朝里接班行。才雄犹是山城守，道薄初为水部郎。选胜相留开客馆，寻幽更引到僧房。明朝从此辞君去，独出商关路渐长。"王使君，王公亮。公亮由司门员外郎出刺商州，为白居易行制，白于元和十五年十二月至长庆元年十月为主客郎中、知制诰，制当作于其时，亦知公亮于长庆元年出为商州刺史。又《唐会要》卷三六载："长庆元年十一月，商州刺史王公亮，进新撰《兵书》一十八卷。"合籍此诗，知公亮长庆二年秋适在商州任。"道薄初为水部郎"，指此次"衔命南来"时在为水部员外郎不久。籍于长庆二年授水部员外郎(参见卞孝萱《张籍简谱》)；又据《旧唐书·穆宗纪》：长庆二年六月五日，裴度罢相，守尚书右仆射，籍有《和裴仆射移官言志》诗，知籍六月上旬仍在长安；白居易自长庆元年十月为中书舍人，二年作《衰病无趣因吟所怀》诗云："终当求一郡，聚少渔樵费。

合口便归山，不问人间事。"《旧唐书·白居易传》亦谓其"乃求外任"，籍作《寄白二十二舍人》诗云"三省比来名望重，肯容君去乐渔樵"，即针对白氏求外任、计退隐而言。据白居易《杭州刺史谢上表》，七月十四日除授杭州刺史，亦知籍此时尚在长安。综籍上三诗观之，其衔命使南，约在长庆二年"初为水部郎"后之六月中下旬。

籍又有《游襄阳山寺》云："秋色江边路，烟霞若有期。寺贫无利施，僧老足慈悲。薜荔侵禅窟，虾蟆占浴池。闲游殊未遍，即是下山时。"《寄汉阳故人》云："知君汉阳住，烟树远重重。归使雨中发，寄书灯下封。同时买江坞，今日别云松。欲问新移处，青萝最北峰。"据诗意，当是使至襄阳游山寺和自距汉阳甚远的襄阳使归前作。《元和郡县图志·山南道襄州》："今为襄阳节度使理所。西北至上都一千二百五十里。"籍约于六月下旬由长安出发，七月底归次内乡，约于八月中旬返回长安，除去使事逗留，四十日左右，往返两千五百里，以骑代步，日均行六七十里，推知籍此行之终点可能就是山南东道节度使治所襄阳。《旧唐书·职官志》："水部……郎中、员外郎之职，掌天下川渎陂池之政令，以导达沟洫，堰决河渠。凡舟楫灌溉之利，咸总而举之。"山南东道地处江汉流域，水网纵横，籍为水利之政而使，是可能的。

从张籍诗中还可考知，籍于大和初尝再次受差使山南。其《使回留别襄阳李司空》诗云："江亭寒日晚，弦管有离声。从此一筵别，独为千里行。迟迟恋恩德，役役限公程。回首吟新句，霜云满楚城。"李司空，李逢吉。逢吉曾两次出镇襄阳，充山南东道节度使。第一次在元和十五年正月至长庆二年三月，系由剑南东川移镇襄阳（见《旧唐书·穆宗纪》），未带司空衔，与籍长庆二年秋那次出使事、时不符；第二次在宝历二年十一月至大和二年十月，并"检校司空"（见《旧唐书·敬、文宗纪》），籍尝有《送李司空赴镇襄阳》诗相赠，是知《使回留别襄阳李司空》作于逢吉再镇襄阳期内。诗有"霜云""寒云"语，明在深秋，亦与长庆二年初秋使时不同。考籍于大和二年春已由主客郎中迁国子司业，后职无由出使，故籍再次使南自襄阳使归在大和元年季秋。

籍再使襄阳，还作有《送梧州王使君》诗云："楚江亭上秋风起，看发苍梧太守船。千里同行从此别，相逢又隔几多年！"王梧州，未详。楚江亭，指汉水（古称沔水）边的襄阳亭，《水经注》卷二八《沔水》："又东过襄阳县北……城北枕沔水，即襄阳县之故城也，王莽之相阳关，楚之北津戍也。"故《使回留别襄阳李司空》称襄阳为"楚城"，此诗则称襄阳客亭为"楚江亭"。合《送王》《留别李》二诗观之，知王梧州赴任，与籍自京奉使同行，至襄阳后，王取水路赴岭南，籍送别于"楚江亭"；王去后，籍使回离襄阳，李逢吉于"楚城"之"江亭"饯行，籍因有留别之作。襄阳为唐代自京达荆湖、岭南官道之要津，来时有王使君"千里同行"，归程只得"独为千里行"了。郁贤皓《唐刺史考》"梧州刺史"，考出长庆初为骆峻，宝历元年为李湘，并据张籍此诗疑"王某"为梧州刺史在"元和中"，唯大和中阙如。按：元和中张籍历官太常寺太祝、国子助教、广文博士、秘书郎、国子博士，又多年病眼，似无由与王梧州"千里同行"至"楚江亭上"相别。弄清《送梧州王使君》诗的写作背景，不仅有助于明确张籍再次使襄阳之情事，亦可考知王某知梧州在大和初。

晚年官职迁转

张籍自元和初官太常寺太祝至长庆二年为水部员外郎，其间官职迁转大致清楚，然晚年为尚书省郎中居何部、迁转次第及时间，却一直未能确考。《旧唐书》本传谓为"水部郎中"，卞孝萱《张籍简谱》因之；《新唐书》本传、刘成德《唐司业张籍诗集序》谓为"主客郎中"，潘竟翰《张籍系年考证》（《安徽师范大学学报》1981 年第 2 期）、迟乃鹏《张籍、刘禹锡相替主客郎中前后事迹考》(《南充师范学院学报》1983年第2期)从之;近年出版而广有影响的《中国大百科全书》《中国文学家大辞典》《唐诗大辞典》《唐才子传校笺》亦取旧说,或谓"考籍之宦历,从无水部郎中,恐系主客郎中之误"(潘文),或谓"为主客郎中,而非水部郎中"(《校笺》);只有朱东润《中国古代文学作品选》、山东大学文史哲研究所《中国历代著名文学家评传》、郭文镐《张籍生平二三事考辨》始谓籍曾官水部、主客二郎中,然或未作详考,或未考及迁转情况。现将近年考得记述于下,以期引起进一步探讨。

张籍晚年官主客郎中,有其《赠主客刘郎中》诗"客曹相替"语、刘禹锡《和苏郎中寻丰安里旧居寄主客张郎中》、姚合《寄主客张郎中》等诗以及岑仲勉《郎官石柱题名新考订》相证,近人研究已渐趋一致,毋庸赘言。其为水部郎中,则还须引证。今按:朱庆馀涉张籍诗有《贺张水部员外拜命》《上张水部》《近试上张水部》等。《贺》诗云:"省中官最美,无似水曹郎。前代佳名逊,当时重姓张。"逊,指曾官水部员外郎的南朝梁诗人何逊。张籍于长庆二年春由国子博士授水部员外郎,此诗作于其时,故称籍"水部员外"。而另二首均称"张水部",其《上张水部》云:"出入门阑久,儿童亦有情。不忘将姓字,常说向公卿。每许连床坐,仍容并马行。恩深转无语,怀抱甚分明。"庆馀出入张籍门阑,虽可从二人同题诗(朱《哭胡遇》、张《哭胡十八遇》)追溯到长庆元年,是岁十一月张籍内弟胡遇卒,诗云"出入门阑久",当距作《哭》《贺》诗后时间较长;其《近试上张水部》为"近试"作,《登科记考》载朱庆馀举进士及第在宝历二年,礼部试例在二月,则诗当作于是岁正月或二月初。晚唐范摅《云溪友议》记其事云:"朱庆馀校书既遇水部郎中张籍知音,遍索庆馀新制篇什数通,吟改后,只留二十六章,水部置于怀抱而推赞之。清列以张公重名,无不缮录讽咏,遂登科第。"并录此诗及籍答诗《酬朱庆馀》,足见朱诗称呼张籍前后有异，是因前首作于籍为水部员外郎，后二首作于籍为水部郎中时之故，亦知范摅称"水部郎中张籍"，其后《旧唐书·张籍传》采之，并非无稽。

长庆四年夏秋，张籍趁罢水部员外郎，待新授之闲暇，陪伴韩愈养病于城南庄，作《同韩侍郎（原作御，误）南溪夜赏》诗云："喜作闲人得出城，南溪两月逐君行。忽闻新命须归去，一夜船中语到明。"十二月愈卒，次年，即宝历元年，籍作《祭退之》诗云："去夏公请告，养疾城南庄。籍时官休罢，两月同游翔。……籍受新官诏，拜恩当入城。"宝历元年八月，刘禹锡自夔州移刺和州，次年春，籍有七律《寄和州刘使君》，秋，刘以《张郎中籍远寄长句开缄之日已及新秋因举目前仰酬高韵》答之，称籍为郎中，知《同》《祭》二诗中所云"新命""新官诏"，即由水部员外郎擢为郎中。大和二年三月刘禹锡拜主客郎中（见《刘禹锡集》卷二四《再游玄都观绝句》小引），为接替张籍。籍有《赠主客刘郎中》诗云"忆昔君登南省日，老夫犹是布衣身。谁知二十余年后，来作客曹相替人"，即指此。合前后观之，知张籍为郎中系自长庆四年（824）秋至大和二年（828）三月。其间迁转情况，亦可从侧面考知大略：

《旧唐书·职官志》：尚书省"主客郎中一员，从五品上"，"水部郎中一员，从五品上"。知客、水二曹郎中同阶，俱一员。今按：《隋唐五代墓志汇编》陕西卷第四卷九〇《李济墓志》，结衔"通直郎守尚书水部郎中赐绯鱼袋李仍叔撰"，时为"宝历元年闰七月十九日"；《旧唐书·敬宗纪》《李逢吉传》俱载李逢吉党阴谋沮裴度入觐事，参与其事者有张权舆、李仲言、茅汇、李涉等，"水部郎中李仍叔"预之，其后逢吉之丑迹彰露，十月，李仲言、李涉等遭贬。《册府元龟》卷一五三《明罚二》载：宝历元年十一月，"前水部郎中李仍叔可道州司马，待服阙赴任"，是知宝历元年闰七月前至十一月，水部郎中为李仍叔。又：白居易于宝历元年三月由太子左庶子分司出为苏州刺史，秋，有

《闻行简恩赐章服喜成长句寄之》诗云："吾年五十加朝散，尔亦今年赐章服。齿发恰同知命岁，官衔俱是客曹郎。"自注："予与行简俱年五十始着绯，皆是主客郎官。"白居易于元和十五年十二月二十八日除主客郎中、知制诰，次年夏加朝散大夫，始着绯，时年五十；其弟行简生于大历十一年（776），宝历元年（825）五十岁，授主客郎中，著绯，正合。居易于大和二年十二月作《祭弟文》，称行简"郎中"，谓"自尔去来，再周星岁"，推知行简卒于宝历二年冬（参见两《唐书·白行简传》），亦知宝历元年秋至二年冬，主客郎中为白行简。

综上所述，从正、侧面推知张籍为尚书省郎中迁转情况是：

一、长庆四年秋至大和二年三月为尚书省郎中，居水部、主客二曹；且必居二曹，不能只居其中某一曹。

二、长庆四年秋由水部员外郎擢主客（或水部）郎中，其间宝历元年闰七月至十一月李仍叔为水部郎中期内，籍只能是主客郎中。

三、宝历二年正月前后为水部郎中。前限为宝历元年十一月，即李仍叔罢水部郎中后，后限则可能至宝历二年冬。

四、大和二年三月前为主客郎中，其前限不得早于宝历二年冬白行简居此职之前。

故以"水部员外郎—主客（或水部）郎中—水部郎中—主客郎中—国子司业"标示张籍晚年官职迁转，大体可信，亦庶无窒碍。

原载《中国韵文学刊》1995 年第 2 期

《唐国史补》作者李肇行迹考略

《唐国史补》是一部有文学和史料价值的笔记,然至今有关著作对其作者李肇生平事迹的表述,不仅极其简略,且时有舛误,兹补正数条如下。

李肇非李华子 《新唐书》卷七二《宰相世系表二上》:"肇,大理评事。"世次"华,吏部员外郎"之右下。岑仲勉《翰林学士壁记注补》及朱金城《白居易集校笺》均谓"李华之子"。然《新唐书·李华传》云"宗子翰,从子观",未言华之嫡裔,更未言有子肇。今按:梁肃《为常州独孤使君祭李员外(华)文》云:"鞠然二孤,诉彼穹苍,孰谓遐叔,与天茫茫。"(《全唐文》卷五二二)知华有二子。独孤及《检校尚书吏部员外郎赵郡李公(华)中集序》云:"公长子羔,字宗绪,编为二十卷,号中集。"(《全唐文》卷三八八)是其长名羔。又权德舆《祭李处士秭子文》云:"惟先吏部,文德冠时,天下翕然,有所宗师。……惟我与兄,世有旧欢。"(《全唐文》卷五〇八)据两《唐书·李华传》,华尝官吏部员外郎;《全唐文》卷三二一李华《著作郎赠秘书少监权君墓表》:"君姓权氏,讳皋。……公素与……华友善。"德舆为皋之子,与《祭李处士秭子文》语合,故此李秭子,当即李华幼子之字。又:《国史补》载李华事凡二则,均直道其名,其一云:"李华《含元殿赋》初成,萧颖士见之曰:'《景福》之上,《灵光》之下。'华著论言龟卜可废,可谓深识之士矣。以失节贼庭,故其文殷勤于四皓、元鲁山,极笔于权著作,盖心所愧也。"如确系华之子,亦不应无忌讳如是。附带提一笔:关于李华子的记载错误,并非始于岑、朱二先生。明顾起伦《蒙求标注序》谓《蒙求集注》作者李翰"父华弟观,并以文学擅名",余嘉锡《四库提要辨证》卷一六已辨其非。

李肇早年行迹　王建有《荆南赠别李肇著作转韵诗》,诗云:"辉天复耀地,再为歌咏始。"(《全唐诗》卷二九七)当作于改元元和之年。又云:"欣欣还切切,又二千里别。楚笔防寄书,蜀茶忧远热。……争向巴山夜,猿声满碧云。"是王建初入荆南幕,而李肇则由荆南入蜀。肇《东林寺经藏碑铭并序》自称是于元和三年至五年"廉问"江西的韦丹之"故家府从事李肇"(《全唐文》卷七二一),丹于元和元年代李康为剑南东川节度使,王建诗或即为送肇入韦丹剑南东川幕而作,故诗云:"莫叹各从军,且愁歧路分。"诗题称李肇著作。按:著作郎,从五品上,肇此时断无可能达到此官阶,因疑题中"著"为衍字。又,李公佐贞元八年八月作《南柯太守传》,末引李肇赞语,称"前华州参军李肇",《国史补》卷下也曾提及公佐此文,可证公佐所云李肇即《国史补》作者李肇。合王建诗,可略知李肇早年行迹:贞元十八年前曾为华州参军,元和初自荆州往蜀入韦丹剑南东川幕为从事。至于崔损贞元十二年作《祭成纪公文》称"左拾遗李肇"(《全唐文》卷四七六),与此李肇非一人,岑仲勉先生《读全唐文札记》已有考辨。

由大理评事擢协律郎　《新唐书·宰相世系表二上》谓"肇,大理评事",当是元和七年《元和姓纂》成书前李肇所任官职。元和七年肇作《东林寺经藏碑铭并序》,《庐山记》一署曰:"朝请郎、试太常寺协律郎李肇撰。"协律郎,正八品上;大理评事,从八品下。是肇元和七年或稍前由大理评事改太常寺协律郎为擢升。

入翰林院前后　元和十三年前,李肇已授监察御史,十三年至长庆初,为翰林学士。岑仲勉《翰林学士壁记注补六》引《壁记》原文:"李肇,元和十三年七月十六日自监察御史充。十四年四月五日,迁右补阙,九月二十四日赐绯,十五年闰正月一日赐紫,二十一日加司勋员外郎。长庆元年正月十三日,出守本官。"肇《翰林志》亦云:"元和十二年,肇自监察御史入,明年四月,改左补阙,依旧职守。"(《注补》云:"十二乃十三之讹";左、右补阙,"未详孰是"。)《旧唐书》卷一六《穆宗纪》:"(元和)十五年正月庚子,宪宗崩。丙午,即皇帝位于太极殿东序。是日,召翰林学士段文昌、杜元颖、沈传师、李肇,侍读薛放、丁公著对于思政殿,并赐金紫。"岑仲勉《郎官石柱题名新考订·司勋员外郎》载:"路隋,元和十五年……李肇,同上闰正月。"均与《翰林学士壁记》合,是《壁记》所载李肇在翰林院三年转官情况可信。

贬澧州刺史,移刺郢州　《旧唐书·穆宗纪》:"(长庆元年)十二月甲子朔。戊寅……贬……司勋员外郎李肇澧州刺史。"同贬者"(都官)员外郎独孤朗韶州刺史,起居舍人温造朗州刺史,刑部员外郎王镒郢州刺史",皆"坐与李景俭于史馆同饮,景俭乘醉见宰相谩骂故也"。同书卷一七一《李景俭传》略同。

李肇在澧州,有政绩,勤读著,钱易《南部新书》卷三载:"李肇自尚书郎守澧阳,人有藏书者,卒岁玩焉。因著《经史目录》。"长庆二年,制加中散大夫,移刺郢州。白居易行制,制云:"今首坐者既复班列,缘累者亦当征还,但以长吏数易,其弊颇甚,况闻三郡皆有政能,人方便安,不宜迁换,故吾以采章阶级,并命而就加之,盖汉制进爵秩降玺书慰劳良二千石之旨也。"(白居易《李肇可中散大夫郢州刺史、王镒可朗州刺史、温造可朝散大夫三人同制》,《全唐文》卷六六三)首坐者,指李景俭,景俭于长庆二年五月由德州刺史入为谏议大夫(《旧唐书·穆宗纪》),故云"既复班列"。白居易于长庆二年七月由中书舍人出为杭州刺史,知制作于长庆二年五六月。

入朝为左司郎中,撰《国史补》　《国史补序》云:"予自开元至长庆,撰《国史补》。"署衔"尚书左司郎中"。考《国史补》所记实迄于长庆二年韦山甫事,谓"以为神仙之俦"的韦山甫,"长庆二年卒于馀干。江西观察使王仲舒遍告人曰:'山甫老病而死,死而速朽,无小异于人者。'"王仲舒长庆三年十一月十七日卒(韩愈《王仲舒墓志铭》),文中仍称江西观察使,而不加"故",可证《国史补》成于长庆三年冬之前,亦知肇由郢州刺史召授左司郎中在长庆三年或稍前。

　　官终中书舍人　《新唐书·艺文志》称李肇为中书舍人,《唐摭言》卷一称李肇为中书舍人凡两见。李德裕《怀崧楼记》"元和庚子岁(十五年),予获在内庭,同僚九人",注"已殁者"七人中,有"舍人李公"(《全唐文》卷七〇八),即指李肇,足证肇官终中舍。《新唐书·艺文志》著录李肇"《国史补》三卷",注:"坐荐柏耆,自中书舍人左迁将作少监。"据《旧唐书》卷一六〇《李翱传》:"大和……三年二月,拜中书舍人。初,谏议大夫柏耆将使沧州军前宣谕,翱尝赞成此行。柏耆寻以擅入沧州得罪,翱坐谬举,左授少府少监。"据《旧唐书·文宗纪》,柏耆因罪贬循州司户,在大和三年五月,则李肇由中书舍人左迁将作少监亦当在大和三年五月。李德裕《怀崧楼记》末署"丙辰岁丙辰月",作于开成元年(836)。是知李肇卒于大和三年至开成元年间。《唐刺史考·江南东道·台州》引《嘉定赤城志》:"大中七年,李肇。"时肇已卒约二十年,如非传述之误,则当是另一同姓名者。

　　著作　李肇早有文名,王建《荆南赠别李肇著作转韵诗》,称其"文涧泻潺潺,德峰来垒垒",说自己"早岁慕嘉名"。李肇著作,《新唐书·艺文志》著录有《国史补》三卷、《翰林志》一卷、《经史释题》两卷。除《经史释题》已佚外,前两种今并传世。《翰林志》,结衔题作"翰林学士、左补阙",是作于元和十四年。南宋洪遵辑《翰苑群书》,首录此书。《四库全书总目提要》谓其"记载赅备,本末灿然,于一代词臣职掌,最为详晰。……今以言翰林典故者莫古于是书"。肇有自序,今存《全唐文》卷七二一。肇之作尤受后人重视者为《国史补》,

该书三卷,自序明谓作于长庆末。《唐摭言》谓作于元和中,误。序中述其作意云:"虑史氏或阙则补之意,续传记而有不为。言报应,叙鬼神,征梦卜,近帷箔,悉去之;纪事实,探物理,辨疑惑,示劝戒,采风俗,助谈笑,则书之。"表现出较为进步的历史观和严肃的创作态度。故《四库全书总目提要》以为或"有裨于风教",或"有名理",或"亦资考据","可采者不一而足"。

原载《文献》1991 年第 2 期

《因话录》作者赵璘的生卒与仕履

两《唐书》无赵璘传。库本《因话录》提要谓"璘字泽章……称南阳赵氏"。其生卒可大略推知。璘有《书戒珠寺》,记越州戴山昌安寺兴废,云:"余长庆中始冠,将为进士生,寓此肄业。"(《全唐文》卷七九二)长庆凡四年(821—824),璘年二十,则其生在贞元十八年至永贞元年(802—805)之间。璘昆仲三人,璘居长,璜次,珪最幼。上海图书馆藏赵璘撰《唐故处州刺史赵府君(璜)墓志》,记璜"以咸通三年四月十一日遭大病于郡廨,享年五十九"。推知璜生于贞元二十年(804)。又璜撰《赵珪志》,记珪"以大中元年岁在丁卯二月十五日终,享年四十二",推知珪生于元和元年(806)。《赵璜志》又谓璜"生三岁而孤。与兄璘弟珪年齿相差",则差为两岁,知璘生于贞元十八年(802),长庆元年及冠。《宝刻丛编》卷三《襄州》:"唐延庆院藏经铭,赵璘撰,咸通九年六月建。"知咸通九年(868)璘尚在世,时年六十七岁。其卒或在之后不久。

赵璘仕履之可考者:

进士及第,又登博学宏词科 赵氏世代业儒,《赵珪志》谓其祖考辈"咸以科名光显记册"。赵璘也是通过科举走上仕途的。璘在《因话录》中自云:长庆中习举业,宝历中应进士举下第,大和六年应京兆府试入等第。又云:"余座主李公……以高文为诸生所宗","余座主陇西公为台丞"。李公、陇西公,指李汉。汉于大和八年以礼部侍郎典贡举,知璘进士登第在本年。璘撰《赵璜志》谓璜于开成三年登进士第,继云:“余是时亦以前进士吏部考判高第。”知《因话录》所云“开成三年,余忝列第”,系指制科登第,《登科记考》卷二一谓为博学宏词科。《四库全书总目提要》以璘“开成三年进士及第”,恐误。

调秘书省校书郎,从事浙东、江西幕 “鄙人蹇薄,晚方通籍”(《因话录》卷三),知璘科场连捷后,仍未得除授。开成四年,游越州(同前卷四),《元和姓纂四校记》卷七引《大唐王屋山上清大洞三景女道士柳尊师真宫志铭》云:“有子男三人……长曰璘……为秘书省校书郎。”《志》作于开成五年,知是岁璘已为校书郎。咸通三年,璘作《书戒珠寺》,谓二十二年前“余以前雠校秘书游越”,知璘约于会昌元年受辟为浙东观察从事。大中元年,璜作《赵珪志》,称“长兄江西观察判官、监察御史里行璘”,是此前璘已由浙东至江西观察使府为判官。时江西观察使纥干㮚,为璘制科登第之考官。

征为左补阙,迁祠部员外郎 《因话录》卷一云:“大中七年冬,诏来年正月一日御含元殿受朝贺,璘为左补阙,请权御宣政殿。”知本年冬前璘已入朝为谏官。《郎官石柱题名新考订·祠部员外郎》有赵璘,引《东观奏记》上云:“大中十年,时璘方任祠外。”则此前已由左补阙迁祠部员外郎。

《全唐文》赵璘小传云:“官祠部员外郎,历度支、金部郎中,迁左补阙。”岑仲勉《郎官石柱题名新考订·度支郎中》无赵璘,《金部郎中·删补》有赵璘,然未云何据。是璘历度支、金部郎中俟考。

出为衢州刺史,移刺汉州 《因话录》卷四有“衢州视事际”语,《书戒珠寺》末署“咸通三年正月二十五日,中大夫守衢州刺史赵璘”,《新唐书·艺文志》赵璘《因话录》注:“大中衢州刺史。”知璘大中末已出刺衢州,至咸通三年仍在任。《新唐书·艺文志》《栖贤法儁》注称“汉州刺史赵璘”,则璘于咸通中自衢州移刺汉州。

前引《宝刻丛编》载赵璘撰《延庆院碑藏铭》,碑在襄州,咸通九年六月建,然未详璘是时在何地,亦未知何以为撰此铭。其后行迹无考。

璘撰《因话录》六卷,分宫、商、角、徵、羽五部:卷一宫部为君,记帝王;二、三卷商部为臣,记公卿百僚;四卷角部为民,凡不仕者咸隶之;五卷徵部为事,多记典故,附以谐戏;六卷羽部为物,并载一时见闻杂事无所附丽者。《四库全书总目提要》谓其"体近小说,而往往足与史传相参……多可资考证者,在唐人说部之中犹为善本焉"。《四库全书考证》从后人著述检出佚、误,以《因话录》为准,增者六处、改者七处,如卷五五御史院条"每公堂会食,皆绝谈笑",刊本脱"谈笑"二字,便"据《因话录》增";卷七一引岳珂《桯史》卷二刘改之(刘过)诗词条"斗酒彘肩,醉渡浙江,《龙洲集》作风雨渡江;又,座中哄堂一笑,刊本哄讹烘",皆"据《因话录》改",足见其史料价值有足可征者。

原载《文献》1994 年第 4 期

中唐传记文学鸟瞰

明人吴讷《文章辨体序说》云："太史公创《史记》列传，盖以载一人之事，而为体亦多不同。……厥后世之学士大夫，或值忠孝才德之事，虑其湮没弗白，或事迹虽微而卓然可以法戒者，因为立传，以垂于世，此小传、家传、外传之例也。"（吴讷《文章辨体序说》第49页，人民文学出版社1962年）本文所论述的中唐传记文学，即指小传、家传、外传、自传以及行状、墓志、碑铭等"载一人之事"，"以垂于世"的各种人物传记。在中唐，虽无官修前代史书的任务，但传记体文学受到社会重视，传记作品十分丰富。这些作品有很高的史料价值和文学价值，是中唐古文运动的实绩之一，是继盛唐之后中唐文学全面繁荣的一个重要方面。

一

中唐传记文学繁荣是在中唐特定的历史背景和古文运动的直接影响下，一批有才能的作家有志从事传记创作的结果。

玄宗后期的安史之乱和文宗大和末年的甘露之变，是唐代历史进程的两个转折点。介于这两次变乱之间的中唐社会，一方面，藩镇势力膨胀，"喜则连衡而叛上，怒则以力而相并，又其甚则起而弱王室"（《新唐书·方镇表序》），朋党之间明争暗斗，先有杨（炎）、陆（贽），后有牛（僧孺）、李（德裕），宦官专权，不独付以兵权，抑又把持政柄,以至掌握废立生杀之权;另一方面,贞观、开元之治的影响犹存,人心思治,先进的士大夫有远绍宏业、中兴唐室的抱负和期望,而且,开国以来陆续实施的政治、经济、财政、军事制度久行生弊,需要改易更革。因此,在整个中唐的历史进程中,充满着叛乱与平叛、割据与集权、守旧与革新的反复斗争。就在这风云变幻、斗争复杂的时代,涌现出许多有美德卓行的人物和可歌可泣的事迹,需要记下以彰明当世并劝诫后人。殷亮《颜鲁公行状》云:

> 昨段秀实奋身击泚首,今颜真卿伏缢烈庭,皆启明君臣,发挥教训,近冠青史,远绍前贤。夫日月丽天,幽明向烛,忠烈曜世,回邪革心。伏请陛下降议百寮,遍布九有,刻石颂德,告庙图形,使元壤感恩,皇风泽物。(《全唐文》卷五一四)

不独段、颜这些闻名遐迩的人物事迹令人"涕泗交流","亦苦呜咽"(同前),即是一些平平常常鲜为人知的小人物,一旦有足称于时的行为,亦成了人们崇敬的英雄为人传颂,如李肇《国史补》载:

> 裴晋公为盗所伤刺,隶人王义扦刃死之。公乃自为文以祭,厚给其妻子。是岁进士撰《王义传》者,十有二三。(卷中)

文中的"盗"指的是元和十年六月受藩镇派遣刺死宰相武元衡、刺伤御史中丞裴度的凶手。虽然裴度的祭王义文和进士们行卷所写的王义传都已不存,但从《国史补》这段记载中,可以看到当时人心思治,希望伸张正义以压抑邪恶,进士们不约而同地为王义作传,正是这种社会舆论的反映。李翰《进张巡中丞传表》以为死于国难的英烈事迹"若不时纪录,日月寝悠,或掩而不传,或传而不实",会造成无法弥补的损失,是"可悲"的(《全唐文》卷四三〇)。李翱撰《杨烈妇传》所谓"予惧其行事埋灭而不传,故皆叙之,将告于史官"(《全唐文》卷六四○),都是同一目的、同一动机的创作实践。

中唐有一批文才兼史才的作家。梁肃、权德舆、韩愈、柳宗元、李翱、皇甫湜、沈亚之都有志于史,其中韩愈与柳宗元尝"期为史,志甚壮"(柳宗元《与史官韩愈致段秀实太尉逸事书》);韩愈、李翱一度做史官。韩愈在《答崔立之书》中提出"诛奸谀于既死,发潜德之幽光",代表了这群作家的政治抱负和史学观。唐代著名史学家刘知几答人问史才时说:"史才须有三长,谓才也,学也,识也。夫有学而无才,犹有良田百顷,黄金满籝,而使愚者营生,终不能致货殖矣;如有才而无学,犹思兼匠石,巧若公输,而家无梗楠斧斤,终不能成其宫室矣!犹须好是正直,善恶必书,使骄主贼臣,所以知惧,此则为虎傅翼,善无可加,所向无敌矣!"(《唐会要》卷六三《修史官》)韩、柳等正是既有才、有学,又有识的作家。在文学上,他们对六朝以来盛行的骈骊文从文体、文风、文学语言诸方面进行变革,掀起一场声势浩大的古文运动。这种革新精神,也渗入到他们的史学观中:他们对自左丘明、司马迁以来的史学优良传统注意继承,如"据事迹实录",以良史自期(韩愈《答刘秀才论史书》),而对历史上形成的某些错误观念,如认为修史是史官之事,"正史列传外,不应擅为人作传"(全祖望《答李东甫徵君文体杂问》),则有勇气加以剔除、突破。元和中,韩愈为史馆修撰,因此前屡受人谤谗"困于语言"而"有所激",说过"夫为史者不有人祸,则有天刑,岂可不畏惧而轻为之"(《答刘秀才论史书》),柳宗元发觉"与退之往年言史事甚大谬",因严肃指出:"凡居其位,思直其道,道苟直,虽死不可回也。……是退之宜守中道,不忘其直,无以他事自恐。退之之恐,唯在不直不得中道,刑祸非所恐也。"韩愈说:"唐有天下,二百年矣,圣君贤相相踵,其余文武之士,立功名跨越前后者,不可胜数,岂一人卒卒能纪而传之耶?"对此,柳宗元指出:"凡言二百年文武士多有诚如此者。今退之曰:我一人也何能明？则同职者又所云若是，后来继今者又所云若是，人人皆曰我一人，则卒谁能纪传之耶？"（《柳宗元集》卷三一《与韩愈论史官书》）以纪传名人事迹为己任，把不失史职提到比生命还重要的地位，无疑是对"不擅作传"的历史训诫的大胆突破。李翱也有志于史，元和七年佐李逊浙东幕时，作《答皇甫湜书》云："仆窃不自度，无位于朝，幸有余暇，而词句足以称赞明盛、纪一代功臣贤士行迹，灼然可传于后代，自以为能不灭者，不敢为让，故欲笔削国史，成不刊之书。"（《全唐文》卷六三五）元和五年，白居易赠诗给著作郎樊宗师，云："常恐国史上，但记凤与麟。……每惜若人辈，身死名亦沦。""若人辈"，即诗中所举"阳城指斥奸佞""元稹为东川民伸冤""刘辟嫂不从逆""孔戡弃逆从正"等四人事。他还鼓励樊宗师自著书成一家言："君为著作郎，职废志空存。虽有良史才，直笔无所申。何不自著书？实录彼善人。编为一家言，以备史阙文。"（《赠樊著作》）中唐作家普遍具有的进步文学观和史学观，是他们勇于并长于"纪一代功臣贤士行迹"，从而使中唐传记文学得到繁荣的重要原因。

中唐传记文学繁荣还有一个不可忽视的因素，那就是唐代君主大多能选贤任能，注意表彰功臣。武德四年开文学馆，以大臣杜如晦、房玄龄、太学助教盖文达等十八人为学士；贞观十七年诏图魏徵等二十四勋臣像于凌烟阁。此后历朝图彰功臣、以功臣配飨宗庙、议赐谥号，形成常例。德宗朝为功臣段秀实、李晟、韦皋等刻"纪功碑"，宪宗朝树《平淮西碑》为裴度、李愬等立传。朝廷的重视对文史学家们撰写传记文学作品有激励作用。

在上述条件下产生的中唐传记文学作品十分丰富。《新唐书·艺文志》"杂史""杂传记"著录的专著有张荐《宰辅传略》、李翰《张巡姚訚传》、李德裕《异域归忠传》等二十余种；各家别集中的传记作品，俯拾即是。这些作品就其内容可分为人物传记、墓志碑铭和寄托传记几类。

　　人物传记。即吴讷《文章辨体序说》、徐师曾《文体明辨序说》所谓记载忠孝才德之事以传于后世的各种以人物为传主的传记。凡忠臣、烈士、官绅、侠义、隐士、诗人、书画家、歌伎、巫医百工以及其他普通小人物，都是中唐传记作家的写作对象；陆羽、白居易、刘禹锡等人还有自传。这些人物传记描绘出中唐英才济济的人物画卷，展示了中唐社会人们丰富多彩的精神风貌。

　　碑传。欧阳詹《大唐故辅国大将军兼左骁卫将军御史中丞马公墓志铭》释墓志铭云："墓有志，志有铭。志，记也。铭，名也，铭之记墓，庶高岸为谷，幽壤或呈，情当掩者，有所归认。"（《全唐文》卷五九八）秦汉以来出现的墓碑、墓碣、墓表、墓志、墓记、神道碑、诔文，至中唐也得到发展。由于它们刻记死者"功业""学行德履"（《文章辨体序说》第52、53页），故也可以归入广义的传记中去。中唐墓志、碑铭创作极为丰富，易见的约有五六百篇，还不包括已经出土而尚未公开刊行的大量拓片在内。这些墓志、碑铭的墓主，有名臣张九龄、杜佑、贾耽、房琯；名将李晟、李愬、田弘正、田布；还有文学家李白、杜甫、郑虔、独孤及、梁肃、戴叔伦、权德舆、窦牟、杨凝、樊宗师、孟郊、独孤郁、欧阳詹、陆贽、吕温、柳宗元、韩愈、李绅、元稹等，几乎全部一代名家都有人为撰墓志铭。颜真卿、裴度、白居易、韩昶等还自撰墓志。

　　寄托传记。如韩愈的《圬者王承福传》，柳宗元的《梓人传》《种树郭橐驼传》《李赤传》等。在这种传记里，传主的事迹仅仅成了作者发表政见的一个引子，它的真实性已退居次要地位。再进一步，就是韩愈《毛颖传》那种子虚乌有的"假传"了。

　　此外，中唐官修的几朝皇帝实录中，分别有大臣传；笔记小说中也屡有记载人物事迹之作，如刘肃《大唐新语》中《忠烈》《节义》《隐逸》中的一些节段，李肇《国史补》中的《李愬用李祐》《王忱百日约》，赵璘《因话录》关于李约等条目，记一事或多事以表现人物品德性格，也具有传记性质。

二

　　中唐传记作品,由于大都是为补史之阙和备史官采集的,故一般都以史著为准绳进行创作。班固评司马迁《史记》"辨而不华,质而不俚,其文直,其事核,不虚美,不隐恶,故谓之实录"(《汉书·司马迁传赞》),亦被中唐作家奉为圭臬。陆贽云"良以劝戒之道,忠义攸先,褒贬之词,春秋所重。爵位有侥幸而致,名称非诈力可求",以为"褒贬苟明,亦足助理",把褒贬分明提到治国安邦的高度(《全唐文》卷四七五《请还田绪所寄撰碑文马绢状》)。李翱上疏论史职指出:"夫劝善惩恶,正言直笔,纪圣朝功德,述忠臣贤士事业,载奸臣佞人丑行,以传无穷者,史官之任也。"他建议作"行状"者"不要虚说仁义礼智,忠肃惠和","但指事说实,直载其词,则善恶功迹,皆据事足以自见矣"(《全唐文》卷六三四《百官行状奏》)。权德舆以为"胜质之文,吾所甚惧",故撰墓志以"不敢曼辞,而实录焉"自绳(《全唐文》卷五〇三《故房州刺史崔述墓志铭并序》)。据《唐会要》卷六四《史馆杂录下》载,宪宗读《肃宗实录》,见大臣传多浮词虚美,因宣与史官:"记事每要指实,不得虚饰。"这种正言直笔、指事说实的实录精神,不仅指导着史官修史,也指导一般作家作传。为了做到实录,他们要求自己言有所征,所作"信且著"。如柳宗元"窃自冠好游边上,问故老卒吏,得段太尉事最详,今所趋走州刺史崔公,时赐言事,又具得太尉实迹",才撰成了《段太尉逸事状》(《柳宗元集》卷三一《与史官韩愈致段秀实太尉逸事书》)。李翰《进张巡中丞传表》云:"臣少与巡游,巡之生平,臣所悉知……敢采所闻,得其亲睹,撰传一卷。"(《全唐文》卷四三〇)殷亮撰《颜鲁公行状》则因其"久趋于栏载"。柳宗元《童区寄传》的故事乃"桂部从事杜周士为余言之"。李翱《高愍女碑》的高女事迹,是韩愈得之于高女之父彦昭,后"昌黎韩愈始为余言之"。沈亚之《旌故平卢军节士文》之郭旷、郭航事迹,"俱闻之于郭记室(行馀)"。中唐传记的这种实录性质,使其具有重要的史料价值。黄震谈到韩愈为补李翰《张巡传》缺而作的《张中丞传后叙》,称其"补记载之遗落,暴赤心之英烈,千载之下,凛凛生气"(《黄氏日钞》卷五九,转引自《韩愈资料汇编》第 549 页,中华书局 1983 年)。裴度以为李翱的碑传之作"可以激清教义,焕于史氏"(《全唐文》卷五三八《寄李翱书》)。刘禹锡《子刘子自传》有意详叙永贞革新史实,以为"(王)叔文实工言治道,能以口辩移人。既得用,自春至秋,其所施为,人不以为当非",只是因为顺宗被疾,由宫廷权贵导演了一出"建桓立顺"的历史剧,才使革新夭折,革新人物遭贬,为后人正确认识评价永贞革新提供了正史讳书的可贵资料。柳宗元撰成《段太尉逸事状》,也半是自谦半是自负地说:"太史迁言荆轲征夏无且,言大将军征苏建,言留侯征画容貌。今孤囚贱辱,虽不及无且、建等,然比画工传者容貌尚差胜。《春秋传》所谓传信著者,虽孔子亦犹是也。窃自以为信且著。"(《柳宗元集》卷三一《与史官韩愈致段秀实太尉逸事书》)

墓志、碑铭受体裁的局限,其真实性比一般传记要复杂些,但由于材料往往来源于墓主亲友的口述和作者自己的了解、考察,故仍具有不可忽视的史料价值。曾巩《寄欧阳舍人书》论史与墓志之异同云"盖史之于善恶无所不书,而铭者,盖古之人有功德材行志义之美者,惧后世之不知,则必铭而见之",加之子孙"欲褒扬其亲而不本乎理……务勒铭以夸后世",于是铭之"能尽公与是",就决定于作铭人的品德和文章修养了(《曾巩集》卷一六)。吴讷《文章辨体序说》云:"大抵碑铭所以论列德善功烈,虽铭之义称美弗称恶,以尽其孝子慈孙之心;然无其美而称者谓之诬,有其美而弗称者谓之蔽。诬与蔽,君子之所弗由也欤!"有道德、文章的作者在撰写墓志铭时是有其原则的。

在中唐,实录原则尚能贯彻到墓志铭中去,有一种要求不诬不蔽、不惑不徇的实事求是的精神。如韦贯之拒绝为"以财交权倖,任将相凡十余年,荒纵无法度"(《新唐书·裴均传》)的裴均撰写墓志铭。《国史补》卷中载其事曰:"长安中,争为碑志……是时裴均之子,将图不朽,积缣帛万匹,请于韦相。贯之举手曰:'宁饿死,不苟为此也。'"陆贽推辞为驸马田绪之父田承嗣撰写"遗爱碑",他认为,"田承嗣阻兵犯命,靡恶不为",贽"备位台辅,既未能涤除奸慝,匡益大猷,而又饰其愧词,以赞凶德,纳彼重赂,以袭贪风,情所未安,事因难强"(《请还田绪所寄撰碑文马绢状》)。萧俛也推辞为晚年"奉法逾谨",然曾与李师道勾结阻平淮西的王承宗之祖父武俊撰铭,其《辞撰王承宗先铭奏》云:"王承宗先朝阻命,事无可观,如臣秉笔,不能溢美。"(《全唐文》卷五四五)《国史补》卷中载:刘太真为陈少游撰行状溢美,引起"物议嚣腾",后坐贡院任情,责及前事,贬信州刺史。

韩愈是中唐作家中撰墓志、碑铭最多的。世人对其撰碑铭毁誉不一。誉之者曰:"墓志……古今作者,惟昌黎最高。"(《文章辨体序说》第53页)张祜称韩"词高碑益显"(《读韩文公集十韵》)。毁之者则指为"谀墓"。李商隐记刘叉事云:"(叉)闻韩愈善接天下士,步行归之。……后以争语不能下诸公,因持愈金数斤去,曰:'此谀墓中人所得耳,不若与刘君为寿。'愈不能止。"(《樊南文集》卷八杂记《齐鲁二生·刘叉》)在颇具传奇色彩的故事中,把韩愈描绘成"谀墓"的典型。

实事求是地说,韩愈所撰墓志,其中确有溢美之词,除钱冬父《唐宋古文运动》中指出的韩弘、杨燕奇墓铭外,还有《杜兼墓志铭》隐去墓主诬杀"有士林之誉"的部下韦赏、陆楚以及诬奏李藩等恶迹,而只叙其一帆风顺的仕历;人传柳宗元死后显灵于柳州罗池,本即为妄,韩却作《罗池庙碑》加以证实。这些地方,确实表现出韩愈世界观中庸俗、落后的一面。但是,也必须看到,这在韩撰五十余篇墓志中,为数极少。其大量墓志还是正言直书、不诬不蔽的。如《李道古墓志铭》,尽管墓主是皇室功臣曹成王李皋之子,也有参与平淮西功,但对其引荐柳泌事直言不讳:"上(指穆宗)即位,以先朝(宪宗)时尝信佞人柳泌能烧水银为不死药,荐之,泌以故起闾阎氓为刺史,不效,贬(道古)循州司马。"《李于墓志铭》叙其死于服食,又举自己亲见"以药败者"六七人"以为世诫",直是一篇"长生药之妄"的评论。《王适墓志铭》详叙其诈娶侯高氏女。如此墓志,直书其恶,自不能说是"谀墓"了。其他《王用神道碑》只叙其为今上之舅氏及生卒;《韩岌墓志铭》仅谓其亦以能官名"少而奇,壮而强,老而通";《卢殷墓志铭》叙其为县尉而终身贫劳,生前嗜诗,死前乞葬;《施士丏墓志铭》只叙其通《毛诗》《左传》,善词说,"在太学者十九年,由四门助教为太学助教,由助教为博士,太学秩满当去,诸生辄拜疏乞留,或留或迁,凡十九年不离太学"而已;《襄阳卢丞墓志铭》原样记录了墓主嫡子卢行简的口述,人称也未改。有则说,无则不说,是其是,非其非,做到从墓主的实际出发。故在当时,韩愈的铭传就获得了"直而不华""固不朽"的声誉(《江西观察使韦丹墓志铭》引吕宗礼语),并世诗人王建称其"碑文合遣贞魂谢,史笔应令谄骨羞"(《全唐诗》卷三〇〇《寄上韩愈侍郎》)。后人吴子良云:"退之作铭数十,时亦有讽有劝,谅非特虚美而已。"(《荆溪林下偶谈》卷一,转引自《韩愈资料汇编》第525页)范晞文举韩愈、柳宗元墓铭为例,谓"古人志实不少假"(《对床夜语》卷四,转引自《历代诗话续编》第435页,中华书局1983年)。坚持实录原则,追求真实性,是中唐墓志、碑铭具有历史价值的基本源泉。

三

中唐传记作品的价值还不止于此。它所提供的资料,为后人编修唐史时采用后,原文仍流传下来,这是因为它不仅有史料价值,且具有文学价值。无论从内容或形式看,中唐传记的生动性和形象性,都说明它具备了文学的特质,够得上真正的文学作品。

中唐作家为人物作传时,往往选取人物一生中最主要的业绩,最能显示其品德、性格的典型事件,加以形象生动的描绘,使人物栩栩如生。如殷亮的《颜鲁公行状》,韩愈的《张中丞传后叙》《张彻墓志铭》,庾承宣的《魏博节度使田布碑》,李翱的《高愍女碑》,着重刻画了颜真卿、张巡、南霁云、张彻、田布、高妹妹临难无畏、慷慨赴死的情节,具体描写他们临死前的语言行动,展示出他们的忠心勇毅和丰富的内心。沈亚之的《李绅传》,李翱的《杨烈妇传》《卢坦传》《韩愈行状》,着重叙写传主在生死攸关的时刻大义凛然的气节。如柳宗元《段太尉逸事状》结末:

> 及太尉自泾州以司农征,戒其族:"过岐,朱泚幸致货币,慎勿纳。"及过,泚固致大绫三百匹。太尉婿韦晤坚拒,不得命。至都,太尉怒曰:"果不用吾言!"晤谢曰:"处贱,无以拒也。"太尉曰:"然终不以在吾第。"以如司农治事堂,栖之梁木上。泚反,太尉终,吏以告泚,泚取视,其故封识具存。(《柳宗元集》卷八)

段秀实的光明磊落,不仅表现在他事先对亲属的告诫和亲属违背告诫的严责上,更表现在处理亲属不得已而接受的贿物的方式上,那至其死后仍悬在梁木上原封不动的大绫,岂止是他拒受贿物的见证,也是他一颗光昭日月的心!正是这种一丝不苟、大公无私的品德,才使他有以笏击贼的勇气。李翱的《高愍女碑》,写李希烈叛乱,使高彦昭守濮阳,而以彦昭妻子和七岁幼女妹妹为人质,及彦昭以濮阳归唐室,逆贼将处死妹妹及母兄:

其母与兄将被刑,咸拜于四方。妹妹独曰:"我家为忠,宗党诛夷,四方神祇尚何知?"问其父所在之方,西向哭,再拜,遂就死。(《全唐文》卷六三八)

不拜神是因为神不可信赖;哭拜父,是因父不仅有养育之恩,且有弃贼归朝的义举。短短几行,声吻毕肖,刻画出一个是非分明、胆识过人的少女英雄形象。

上二文两段描写,把人物写得有血有肉,形象高大而富于人情味,避免了写英雄人物易落入简单直露的俗套。

又如陆羽写僧怀素的草书成就:

> 怀素疏放,不拘细行,万缘皆缪,心自得之。于是饮酒以养性,草书以畅志。时酒酣兴发,遇寺壁里墙,衣裳器皿,靡不书之。贫无纸可书,尝于故里种芭蕉万余株,以供挥洒。书不足,乃漆一盘书之。又漆一方板,书至再三,盘板皆□。(《全唐文》卷四三三《僧怀素传》)

古代书法家勤写苦练的传统与怀素其人疏放的个性结合,才产生了挥洒芭蕉的练笔方式,于是这方式也就成了表现怀素性格独一无二的细节,读之如见其人。

中唐作家创作人物传记时,还十分注意结构艺术。他们的传记作品一般都具有完整的结构,顿挫起伏,波澜纵横。如《张中丞传后叙》中南霁云求救于贺兰进明一事,以双庙老人"云"提起,以作者"贞元中过泗州,船上人犹指以相语"实之;张巡的生活逸事、慷慨就戮和许远事迹,以张籍转述于嵩"云"提起,又以张籍亲口说"嵩,贞元初死于亳宋间"实之。使张巡、许远、南霁云三人事迹有机地组织在一起,谱成一曲平凡中见伟大、伟大来自平凡的英雄赞歌。写百工之巧的《圬者王承福传》《梓人传》《种树郭橐驼传》由记传过渡到论修身、治国，都有由此及彼、以小喻大的特点，引人入胜，富于启发性。墓志、碑铭本是一种内容呆板、格式凝固的应用文，但在中唐，经过古文运动的洗礼和一批才华横溢的作家的创造，成为不失常体特点，又不受常体束缚的文学作品。韩愈、柳宗元所作，尤能根据墓主的职业、事迹及与自己关系的不同，采用不同的写作方法。孟郊是韩愈的知交，因诗而名世，也因诗而终穷，韩愈为其作墓志时，便先写朋友们吊丧，继写含泪作志，志中先评价其诗，后简叙其生平，又回到料理丧事和议谥，表达出对他那坎坷而光辉的一生的敬仰，读来令人挥涕。韩愈的《马继祖墓志铭》结构尤为巧妙，全篇完全脱去墓志直述"世系、岁月、名字、爵里"的俗套。第一段即勾画马继祖的一生并带出其祖（燧）、父（畅）：

> 君讳继祖，司徒赠太师、北平庄武王之孙，少府监赠太子少傅讳畅之子。生四岁，以门功拜太子舍人，积三十四年，五转而至殿中少监，年三十七以卒。（《韩昌黎全集》卷三三《殿中少监马君墓志》）

以下便紧扣自己与其三代人的关系和认识写。第二段叙初识：

> 始予初冠，应进士贡在京师，穷不自存，以故人稚弟拜北平王于马前，王问而怜之，因得见于安邑里第。王轸其寒饥，赐食与衣，召二子使为之主，其季遇我特厚，少府监赠太子少傅者也。姆抱幼子立侧，眉眼如画，发漆黑，肌肉玉雪可念，殿中君也。

在艰难中得其扶助，既感其恩德，又崇其门第，故祖、子、孙三代人的形象在作者眼前高大了起来："当是时，见王于北亭，犹高山深林巨谷,龙虎变化不测,杰魁人也。退见少傅,翠竹碧梧,鸾鹄停峙,能守其业者也。幼子娟好静秀,瑶环瑜珥,兰苗其牙,称其家儿也。"这哪里是在铭其墓,分明是在咏诗作画了。接下第三段写三哭祖孙三代。

> 后四五年,吾成进士,去而东游,哭北平王于客舍;后十五六年,吾为尚书都官郎,分司东都,而分府少傅卒,哭之;又十余年至今,哭少监焉。呜呼!吾未耋老,自始至今,未四十年,而哭其祖、子、孙三世,于人世何如也!人欲久不死,而观居此世者,何也?

全篇三百多字,三写马氏祖、子、孙三代,经历了由生到卒的全过程,首尾相顾,经脉关联,尺幅之中有无限烟波,千峰叠嶂,宛转变化,入情入理。其艺术之美,不亚于一首叙事诗或抒情散文。

中唐传记作品,大多叙事、抒情、议论相结合,情意兼胜。为人物作传,免不了要发议论,对是非功过进行一番评说。而过去史传作品的议论,往往置于正文之末,不免有油水分离之憾。中唐一些优秀传记作品,则不仅在以记叙为主的前提下,加入了议论和抒情,且能将叙事、抒情和议论紧密结合,从而增强了传记的文学性。如韩愈的《乳母李墓志铭》《女挐圹铭》,柳宗元的《笭郭师墓志》《志从父弟宗直殡》,都由于渗透了作者自己的身世感慨,成为著名的抒情文;尤其是韩、柳为与自己交厚的人撰写传记或墓志时,总是情事毕具,声泪俱下。如韩愈的《贞曜先生墓志铭》《李元宾墓志铭》《卢殷墓志铭》《樊宗师墓志铭》,柳宗元的《吕东平诔》等,叙交谊虽不是作品的主要部分,但它是引人更深入而生动地领会墓(传)主事迹的有机部分。读起来,"譬诸身到名山,未到菁华荟萃处,已有一股秀气先来扑人,人便知是作家语,不易抛却"(林纾《春觉斋论文·用笔八则·用起笔》)。有些传记作品,或借传(墓)主自己的话,或引古训,或作者自

己出来评论,使作品主旨得到升华,富有启发性。如《柳子厚墓志铭》中的一段:

> 其召至京师而复为刺史也,中山刘梦得禹锡亦在遣中,当诣播州。子厚泣曰:"播州非人所居,而梦得亲在堂,吾不忍梦得之穷,无辞以白其大人;且万无母子俱往理。"请于朝,将拜疏,愿以柳易播,虽重得罪,死不恨。遇有以梦得事白上者,梦得于是改刺连州。呜呼!士穷乃见节义!今夫平居里巷相慕悦,酒食游戏相征逐,诩诩强笑语以相取下,握手出肺肝相示,指天日涕泣,誓生死不相背负,真若可信;一旦临小利害,仅如毛发比,反眼若不相识,落陷阱,不一引手救,而反挤之,又下石焉者,皆是也。此宜禽兽夷狄所不忍为,而其人自视以为得计。闻子厚之风,亦可以少愧矣!(《韩昌黎全集》卷三二)

在叙事的基础上进行议论,在强烈的对比中见出柳宗元之笃于友谊、崇尚节义之可贵,同甘而不能共苦的世俗之可叹,一旦临利害而背信弃义、落井下石之可鄙。读者了解到柳宗元尝亲茹老母因随己而殁于永州贬所之痛,就能更深地体认柳宗元提出"以柳易播"的分量。叙事、议论、抒情及其结合是何等完美!无怪储欣称其"有抑扬隐显不失实之道,有朋友交游无限爱惜之情,有相推以文墨之意",因而推为"昌黎墓志第一,亦古今墓志第一"(转引自《韩愈资料汇编》第927页)。

语言的散文化、个性化是中唐传记文学成就的又一表现。中唐前期,以墓志、碑铭为主的传记作品还多是骈散杂糅的,如杜确《许公(远)墓志铭》、韦夏卿《东都留守顾公(少连)神道碑》,全用骈语;郭湜《高力士外传》、杨炎《云麾将军郭公(千里)神道碑》、韩云卿《河南尹张公(延赏)碑》,还是有骈有散、骈散相杂的;至权德舆、韩愈、柳宗元,才变骈为散,即除铭赞外,志文全用平易、畅达的散文。尤其是韩、柳的语言,更有个性,也更富于表现力。故后人评云:"退之铭墓其词约,子厚铭墓其词丰,各炫其长也。"(《对床夜语》卷四,转引自《历代诗话续编》第 435 页)如韩愈的两段描写:

> 及城陷,贼缚巡等数十人坐,且将戮。巡起旋,其众见巡起,或起或泣。巡曰:"汝勿怖,死,命也。"众泣不能仰视。巡就戮时,颜色不乱,阳阳如平常。(《韩昌黎全集》卷一三《张中丞传后叙》)

> 炭……生公,未晬以卒。无家,母抱置之姑氏以去。姑怜而食之。至五六岁,自问知本末,因不复与群儿戏,常默默独处,曰:"吾独无父母,不力学问自立,不名为人。"(《韩昌黎全集》卷三四《李郱墓志铭》)

两段文字同样准确、明洁。然前段刻画烈士临刑前的慷慨从容,故语言峻洁,有如严霜拂面;后段描写有为者孤能自立、少年老成的倔强性格,故语言婉畅,有如春风拂煦。在这里,个性化的语言为恰如其分地表情达意起了十分重要的作用。不能设想,要是改用骈文或者雕琢语言,会有这么完美的艺术效果。

四

中唐传记文学的繁荣和成就,不是一种孤立的现象,它是中唐文学全面繁荣的一个表现。中唐传记与诗歌、传奇的创作有着密切的关系。中唐作家注重写人物传记,不仅采用了散文体式,也用了诗歌、小说的体裁。如顾况的《李供奉弹箜篌歌》,戎昱的《听杜山人弹胡笳》,元稹的《阳城驿》《琵琶歌》,白居易的《简简吟》,分别写了李供奉、杜山人、阳城、李管儿、简简的身世,有较多的传记因素;刘禹锡的《泰娘歌》,元稹的《刘颇诗》《卢头陀诗》,白居易的《琵琶行》,不仅内容具有传记性质,且诗前都有散文小序,小序本身就是一篇简明的人物传略。有的诗歌,采用与散文传记同样的题材,如元稹的《会真诗》与《莺莺传》(又名《会真记》);白居易的《长恨歌》与陈鸿的《长恨歌传》;柳宗元的《违道安》诗与《违道安传》(传已佚)等,各自发挥不同体裁的优点,相得益彰,比照来读,可以加深理解。

另一种值得注意的文学现象是:在传记文学兴盛的中唐,文言小说传奇也大都是为人物作传。其中以虚构为主的《任氏传》《柳毅传》《南柯太守传》《庐江冯媪传》多写神鬼妖怪,自与传记文学无涉;然以纪实为主的《柳氏传》(沈既济)、《李章武传》(李景亮)、《霍小玉传》(蒋防)、《谢小娥传》(李公佐)、《东城老父传》(陈鸿)、《冯燕传》(沈亚之)等,大多记录道听途说得来的故事,虽不免有附会敷衍的成分,但大都言之凿凿,有本事可稽。这样的小说,为人作传,虽不一定是"虑其湮没弗白",而是"传"写"奇"事,但确是"载一人之事"。它的发展,与中唐传记文学有着血缘关系。

中唐传记文学在唐代文学史上占有重要地位。初盛唐,除史传外,不写或很少写人物传记的传统仍然存在,今天仅能从王绩、卢藏用、李华的集子中和《太平广记》所载牛肃等人的作品中找到少量传记;此外,就只有张说、李邕、张九龄、王维的一些墓志、碑铭了。至于《唐语林》卷五谓"王缙多与人作碑志",其兄维称之曰"大作家",然缙所作碑传,今已所见甚稀;《新唐书·艺文志》著录刘𫟒《国朝传记》三卷,今已不存,据考证,实即他"书以记异"的小说《隋唐嘉话》(见中华书局本《点校说明》,中华书局 1979 年)。经过贞元、元和的古文运动后,由于中唐传记文学的繁荣,致使为人物写传记形成风尚,影响后世出现了更多的传记作品。晚唐的杜牧、李商隐、皮日休、陆龟蒙、司空图、罗隐等都有较多的传记。杜牧的《燕将录》《窦烈女传》,李商隐的《李贺小传》《齐鲁二生》,皮日休的《刘枣强碑》,陆龟蒙的自传《甫里先生传》都是名篇。褚藏言在《窦氏联珠集》中为窦氏五兄弟常、牟、群、庠、巩一一作传,黄璞《闽川名士传》为林杰、欧阳詹、周匡物等闽人作传,留下了许多可资考证、研究的资料。等而下之者,则模仿韩愈的《毛颖传》,为文房四宝一一作传,如文嵩的《即墨侯(砚)传》《管城侯(笔)传》(《全唐文》卷九四八)、《好畤侯知白(纸)传》《松滋侯易玄光(墨)传》(《全唐文拾遗》卷五一)。在宋代,由于新古文运动的开展和取得胜利,进一步提高了散文反映现实生活的能力,使传记文学在宋及以后的明、清进一步得到发展。然追本溯源,不能不看到中唐传记文学的开拓之功。

原载《文学遗产》1992 年第 1 期

《教坊记》作者崔令钦生平考补

《教坊记》是一部常为戏曲、词学研究家征引的古典文献,然关于作者崔令钦的历史资料记载却极为稀见和零碎,以致目今各种典籍对其生平的叙述仍很模糊,现考补一二,以俟贤达进一步详考。

崔之占籍世系,《新唐书·宰相世系表》"博陵崔氏第二房"有崔令钦,知为博陵安平(今河北省安平县)人。表列其祖"茂,袁州刺史",父"珽,合州刺史",兄"锐,起居舍人"。

关于崔令钦的仕履行迹,《教坊记序》自云:"开元中,余为左金吾仓曹……今中原有事,漂寓江表。"这一记载虽甚简略,然亦提供了一个可供进一步考索的依据。李华《润州天乡寺故大德云禅师碑》云:"乾元初,奏请天下一十五寺,长讲戒律,天乡即其一焉,尔后率同心愿善缮理。礼部员外郎崔令钦常为丹徒,宗仰不怠。"(《全唐文》卷三二〇)长老之卒并立碑在永泰二年,知令钦乾元后尝为丹徒令,亦知《序》之"中原有事,漂寓江表",即指安史之乱中漂寓江外之润州丹徒。唐人重内职,常以其尝官内职称呼外任官或脱官籍者,知礼部员外郎,当是令钦天宝中在朝所任。李华《润州鹤林寺故径山大师碑铭》(同前同卷)、赞宁《唐润州幽栖寺玄素传》(《宋高僧传》卷九)亦称令钦"礼部员外郎""礼部",知其遭乱漂寓润州前尝官礼部员外郎无疑。

其后,崔令钦尝为万州刺史,有刘长卿《寄万州崔使君》诗可证,诗云:"时艰方用武,儒者任浮沉。摇落秋江暮,怜君巴峡深。丘门多白首,蜀郡满青襟。自解书生咏,愁猿莫夜吟。"(《全唐诗》卷一四八)明时在广德元年安史之乱平息前,二、五句见崔、刘有青襟同师受业之旧。杜甫《送鲜于万州迁巴州》诗,为送鲜于炅作,仇兆鳌《杜诗详注》卷一八谓"夔州作",附于大历元年后。鲜于炅大历元年前为万州刺史,则令钦至迟当于广德、永泰间去万州任。

令钦可能自万州征为朝官。其为朝官官职可征者,除上述左金吾仓曹、礼部员外郎之外,《新唐书》卷七二《宰相世系表》载:"令钦,国子司业。"岑仲勉《郎官石柱题名新考订·主客郎中·删补》中于张巡、姚沛下有崔令钦。据《旧唐书·职官志》:主客郎中,从五品上;国子司业,从四品下。岑考谓"顺题名次序而下,令钦官主中当在肃、代之间",则其官国子司业更在其后,即代宗大历年间。另:《古今说海》收录《教坊记》,末题"唐崔令钦撰",小字注:"著作郎";《说郛》收录该书,则于著者"崔令钦"名下注:"著作佐郎"。《说海》编者陆楫、《说郛》编者陶宗仪,均为明人,宋本《教坊记》并无此注,故令钦是否曾为著作局官,尚需进一步考证。至于《全唐文》卷三九六崔令钦小传谓"肃宗朝迁仓部郎中",亦未知何据。

宋郑樵《通志·艺文略·史部·编年类》载:"《唐历》四十卷,唐柳芳撰,起隋(恭帝)义宁元年,讫建中三年。……《唐历目录》一卷,唐崔令钦撰,据柳芳《历》,抄其事目。"高似孙《史略》卷三也有相同记载,推知德宗建中三年(782)令钦尚在世。

据上考,可略见崔令钦生平:

崔令钦,唐博陵安平人。少与刘长卿同门受业,玄宗开元中官左金吾仓曹参军,天宝中擢礼部员外郎。安史乱起,漂寓江表,肃宗乾元、上元间为丹徒令,代宗广德前后为万州刺史。大历初入朝为主客郎中,终国子司业。德宗建中三年稍后卒。

《教坊记》是崔令钦著作中流传至今的唯一一种。以《中国古典戏曲论著集成》(中国戏剧出版社 1959 年)所录最为详备。《全唐文》卷三九六收有崔令钦《教坊记序》，云："开元中，余为左金吾仓曹，武官十二三是坊中人，每请禄俸，每加访问，尽为予说之。今中原有事，漂寓江表，追思旧游，不可复得，粗有所识，即复疏之，作《教坊记》。"序称"玄宗之在藩邸"，知作于上元二年四月玄宗卒后，在润州时。该书主要内容是记叙开元中歌舞机关教坊的一些逸闻、琐事及乐工姓氏、技艺、事迹。《郡斋读书志》贬谓"率鄙俗事，非有益于正乐也"；《四库全书总目提要》称之"其言剀切而著明……然其风旨有足取者，虽谓曲终奏雅，亦无不可，不但所列曲调三百二十五名足为词家考证也"。今观该书于安史乱起后追忆开元旧事，发"殉嗜欲近情，忘性命大节，施之于国则国败，行之于家则家坏，败与坏，不其痛哉"之深慨，与李约《过华清宫》之"君王游乐万机轻，一曲霓裳四海兵"、白居易《江南遇天宝乐叟》之"欢娱未足燕寇至，弓劲马肥胡语喧"异曲同工，是中唐文学中普遍存在的"愿陛下以开元初为法，以天宝末为戒"（《唐会要》卷五二崔群对宪宗治乱问）的怀旧思治创作倾向的反映。其后，同类之作如李德裕《次柳氏旧闻》、郑处诲《明皇杂录》、郑綮《开天传信记》、王仁裕《开元天宝遗事》相继出现，并非偶然；至宋则有孟元老《东京梦华录》、吴自牧《梦粱录》、周密《武林旧事》，明末清初有张岱《陶庵梦忆》《西湖梦寻》等，亦与之意脉相承。《教坊记》作为中国古代戏曲、俗乐史上第一部著作，不仅对考证我国古代戏剧、音乐、舞蹈、杂技、词的起源及其相互关系有重要价值；对其思想意义也不可低估，更不宜做简单否定。

原载《文献》1997 年第 2 期

中唐诗歌活动例说

历代诗歌大都是诗人在嘉会、离群、谪戍、行旅、仕宦、游赏或隐居等生活经历中从事创作活动的产物，中唐诗人也不例外。但中唐诗歌继盛唐之后，出现又一创作高峰，还有前朝不曾有，或虽有而未形成风气的一些诗歌活动。这些活动及于创作、品赏、传播各领域，既是中唐诗歌繁荣的表现，也是中唐诗歌繁荣的基础和原因，值得拈出加以讨论。中唐诗人的诗歌活动繁多：

一曰会诗。张籍《逢王建有赠》云："使君座下朝听易，处士庭中夜会诗。"虽未对"会诗"作具体解释，但知作于与王建"鹊山漳水每追随"的同窗求学之时。《全唐诗》卷四六三收有《七老会诗》，为会昌五年洛阳高龄诗人胡杲、吉皎、刘贞、郑据、卢真、张浑聚会于白居易履道坊宅所作，每人一首七言十二句。长庆中，姚合为万年尉，贾岛、朱庆馀、顾非熊、厉玄、僧无可常会宿、会诗于姚宅，朱、贾、姚有诗记其事。由此推知，"会诗"是一群诗人或学诗者相聚一处，各有所咏，互相观摩，互相切磋，共同提高的一种诗歌创作活动。登览、游宴各有所作，如陈谏、杨於陵等登石伞峰同赋，权德舆、李兼等游洪州龙沙熊氏清风亭所咏，也是会诗的一种形式。

一曰唱和。诗人唱和，彼此呼应，早在魏晋就已出现，但以中唐最为盛行。一般唱和诗外，还有追和、继和、同作等名目。几乎无人不唱和，白居易更是"满箧填箱唱和诗"（《酬微之》）。前代唱和，酬答对方来意而已，不用原韵；中唐始用原韵作答，依韵、次韵、用韵、分韵、增韵、拾其余韵,名目繁多,花样翻新。虽后人讥为"和韵最害人诗"(严羽《沧浪诗话》)、"奪步相仍死不前,唱酬无复见前贤。纵横正有凌云笔,俯仰随人亦可怜"(元好问《论诗三十首》),但就当时而言,当事人却认为"多闻全受益,择善颇相师"(元稹《酬翰林白学士代书一百韵》),利于互相学习,取长补短,对激发诗兴、提高诗艺不无促进作用。

一曰联句。二人或二人以上相聚作诗,人咏一句、一联或四句,合成一首,叫联句。联句始于汉武帝君臣柏梁台赋诗,其后陶渊明、李白、杜甫有效作,至中唐风行,颜真卿、耿湋、李益、皎然、裴度、吕温、白居易皆有殊好,所作往往"联珠迭唱,审韵谐律,同声相应,研情比象,造境皆会,亦犹众壑合注,浸为大川,群山出云,混成一气,朗宣五色,微阐六义,虽小道必有可观"(吕温《联句诗序》)。韩愈尤好此道,与孟郊、张籍、李翱等多有作。韩、孟二人意气相投,笔力相称,动辄往复数十韵不能休,《城南联句》竟达一百五十三韵,金声玉振,篪箎相应,如出一口,可谓联句诗之奇观。颜真卿《登岘山观李左相石尊联句》(《全唐诗》卷七八八),参与者多至二十九人,可谓盛况空前。

一曰赠送。送别行人时以诗相赠,至中唐亦更趋活跃,成为惯例。举凡送人出游、归隐、离京外任、登第归觐、下第求友,饯行时,往往赋诗以赠,以壮行色。如白居易、刘禹锡、张籍送王建赴陕州司马任,韩愈、张籍、王建等送郑权赴镇广州,皆各有所赋。被送者则以有人赠诗为荣,以无人赠诗为耻,故钱易《南部新书》载云:"大历来,自丞相已下,出使作牧,无钱起、郎士元诗祖送者,时论鄙之。"

一曰征诗。中唐人酷爱诗歌,有的本人不一定善诗,却常常向人征求诗歌,聚以为珍,逢人炫示。如僧文畅周游天下,"凡有行必请于搢绅先生,以求咏歌其所志",贞元十九年(803)春东游前,"所得叙诗累百余篇",柳宗元代为请韩愈作序记其事,吕温《送文畅师东游》

诗今存。贞元十六年，徐、泗、濠节度使张建封朝觐毕归镇，"中朝贤士大夫皆举酒为寿，征诗为礼"（权德舆《送张仆射朝觐毕归徐州序》），则是征诗作为对行人的礼拜。

一曰吟唱。刘禹锡得白居易所寄诗百首，答云："吟君遗我百篇诗，使我独坐形神驰。"张籍官水部员外郎时，尝寄新诗二十五首给时为杭州刺史的白居易，居易"郡楼月下吟玩通夕，因题卷后，封寄微之"，元稹乃作《酬乐天吟张员外诗见寄，因思上京每与乐天于居敬兄升平里咏张新诗》；白居易又有《雨中携元九诗访元八侍御》诗云："微之诗卷忆同开，假日多应不入台。好句无人堪共咏，冲泥蹋水就君来。"居敬为元宗简字，宗简排行八。从二诗知元宗简升平里宅常是元稹、白居易、张籍等相聚咏诗之处。元和初，元稹、白居易在京供职，同游城南，自皇子陂归昭国里，"迭吟递唱"新作艳曲，"不绝声者二十余里"，其后白居易在《与元九书》、元稹在《为乐天自勘诗集，因思顷年城南醉归，马上递唱艳曲，十余里不绝……》诗中各有深情回忆。元稹还说他与白居易长庆初同以制诰侍宿南郊、斋宫之夜，偶吟所作，引来两掖诸公、翰林学士、吏卒数十人聚听，以至忘倦废寝，"予与乐天吟哦竟亦不绝"。广大群众吟唱诗人所作更为寻常，元稹谓白居易诗"伎乐当筵唱，儿童满巷传"（《酬乐天江楼夜吟稹诗因成三十韵》）。宣宗李忱《吊白居易》亦云："童子解吟长恨曲，胡儿能唱琵琶篇。"更有吟唱不足而继之以哭者，白居易《伤唐衢二首》言其《秦中吟》"唯有唐衢见，知我平生志。一读兴叹嗟，再吟垂涕泗"，《旧唐书·唐衢传》记载衢"能为歌诗，意多感发。见人文章有所伤叹者，读讫必哭，涕泗不能已……故世称唐衢善哭"。韩愈、贾岛诗及李肇《国史补》亦记载其事。

一曰考论。张籍《逢王建有赠》云："新作句成相借问，闲求义尽共寻思。"《祭退之》诗忆韩愈生前与己"为文先见草"，见出中唐诗友之间常常互相讨论、评论诗作。由于互相了解、知音，故评论之语往往中肯切实,如张籍称王建"诗似冰壶见底清"(《赠王侍御》);白居易评张籍乐府诗"风雅比兴外,未尝著空文"(《读张籍古乐府》);韩愈称"张籍学古淡,轩鹤避鸡群"(《醉赠张秘书》);又谓孟郊"东野动惊俗,天葩吐奇芬"(同前),"横空盘硬语,妥帖力排奡"(《荐士》);刘叉《答孟东野》云"酸寒孟夫子,苦爱老叉诗。生涩有百篇,谓是琼瑶辞",无不独具只眼,一语中的。上至皇帝也参与考评,贞元四年,德宗作《重阳日赐宴曲江亭》诗,百官皆和,"上自考其诗",以刘太真、李纾等四人为上等,鲍防、于邵等四人为次等,张濛、殷亮等二十三人为下等(《全唐诗》卷四德宗诗末注)。

一曰题刻。题诗于壁,刻诗于石,在中唐也极为盛行。有自题,如韩愈《谒衡岳庙遂宿岳寺题门楼》、杨巨源《春雪题兴善寺广宣上人竹院》;有人题,如贞元七年七月德宗李适幸章敬寺,赋诗九韵,命皇太子诵"题之寺壁"(《旧唐书·德宗纪》);有诗人互题,如元和中,元稹、白居易分别谪居通、江二州,互题对方诗于壁间和屏风上,寄托离思。白居易《答微之》诗注:"微之于阆州西寺手题予诗,予又以微之百篇题此屏上,各以绝句相报答之。"诗云:"君写我诗盈寺壁,我题君句满屏风。与君相遇知何处,两叶浮萍大海中。"为保留长久而刻石者亦常见,如元和十二年(817)裴度率师东征吴元济,过河南,于女几山刻诗于崖石;柳宗元谪永州司马,得冉溪,改名愚溪,作《八愚诗》,纪于石上。各地风物,一经诗人品题,遂成名胜,时人或后人得以观览,多生感慨。白居易《蓝桥驿见元九诗》云"蓝桥春雪君归日,秦岭秋风我去时。每到驿亭先下马,循墙绕柱觅君诗",洋溢出自贬所奉召还京的欣喜;刘禹锡《三乡驿楼伏睹玄宗望女几山诗,小臣斐然有感》《途次敷水驿,伏睹华州舅氏昔日行县题诗处,潸然有感》,抒发"天上忽乘白云去,世间空有秋风词""今来重垂泪,不忍过西州"的家国之恨,忧怅深沉。

一曰传递。诗成寄人,自古有之,而以中唐为盛。寄诗与人,以诗代书,不仅起到述怀、申贺、致谢等作用,更重要的是在传递过程中,加强、加快了诗的交流和传播,推进了诗歌创作的社会化。长庆、宝历间,白居易与元稹分别为杭州刺史和浙东观察使,始用竹筒寄诗。白居易《与微之唱和,来去常以竹筒贮诗……》云:"拣得琅玕截作筒,缄题章句写心胸。随风每喜飞如鸟,渡水常忧化作龙……"《醉封诗筒寄微之》云:"为向两州邮吏道,莫辞来去递诗筒。"长庆末,自刑部郎中出刺湖州的崔玄亮,与元、白有同年之旧,参与唱和传递,编成《三州唱和集》,传为佳话,《唐语林》《唐诗纪事》有载。

一曰进诗。元和八年,"宰臣武元衡、李吉甫、李绛,旧相郑馀庆、权德舆各奉诏令进旧诗"(《旧唐书·宪宗纪》);十二年,令狐楚奉命进诗,乃选大历以来诗人李益、张籍、杨巨源等三十人诗五百一十首进上,称《御览诗》。柳宗元作《平淮夷雅》,附表呈皇帝外,又献呈平淮西功臣李愬,有《上襄阳李仆射愬献唐雅诗启》。元稹为通州司马时,尝往兴元求医,献诗节镇郑馀庆。至于举子应试前,持诗、文拜谒朝官名流,以明心迹、以求推挽的"行卷",则是更为普遍的活动了。

以上所举,有会诗、唱和、联句、赠送、征诗的创作活动,有吟唱、考论的品赏活动,有题刻、传递、进献等传播活动。就创作活动而言,都是诗人之间的群体活动,没有标举诗人个体在其生活经历中独自进行的创作活动;品赏活动没有言及个人创作过程中的推敲与斟酌;传播活动也没有谈到诗人手编或后人编刻诗集。而且一般说来,从创作到传播,诗人的个体活动还是大量的,主要的。但这里着重指出的是:群体活动与个体活动也是相互影响、相互促进的,群体活动的频繁须在个体创作热情普遍高涨的基础上产生,也反过来促进个体的诗歌创作。中唐诗人众多,流派林立,个体诗人的创作数量也大都超过初、盛唐;诗歌流布也更快更广,如白居易诗"自长安抵江西三四千里,凡乡校、佛寺、逆旅、行舟之中,往往有题……士庶、僧徒、孀妇、处女之口,每每有咏……"(白居易《与元九书》),"未容寄与微之去,已被人传到越州"（白居易《写新诗寄微之偶题卷后》）；元稹诗"自六宫、两都、八方至南蛮、东夷国，皆传写之。每一章一句出，无胫而走，疾于珠玉"（白居易《河南元公稹墓志铭》）；孟郊诗不仅"千古传珪璋"（邵谒《览孟东野集》），且"诗随过海船"（贾岛《哭孟郊》）；杨巨源亦"新诗欲写中朝满，旧卷常抄外国将"（王建《寄杨十二秘书》）。诗歌创作、品赏、传播的群体活动对鼓舞诗人的创作兴趣、繁荣诗歌创作、提高作品质量，有着十分明显的积极意义。

原载《古典文学知识》1997 年第 1 期

诗歌命题的一种新创造

——论李商隐《无题》诗的产生及其历史价值

李商隐的《无题》诗,包括以"无题"为题和取诗中二字作标题的,共约六十首,在其近六百首诗中,不过十分之一。可是它们引起后人重视的程度,却远远超过了在李诗中所占的份额,在我国诗歌史上成为一种重要的艺术现象。正因为如此,自宋及今,对其进行评论、注释、疏解以及效作者,代不乏人,本文不打算重复关于《无题》诗是否有寄托之类的论争,而拟对它们产生的社会、思想、文学根源做些考察,以窥测它们在诗歌发展中的历史价值。

一

文学的发展史告诉我们:任何一种文学现象,包括时代特色的形成、体式的代变、文学派别的兴替,都有其产生的背景和根源。李商隐有意作"无题"诗,从而使《无题》诗成为一种成熟而稳定的创作形式进入诗坛,为后世一部分诗人所效法、采用,也有其内在和外在的原因。

李商隐生于元和八年(813),卒于大中十二年(858),他生活的这四十六年,是安史之乱造成的唐帝国由盛转衰的局面在宪宗朝露出一线转机后复又变得愈加黑暗、衰败的时期。藩镇割据、宦官专权、朋党斗争都发展到了不可收拾的程度。在李商隐经历的宪、穆、敬、文、武、宣六朝皇帝中,敬宗被宦官刘克明所杀,宪宗"时以暴崩,皆言内官陈弘志弑逆,史氏讳而不书"(《旧唐书·宪宗纪》),穆、宣二宗因服方士的"长生药"而被毒死;元和十年,主张削藩的宰相武元衡被藩镇派人刺杀;大和九年,策划打击宦官势力的宰相王涯、贾𫗧、舒元舆、李训等反被宦官杀害,造成震惊朝野的甘露之变;宣宗重用牛党,将前朝有建树的宰相李德裕贬死琼崖。种种秕政和混乱,总成了晚唐朝政的极度腐朽和社会的极端黑暗。

仕途坎坷、遭遇不幸,是唐代大多数诗人都走过的道路,李商隐也不例外。他不仅与其他诗人一样生活在晚唐的黑暗社会,受其影响,更由于先受牛党人士令狐楚的提携,后又被属于李党的王茂元招为东床,而不自觉地卷入朋党斗争的漩涡,牛、李两党势力的消长,都在他仕途上投下了浓重的阴影,以致他虽十六岁就有"以古文出诸公间"的才华,有"欲回天地入扁舟"的抱负,而终于一生奔走,沉沦幕僚,"虚负凌云万丈才,一生襟抱未曾开"(崔珏《哭李商隐》)。

许多诗人都有着坎坷、不幸的遭遇,但遭遇不幸坎坷的情况却是各有不同的。一种是遭贬谪,如韩愈、元稹、白居易、刘禹锡;一种是被疏远,如屈原、杜甫。遭贬谪的挫折和打击是爆发式的、急性的,而被疏远的挫折和打击是渐进的、慢性的。遭遇情况不同的诗人,抒发感情的方式往往也是不同的。遭贬谪,受到爆发式打击的诗人抒发感情,或如韩愈《左迁至蓝关示侄孙湘》"一封朝奏九重天,夕贬潮阳路八千"的不平和愤懑,或如刘禹锡《再游玄都观绝句》"种桃道士归何处?前度刘郎今又来"、《浪淘沙》"千淘万漉虽辛苦,吹尽狂沙始到金"的藐视和抗争,或如苏轼《六月二十日夜渡海》"九死南荒吾不恨,兹游奇绝冠平生"的旷达与超脱;被疏远,受到慢性挫折的诗人抒发感情,或如屈原、杜甫的执着,或如曹植、秦观的郁结:都因品性、气质不同而各异。李商隐一生中,没有公开受贬谪与左迁,而是由于受猜忌和排挤,终身不得重用,为衣食所驱四处奔走,沉沦下僚。这种慢性的打击,对一位有才能、有抱负的志士来说是严酷的,也是无辜的。他不能像韩愈、刘禹锡那样激愤和抗争,因为他没有公开露面的政敌;也不能像陶潜、苏轼那样超脱,因为他生就了一副忧愁幽思、一往情深而不能自遣的心肠,他在仕途上,有许多不能不言,又不便明言的苦衷,爱情生活中也有一些欲言而不愿明言的情结,因而在用诗抒写怀抱、抒发感情时,就采取了"为芳草以怨王孙,借美人以喻君子"(《谢河东公和诗启》)那种比兴寄托、隐约含蓄的手法,形成他的《无题》诗,乃至其他大部分诗言近旨远、寄托遥深、表意婉曲、欲吐还吞的特点。他在诗中所要表现的意思,不是明白说出,而是尽可能地隐匿起来;用作比兴寓体的,不是单一的,而是叠加的物象;诗的结构不是按照事件或意念的过程连续、直线地行进,而是随着他那"得及游丝百尺长"的"心绪"(《日日》)超越时空界限,大跨度地跳跃;又多选用富于弹性、双关的语言。于是,主题的隐匿性、物象的多体性、结构的跳跃性、语义的伸缩性,构成了李商隐《无题》诗朦胧美的特质。除"八岁偷照镜""何处哀筝随急管"等几首托意较明显外,多数是不在托喻者与被托喻者之间作类比,而是把自己的人生体验、身世之感无形地融进诗的形象整体中,借形象整体来抒情达意,给读者留下进行再创造的广阔天地。从这种意义上说,"无题"诗本质上又不是模糊的。陈声聪以为"无题"诗"皆有题",之所以标作"无题",是"特有意隐之耳"(《兼于阁诗话》附录《诗题·小序及注》),是很符合李商隐《无题》诗的实际情形的。

二

为了进一步认识李商隐《无题》诗的创造性,有必要对我国古代诗歌命题之发展做一历史回顾。

古代歌谣皆口头创作,在人们口头流传,原本无题,其后由文人录入各种典籍中,如《孔子家语》载舜歌《南风》之诗,《史记》载《麦秀》《采薇》《大风》《鸿鹄》《垓下》《耕田》《瓠子》歌,《汉书·西域传》载乌孙公主《悲愁》歌等,皆记其本事,加题以醒目。最早的诗歌总集《诗》三百零五篇,孔颖达《毛诗正义》引《尚书·金縢》"公乃为诗以贻王,名之曰《鸱鸮》"语,曰:"然则篇名皆作者所自名,既言为诗,乃云名之,则先作诗,后为名也。"今检《诗经》篇名,均取自篇中,少则一字,多至五字,"名篇之例,义无定准",其原因是"作非一人,故名无定目",说明《诗》之作,非按题作诗,而是诗成后由作者或他人加题,所加之题往往不能概括,或不能概括尽诗意,可以说,《诗经》实质上是一部无题诗总集。汉代的《古诗十九首》非一人作,最早收入梁萧统所编《文选》,统称"古诗",后人以首句为题,知其本为无题诗。

最早命题作诗的当推屈原,《史记》本传谓其"故忧愁幽思而作《离骚》。……乃作《怀沙》之赋",并对"离骚"之题意进行诠释,足见为骚人原题。汉末建安诗人之诗题始大备,题意也由屈原的隐微趋于显明。至陶渊明出现了题序合一的现象,如《五月旦作和戴主簿》《辛丑岁七月赴假还江陵夜行途中作》;谢灵运诗《石门新营所住四面高山回溪石濑茂林修竹》《入华子冈是麻源第三谷》等,则表现出题注合一的倾向。其后,长题、繁题盛行,梁任昉《赠郭桐庐出溪口见候余既未至郭仍进村维舟久之郭生方至》,被沈德潜视为"长题以此种为式"(《古诗源》卷一三)。以上事实说明,古代诗歌命题,走过了一条从无到有、由短到长、由简到繁的漫长道路。

唐诗命题,在继承魏晋南北朝传统的基础上,而有发展。其表现,一是题序、题注合一增多,长题屡见。白居易诗题字数超过诗句字数的屡见不鲜,如在忠州所作咏木莲的三首绝句,共八十四字,而诗题竟有一百零七字,不啻一篇散文;一是创作乐府诗时,或"寓意古题,刺美见事",或"率皆即事名篇,无复倚傍"(元稹《乐府古题序》),

将实际无题的古乐府改作有题,且取现实生活为题材,据题作诗。从文学传播史看,诗题之从无到有、由短到长、由简到繁,题意的由隐到显,是诗歌创作日益通俗化的过程。

文学通俗化,使之根植于更广阔的生活土壤,为更多的读者所接受,这本是合乎艺术规律的。但人事、物理常常是相反相成的,真理超过一步便成荒谬,"虽曰爱之,其实害之"的事并不少见。如果把文学的通俗强调到不适当的程度,把读者的接受水平估计得过低,导致用庸俗、浅陋的东西去投合一部分群众的低级趣味,就不可避免地会产生"俗不可耐"的作品,元稹那些描声绘色地言男女欢合、白居易又从而和之的一些艳情、狎昵诗,难怪被后人目为"元轻白俗"(苏轼《祭柳子玉文》)了。张戒对"世言白少傅诗格卑"之论做解释云:"元、白、张籍诗,皆自陶、阮中出,专以道得人心中事为工,本不应格卑,但其诗伤于太烦,其意伤于太尽,遂成冗长卑陋尔。"(《岁寒堂诗话》卷上)清末改良派思想家谭嗣同呼吁变革旧的烦冗礼节、衣着时说:"繁必滞,简必灵,惟简然后能驭繁。"(《仁学》下)李商隐以"无题"名诗,或寄托自己怀抱不展,遭遇不幸;或描写男女之间热烈的爱情和离别、阻隔中执着的相思,深情绵邈,精美含蓄,言短意长,都有艳而不俗、浓而不腻的特点。可以说,这是他在诗歌创作道路上能自拔于流俗、以俗为雅、以简驭繁的创造性实践。

三

唐代科举进士科试诗,一概命题,用韵、句式、字数都有严格规定,题目出入经史,切举子望第之心。举子在备考过程中,多方揣摩拟作,临场时依题作诗,东拼西凑,为文造情。总的看来,唐代以诗赋取士的制度,使士人重视诗歌的学习和创作,对繁荣诗歌创作有促进作用;但就备考作试帖诗、临考作省题诗而言,流弊所至,束缚思想,限制才华,对诗歌创作带来消极影响,却是显而易见的。故富于创造精神的作家和评论家,大都反对作诗太"着题",苏轼以为"赋诗必此诗,定非知诗人"(《书鄢陵王主簿所画折枝二首》),王国维谓"诗有题而诗亡,词有题而词亡"(《人间词话》),后者虽说得过偏过激了些,然其痛责以题自限之弊、鼓励创造发挥的精神却是可取的。从此出发,对弊害多端的试帖诗、省题诗自然要持否定态度了。南宋葛立方云"省题诗自成一家,非他诗比也。首韵拘于见题,则易于牵合,中联缚于法律,则易于骈对,非若游戏于烟云月露之形,可以纵横在我者也",并举王昌龄、钱起、孟浩然、李商隐拟作的省题诗,谓其"皆有诗名,至于作省题诗,则疏矣"(《韵语阳秋》卷三)。清代袁枚诗主性灵,他高度称赏《诗三百》《古诗十九首》那样随性而作、不受题目拘限的无题诗,以为"无题之诗,天籁也""诗到无题是化工";同时不遗余力地抨击试帖诗之类的八股调,谓:"汉、魏以下,有题方有诗,性情渐漓。至唐人有五言八韵之试帖,限以格律,而性情愈远。且有'赋得'等名目,以诗为诗,犹之以水洗水,更无意味。从此诗之道每况愈下矣。"(《随园诗话》卷七)

　　李商隐生活的时代,科举制度流弊日益严重,但仍是士子谋生求仕的必经之路。为了应试,李商隐青少年时代写过试帖诗,今集中犹存《赋得桃李无言》《赋得月照冰池》二首,但前者为五律,后者八韵十六句,与试帖、省题诗五言六韵十二句的规定不符,其中"赤白徒自许,幽芳谁与论""顾兔飞难定,潜鱼跃未期"之句,寄托诗人美玉待沽的期望以及展抱无时的徘徊与寂寞,情韵兼胜,与一般省题诗的牵合、苍白有所不同;其真正的省题诗,即开成二年登进士第所作《霓裳羽衣曲》诗,今集中不存,当是诗人已将其裁汰。可见李商隐对省题诗非但不热衷,甚至是在有意进行纠偏了。其《上崔华州书》云:

　　　　愚生二十五年矣。五年读经书,七年弄笔砚。始闻长老言

"学道必求古，为文必有师法"，常悒悒不快，退自思曰：夫所谓道，岂古所谓周公、孔子者独能邪？盖愚与周孔俱身之耳。以是有行道不系今古，直挥笔为文，不爱攘取经史，讳忌时世。（《樊南文集详注》卷八）

崔龟从由中书舍人出为华州防御使，时在开成元年十二月，李商隐于次年春登进士第，详文意，书作于二年春未第前。应试前对长老之言提出异议，申言"行道不系今古，直挥笔为文，不爱攘取经史"，其不满试帖、省题诗，不屑拘题作诗，反对诗太着题，应该是这种不受传统束缚、主张文学应有独创性的思想的逻辑发展。

从李商隐的诗歌创作实践看，他的诗也确实体现着一种追求不着题的倾向。标作"无题"的诗，或"格新意杂，托寓不一，难于命题，故曰无题"（谢榛《诗家直说》），或诗中之意，"不能以题尽之"（王国维《人间词话》），自是有意不着题的佳例；以诗中首二字为题的《锦瑟》《自喜》《人欲》《为有》《一片》《如有》以及从诗中随取二字为题的《明日》《风雨》《江东》《天涯》等，或题本身就无实义，或虽有实义亦不能涵括全诗内容，故人们习惯上仍称之为无题诗。此外，虽有题而实无题的，如《当句有对》《离思》"气尽前溪舞"等；虽采用常见题《落花》《月》《闺情》《春雨》等，然多比兴寄托，不拘于题的；更多的是虽有题，而题不尽意、意溢题外的，如《楚泽》写行楚泽道中，而思辞官北归，《乐游原》"向晚意不适"写登原见夕阳，而寓芳景难留、大势已去之慨，《春日》则言在春日而意在讥刺钻营邀宠者。《暮秋独游曲江》云：

　　荷叶生时春恨生，荷叶枯时秋恨成。深知身在情长在，怅望江头江水声。

是冯浩所谓伤"意中人"之逝,还是张采田所谓悼其妻王氏之亡,或者只是借景抒发岁月如流、多情多愁的惆怅,抑或兼而有之,很难指实。不管怎样,总觉得它既扣紧了题,又超出了题,而与一般的游曲江诗不同,故张采田评谓"宛转有味,巧思拙致,异于甜熟一流,所谓恰到好处者也"(《李义山诗辨正》)。

四

李商隐驰骋诗坛的晚唐,词正代诗而兴,是文学史上"一切好诗,到唐已被作完"(鲁迅《致杨霁云》)、"律绝敝而有词"(王国维《人间词话》)的时代。与李商隐有交往的温庭筠以词著称,而李却很少写词,《全唐五代词》依《全唐诗·乐府》收其词仅《杨柳枝》二首,但值得注意的是:李商隐的诗似乎传递出词正从诗歌母体中异化出来,诗词艺术手法互相影响、互相渗透的信息。

首先,李商隐的许多诗都具有词固有的宛转情思和声调婉媚的特点,如《李夫人三首》之"柔肠早被秋眸割",《燕台诗四首》之"衣带无情有宽窄""云屏不动掩孤颦,西楼一夜风筝急。欲织相思花寄远,终日相思却相怨",许学夷谓"皆诗馀之调"(《诗源辨体》卷三〇)。这种宛如词调的诗句,在李商隐诗中随处可见,如"不辞鶗鴂妒年芳,但惜流尘暗烛房。昨夜西池凉露满,桂花吹断月中香"(《昨夜》)、"画屏绣步障,物物自成双。如何湖上望,只是见鸳鸯"(《柳枝五首》)、"烛分歌扇泪,雨送酒船香"(《夜饮》)、"花情羞脉脉,柳意怅微微"(《向晚》)等等。

其次,从李商隐以"无题"名诗与词的联系看。在唐代为配合燕乐歌唱而倚声填写的词,词调就是词题,大多数词调只表明曲调的声腔和节奏,而不表明词的内容,不同的词人或同一词人可以采用同一词调写出许多内容不同的词,从这个意义上说,词在早期是无题的。

就在词还是无题的晚唐,出现了李商隐的无题诗,这不能说是偶合,应该说是自觉不自觉地受了词无题的影响和启示。陆游《跋花间集》云:"唐自大中后,诗家日趋浅薄。……唐季五代,诗愈卑,而倚声者辄简古可爱。……能此不能彼,未易以理推也。"(《渭南文集》卷三〇)把唐诗之卑的起限划在宣宗大中年间李商隐、杜牧卒后,说明二人诗不能与晚唐其他诗人等同视之,是合乎实际的;然李商隐写词少,不一定是因他能诗不能词,他的创造性在于以词之无题用之于诗,从而使诗的内容不为一题所限,使诗人在创作时便于驰展才情,也让读者在读诗时有更多的参与,有更大的灵活性。而这,正是应该予以历史评价的。

　　词经过无题阶段后,至苏轼始于词调之外另加词题,或作题注,至南宋姜夔更大畅其流,几至每词必有题或序,其序动辄在百字以上,《徵招》之序竟达四百余字。词大体上也和诗一样,经过了一个从无题到有题、从简题到繁题的过程。值得深思的是,正是姜夔那种题序合一的倾向,受到后人"序即是词,词仍是序,反复再观,如同嚼蜡矣"(周济《介存斋论词杂著》)的讥评,标志着宋词的发展快要走到它的尽头,被新的文学样式起而代之了。

　　"文变染乎世情,兴废系乎时序。"(刘勰《文心雕龙》卷九)总上所论可见,李商隐《无题》诗的产生不是偶然的,它是对晚唐社会现实的适应,也是诗人遭遇、个性决定的艺术选择;是对南北朝以来诗题愈来愈繁的突破,也是对盛唐以来省题诗的纠偏;它受到词的启示,也启示了词;对诗词的创作,尤其是对中国古今"朦胧诗"的产生和发展有着深远的影响,有其不可低估的历史价值。

原载《湘潭师范学院学报》1995 年第 5 期

唐诗咏玄宗及其文化意蕴

在中国历史上，唐玄宗是一位颇具传奇色彩和鉴镜意蕴的封建帝王。他虽与功业显赫的开国君主秦始皇、汉高祖、唐太宗有异，与昏庸荒淫的亡国之君陈后主、隋炀帝不同，却又与这两类帝王都有某些相似之处，他是聪明与昏庸、巨人与侏儒、功与过的混合体。玄宗，名李隆基，睿宗李旦第三子，延和元年（712）即帝位，开元初群臣上尊号曰“开元神武皇帝”，天宝十五载（756）逊位，代宗宝应元年卒，谥明，庙号玄宗，墓曰泰陵。《旧唐书》本纪称他“性英断多艺……仪范伟丽”，他以平定“韦、武之乱”的英雄姿态登上皇帝宝座，即位后，先后任用姚崇、宋璟、张九龄为相，励精图治，革故鼎新，使唐帝国社会安定，经济、文化全面繁荣，史称“开元之治”；后期耽于淫乐，怠于政事，奸相李林甫、杨国忠弄权，国是日非，于天宝十四载爆发了安史之乱，以至国破出奔，被历史逐出舞台，唐帝国也由此元气大伤，终至一蹶不振。情是诗歌的本质特征，也是诗歌构成的基本要素；然情总是因境而感，缘事而发，“人心感于境遇，而哀乐情动，诗意以生”“人于顺逆境遇间，所动情思，皆是诗材”（吴乔《围炉诗话》自序、卷一，转引自《清诗话续编》第一册第 469、474 页，上海古籍出版社 1983 年）。唐玄宗之一生，系于唐帝国的治乱盛衰，而唐帝国之治乱盛衰直接影响着唐人的悲欢苦乐，因此，玄宗其人其事极能触发诗人诗心而被取作诗材。唐人歌咏前朝和本朝帝王的诗屡见不鲜，然如咏玄宗诗这么丰富、动情、深刻而富于艺术感染力和文化涵蕴，却是绝无仅有的。

一

唐史记载开元之盛云:"是时,海内富实,米斗之价钱十三,青、齐间斗才三钱,绢一匹钱二百。道路列肆,具酒食以待行人,店有驿驴,行千里不持尺兵。"(《新唐书·食货志》)"于斯时也,烽燧不惊,华戎同轨。……垂髫之倪,皆知礼让;戴白之老,不识兵戈。虏不敢乘月犯边,士不敢弯弓报怨。'康哉'之颂,溢于八纮。所谓'世而后仁',见于开元者矣。"(《旧唐书·玄宗纪》史臣论)杜甫《忆昔》、卢象《驾幸温泉》、韦应物《温泉行》、元稹《代曲江老人百韵》诗,或纪实,或描述,都展示出一幅幅国泰民康、上下富足的文明繁盛图。尽管这种局面的形成有其多方面的原因,但人们首先看到的是作为帝国象征的皇帝,因而玄宗在位时的唐诗,虽间有讽喻之作,但最常见的是把玄宗视作开元盛世的缔造者、幸福生活的赐予者来歌颂。大量应制、奉和、省题诗的基调是歌功颂德,称玄宗为"圣皇""明君",比之为"尧舜",喻之为"日月",众口一词的赞歌,虽不能说不是发自内心,总不免显得单调、概念些;而当安史叛唐、王室播迁、玄宗殒殁后,人们在灾难困苦和企望中兴的日子里再想起这位已故皇帝和与之俱逝的开元盛世时,才改变了过去一味歌颂的态度,以诗追怀他和他代表的昔盛时,变而为伤怀交并、声泪俱下、感人肺腑了。如戎昱《八月十(按十字衍)五日》:"忆昔千秋节,欢娱万国同。今来六亲远,此日一悲风。年少逢胡乱,时平似梦中。梨园几人在,应是涕无穷!"李端《代村中老人答》:"京洛风尘后,村乡烟火稀。少年曾失所,衰暮欲何依?夜静临江哭,天寒踏雪归。时清应不见,言罢泪盈衣。"经乱离后,留下的只有梦牵魂绕、深情痛苦的回忆。二诗或就自身经历感慨今昔,或借人言寄发情思,包含着多少对玄宗及其代表的盛世的怀恋,对这一切已成过去、回忆起来恍如隔世的惆怅和盛世难再的痛惜！曾为玄宗侍从官三卫郎的韦应物，回忆"少事武皇帝，无赖恃恩私"（《逢杨开府》）、"蒙恩每浴华池水，扈猎不蹂渭北田"（《温泉行》）的经历，抒发"一朝铸鼎降龙驭，小臣髯绝不得去。今来萧瑟万井空，唯见苍山起烟雾。可怜蹭蹬失风波，仰天大叫无奈何"（《温泉行》）的悲痛，其与玄宗共荣辱、与唐室共福祸的体验，溢于言表。这些诗都出于从开元、天宝时代走过来的诗人之口，他们对昔盛今衰、昔治今乱有着特别深刻的感受，耿湋《慈恩寺残春》"双林花已尽，叶色占残芳。若问同游客，高年最断肠"，道出了这辈诗人的共同经历与感受，也揭示出他们咏玄宗之作沉挚感人的根本原因所在。

比这群诗人稍后的中唐中期诗人，也多有追怀玄宗之作。由于他们如陈鸿《长恨歌传》所说"予非开元遗民"（《文苑英华》卷七九四），故题材多得之于听闻，如元稹、韩愈的两首短诗，元之《行宫》云："寥落古行宫，宫花寂寞红。白头宫女在，闲坐说玄宗。"韩之《和李司勋过连昌宫》云："夹道疏槐出老根，高甍巨桷压山原。宫前遗老来相问，今是开元几叶孙？"韩诗作于元和十二年以彰义军行军司马随裴度平淮西凯旋归途中，元诗也约作于此前后，时去玄宗在位已半个多世纪，二诗同因历旧境生感，同以开元、天宝时人"说玄宗"作题材，抒写对玄宗和开元盛世的怀念，都有含蓄隽永的韵味和小中见大的艺术效果。元诗中的宫女说玄宗而不道玄宗短长，多少盛衰今昔之感蕴含其中；韩诗则由平叛奏凯的"中兴"气象回溯开元盛世，由宪宗想到玄宗，其中对缔造了开元之盛的玄宗崇仰和对尚能继承开元大业而见功于削藩平叛的宪宗的赞许、期待之情，更为明朗，也更为深切一些。

除连昌宫之外，凡是玄宗生前游巡、经行过的旧地，如长安宫阙、曲江池苑、骊山、马嵬、东都洛阳以及与玄宗有关的旧节、故事和故人，都成了诗人追怀玄宗和开元之盛的题材。杜甫《忆昔》之"忆昔开元全盛日，小邑犹藏万家室。稻米流脂粟米白，公私仓廪俱丰实。

九州道路无豺虎，远行不劳吉日出。齐纨鲁缟车班班，男耕女桑不相失。宫中圣人奏《云门》，天下朋友皆胶漆"，顾况《上元夜忆长安》"处处逢珠翠，家家听管弦。云车龙阙下，火树凤楼前"、《八月五日歌》"丹青庙里贮姚宋，花萼楼中宴岐薛。清乐灵香几处闻，鸾歌凤吹动祥云。……率土普天无不乐，河清海晏穷寥廓"，李涉《寄河阳从事杨潜》"洛滨老翁年八十，西望残阳临水泣。自言生长开元中，武皇恩化亲沾及。当时天下无甲兵，虽闻赋敛毫毛轻。红车翠盖满衢路，洛中欢笑争逢迎"。即使如玄宗每年初冬偕杨妃至骊山温泉避寒、次年春始返长安这样侈逸逐乐、在当时颇受诗人抨击讥刺的行为，到这时，玄宗既殁，时过境迁，也变成了诗人深情追怀玄宗和开元盛世的材料，如鲍溶《温泉宫》云："忆昔开元天地平，武皇十月幸华清。……仍闻老叟垂黄发，犹说龙髯缥缈情。"张籍《洛阳行》云："翠华西去几时返，枭巢乳鸟藏蛰燕。……陌上老翁双泪垂，共说武皇巡幸时。"在描声绘色的叙写、津津有味的深情回忆的同时，抚摸现实身上的伤痕、心灵的创痛，带着"经乱方知太平贵"的哲理意味，生动呈现出开、天前后的时代面貌。韦应物《广德中洛阳作》的"生长太平日，不知太平欢。今还洛阳中，感此方苦酸"、杜甫《忆昔二首》的"岂闻一绢直万钱，有田种谷今流血"，正是对诗人们这种痛定思痛、食苦然后知甘心态的理性表述。大量追怀玄宗及其时代的诗作出现，而这些诗具有共同的特点——真，从中可以看到唐人普遍关切国事，期望国富民强，追求和平幸福，与国家民族同呼吸、共命运的时代精神和文化心理。

二

作为封建帝王的唐玄宗，其性格、事迹的复杂性在于：他既亲手缔造了开元之治，也亲手断送了开元之治。他后期的荒淫怠政，引发了使帝国遭到严重破坏、使百姓蒙受重大灾难的安史之乱,他本人也在这场变乱中落得妃死身窜,在凄凉晚景中凋丧的惨痛结局。他是家国悲剧和个人悲剧的制造者,也是这双重悲剧的直接承担者。唐代诗人,尤其是玄宗去世后的诗人,以诗追怀他时,如杜牧所云"霓裳一曲千峰上,舞破中原始下来"(《过华清宫绝句三首》)、李商隐所云"冀马燕犀动地来,自埋红粉自成灰"(《马嵬二首》),都没有回避他自铸过错的事实。又由于玄宗自前期的英明勤政变到后期的昏庸怠政是从纳杨玉环开始,后期的荒淫生活也是以宠幸杨妃为主要内容,因而诗人们在歌咏唐玄宗,尤其是在评说他的历史功过时,就很自然地同时涉及杨贵妃,涉及他们的所作所为;而在具体描写、评说中,诗人们的认识、态度又颇不一致。

一是以为罪在杨妃,其实质是为玄宗开脱罪责。如杜甫《北征》云:"不闻殷夏衰,中自诛褒妲。"刘禹锡《马嵬行》借里中儿口云:"军家诛戚族,天子舍妖姬。"罗隐《华清宫》云:"楼殿层层佳气多,开元时节好笙歌。也知道德胜尧舜,争奈杨妃解笑何!"在这些诗中,玄宗仍是圣君,无奈被杨妃迷惑,而在危急关头终于醒悟,毅然决然地舍弃了杨妃,这是畏天悔过的壮举。这种"女人祸水"论调,在封建社会中颇为一部分具有正统观念的人所接受并加以宣扬。

与此相反,另一些诗人以为罪在玄宗,杨妃则是无辜的。如李益《过马嵬》云:"汉将如云不直言,寇来翻罪绮罗恩。托君休洗莲花血,留记千年妾泪痕。"徐夤《开元即事》云:"未必蛾眉能破国,千秋休恨马嵬坡。"其《马嵬》更云:"二百年来事远闻,从龙谁解尽如云。张均兄弟皆何在?却是杨妃死报君!"诗人尖锐指出:那些平时受到玄宗恩遇的满朝文武,大都事前不敢直谏,一旦贼临城下,形势仓皇,或如张均、张垍兄弟背唐从逆,或如诸卫请诛杨妃塞怨,比起他们来,杨妃以死报君要忠诚纯洁得多。当然,诗的主意不在为杨妃开脱,而在强调指出玄宗后期无知人之明,任人不当,失去人助,以致自食其果。

　　还有一些诗人,不仅指出玄宗无所逃于招祸之责,且兼以诗人和政治家的眼光找出玄宗错之所在,总结历史教训,供后人借鉴。李约《过华清宫》云:"君王游乐万机轻,一曲霓裳四海兵。"李益《过马嵬二首》云:"世人莫重霓裳曲,曾致干戈是此中。"白居易《江南遇天宝乐叟》云:"欢娱未足燕寇至,弓劲马肥胡语喧。"他们都认为玄宗晚年沉迷于歌舞升平、荒淫失政,导致了安史叛唐,使国家、百姓蒙受兵燹之祸。杜牧《咏歌圣德远怀天宝因题关亭长句四韵》云:"广德者强朝万国,用贤无敌是长城。君王若悟治安论,安史何人敢弄兵!"李商隐于甘露之变后作《行次西郊作一百韵》,追溯"降及开元中,奸邪挠经纶"以来的巨大变动时云:"昔闻举一会,群盗为之奔。又闻理与乱,系人不系天。"诗僧贯休也有《读玄宗幸蜀记》云:"宋璟姚崇死,中庸遂变移。……因知纳谏净,始是太平基。"都认为广德、用贤、纳谏,以社稷为重,才能得天时之利、人和之助,而这,才是国家长治久安的根本;一旦根本动摇,大厦必然随之倾覆。元稹《连昌宫词》借宫边老人泣诉唐王朝由盛转衰的历史变化,回答"太平谁致乱者谁?"问时,生发一段议论云:"姚崇宋璟作相公,劝谏上皇言语切。燮理阴阳禾黍丰,调和中外无兵戎。长官清平太守好,拣选皆言由至公。开元之末姚宋死,朝廷渐渐由妃子。禄山宫里养作儿,虢国门前闹如市。弄权宰相不记名,依稀忆得杨与李。庙谟颠倒四海摇,五十年来作疮痏。"舒元舆《八月五日中部官舍读唐历天宝已来追怆故事》,则在遗老哭诉和史籍记载的相互印证中抒发感慨云:"仰思圣明帝,贻祸在肘腋。杨李盗吏权,贪残日狼籍。燕戎伺其便,百万奋长戟。两河连烟尘,二京成瓦砾。生人死犹尽,揆业犹不息。……零落太平老,东西乱离客。往往为余言,呜咽泪双滴。……抚几观陈文,使我心不怿。……昔闻欢娱事,今日成惨戚。……万古长恨端,萧萧泰陵陌。"二诗一致说明:开元之治的主要原因是明君贤相的协理,天宝之乱的主要原因是奸相弄权、妃子邀宠和玄宗忠奸不辨、赏罚不明的种种"颠倒"与失调，一失足成千古恨！教训深刻，感慨深沉，千百年后"抚几观陈文"，未尝不令人一吟而三叹！

尽管多数诗人以为过错主要在玄宗，但对玄宗错误的态度又各有不同。一些诗人从玄宗的悲剧中引出教训，而对玄宗本人仍是深表同情。代表这种创作倾向的要数白居易的《长恨歌》，该诗叙写唐玄宗家国悲剧和爱情悲剧带给他的长恨，诗的形象整体说明：安史之乱是李、杨爱情由欢到悲、国家由治到乱的转折点，而酿成安史之乱的祸胎则是"汉皇重色思倾国"，是得到杨妃后的"从此君王不早朝"。李、杨是爱情悲剧的承受者，因而予以同情；又是爱情、家国交织悲剧的制造者，因而予以谴责。诗在写到李、杨自食苦果，尤其是写杨妃死后玄宗每时每地触境伤情、睹物思人、辗转苦思时，艺术的笔触饱蘸同情与叹惋；而当触及负社稷之重的玄宗却重色轻国，以致酿成弥天大祸时，又情不自禁地给予了鞭笞和针砭，然鞭笞与针砭的基调仍是同情，理想化的歌颂中又暗寓微讽。《长恨歌》在众多咏玄宗、"说玄宗"的唐诗中表现出的复杂性正在这里。

还有一些诗写到唐玄宗，尤其是接触到玄宗与杨妃的关系时，则以憎恶之意、辛辣之笔进行尖锐的讽刺和批判，如李商隐《华清宫》云："华清恩幸古无伦，犹恐蛾眉不胜人。未免被他褒女笑，只教天子暂蒙尘。"罗隐《马嵬坡》云："佛屋前头野草春，贵妃轻骨此为尘。从来绝色知难得，不破中原未是人。"在这里，玄宗重色轻国，杨妃有意祸国，各有其罪，虽死莫赎，死有余辜。李商隐还以辛辣隽永之笔揭露了玄宗占取儿媳的丑恶，其《骊山有感》云："骊岫飞泉泛暖香，九龙呵护玉莲房。平明每幸长生殿，不从金舆唯寿王。"《龙池》云："龙池赐酒敞云屏，羯鼓声高众乐停。夜半宴归宫漏永，薛王沉醉寿王醒。"其"不涉讥刺，而讥刺之意溢于言表"（王鏊《震泽长语》，转引自陈伯海《唐诗汇评》下册第 2466 页，浙江教育出版社 1995 年），与白氏《长恨歌》"杨家有女初长成，养在深闺人未识。天生丽质难自弃，一朝选在君王侧"的"大恶不容不隐"（赵与时《宾退录》卷九），是大异其趣的。

　　唐帝国受命于陈、隋荒乱衰微之后，自太宗始，便十分重视纳谏、兼听，广开言路，以巩固其统治基础；太宗以后的多数帝王，也尚能注意总结、借鉴先帝治国的经验教训。《旧唐书·宪宗纪》引史官语云："宪宗嗣位之初，读列圣实录，见贞观、开元故事，竦慕不能释卷，顾谓丞相曰：'太宗之创业如此，玄宗之致理如此，既览国史，乃知万倍不如先圣。当先圣之代，犹须宰执臣僚同心辅助，岂朕今日独能为理哉！'自是延英议政，昼漏率下五六刻方退。……由是中外咸理，纪律再张。"人有冤情，容许申诉，《邵氏闻见后录》记载："唐故事，天下有冤者，许哭于太宗昭陵下。"（邵博《邵氏闻见后录》卷八）胸有积思，可用文字自由表述，《容斋续笔》云："唐人歌诗，其于先世及当时事，直辞咏寄，略无避隐。至宫禁嬖昵，非外间所应知者，皆反复极言，而上之人亦不以为罪。"（洪迈《容斋续笔》卷二）胡应麟《诗薮》云："宪宗读白居易讽谏百余篇而善之，因召为学士；穆宗读元微之歌诗百余首而善之，立征为舍人。"（《诗薮·外编》卷三）宣宗《吊白居易》诗对白氏《长恨歌》深表赞赏，而不计较其诗对乃祖的揭过扬丑之旨，都说明唐代帝王较为开明的一面。当然，有唐一代，并不乏臣下因言获罪的事例，但总的看来，唐代政治环境比较宽松，人们享受着一定程度的言论、信仰自由，未出现宋代"乌台诗案"、清代"文字狱"那样的文化专制现象，咏玄宗的唐诗中，指责、讽喻之词大量出现并得以流传的事实也证明了这一点。

三

　　以玄宗其人其事为题材的唐诗中，还有一些作品对玄宗的功过不是直接歌颂或批评，而是把他的事迹，尤其是太平时代的游乐当作历史陈迹加以描写，融合诗人对现实的感受，借以抒发岁月如流、兴亡倏忽的感慨，对玄宗有同情也有批判，寓同情、批判于形象描写之中。这些诗，或因遇开、天故人，或值开、天旧节，或过玄宗遗迹，触景生情而作，有着浓重的感伤色彩，如顾况《听刘安唱歌》"子夜新声何处传，悲翁更忆太平年。即今法曲无人唱，已逐霓裳飞上天"、刘禹锡《三乡驿楼伏睹玄宗望女几山诗，小臣斐然有感》"开元天子万事足，惟惜当时光景促。三乡陌上望仙山，归作霓裳羽衣曲。……天上忽乘白云去，世间空有秋风词"。太平，随着太平天子自制的《霓裳羽衣曲》而烟消云散，二诗强调的是一代风流天子已不复存在。杜甫《解闷十二首》其九"先帝贵妃今寂寞，荔枝还复入长安。炎方每续朱樱献，玉座应悲白露团"、张祜《华清宫四首》其三"红树萧萧阁半开，上皇曾幸此宫来。至今风俗骊山下，村笛犹吹《阿滥堆》"、杜牧《过勤政楼》"千秋佳节名空在，承露丝囊世已无。唯有紫苔偏称意，年年因雨上金铺"，却是在缅怀玄宗其人其事已无时，强调眼前的有，然有的只是"欧哑嘲哳难为听"的村笛奏旧曲，是任意生长的紫苔爬上了长年紧闭的宫门，于是，眼前的有，更加强了昔人无、往事不可追寻的感伤。

　　另一些诗移情于景，抒情气氛更为浓重。如张籍《华清宫》云："温泉流入汉离宫，宫树行行浴殿空。武帝时人今欲尽，青山空闭御墙中。"崔橹《华清宫三首》其一云："草遮回磴绝鸣銮，云树深深碧殿寒。明月自来还自去，更无人倚玉栏杆。"其二云："障掩金鸡蓄祸机，翠华西拂蜀云飞。珠帘一闭朝元阁，不见人归见燕归。"李郢《故洛阳城》云："胡兵一动朔方尘，不使銮舆此重巡。……欲问升平无故老，凤楼回首落花频。"吴融《华清宫四首》之"惆怅眼前多少事，落花明月满宫秋"、《华清宫二首》之"无奈逝川东去急，秦陵松柏满残阳"，昔人昔事不但不可得见，甚至欲问无人，欲寻无所，合眼前的青山、明月、归燕、落花、残阳,构成一幅幅凄寒、寂寞的图画,景中深含对玄宗及其时代已成过去的无限伤悼。又如张继《华清宫》"天宝承平奈乐何,华清宫殿郁嵯峨。……只今唯有温泉水,呜咽声中感慨多"、孙叔向《题昭应温泉》"一道温泉绕御楼,先皇曾向此中游。虽然水是无情物,也到宫前咽不流"、温庭筠《过华清宫二十二韵》"忆昔开元日,承平事胜游。贵妃专宠幸,天子富春秋。……艳笑双飞断,香魂一哭休。……至今汤殿水,呜咽县前流",凝情于物,移情于景,借景抒情,以至景助人悲,水共人泣,倍见哽咽感伤,融乐府民歌语入现实所见所感中,不着痕迹。

　　有的诗借景抒情,在伤怀玄宗的同时,凸现出充满忧患意识的诗人自我形象,如杜牧《华清宫三十韵》之"往事人谁问,幽襟泪独伤。……孤烟知客恨,遥起泰陵旁"、赵嘏《华清宫和杜舍人》(一作张祜诗)之"暮草深岩翠,幽花坠径香。不堪垂白叟,行折御沟杨"、刘沧《秋月望上阳宫》之"御路几年香辇去,天津终日水声长。此时独立意难尽,正值西风砧杵凉"、罗邺《经故洛城》之"长恨往来经此地,每嗟兴废欲沾巾。那堪又向荒城过,锦雉惊飞麦陇春",孤独、忧郁的诗人自我与孤烟、暮草、幽花、西风、杵凉、雉飞、麦青的自然景物融和,伤感的感情色彩至为浓重。这些诗多为晚唐人所作,着意运用衰飒的笔调、暗淡的色彩,刻画冷落、凋残的景物,抒发对玄宗凋丧、开元盛世不得再见的哀伤,一咏三叹,锤炼精工,很有时代特色。

　　历代帝王去世,总有一些朝臣为作挽歌、哀词,这些歌词多为奉诏趋时而作,不能不表白对君上之忠诚、虔敬,免不了照搬"玄功""恩波""龙驭""仙游"之类的陈词套语,千人一面、众口一词。唐玄宗是在特殊历史背景和处境下寂寞地死去的,除《全唐诗》卷二七二收存名不见称的郑丹自发所作《明皇帝挽歌》一首外,无人奉诏为作挽诗。本部分提及的这些类似挽歌的诗,虽情意感怆,声气低沉些,但都包含着对一代皇帝的缅怀与评价,融进了诗人对历史和现实的感受,具有形象地抒情达意的诗的质性和强烈的艺术感染力,而与某些常见的应用体挽歌有所不同。如果将前文所举咏玄宗的唐诗依次称作颂怀篇、鉴戒篇的话,那么,将本部分提及的诗称作伤悼篇,应是适当的。

四

唐人咏玄宗的诗作,思想和艺术都有其特色,有着较高的社会价值。

咏玄宗的唐诗特色之一是咏玄宗其人与怀玄宗代表的时代开元盛世相结合,有一种怀旧的思想情结维系其间。怀旧,是人们常有的生理现象和心理状态,反映这种生理、心理状态的文学作品也就开卷可见。有各种各样的怀旧,也有各种各样的怀旧作品。国家历史上曾有过辉煌的一页,客观上受到某种黑暗、反动势力的破坏,主观上由于统治者的种种失误,使社会倒退,国家的强盛、社会的繁荣、人民生活的安定与幸福随之暂成过去,于是在此后的日子里,人们企望振兴国家,实现美好事物的再造与提升,安史之乱后的中晚唐人追忆开元之治、追怀缔造又断送了开元之治的唐玄宗,正是这种积极性的怀旧。中唐中后期元稹、白居易、韩愈的劝诫,晚唐前期杜牧、李商隐的观今鉴古,均具有这种性质;中唐前期韦应物、顾况、戎昱、李端等的恋旧,晚唐中后期温庭筠、赵嘏、吴融等感昔伤今,虽然带有迷惘、颓伤色彩,但仍与盲目颂古非今有本质的不同,因而都具有不同程度的社会意义。古代学者讨论《诗经》有正、变之说,以为《风》自《周南》《召南》,《雅》自《鹿鸣》《文王》诸作以及三《颂》为正经,懿王、夷王而下讫于陈灵公淫乱之事,谓之变风、变雅,黄宗羲序陈苇庵诗说:"然则正、变云者,亦言其时耳,初不关于作诗者之有优劣也。美而非谄,刺而非讦,怨而非愤,哀而非私,何不正之有?"(《陈苇庵年伯诗序》,《四部丛刊》影初刻本《南雷文集》附《撰杖集》)他举出几个诗歌兴盛的时代,其中就有"天宝而后"的唐诗。今观这期间大量歌咏玄宗之作,对玄宗功有美,过有刺,对其有始无终则怨之,对其自食恶果则哀之,又于美、刺、怨、哀中不谄、不讦、非泄私愤,与廓大恢宏的盛唐之音相较,变而为愁思要眇。然廓大恢宏者固能怿悦人性,愁思要眇者又未尝不能震撼人心而给人以启迪?

咏玄宗的唐诗之又一特色是诗人创作与民间口头创作相结合。玄宗去世后不久的诗人,有一段时间生活在玄宗时代,所作或结合个人身世,或与开、天故人一同倾吐对玄宗和开元盛世的怀恋,自诉衷肠,也为群众"代答""代咏",诚挚深沉;距玄宗时代已远的中唐中期的咏玄宗之作,多从开、天老人"说玄宗""为余言"和"访""问"他们所得,从中了解盛衰相替的过去,面对革新以求中兴的现实,有意总结历史教训,供当代统治者借鉴,无论直接论事,还是借景即事抒感,都显得言剀意切;距玄宗时代更远的晚唐诗人心目中,玄宗其人及其代表的开元盛世已成遥远的过去,"欲问升平无故老",但仍可得之于传闻,面对日甚一日的衰败和荒凉,所咏感昔伤今,凄怨深婉。"文变染乎世情,兴废系乎时序。"(刘勰《文心雕龙》卷九)唐人大量咏玄宗诗的思想、艺术价值的源泉,就在于各具时代特征的各期诗,既直接、间接地从人民群众中来,又代表了饱受安史之乱带来的灾难和痛苦,而又不甘心无穷尽地处于灾难、痛苦中的广大人民群众企望复兴、振兴国家的"世情"吧!

除唐诗之外,唐传奇、笔记中以玄宗事为题材的作品也不少;宋元以来,后人继续采用这一题材创作诗词、戏曲、小说;近代更加以音乐、舞蹈,当代还将其搬上了银幕、荧屏。这些分属语言、表演、造型、综合艺术门类的作品,在不同的时代背景下,激发读者、观众多少眼泪、感叹和责备,给多少人以深思和启迪。"莫奏开元旧乐章,乐中歌曲断人肠。"这是晚唐薛逢《开元后乐》诗中句,代表了晚唐人面对唐帝国濒临灭亡的现实、不堪追怀而又不能自已地追怀昔盛的痛苦和伤感,故胡以梅评释云:"言莫奏开元旧乐章,闻其歌曲,盖全盛之时,而忽天下大乱,至今未靖,真可令人肠断也。"(《唐诗贯珠》)在今天看来,唐王朝是中华民族这块土地上所建立的封建王朝中的一个,它的盛衰兴亡是五千年历史发展进程中的重要一环;回顾、重温这段历史,一奏"开元旧乐章",从"唐诗咏玄宗"的文学现象中一窥唐人如何看待这段历史,如何运用诗歌的形式再现人们对这段历史以及站在这段历史中心的玄宗的认识、感情和评价,对今天的文学创作,对认识过去、把握现在、展望未来,应该都是有意义的。

原载《中国韵文学刊》2005 年第 3 期

唐人台阁诗及其艺术教训

"泰山不让土壤,故能成其大;河海不择细流,故能就其深。"用李斯《上秦王书》中这几句谏秦王不拘一格纳士以成帝业的话,说明文学艺术须得风格多样化才能臻于兴盛的道理也是很恰当的。唐代是我国诗歌史上的黄金时代,而唐诗之盛,首先便因为有不同出身、不同职位、不同经历的诗人写出各种内容有异、风格不同的诗作,形成万紫千红、争奇斗艳的盛况,"山林宴游,则兴寄清远;朝飨侍从,则制存庄丽;边塞征戍,则凄婉悲壮;暌离患难,则沉痛感慨。缘机触变,各适其宜,唐人之妙以此"(李维桢《唐诗纪序》,转引自《唐诗汇评》下册第3153页)。这助成"唐人之妙",从"朝飨侍从"产生而"制存庄丽"的一体,就接近于我们这里将要论及的台阁诗。它是唐代诗苑百花中不太惹人注意和逗人喜欢的一个品种,但作为一种艺术现象,有其存在的客观价值,它的得失中包含着值得深思的艺术经验与教训。认真加以总结,不仅有助于对唐诗作更全面的了解,也对现实的文艺创作有一定的借鉴作用。

一

所谓台阁诗,是指封建社会中,由封建君主与朝臣创作的,以反映其朝廷、京都生活为主的诗歌作品。此类作品历代都有,汉武帝时有"柏梁体",魏晋有曹植"应诏"、陆机和陆云"应令"之作,宋有"西昆体"，明有"台阁体"。在唐代，不仅有以写台阁诗为主的太宗、玄宗、德宗等帝王和上官仪、沈佺期、宋之问、李峤、杜审言、苏味道等文学侍臣；还有写了大量台阁诗的苏颋、张说、张九龄、武元衡、权德舆、李德裕等台阁重臣；即使大诗人王维、李白、杜甫、白居易、杜牧，也写了少量台阁诗。可以说，台阁诗的创作贯穿了有唐一代，台阁诗与其他品种的诗同步繁荣，这在其他朝代实属罕见。

　　文学发展的历史告诉我们：任何一种文学现象的产生和存在，不仅有其深刻的历史背景，还有其自身产生的条件、存在的价值。李东阳论诗，在排斥"头巾气""酸馅气""脂粉气"之"俗"的同时，以为"朝廷典则之诗，谓之'台阁气'；隐逸恬澹之诗，谓之'山林气'，此二气者，必有其一，却不可少"（《麓堂诗话》）。李重华亦谓："文章有台阁体，当于古文大家外另立一品，不可偏废。唐诗如杜审言、苏味道、李峤、张说，亦属台阁体裁，翰院清华者宜宗之。"（《贞一斋诗说》八八）台阁诗在唐代诗苑中"不可少""不可偏废"，也因其自身有存在的价值，举凡优秀诗歌作品内容、形式的长处，唐代台阁诗也同样具备。

　　台阁诗内容的基本特征是歌功颂德，无论皇帝是好是坏，是英主还是昏君，总有人一味奉承、歌颂，这是相当多的台阁诗被人唾弃、遗忘的重要原因之一；但若这种歌颂出于诗人内心，与歌颂对象的实际相符，那么这种歌颂也就有了引起读者共鸣的艺术力量。王维的"万国仰宗周，衣冠拜冕旒。玉乘迎大客，金节送诸侯"（《奉和圣制暮春送朝集使归郡应制》。下引唐人诗，见本人别集或《全唐诗》者，只随文注明篇名，不另出注）"四海方无事，三秋大有年。百生无此日，万寿愿齐天"（《奉和圣制重阳节宰臣及群官上寿应制》），再现唐帝国开、天盛象；贾至、王维、杜甫、岑参《早朝大明宫》唱和诸作，表现经受安史之乱危难的唐王朝终于收复二京，再造唐室，百官得以"再朝天"的欣喜与雍和，杨载以为"气格雄深，句意严整，如宫商迭奏，音韵铿锵。真麟游灵沼,凤鸣朝阳也。学者熟之,可以一洗寒陋"(《诗法家数》,转引自《唐诗汇评》上册第 330 页),读之令人扬眉舒气;以台阁诗擅名的宋之问、沈佺期,受到刘师培"以严凝之骨,饰流丽之词,颂扬休明,渊乎盛世之音"的赞誉;玄宗朝重臣宋璟、张说、苏颋、张九龄的应制之作亦被视为"雄厉振拔,见一代君臣际会之盛"(管世铭《读雪山房唐诗序例·五排凡例》),都说明这类诗不乏可取之处;至于苏味道的名篇《正月十五夜》"火树银花合,星桥铁锁开。暗尘随马去,明月逐人来。游伎皆秾李,行歌尽落梅。金吾不禁夜,玉漏莫相催",描写帝京欢庆元宵盛景,有场面,有细节,虚实相生,蓄意含情,太平景象,着纸欲活,更是脍炙人口了。由于历史及诗论导向等原因,我国古代诗歌中愁思之声、穷苦之词居多;在此情况下,有这些从多方面反映有唐一代之盛的和平、欢愉之词,使读者得以从中"观风俗之盛衰",自是弥足珍贵的。

尤为可贵的是,产生于宫廷内外,呈现在皇帝面前的台阁诗,也有突破歌功颂德之基调,而意存规讽的。如宋璟《奉和圣制送张说巡边》云"以智泉宁竭,其徐海自清。迟还庙堂坐,赠别故人情",以为巡边虽可一显武力,但治国安边之本,最终还须以智德服天下,不战而王天下;《奉和圣制同二相已下群官乐游园宴》"醉归填畛陌,荣耀接轩裘"的描写,有批评侈宴滥赏意溢于言表,故清宋长白谓二诗"寓规于颂,有古大臣陈善纳诲之意"(《柳亭诗话》卷二九)。苏颋《奉和春日幸望春宫应制》"宸游对此欢无极,鸟咔声声杂管弦"、《兴庆池侍宴应制》"皇欢未使恩波极,日暮楼船更起风",含有为帝王者也乐不可极之意。李白于"晨趋紫禁中,夕待金门诏"期间所作《阳春歌》之"飞燕皇后轻身舞,紫宫夫人绝世歌。圣君三万六千日,岁岁年年奈乐何",《宫中行乐词》之"君王多乐事,还与万方同""宫中谁第一,飞燕在昭阳""只愁歌舞散,化作彩云飞",对玄宗晚年耽于安乐、沉湎声色、荒淫失政所造成的社会危机,即规讽之,又深警之,更是意味深长的。

台阁诗的作者大都是具有不平凡生活阅历的朝廷重臣,入朝后,面对复杂的政治局面,既怀深渊薄冰之忧,又负持衡秉枢之重,因而在运用诗歌言志述怀时,往往意在笔先,力透纸背,具有更加激动人心、启人深思的艺术力量。如开国元勋魏徵的《述怀》,自叙在"中原初逐鹿"的复杂形势下"投笔事戎轩",入则"杖策谒天子""请缨系南粤",出则"驱马出关门""凭轼下东篱"的经历,抒写其"纵横计不就,慷慨志犹存""岂不惮艰险,深怀国士恩"的忠肝义胆、壮志豪情,真有高屋建瓴之势,惊心动魄之致,故徐增评谓"此唐发始一篇古诗,笔力遒劲。词采英毅,领袖一代诗人"(《而庵说唐诗》,转引自《唐诗汇评》上册第19页)。开元重臣张说衔命赴朔方军前作诗云:"胆由忠作伴,心固道为邻。……从来思博望,许国不谋身。"(《将赴朔方军应制》)由门下侍郎出镇西川七年、奉诏入辅的武元衡途中有诗云"昔佩兵符去,今持相印还。……何惭班定远,辛苦玉门关"(《经百牢关因题石门洞》),虽流露出荣宠在身、志得意满之态,然能以历史名人自喻自励,以身许国,颇有"老骥伏枥,志在千里。烈士暮年,壮心不已"之慨,无愧为富于"风雅韵"(赵宗儒《和黄门武相公诏还题石门洞》)的佳作。

如果说上面所举张说、武元衡诗有什么美中不足的话,那就是稍嫌直露而少含蓄了。诗歌总是要抒情达意的,但它的表情达意,主要不能靠直接说出,而有赖于创造出一种情景交融的艺术境界,使所言之情、所达之意包含在艺术形象中,让读者自己品味出来,获得更多的艺术满足。台阁诗要做到这点较难,但并非绝无人做到,如苏颋自礼部尚书出为益州长史、再次入蜀前作《咏礼部尚书厅后鹊》云:"怀印喜将归,窥巢恋且依。自知栖不定,还欲向南飞。"以鹊恋巢喻己恋阙,以鹊稳栖喻己栖之不定,写出士大夫在仕途中时有的理智与感情的矛盾,语婉情真,言近旨远。武宗朝宰相李德裕《长安秋夜》云:

　　　　内宫传诏问戎机,载笔金銮夜始归。万户千门皆寂寂,月中
　　清露点朝衣。

　　写身为宰相一次寻常的参政对策,没有对问答军机的具体过程和内
容做正面叙述,只是选取踏月晚归时长安夜景之一瞥做侧面描写,而
总理戎机之重、夜以继日之劳,都从人寂、露重的渲染中见于言外,一
位胸襟博大、识见厚重的政治家形象站立了起来。其举重若轻的笔
力、惜墨如金的心裁、以少总多的艺术手段,可谓妙手天成。苏、李等
诗证明:台阁之作如系作者有感而发,一旦情与景会,情景交融,将会
产生一般诗作难以达到的艺术效果。故李因培论李白《侍从宜春苑
奉诏赋龙池柳色初青听新莺百啭歌》云:"台阁诗却有金碧烟霞、惝恍
不定之致,良由胸次高超。"(《唐诗观澜集》,转引自《唐诗汇评》上册
第 622 页)以高超的胸次写景,如"落叶飘蝉影,平流写雁行"(上官
仪《奉和秋日即目应制》)、"鱼戏芙蓉水,莺啼杨柳风"(张说《三月二
十日诏宴乐游园赋得风字》)、"连潭万木影,插岸千岩幽"(高适《同
薛司直诸公秋霁曲江俯见南山作》),不仅景物如画,且流动而有活
力;以高超的胸次状物、叙事,如杨师道《奉和夏日晚景应诏》"薙草
生还绿,残花落尚香"、岑参《和刑部成员外秋夜寓直寄台省知己》
"竹喧交砌叶,柳鲜拂窗条"、王维《从岐王过杨氏别业应教》"兴阑啼
鸟换,坐久落花多"和《从岐王夜宴卫家山池应教》"积翠纱窗暗,飞
泉绣户凉",则情溢于景,秀丽可喜,深得物理之趣。宫廷虽狭窄,长
安地有限,可出现在这些诗中的景象和意象,远远超出了时空的限
制,具有更普遍的美学内涵。至于上官仪的《入朝洛堤步月》"脉脉
广川流,驱马历长洲。鹊飞山月曙,蝉噪野风秋"和苏颋的《兴庆池侍
宴应制》"降鹤池前回步辇,栖鸾树杪出行宫。山光积翠遥凝逼,水态
含青近若空。直视天河垂象外,俯窥京室画图中。皇欢未使恩波极,
日暮楼船更起风",无论是前诗的白话素描,晓景如画,还是后诗的宏

丽精工,暮色可揽,都与由台阁诗人政治、经济地位产生的优越感、责任心相适应,有一种流宕、风雅之气运行其中,故而音韵响亮,神采高骞,显出台阁诗固有的高华典重、雍容华贵之美。张为《诗人主客图序》以武元衡为"瑰奇美丽主",这"瑰奇美丽"正是对台阁诗艺术风格的把握。至此,我们还发现,写了上述优秀台阁诗的作者,从被太宗赞为"献纳忠谠,安国利人,成我今日功业,为天下所称者"(《贞观政要》卷二)的魏徵到被后人誉为"以清直无党事武宗"(《卓异记》"父子皆为自扬州再入为相"条)的李德裕,都是为人正直、廉洁,政治上各有建树的名臣贤相。反之,像李林甫、杨国忠、卢杞之辈,权、势、利欲熏心,嫉贤害能,欺上压下,是无心,也写不出什么高尚的诗歌来的。既然社会的人不免有职位高低之分,达官显宦于社会不可缺少,当然人们就要抛弃那些蠹国残民的奸佞,而选择正直廉洁、以身许国的贤臣名相了。文如其人,诗为心声,对那些朝廷重臣所作的雍容蕴藉、格调高雅的一部分台阁诗给予应有的注意,做出合理的评价,置于一定的地位,也就是合乎天理人情的了。

二

唐人台阁诗的价值,除直接表现在其本身的思想性和艺术性之外,还间接地表现在它对唐诗的繁荣、一代诗风形成的影响和推动上。这种推动和影响不仅在台阁诗写成之后,甚至在其产生的过程中就表现出来。台阁诗人的创作活动是以封建帝王为中心的,在唐代,封建帝王也往往是有影响的台阁诗人。他们重视诗歌、热衷诗歌创作的行动,对广大臣民有极大的号召力;他们的诗歌主张和诗歌创作对广大诗人起着示范作用。

唐代帝王大多能诗,自太宗李世民至昭宗李晔都有诗集或单篇传世,而以太宗、玄宗最为杰出,为后人称道。"贞观、开元之间,又有御制篇什,唱一代正始之风……为臣下标准"(张玉书《御定全唐诗录后序》)的评价虽过高了些,但他们的诗作为一种样式而与丰富多彩的唐诗品种交相辉映,助成唐诗繁荣之大观,也是应该注意到的。

太宗李世民是唐开国君主,他不仅以其英武善政为唐帝国奠定了二百余年基业,在文学上,也对唐一代诗风的形成,起了开拓作用。他视诗为政事之暇"游息"之事,为"明雅志"而作,集中反映他诗歌主张的《帝京篇序》,在纵观历代帝王治国得失兴衰的原因后云:"予追踪百王之末,驰心千载之下,慷慨怀古,想彼哲人。庶以尧舜之风……求之人情,不为难矣。故观文教于六经,阅武功于七德。……皆节之于中和,不系之于淫放。"说明其论诗旨在反对淫放,提倡雅正、中和。从戒奢节欲出发,以为"沟洫可悦,何必江海之滨乎? 麟阁可玩,何必两陵之间乎? 忠良可接,何必海上神仙乎? 丰镐可游,何必瑶池之上乎?"因而在他的诗里,长安的宫阙、池苑、楼阁、草树、四时、天气、人物,构成一个美妙的艺术天地,临朝、宴赐、狩猎、登临、望山、赏月、夜读、守岁皆成诗材,创造出富于诗情画意的艺术境界,虽出于封建帝王之手,而不乏普通人的审美情趣。其抒写壮志豪情,如"一朝辞此地,四海遂为家"(《过旧宅二首》)、"昔乘匹马去,今驱万乘来"(《题河中府逍遥楼》残句),胡震亨以为"与'风起云扬'之歌同其雄盼,自是帝者气象不侔"(《唐音癸签》卷五)。述治国安民之怀,在朝则"奉天竭诚敬,临民思惠养"(《帝京篇十首》其十),出行则"驻跸抚田畯,回舆访牧童"(《重幸武功》),注视下情、置身民众之意可见。登临生发感慨,"巨川何以济? 舟楫伫时英"(《春日登陕州城楼》)、"连甍岂一拱,众干如千寻。明非独材力,终藉栋梁深"(《初春登楼即目观作述怀》),虚己待人、思贤如渴之情昭然。写景咏物如《初夏》之"一朝春夏改,隔夜鸟花迁。阴阳深浅叶,晓夕重轻烟"、《秋日即目》之"衣碎荷疏影,花明菊点丛",清新宜人,得力于观察的深微,体物的精细;《秋日二首》之"云凝愁半岭,霞碎缬高天"、《望雪》之"入牖千重碎,迎风一半斜。不妆空散粉,无树独飘花",出奇的想象和比拟,赋予自然景物以种种情态,颇有情致。五律《望终南山》,首联"重峦俯渭水,碧嶂插遥天",总写山之高大气势;颔、颈联"出红扶岭日,入翠贮岩烟。叠松朝若夜,复岫阙疑全",从不同角度写出之态容,见其高深含蓄;尾联"对此恬千虑,无劳访九仙",结出望山之情趣,寓乐不须外求意于言外,初步达到了注情于景、情景交融的艺术境界,与杜审言、王维、祖咏、孟郊、窦牟、贾岛等的终南山诸作相比,互有短长,自有特色,尤切帝王身份。他如《采芙蓉》《咏风》《赋得临池竹》等,均明丽兼有情韵,足称佳作。太宗语丽情畅的台阁诗,出现在采丽竞繁、崇尚浮靡的六朝诗之后,其摧陷廓清之功不可低估,正如明徐献忠《唐诗品》所评:"及乎大业成就,神气充畅,延揽英贤,流徽四座,其游幸诸作,宫徵铿然,六朝浮靡之习,一变而唐,虽绮丽鲜错,而雅道立矣,其为一代之祖,又何疑焉!"

"藻艳不过文皇,而骨气胜之"的唐玄宗李隆基,其人其诗,对台阁诗的创作,进而对唐诗的繁荣也起了推波助澜的作用。玄宗也十分重视诗歌的教化作用,以为"诗者志之,所以写其心怀,实可讽喻君主"。他位极人主之尊,而能认识到臣下以诗箴规,是"辅予不逮,自非款诚夙著,其孰能继于此耶?"并赐物以申劝奖,从容纳谏,是他早期的美政,也与他对诗歌的高度重视和正确认识分不开。其诗多因"登览上宫,俯临长陌,畅众心之怡欢,归骑之透迤。……不知衷情之发于翰墨也"(《首夏花萼楼观群臣宴宁王山亭回楼下又申之以赏乐赋诗并序》)而得,大都因事立题,即事抒感言志,是他帝王生活的真实写照,很少矫揉造作。如开元十一年行幸至高祖起事旧地太原,作《过晋阳宫》云:"缅想封唐处,实惟建国初。……长怀经纶日,叹息履庭隅。艰难安可忘,欲去良踟蹰。"《行次成皋途经先圣擒建德之所缅思功业感而赋诗》云:"有隋政昏虐,群雄已交争。先圣拔剑起,叱咤风云生。……顾惭嗣宝历,恭承天下平。幸过剪鲸地,感慕神且英。"既不忘先帝草创国基之宏伟艰难，也深知继承大业、再拓国威之任重道远，表现出嗣君持盈应有的抱负和作为。开元十六年，他亲择延臣十一人为诸州刺史，祖钱他们赴任时作《赐诸州刺史以题座右》云"眷言思共理，鉴古想维良"，告诫、勉励他们"视人当如子，爱人亦如伤。讲学试诵论，阡陌劝农桑。虚誉不可饰，清知不可忘。求名迹易见，安贞德自彰。讼狱必以情，教民贵有常。恤恫且存老，抚弱复绥强"，出言甚得要领，语重心长。帝王生活养尊处优，但还不忘与民同乐"愿将无限泽，沾沐众心同"（《幸凤泉汤》），也颇知百姓痛痒和疾苦"野老茅为屋，樵人薜作裳。宣风问耆艾，敦俗劝耕桑"（《早登太行山中言志》），比某些陶醉于灵芝、瑞莲、甘露、歧麦、异禽之类"瑞象"表状中的皇帝，自要高明、清醒许多！与太宗李世民相比，玄宗的诗形象更雄伟，气势更充畅，体现出盛唐诗共有的廓大恢宏的风格特征，如早年所作《早度蒲津关》"钟鼓严更曙，山河野望通。鸣銮下蒲坂，飞旆入秦中。地险关逾壮，天平镇尚雄。春来津树合，月落戍楼空。马色分朝景，鸡声逐晓风。所希常道泰，非复候缥缃同"，于雄壮的山河、飞动的气势中，融入祈望国泰民康的帝王志。李因培以为"气雄骨峻，思密语工"（《唐诗观澜集》，转引自《唐诗汇评》上册第7页），纪昀评谓"字句犹带初体，气格已纯是盛唐"（《瀛奎律髓汇评》，转引自《唐诗汇评》上册第7页）。开元十二年封泰山途中作《经邹鲁祭孔子而叹之》云："夫子何为者？栖栖一代中。地犹鄹氏邑，宅即鲁王宫。叹凤嗟身否，伤麟怨道穷。今看两楹奠，当与梦时同。"用孔子实事，赞叹其道大莫容的一生，李沂谓"妙在不赞而叹，叹胜于赞也"（《唐诗援》，转引自《唐诗汇评》上册第5页），道出此诗含蓄隽永、言短意长的特色，这正是盛唐诗人的艺术追求。故钟惺、谭元春评云："六朝帝王鲜不能诗，大抵崇尚纤靡，与文士竞长，偏杂软滞，略于文字中窥其治象。至明皇而骨韵风力一洗殆尽，开盛唐广大清明气象，真主笔舌与运数降替相对。"（《唐诗归》，转引自《唐诗汇评》上册第5页）对唐玄宗诗的历史地位予以很高的评价，也是对台阁诗的褒扬。

除太宗、玄宗外，唐代帝王诗可称者不多，唯宣宗李忱《百丈山》之"日月每从肩上过，山河长在掌中看。仙峰不间三春秀，灵境何时六月寒"，写楼耸、佛高、境幽，颇为奇壮，《瀑布联句》之"溪涧岂能留得住，终归大海作波涛"，以意驱景，壮美而有理致；中宗李显《九月九日幸临渭亭登高得秋字》之"何藉龙沙上，方得恣淹留"、德宗李适《九日绝句》"禁苑秋来爽气多，昆明风动起沧波。中流箫鼓诚堪赏，讵假横汾发棹歌"，有太宗诗乐不可极、欲不可纵之遗意见于言中；宣宗《吊白居易》七律也颇为后人称道，多被引用。余皆徒作庄雅之态，少真情实意贯穿，显得苍白枯涩。但尽管如此，这些帝王对诗歌、诗人的重视和对诗歌活动的热情，毫不亚于太宗或玄宗。他们常命宰臣进诗，采诗备览，如宪宗李纯命宰臣武元衡、李吉甫、李绛等进诗，命令狐楚进《御览诗》；他们征求秘阁未存的诗集，如德宗李适命集贤御书院征求诗僧皎然集，宪宗写真访求张志和《渔歌子》；他们常宴集臣僚，席间同咏，或将自己所作赐群臣令其属和，或将臣下所作传示群下，命之唱和。臣下则以得皇帝赐诗为殊荣，如贞元中，徐、泗、濠节度使张建封入觐，回镇前得德宗送诗；戴叔伦远在岭南为容管经略使，得德宗遣中使送中和节诗；钱起《春宵寓直》云"帐喜香烟暖，诗惭赐笔题"、韦渠牟《览外生卢纶诗因以示此》云"终期内殿联诗句，共汝朝天会柏梁"，以能进入宫中诗歌活动圈子为最大荣誉，期望多么殷切！这样，在朝廷内外，举国上下，形成一种重视诗歌、创作诗歌的风尚，"至于内廷锡宴，君唱臣和，皆酌六义之英，而为一时之盛"（权德舆《徐泗濠节度使赠司徒张公（建封）文集序》，《权载之文集》卷三四）。至谓"李唐以诗治世，而学士家以诗为用"（周珽、周敬《唐诗选脉会通评林》旧序，转引自《唐诗汇评》下册第3148页），也不过分。于是，上行下效，上鼓下动，以宫廷、帝王为中心的台阁诗盛行，影响各地、各类诗人唱和成风。唱和诗本身多争奇斗艳,作茧自缚,不足为法,但客观上推动诗人们互相切磋、磨砺,促进创作技巧的提高,对诗歌繁荣还是有作用的。至此,我们还可看到,唐人台阁诗与社会的政治经济状况、与其他诗体的发展有着一定的联系,在社会出现开创之盛、诗歌酝酿变化、为繁荣开辟道路的初唐,台阁诗成为诗歌主流;在社会出现"开元之治""元和中兴",诗歌繁荣,一再出现创作高峰的盛、中唐,台阁诗的质量大大提高;而在朝政日益腐败、社会矛盾日趋激化,诗歌发展出现衰变的晚唐,台阁诗创作随之走向低谷,几至销声匿迹。台阁诗的盛衰几乎与政治经济适应,与各体诗歌、各种流派同步发展,这不能说是偶合。这似乎可以说:台阁诗、台阁诗人活动的意义超出了台阁诗本身。

三

在肯定台阁诗价值的同时,不能不看到它的缺点和局限性,如题材狭窄,反映的生活面不广,大部分台阁诗缺乏真情实感,形式单调等等。然重要的不在指出台阁诗有这样那样的缺点,而在于探讨其出现缺点的原因,总结出必要的经验教训,以便扬长避短,作为借鉴。

文学与生活的关系,是文学理论与创作实践的根本问题。我国古代文论家早就认识到文学来源于生活,是社会生活的反映,"山林皋壤,实文思之奥府"(刘勰《文心雕龙》卷十),"诗文不可凿空强作,待境而生,便自工耳"(魏庆之《诗人玉屑》卷五引黄庭坚语),并从历代作家的创作实践和丰富的作品中意识到:丰富的生活阅历、广阔的生活基础,是优秀作家及优秀作品得以产生的必要条件。屈原流放沅湘,司马迁周览四海名山大川,李白、杜甫的胜游和漂泊,陆游的从戎并亲临前线,其"得江山之助""山川历目前,而英灵助于文字""诗家三昧忽现前"作为创作有赖生活做基础的例证而为批评家和作者本人所称道。台阁诗人却不然,他们任台阁重臣期间所作之诗,大都得之于朝会、寓直、侍宴、游从,至多不过是在京都的登览、游宴和寄赠,反映的生活面不出宫廷、京都,故时天彝谓武元衡"以将相之重,声盖一时,其诗宏毅阔远,与灞桥驴子上所得者异矣"(吴师道《吴礼部诗话》引)。孙光宪《北梦琐言》卷七载云:"唐相国郑綮,虽有诗名,本无廊庙之望。……或曰:'相国近有新诗否?'对曰:'诗思在灞桥风雪中驴子上,此处何以得之?'"时天彝指出得之于台阁和得之于野外风雪中的诗不同,郑綮进而以为诗思只能得之于对大自然的生活体验;相同的是,两人都认为朝廷生活拘板、闭塞,接触面狭窄,很难产生好诗。故黄彻在高度评价李白、杜甫因广泛游历有深厚的生活基础,因而其诗气象万千时说:"使二公稳坐中书,何以垂不朽如此哉?"(《䂮溪诗话》卷八)韩愈论柳宗元因斥久穷极而有杰出的文学成就时说:"然子厚斥不久,穷不极,虽有出于人,其文学辞章,必不能自力,以致必传于后如今无疑也。"(《韩昌黎全集》卷三二《柳子厚墓志铭》)所言"有出于人",即指"在台省""得所愿为将相"。事实正是这样,只写台阁诗的杨师道、许敬宗、上官仪等,虽有才华,然因未找到肥沃的土壤,而至于枯萎凋谢;写了大量台阁诗,出馆阁后又写了其他生活内容诗的沈佺期、杜审言等,而以其他诗的创作获得更大的成就;至于王维、李白、杜甫、白居易这些大诗人则更是各体皆宜、无施不可,台阁诗在他们各自的诗歌成就中更是无足轻重了。故当代诗人李瑛深刻认识到:"诗的最高规范是生活,生活给了我诗的生命。"可见,丰厚的生活积累、广阔的生活空间,对成就一位诗人多么重要。走出狭隘的生活圈子,到大自然的怀抱和广阔的社会生活中去体验,捕捉最丰富、活泼、新鲜的诗意感受,写出无愧于伟大时代的作品,应该是我们从台阁诗的得失中总结出并时刻不忘记取的一条教训。

　　诚然,宫廷内外、君臣之间的活动也是一种社会生活,它当然也是文学创作之一源泉,可以触发诗人诗兴,让诗人获得诗的题材,完全否认台阁生活能写出诗,是不合乎实际的。问题不在台阁生活能不能写出诗,大量台阁诗的存在已经做了肯定的回答,问题在于:产生于宫廷内外的台阁诗创作,要受主客观的限制,使其在抒发感情时不如在其他场合那么自由、任真。诗的本质是抒情,"诗非他,人之性灵之所寄也。苟其感不至,则情不深,情不深则无以惊心动魄,垂世而行远"(焦竑《雅娱阁集序》,《澹园集》卷一五)。严羽《沧浪诗话》谓唐人好诗,多是征戍、迁谪、行旅、离别之作,这些诗"往往能感动激发人意"。相比之下,台阁之作便显出局限性来。台阁诗大部分为君臣之作。如果说,首唱是因境而生,还有一些真情实感的话,那么,应和者便往往带有凑合、助兴的性质了。韩愈《荆潭唱和诗序》中提出"和平之音淡薄,而愁思之声要妙;欢愉之辞难工,而穷苦之言易好"的论点,以为"是故文章之作,恒发于羁旅草野,至若王公贵人,气满志得,非性能而好之,则不暇以为"(《韩昌黎全集》卷二〇),是切中台阁诗弊病和病因的。权德舆集中大量应制诗冠冕堂皇,循规蹈矩,玉台体诸作则旖旎柔艳,而当其摆脱应制束缚,于台阁生活中加入思亲恋情内容时,颇能融二者于一体,于宏丽中见情深;白居易《秦中吟》《新乐府》等讽喻诗,虽产生于"擢在翰林,身是谏官"的台阁生活中,可是因其出于"救济人病,裨补时阙"的动机,敢于冒权臣侧目、扼腕之大不韪,故而赢得时人和后人的称誉,健康的创作思想和激情一定程度地突破了生活圈子窄小的局限;宋之问、杜审言、张说等虽写了一些较好的台阁诗,但也只有在他们各自遭贬,平静刻板的台阁生活中激起浪花情况下写的诗,才言出肺腑,婉转情至,显得情深义重,迈出诗歌创作历程新的一步。故当代作家叶文玲在强调要读那本叫作"生活"的"包罗万象纷纭复杂的没有页码的巨著"之后指出:"创作是作者和生活两片火石相击而迸出的火花,它离不开生活,更源于感情。"意在笔先,从胸臆流出,抒情任真,摆脱应酬,绝去为文造情,使诗歌具有感动人心的艺术魅力,应该是从台阁诗创作中可汲取的又一条艺术教训。

诗歌是生活的反映,是性情的抒发;而生活是丰富的,发展的,人的性情千差万别,因而诗歌从内容到形式也应是丰富多彩、不断创新的,这是一个朝代诗歌繁荣的标志,也是一位诗人获得成就的必备条件。"诗至于唐,盛矣!然其能自名家者,其为辞各不同。盖发于情以为诗,情之所发,人人不同,则见于诗,固亦不得而苟同也。"(王祎《盛修龄诗集序》,《王忠文公集》卷四)"为诗当自名家,然后可传之不朽。若体规画圆,准方作矩,终为人之臣仆,尚乌得谓之诗哉?"(宋濂《答章秀才论诗书》,《宋文宪公全集》卷三七)台阁诗适得其反,从命意、布局、使事、造语,多成格套。形式几乎不出律体,风格单调,加上内容雷同,很少新意,以致读起来似有千人一面、千篇一律的感觉。吴乔谈到诗的创作个性时指出:"诗必随题成体,而后台阁、山林、闺房、边塞、旅邸、道路、方外、青楼、处处有诗。"(《围炉诗话》卷三)台阁诗自是一体,不能要求台阁诗具有山林、闺房等各体之长,但可以,也应该要求此一位或彼一位台阁诗人自出心裁,各抒己见,使其所作各具面目,有自己的个性。而事实是:除部分比较优秀的台阁之作外,相当多的台阁诗似乎受一种有形或无形的、客观或主观的力量指挥和驱使,把自己的诗材、诗思放进少数模式里去,复制出一件又一件似曾相识的作品来,其缺乏生命力,被人遗忘,在所难免。可见反对强求一律,主张创新、多样化,是历代诗人论家的共识,也应该可视作台阁诗提供的艺术教训之一。

"作山林诗易,作台阁诗难。"(李东阳《麓堂诗话》,转引自《历代诗话续编》下册第1387页)难就难在台阁诗人受了上述主客观的种种局限,先天既不足,后天又营养不良,造成大部分台阁诗不佳,在所难免;从另一方面看,李东阳此言也说明:从难中写出了好的或比较好的台阁诗之难能可贵。尽管由于时代的变化和进步,当代社会已不复存在产生台阁诗的气候和土壤,但当代的诗人和作家为负起时代赋予的重任,仍面临着生活基础、思想修养、艺术技巧之类古老而有新内涵的课题,台阁诗得失中包含的经验教训,值得认真汲取。

原载《湘潭师范学院学报》1998 年第 4 期

中晚唐怀旧诗述评

爆发在天宝末年的安史之乱，对唐帝国的各个方面都产生了极为深远的影响，它是唐代社会由承平走向动荡、经济由繁荣走向萧条、国力由强盛走向衰落的转折点。这种转变反映到文学领域，一个引人注目的现象就是：安史之乱后的中晚唐文学，尤其是在诗歌创作中，出现了大量以开元、天宝旧事为题材的怀旧之作；中晚唐诗人大都有怀旧作品，这些作品，因受时代和文坛风气的影响，在不同的历史阶段中呈现出不同的面貌，从一个侧面展现出中晚唐诗歌创作的丰富性和多样性，具有一定的社会价值和美学价值。

一

自玄宗天宝十四载至代宗广德元年，安史之乱延续了八年之久。这期间诗歌主要反映的是诗人心灵上的巨大震惊和对国家、人民遭难的关切与同情，杜甫《壮游》"上感九庙焚，下悯万民疮"、刘长卿《吴中闻潼关失守》"关中因窃据，天下共忧慄"、李白《经乱离后天恩流夜郎忆旧游书怀》"白骨成丘山，苍生竟何罪？……中夜四五叹，常为大国忧"、贾至《巴陵早秋寄荆州崔司马》"登高望旧国，胡马满东周。……独攀青枫树，泪洒沧江流"，撕肝裂肺的伤痛，忧国忧民的深情，溢于言表；"至今残破胆，犹有未招魂"（杜甫《至德二载甫自京金光门出间道归凤翔……有悲往事》）、"旅思蓬飘陌，惊魂雁怯弦"（钱起《寇中送张司马归洛》),战乱的抛掷,提心吊胆的精神状态,情境毕现。而随着叛乱的平息,诗人们惊魂甫定,便开始了对开元盛世的回忆。

活动在代宗及德宗前期的诗人,主要是天宝遗民。他们生长于安史之乱前,目击了唐王朝由盛到衰、由治到乱的全过程,对开元盛世怀有无限留恋的深情。怀旧,便很自然地成了他们创作的普遍主题。顾况《上元夜忆长安》(《全唐诗》卷二六六,下引该书,简称《全》。凡本文重点论述或较为常见的作品,一般不注明出处)描写诗人身在沧州、心怀昔日长安"处处逢珠翠,家家听管弦。云车龙阙下,火树凤楼前"的繁华;《八月五日歌》(《全》卷二六五)追忆开元中置千秋节后,每逢此节,"清乐灵香几处闻,鸾歌凤吹动祥云。……率土普天无不乐,河清海晏穷寥廓"的盛况,津津有味,十分动人。但是,诗人眼前看到的是战乱,是战乱带来的破败和荒凉,于是他们的怀旧作品往往带上"经乱方知太平贵"的哲理意味。韦应物《广德中洛阳作》(《韦江州集》卷六)写广德元年吐蕃侵于外,仆固怀恩叛于内,造成西京再陷、东京混乱,云"生长太平日,不知太平欢。今还洛阳中,感此方苦酸";杜甫《忆昔二首》"岂闻一绢直万钱,有田种谷今流血",便写出了诗人痛定思痛、食苦然后知甘的深刻感受。

怀旧诗歌中,更多的是抒发昔欢无处寻的惆怅和盛世不再的感叹,如李端《代村中老人答》:

> 京洛风尘后,村乡烟火稀。少年曾失所,衰暮欲何依?夜静临江哭,天寒踏雪归。时清应不见,言罢泪盈衣。(《全》卷二八五)

张继《华清宫》:

天宝承平奈乐何？华清宫殿郁嵯峨。朝元阁峻临秦岭，羯鼓楼高俯渭河。玉树长飘云外曲，霓裳闲舞月中歌。只今惟有温泉水，呜咽声中感慨多。(《全》卷二四二)

两京虽已收复，安史之乱虽已平息，但兵燹造成的严重后果并未消除，满目疮痍，时清不见，盛世不再，只有哭泣、流泪和呜咽。"昏霭雾中悲世界，曙霞光里见王城。回瞻相好因垂泪，苦海波涛何日平？"(卢纶《宿石瓮寺》)"今日登临唯有泪，不知风景在何山？"(司空曙《登岘亭》)这打在诗人心头的问号，是天宝遗民的共同感受，也是人们经过一场浩劫后产生的普遍心理。但是，人们并没有绝望，一些诗人的作品便反映了翘首以待中兴的愿望。杜甫在贼焰尚炽之日就预言"胡命其能久，皇纲未宜绝"(《北征》)，刘长卿《上阳宫望幸》的"玉辇西巡久未还，春光犹入上阳间。……独见彩云飞不尽，只应来去候龙颜"、皇甫冉《华清宫》的"东郊倚望处，瑞气霭濛濛"，景象中包含的切盼唐室再昌的兴象，生动可感。而且，中兴期望往往是人们在乱离中获得生活勇气、困难中获得力量的一种源泉。至德元载，贾至与韦见素等奉册自蜀赴灵武，历经"饮啄丛箐间，栖息虎豹群"的艰险，但想起"明主信英武，威声赫四邻"，相信"古来有屯难，否泰长相因"，故仍有战胜眼前困难的勇气和力量："感此慰行迈，无为歌苦辛。"(贾至《自蜀奉册命往朔方途中》)

天宝遗民的怀旧作品，艺术上有其特点。一是他们的怀旧或与自己身世结合，或与天宝故人一同倾吐对开元盛世的怀恋，因而情真意切，感慨万端。如韦应物写少时侍卫玄宗"无赖恃恩私"，玄宗去世后"憔悴被人欺"(《逢杨开府》)的经历，抒发"可怜蹭蹬失风波，仰天大叫无奈何"(《温泉行》)的伤痛；李端《赠李龟年》(《全》卷二八五)、顾况《听刘安唱歌》(《全》卷二六七)写天宝歌手李龟年、刘安的遭遇和技艺，抒发怀恋开、天盛世之情，无不感慨系之，引起读者共

鸣。二是他们的怀旧都有一种繁华似梦、恍如隔世的怅惘,充满对美好过去一去不复的失落感,如:

> 忆昔千秋节,欢娱万国同。今来六亲远,此日一悲风。年少逢胡乱,时平似梦中。梨园几人在,应是涕无穷。(戎昱《八月十五日》)
>
> 五十余年别,伶俜道不行。却来书处在,惆怅似前生。(顾况《天宝题壁》)

"时平似梦中""惆怅似前生"以及戴叔伦《赠康老人洽》的"却忆当时思眇然",遣词、造境何其相似!三是这些作品大多意境悲凉,感情低沉,如卢纶《早秋望华清宫中树因以成咏》"可怜云木丛,满禁碧濛濛。色润灵泉近,阴清辇路通。……野藤高助绿,仙果迥呈红。惆怅缭垣暮,兹山闻暗蛩"(《全》卷二七九)、顾况《八月五日歌》"玉座凄凉游帝京,悲翁回首望承明。云韶九奏杳然远,唯有五陵松柏声",景助人悲,物共人泣,倍见哽咽感伤。

谈起中唐前期大历诗坛,一般总以唐诗发展的低谷目之,以为这时期的诗人"窃占青山白云,春风芳草,以为己有",所作无非吟咏风月、赠答酬和、送别寄远。读了他们的怀旧之作,可知他们并没有置身世外,并非不食人间烟火,他们仍有关心国家前途、人类命运的正常心态,他们的怀旧之作,反映了那个风云骤变的苦难时代,代表了广大人民群众的心声,和泪写成,情真意切,为中唐前期诗坛带来许多新鲜气息。只是由于他们的心在猝不及防的变乱打击下被撕得粉碎,短期内未得平复,带着心灵创伤而写作,又受了"命旨贵沉宛有含,写致取淡冷自送"(《唐音癸签》卷七)的大历诗风影响,致使其怀旧之作止于恋旧,少有寄托,沉宛凄冷有余,热烈振奋不足。

二

德宗贞元后期至文宗大和初,即宪宗元和前后,诗歌创作中仍存在怀念开元、天宝的倾向,但与大历前后相比,怀念的深度和广度、内容和形式都有了显著不同。

永贞、元和年间是唐代历史上推行改革的时代。由顺宗李诵支持的永贞革新虽以失败告终,推进革新的中坚"二王""八司马"也遭残酷迫害,但事实上,这不过是上层统治者之间的一场权力之争,革新已成为当时社会的必然趋势,不可逆转。宪宗李纯虽以永贞人物对立面的姿态登上皇帝宝座,即位后执行的仍然是一条革新、图治的路线,并因此在削藩、平叛斗争中取得节节胜利,使唐帝国出现一些中兴迹象。《旧唐书·宪宗纪》引史官蒋系语评曰:

> 宪宗嗣位之初,读列圣实录,见贞观、开元故事,竦慕不能释卷,顾谓丞相曰:"太宗之创业如此,玄宗之致理如此,既览国史,乃知万倍不如先圣。当先圣之代,犹须宰执臣僚同心辅助,岂朕今日独能为理哉!"自是延英议政,昼漏率下五六刻方退。……由是中外咸理,纪律再张,果能剪削乱阶,诛除群盗。睿谋英断,近古罕俦,唐室中兴,章武而已。

这种重温贞观、开元之治的历史经验,以贞观、开元之治为榜样以求复兴唐室、重振国威的思想,影响到当时文坛,使元和前后的怀旧诗歌创作出现了一些新的因素。

这时期的诗人韩愈、柳宗元、刘禹锡、元稹、白居易、张籍、王建等,如陈鸿所说"予非开元遗民"(《长恨歌传》),他们生于安史之乱平息后,长于"胡灭人还乱,兵残将自疑"的代宗时期,成年恰值元和中兴。他们从长辈口里亲耳听到开元之治、天宝之变,目历身受了安史之乱带来的长期社会混乱,有更多的时间思索历史的经验和教训,因而,他们创作有怀旧内容的诗歌时,也就注入了许多新的因素,使这些作品的思想和艺术达到了新的水平。

元和前后怀旧诗歌的显著特色是有意总结历史经验,供当代统治者借鉴,以免重蹈历史覆辙,即"愿陛下以开元初为法,以天宝末为戒"(《唐会要》卷五二崔群对宪宗治乱问)。李涉《题温泉》云:"能使时平四十春,开元圣主得贤臣。当时姚宋并燕许,尽是骊山从驾人。"(《全》卷四七七)意谓任贤是时平的根源,国君倘能始终得贤臣辅佐,纵使有驾幸骊山这样的游乐,也不至于天下大乱,这是总结正面经验。更多的是总结历史教训,李约《过华清宫》云:

> 君王游乐万机轻,一曲霓裳四海兵。玉辇升天人已尽,故宫犹有树长生。(《全》卷三〇九)

从皇帝对游乐与国政的态度着眼,认为君临天下,如果重游乐,轻机务,势必招致天下大乱。他如"世人莫重霓裳曲,曾致干戈是此中"(李益《过马嵬二首》)、"欢娱未足燕寇至,弓劲马肥胡语喧"(白居易《江南遇天宝乐叟》),讽劝之意也很明显。

贞元、元和之际,由白居易等倡导,掀起了新乐府的创作热潮。新乐府那种"篇篇无空义,句句必尽规"(白居易《寄唐生》)、"雅有所谓,不虚为文"(元稹《和李校书新题乐府十二首并序》)的精神反映在追怀开、天故事的诗作里,使其往往具有总结历史教训的规劝性质。元、白同题乐府诗《胡旋女》认为,由域外传来的胡旋舞,迷惑了玄宗的视听,使其忠奸不辨,曲直不分。白诗云:"禄山胡旋迷君眼,兵过黄河疑未反。贵妃胡旋惑君心,死弃马嵬念更深。"元诗云:"天宝欲末胡欲乱,胡人献女能胡旋。旋得明王不觉迷,妖胡奄到长生殿。……翠华南幸万里桥,玄宗始悟坤维转。寄言旋目与旋心,有国有家当共谴。"命意大体相近。白居易的《长恨歌》和元稹的《连昌宫词》可谓二人怀旧诗中的代表作。《长恨歌》写唐玄宗与杨贵妃的爱情悲剧,在叙事中画龙点睛地说明:安史之乱是李、杨爱情由欢到悲的转折点,由此铸成了"天长地久有时尽,此恨绵绵无绝期"的长恨;而酿成安史之乱的原因,则是玄宗得到杨贵妃后的纵情声色,荒淫失政。全诗生动地告诉读者:李、杨是这一爱情悲剧的承受者,因而令人同情;又是这一爱情悲剧的制造者,因而发人深省。为避免悲剧的重演,应该堵塞致乱的渠道。《连昌宫词》写宫边老人泣诉唐王朝由盛转衰的历史后,生发出一段议论:

> 我闻此语心骨悲,太平谁致乱者谁? 翁言野父何分别,耳闻眼见为君说。姚崇宋璟作相公,劝谏上皇言语切。燮理阴阳禾黍丰,调和中外无兵戎。长官清平太守好,拣选皆言由相公。开元之末姚宋死,朝廷渐渐由妃子。禄山宫里养作儿,虢国门前闹如市。弄权宰相不记名,依稀记得杨与李。庙谟颠倒四海摇,五十年来作疮痏。

归结开元之治的主要原因是圣君贤相的协理,天宝之乱的原因是奸相弄权、妃子邀宠和玄宗忠奸不辨、亲疏不分、赏罚不明的种种"颠倒"。总结经验教训,以期当时统治者远绍开元之治,免蹈天宝覆辙的用意是深重的。无论就思想深度或艺术成就而言,二作是怀旧诗歌中最成功的。舒元舆的《八月五日中部官舍读唐历天宝已来追怆故事》抚事追昔"仰思圣明帝,贻祸在肘腋。……两河连烟尘,二京成瓦砾"的一段历史,发出"昔闻欢娱事,今日成惨戚"的感慨,总结出"神仙不可求,剑玺苔文积。万古长恨端,萧萧泰陵陌"(《全》卷四八九)的深痛教训,虽理胜于词,缺乏《长恨歌》《连昌宫词》的艺术魅力,然洞悉历史经验教训、讽劝情真意切,也自有特点。

随着元和年间在削藩、平叛中取得一个个胜利,士大夫和人民群众看到某些转机时,诗歌中出现了怀旧与颂今、仰慕开元之治与期望再振唐室相结合的倾向,形成这时期怀旧诗歌的又一特色。元和二年,韩愈受"外斩杨惠琳、刘辟,以收夏蜀;东定青徐积年之叛"胜利的激励,作《元和圣德诗》,不禁欢欣鼓舞地宣称:"太平之期,适当今日。"(《韩昌黎全集》卷一)元和四年,白居易作《新乐府》中的《骊宫高》,美宪宗曰"吾君在位已五载,何不一幸乎其中。西去都门几多地? 吾君不游有深意",这深意就是避免兴师动众,劳民伤财,"吾君修己人不知,不自逸兮不自嬉。吾君爱人人不识,不伤财兮不伤力。骊宫高兮高入云,君之来兮为一身,君之不来兮为万人"(《白居易集》卷三)。诗对宪宗的赞美,虽多揣想之词,然希望宪宗以玄宗荒纵为戒、中兴唐室之意却历历可触。元和十二年平定淮西,柳宗元、刘禹锡各有诗称贺,刘诗《平蔡州三首》云:"忽惊元和十二载,重见天宝承平时。"韩愈随裴度征淮西、凯旋回师过连昌宫,作《和李司勋过连昌宫》诗云:"夹道疏槐出老根,高甍巨桷压山原。宫前遗老来相问,今是开元几叶孙?"(《韩昌黎全集》卷一〇)"今是开元几叶孙",这揩干眼泪、带着欣慰的发问,包含着多少深情的回忆、多少对当今皇帝的赞许和期待!

元和前后的怀旧诗也有蕴藉含蓄,情意深婉的。窦巩《洛中即事》"寂寂天桥车马绝,寒鸦飞入上阳宫"、孙叔向《题昭应温泉》"虽然水是无情物,也到宫前咽不流"、王建《废寺》"空廊屋漏画僧尽,梁上犹书天宝年"、张祜《连昌宫》"玄宗上马太真去,红树满园香自销",触景生情,睹物思人,深含时迁事邈、好景不长的惆怅;元稹《行宫》"寥落古行宫,宫花寂寞红。白头宫女在,闲坐说玄宗"、张籍《华清宫》"温泉流入汉离宫,宫树行行浴殿空。武帝时人今欲尽,青山空闭御墙中"、鲍溶《温泉宫》"忆昔开元天地平,武皇十月幸华清。……仍闻老叟垂黄发,犹说龙髯缥缈情",因见遗民溯遗事,交织着怀恋、惋惜和惆怅,其讽劝之意寓于比具体时空更广阔的艺术形象中。

三

宪宗李纯死后,藩镇割据变本加厉,宦官专权恶性发展,朋党之间明争暗斗,一度出现的中兴迹象化成泡影,唐王朝陷入了更深的阶级矛盾和民族矛盾之中,带着外创与内伤的病体挣扎着,一步步走向生命的终点。晚唐诗歌中仍有不少怀旧作品,但已由大历前后的恋旧、元和前后的温故图新变成了感昔伤今。虽然少数有抱负的诗人仍心存对贞观、开元之治的向往,以功业自期,如杜牧《将赴吴兴登乐游原一绝》"欲把一麾江海去,乐游原上望昭陵"(《樊川文集》卷二),在怀旧中抒发留恋朝廷、向往盛世之情,表现出对国家的责任感;大中五年收复河湟,冬,郑嵎过俪山,旅邸主人"自言世事明皇,夜阑酒余,复为嵎道承平故实",因成百韵《津阳门诗》,为"河清海宴不难睹,我皇已上升平基。湟中土地昔湮没,昨夜收复无疮痍"(《全》卷五六七)而大唱赞歌。但大多数作家(包括杜牧、郑嵎)的怀旧作品是感伤。在晚唐诗人的心目中,贞观、开元盛世已成为遥远的过去,眼前能看到的只有日甚一日的衰败和荒凉。感昔伤今,成了他们怀旧作品的基本色调。如杜牧《过勤政楼》云"千秋佳节名空在,承露丝囊世已无。唯有紫苔偏称意,年年因雨上金铺",在有、无的衬托中,深寓昔盛今衰的感伤。许浑《骊山》"贵妃没后巡游少,瓦落宫墙见野蒿",崔橹《华清宫三首》"明月自来还自去,更无人倚玉栏干""珠帘一闭朝元阁,不见人归见燕归",吴融《华清宫四首》"惆怅眼前多少事,落花明月满宫秋"、《华清宫二首》"无奈逝川东去急,秦陵松柏满残阳",黄滔《马嵬》"鸣泉亦感上皇意,流下陇头呜咽多",温庭筠《过华清宫二十二韵》之"至今汤殿水,呜咽县前流",徐夤《依温飞卿华清宫二十二韵》"重来芳草恨,往事落花愁。五十年鸿业,东凭渭水流",遍取"野蒿""明月""燕归""落花""残阳""鸣泉""水咽"等物象,移情于物,寓情于景,充满了对鸿业如流、盛世如烟的无限伤感和怅恨。有的怀旧诗借景抒情,塑造了充满忧患意识的诗人自我形象,如杜牧《华清宫三十韵》之"孤烟知客恨,遥起泰陵旁",赵嘏《和杜舍人题华清宫三十韵》之"暮草深岩翠,幽花坠径香。不堪垂白叟,行折御沟杨",刘沧《秋日过昭陵》"那堪独立斜阳里,碧落秋光烟树残"、《秋月望上阳宫》"御路几年香辇去,天津终日水声长。此时独立意难尽,正值西风砧杵凉",李郢《故洛阳城》"欲问升平无故老,凤楼回首落花频",孤独、忧郁的诗人自我与孤烟、暮草、幽花、斜阳、烟树、西风、杵凉的外物融和无间,感情色彩至为浓重。这些诗着意运用衰飒的笔调、暗淡的色彩,刻画冷落、凋残的景物,抒发对盛世不再的凄怨哀伤,一咏三叹,锤炼精工,艺术上颇有可取之处。许浑《洛阳道中》云:

> 洛阳多旧迹,一日几堪愁。风起林花晚,月明宫树秋。兴亡不可问,自古水东流。(《全》卷五三一)

兴亡盛衰由天意决定,非人力能挽回的不可知,更加强了伤感的分量。及至黄巢起义爆发,僖宗踏着玄宗昔日走过的道路亡蜀,唐帝国命运垂危之际,罗隐作《中元甲子以辛丑驾幸蜀四首》云"清平过尽到艰危",进而感伤"子仪不起浑瑊亡,西幸谁人从武皇","爪牙柱石两俱销,一点渝尘九土摇",慨叹唐帝国大厦将崩、山穷水尽,眼睁睁地看着而无可奈何,到了悲痛欲绝的地步。

晚唐以怀旧为主题的诗歌中,玄宗、杨妃的爱情故事和传说占有重要位置。此前白居易的《长恨歌》、刘禹锡的《马嵬行》虽以李、杨的爱情故事作题材,但无论创作动机和艺术效果都在于借爱情谈国家大事,其意义超过了爱情故事本身。晚唐一些诗人偏爱这一题材,却往往得其轶事趣闻,而抛弃了讽劝。如李商隐《马嵬二首》、于溃《马嵬驿》都写了这一爱情悲剧,而着眼点李诗是"如何四纪为天子,不及卢家有莫愁",于诗是"当时嫁匹夫,不妨得头白",就爱情本身总结教训,没有超出美满婚姻是夫妇长相守、白头偕老的标准;高骈《马嵬驿》"玉颜虽掩马嵬尘,冤气和烟锁渭津。蝉鬓不随銮驾去,至今空感往来人"、徐夤《再幸华清宫》"霓裳旧曲飞霜殿,梦破魂惊绝后期"(《全》卷七〇八),止于对玄宗、贵妃的同情;李商隐《骊山有感》"平明每幸长生殿,不从金舆唯寿王"、《龙池》"夜半宴归宫漏永,薛王沉醉寿王醒",揭玄宗占取儿媳之丑,虽意在讽刺,但不免被尖酸、猎奇所掩。至于郑畋《马嵬坡》"玄宗回马杨妃死,云雨虽无日月新"则已思涉猥媟而不值得一提了。

　　通过追怀开元、天宝故事,总结教训,在晚唐诗歌中仍有表现,如杜牧《过华清宫绝句三首》、李商隐《咏史》,指出唐王朝由盛转衰的原因是君王的骄纵淫乐,"霓裳一曲千峰上,舞破中原始下来",总结出"历览前贤国与家,成由勤俭破由奢"的教训,明确提出举贤、广德以求治的政治主张:"广德有强朝万国,用贤无敌是长城。君王若悟治安论,安史何人敢弄兵"(杜牧《咏歌圣德远怀天宝因题关亭长句四韵》)、"昔闻举一会,群盗为之奔;又闻理与乱,系人不系天"(李商隐《行次西郊作一百韵》)。这对腐败无能的晚唐最高统治者无疑是良药一剂。但也有些怀旧之作,如李商隐《华清宫》"华清恩幸古无伦,犹恐蛾眉不胜人。未免被他褒氏笑,只教天子暂蒙尘"、罗隐《马嵬坡》"佛屋前头野草春,贵妃香骨此为尘。从来绝色知难得,不破中原未是人",总结的无非是女色亡国、女人是祸水之类带有浓重封建色彩的教训,尖刻辛辣有余,思想启迪和艺术感染力不足。而薛能的《过骊山》"玄宗不是偏行乐,只为当时四海闲"云云,竟是一种承平则行乐、行乐则致乱的宿命论了。

怀旧,是人们常有的生理、心理状态。作为这种心理状态的反映,文学史上几乎每一个大家、名家,都有或多或少的怀旧作品。有各种各样的怀旧,也有各种各样的怀旧作品。一般地追怀昔日居处、行迹、交游、婚恋、艳遇的作品,情况复杂,因人而异,需做具体分析外,有这样几种情形:以为过去一切都好,当今一切都不好,盲目颂古非今,这是由于某种社会变革而失去了昔日特权、与当前社会格格不入的人的心理状态,是消极的怀旧。李煜词"故国梦初归,觉来双泪垂。……往事已成空,还如一梦中"(《子夜歌》),正是这种怀旧。李煜的怀旧与广大人民群众的感情没有多少共通之处;曾经有过美好的过去,由于某种原因失去而不可复得,于是在艰难困苦的处境中怀旧以保持心理平衡。李清照的"永夜厌厌欢意少,空梦长安,认取长安道"(《蝶恋花》)是这种怀旧。李清照怀的虽多是个人往事,却代表了北宋灭亡后许多家破人亡、骨肉离散的普通百姓的心声。国家曾有过光辉的一页,由于某种黑暗、反动势力的破坏,使社会倒退,国家的强盛、社会的繁荣、人民生活的安定与幸福随之暂成过去,于是在以后的日子里,人们渴望振兴国家,实现美好事物的再造,安史之乱后人们追怀贞观、开元之治是这种怀旧,这是积极的怀旧。元和前后以及晚唐前期怀旧诗的温故图新、观今鉴古,具有这种性质。即使中唐前期的恋旧、晚唐中后期的感昔伤今,带有颓伤色彩,仍与李煜似的怀旧在所怀的性质和动机上,有本质的不同。中晚唐的怀旧诗在各个发展阶段呈现的不同面貌,都是一定的社会存在在意识形态领域的反映,具有程度不同的,然而同是不可忽视的认识价值和美学价值,应分别予以肯定。

原载《湘潭师范学院学报》1992 年第 5 期

有益于开拓唐诗研究的力作

——陶敏《全唐诗人名考证》评介

近十多年来,由于一大批老中青结合的专家、学者在唐诗研究的园地里辛勤耕作,因而硕果累累,气象万千。在这些成果中,陶敏同志的九十五万字的新著《全唐诗人名考证》(陕西人民教育出版社1996年),以其格局宏大、考证精深、对开拓唐诗研究具有实用价值和学术价值而显得十分珍贵。

《全唐诗》及《外编》卷帙浩繁,所收诗共五万余首,所涉人物数以千计。诗中对这些人物的称谓大都不直用其名而用别称,或姓加官职,或姓加行第,或姓加封爵、籍里、谥号,或仅称其字号、官职、封爵,情况极为复杂。诗人各色人物姓氏含混,面目不清,便成了阅读、研治唐诗的一大障碍。陶敏同志此著考出《全唐诗》及《外编》中人物两千多位,弄清了他们与诗内容有关的事迹及其与作者的关系,拨开了密布在这些诗表面与深层的雾纱。

从文学批评须"知人论世"的角度看,《考证》最重要的贡献是有助于对诗篇的理解,如考出柳宗元《零陵赠李卿元侍御简吴武陵》诗李卿为李幼清,元侍御为元克己。李系因"诋狂寇见诬",由睦州刺史"左官为循州录……移永州";元在柳宗元谪永州的次年,"由柱下史谪焉而来";加上已知名的吴武陵亦系"得罪来永州",诗人和他们都有受贬谪的共同遭遇。知此,对诗中"理世固轻士,弃捐湘之湄。……铩羽集枯干,低昂互悲鸣"的悲愤无奈情怀就会理解得更贴切、更深刻。

与理解诗意相联系,《考证》的又一贡献是有益于诗作的编年,如岑参《送弘文李校书往汉南拜亲》诗,从杜甫集中找出同送诗比照,人事全合,考定李校书为李舟,诗作于乾元元年;并据《全唐文》卷五二一梁肃《李舟墓志铭》"礼部尚书襄阳席豫,以大名谥文,实公之外祖"的记载,知李校书"拜亲"即拜时依外家的母亲,使诗中"梦暗巴山雨,家连汉水云。慈亲思爱子,几度泣沾裙"亦得到落实,弥补了陈铁民等《岑参集校注》对该诗未编年、未的注之缺陷。

与理解诗意、定诗作年相关,该书还有益于进一步考证诗人之行实,如据《全唐文》卷三六六贾至《授韦少游祠部员外郎等制》与杜甫《为补遗荐岑参状》,考出杜甫诗中的"许八""许八拾遗",岑参诗中的"许子""许拾遗""许员外",刘长卿诗中的"许拾遗"为同一人,即许登。这不仅可补《全唐文》作者许登小传的匮乏,亦可补充杜甫早年游江东、岑参乾元中官谏省、刘长卿为扬州转运判官的行迹。《全唐诗》卷三六一刘禹锡《寄杨八拾遗》原注:"时出为国子主簿,分司东都。韩十八员外亦转国子博士,同在洛阳。"《考证》考出杨八拾遗为杨归厚,其由左拾遗贬国子主簿分司东都在元和七年十二月,亦知韩十八(愈)以论柳涧事,由都官员外郎"复为国子博士"为分司东都。

《考证》的意义还在于它有益于考订诗篇之真伪,如考明韩愈、元稹、刘禹锡《赠毛仙翁序》为伪作,进而肯定杜光庭《毛仙翁赠行诗》所收裴度、牛僧孺、李益、元稹等二十三人诗、文为伪作。大和三年春,白居易自刑部侍郎任谢病长告,授太子宾客分司东都,刘禹锡、张籍、裴度等饯宴于兴化池亭,各有联句诗,而《全唐诗》从《唐诗纪事》辑录元稹等六人诗,《考证》考出其中令狐楚、元稹、李绅诗为伪作。《全唐诗》卷四九二编殷尧藩诗一卷,八十六首,《考证》考出其中大部分为元、明人诗,从而肯定殷集为明人伪编。

　　如上分述，只是为了行文的方便，其实，该书在人物考证过程中，往往是一考而数得的。如《全唐诗》卷二〇〇岑参《夏初醴泉南楼送太康颜少府》，由于未悉颜少府为何人，故此前的有关著作对该诗地名、句意、编年均不甚了了。《考证》引颜真卿《颜允臧神道碑》"解褐太康尉，太守张倚、采访使韦陟皆器其清严，与之均礼"的记载，考知颜少府乃颜允臧，允臧兄允南、弟真卿皆工书；太康属河南道陈州，在颍上，故诗云："爱君兄弟好，书向颍中夸。"又据殷亮《颜鲁公行状》"天宝元年秋……策试上第，以其年授京兆府醴泉县尉"及张倚天宝二年为淮阳太守、韦陟天宝五载为河南采访使，推知颜允臧约于天宝二年授太康尉，诗即作于其时。顺手翻去，书中这样的例子随处可见。从某种意义说，《考证》确实起到了一本关于《全唐诗》工具书的作用。

　　但是，《考证》的意义，远远超出了人名索引、词语典故诠释、诗作系年之类的工具书，它不仅具有实用价值，而且具有学术价值，它是一部分量颇重的学术著作。这来源于作者在人名考证过程中表现出来的实事求是的科学态度和严谨踏实的治学精神。

　　《考证》的学术成就，首先表现在广征文献、多方取证上。如考柳宗元《寄韦珩》"回眸炫晃别群玉"句中之"群玉"乃韦珩之字，京兆尹韦夏卿之子，引用《唐会要》《册府元龟》《吴兴志》《宋高僧传》等书十一种；考白居易《咏家酝十韵》注之"陈郎中岵"，引《韩昌黎集》《旧唐书》《郎官石柱题名》《唐摭言》等书七种。尤为可贵的是，作者总是将各种典籍的有关文字加以比勘互证，消化吸收，尽可能作出合乎事理的判断。如《全唐诗》卷二〇〇岑参《寻阳七郎中宅即事》诗云："万事信苍苍，机心久已忘。无端来出守，不是厌为郎。雨滴芭蕉赤，霜催桔子黄。逢君开口笑，何处有他乡？"《考证》先从《四部丛刊》本及明抄本《岑参集》"阳"均作"杨"，知"阳七"当作"杨七"；继从《全唐文》卷四二六于邵《与杨员外（炎）书》称"七官院长足下"及高适

《武威同诸公过杨七山人得藤字》诗题,参以《旧唐书·杨炎传》"炎美须眉,风骨峻峙,文藻雄丽,沂陇之间,号为'小杨山人'",得知高适诗中的杨七山人、于邵文中的杨七院长,即岑参诗中的杨七;同时,在岑诗《入剑门作寄杜杨二郎中时二公并为杜元帅判官》中,已考出杨郎中即杨炎,炎于大历二年以检校尚书兵部郎中参山南西道、剑南东西川副元帅、剑南西川节度使杜鸿渐幕为节度判官,而岑参已于上年十一月由库部郎中出为嘉州刺史,因崔旰乱蜀中,至大历元年七月始至成都,因在"无端来出守,不是厌为郎"的情况下来到成都,于"雨滴芭蕉赤,霜催桔子黄"之时与剑南西川诸幕僚相会,寻杨炎宅而有此咏。三诗有关杨炎的考证征引《旧唐书·杜鸿渐传》《杜亚传》《杨炎传》;《全唐文》常衮《授庾淮杨炎知制诰制》,独孤及《送吏部杜郎中兵部杨郎中入蜀序》,于邵《与杨员外书》《送刘协律序》,加上三诗互证,不同刊本互校,得出结论,时、地、人、事与诗意俱合,如斯考证,左右逢源,天衣无缝,实在令人叹为观止。

　　《考证》的学术成就还体现在对广泛搜求的文献的精思细考、创见独得上。如《全唐诗》卷二〇六李嘉祐《奉酬路五郎中院长新除工部员外见简》,其诗中路五为何人?《行第录》既不载,各种《索引》亦无考。本书从广泛搜集的中唐路姓诸人传记与诗内容相合者,考出诗中"一门同秘省,万里作长城",惟路嗣恭一门可当之,路七即路嗣恭子恕。又撷拾两《唐书》有关路氏父子所载得知,路嗣恭"大历六年七月,为江南西道都团练观察使……八年,岭南将哥舒晃杀节度使吕崇贲反,五岭骚扰,诏加嗣恭兼岭南节度观察使。……子恕,字体仁。初,岭南衙将哥舒晃反,诏嗣恭自江西致讨,授检校工部员外郎,得以军前便宜从事"。恕觐父洪州,故用胡威事,有"问绢莲花府"句;恕授工部员外郎从事军前,故云"词锋偏却敌,草奏直论兵"。大历八年,李嘉祐为袁州刺史,客洪州,故有赠答,且呼恕为"五郎"。其考订结果,与人物事迹、诗中词语典故以及作者生平无不吻合。作者深厚的文史根基和训诂考据功夫，在这里得到充分的发挥。

正因为如此，《考证》作者对浩瀚无际的史料，入而能出，故于书中多所发现，多有创获，如考岑参《故仆射裴公挽歌三首》之裴仆射为裴耀卿，即否定闻一多《岑嘉州系年考证》以为裴晃，并据以定岑参卒年之说；考李商隐《寄成都高苗二从事》注"时二公从事商隐座主府"之座主为李回，纠正冯浩《玉谿生诗笺注》以为高锴之误。其纠正、辨别两《唐书》《唐才子传》《全唐诗》注、《唐人行第录》之误字、误考者尤多。

《考证》的成功不是偶然的，它是陶敏同志读书时代即培植起来的对祖国丰厚古典文学遗产的浓厚兴趣、近十多年来苦心孤诣研治古代文学的心血结晶。90 年代初，正是《考证》已经脱稿、联系出版期间，我与陶敏同志在傅璇琮先生指导下，编撰《中唐文学史编年》，工作接触中，觉得陶敏同志对古籍中的人物、典故特别敏感，对考究人物有着特殊的兴趣，他不止一次地谈到他治人名考证时，不限于一家一集，而是将《全唐诗》作为一项系统工程来考察，将宏观与微观、整体与个别相结合。他让我翻阅过他制作的数以千计的读书卡。这些卡片，或以事设，或以人立，即一张或数张卡片上，记录了从史传、笔记小说、姓氏谱牒、公私书目、金石碑帖、佛道两藏、方志题名以及新出土的碑志中搜集来的关于一人或一事的资料。因人而立的卡片，姓名、字号、行第、里籍、仕履、事迹、交游、著作……尽可能完备；因事而立的卡片，则参与者、时地、因果、人物关系……卓然分明，查检十分方便。加之陶敏同志超乎寻常的记忆力和辨析力，呕心沥血，日积月累，使他的脑子里有了一个庞大而相互联系的唐诗作者、人物关系图，可以说，《全唐诗人名考证》就是这幅巨图的文字再现。

《全唐诗》的人物，应该包括诗的作者及诗中人物两个概念，有时诗人即是诗中人物，大量述怀、自纪诗是；有时诗中人物也是诗人，诗人与诗人交往中产生的唱和、赠答诗是。在唐诗学界，历来重视诗歌作者的考证,从《本事诗》《唐才子传》《全唐诗》作者小传到现当代大量诗人传记、年谱和考证文章,标志着此项研究的巨大成就和进展。而对唐诗中人物的考证,除《唐人行第录》《读全唐诗札记》等有所涉及外,鲜有人做专题研究,陶敏同志不厌其烦地考证唐诗中人物的实践证明,此项研究不仅本身具有丰富的内涵,而且为唐诗研究拓宽了道路,坚实了基础。从这个意义上说,《全唐诗人名考证》在唐诗学的研治进程中,或许是功不在小的。

　　毋庸讳言,《考证》也存在缺陷,如有些可考的人名还未考出,某些"疑是""疑为"之处还可进一步确证。但它毕竟是六七年前已经脱稿的东西。六七年来,陶敏同志继续在以人名考证为中心的唐诗学研治道路上前进,又整理《元和姓纂》(与郁贤皓合作)、补正《唐才子传校笺》(与陈尚君合作)出版,有《初盛唐文学史编年》《中唐文学史编年》(与李一飞合作)、《沈宋集校注》《刘禹锡诗编年笺注》待出版,但我认为,即使这些新作出版,也不会掩盖《考证》固有的实用性与学术性有机结合的特色。

原载《湘潭大学学报》1997 年第 5 期

　　附注:《全唐诗人名考证》1996 年出版后,作者对此课题继有续作,由九十五万字扩充至一百二十万字,以《全唐诗人名汇考》书名,于 2006 年由辽海出版社出版。

清代几种唐集笺注本略评

清代考据风盛，学者们十分重视古籍的校勘与笺注，整理范围遍及经、史、子、集各部类。其中对唐人别集的整理，在集部中占了很大比重。影响较大的有蒋清翊《王子安集注》，陈熙晋《骆临海集笺注》，赵殿成《王右丞集笺注》，王琦辑注《李太白全集》，钱谦益笺注《杜工部集》，仇兆鳌《杜诗详注》，杨伦《杜诗镜铨》，王琦《李长吉歌诗汇解》，冯集梧《樊川诗集注》，冯浩《玉谿生诗笺注》《樊南文集详注》，顾嗣立《温飞卿集笺注》等十余种，堪称定本、善本，自清及今，屡经覆刊。此外还有朱鹤龄辑注《杜工部诗集》、方世举《韩昌黎诗编年笺注》、汪立名编注《白香山诗集》、孙之骒《玉川子诗集注》等十余种传世。这些注本，大都出于专家、学者之手，积年精思而成，分看各有特点，合看具有共性，其内容之赡博可供唐代文学研究参考，其成书过程包含的经验，有益于学术建设。

与宋、元、明旧本相较，清人唐集笺注本，尤其是影响较大的几种，更为详备、精审，表现出鲜明的特色。

清人注本的显著特色之一是辑录原作力求全备、真实可靠。如骆宾王集，《四库全书总目》著录的《骆丞集》为明颜文选辑注，《提要》以为"援引疏舛，殆无可取"，陈熙晋笺注时，广泛搜求典籍，对颜本佚其篇者、佚其全题者、佚其题字者、佚其字句者，一一辑录补缀，厘定为一个较为完善的全集本，为明、清以来骆集整理作一总结。为求辑录的真实可靠，清人十分注意作品的考订辨伪，如《王右丞集笺注》不仅对正编中的重出诗加以注明，为后人进一步确考提供线索，还将存疑诗四十七首收入《外编》，一一考注，辨别真伪，说明理由。其《冬夜寓直麟阁》考注云："顾元纬《外编》录此首，《唐诗品汇》亦作王维诗，《文苑英华》作宋之问诗。成按：题中'麟阁'之名，乃是天授时所改，神龙时无复此称，则此诗自应归宋耳。"（赵殿成《王右丞集笺注》卷一五第 271 页，上海古籍出版社 1961 年。下引该书及其他清人唐集笺注本，均随文注明卷数）又如王琦注李白《口号赠杨征君》云："诗题有'口号'，始于梁简文帝《和卫尉新渝侯巡城口号》，庾肩吾、王筠俱有此作，至唐遂相袭用之，即是口占之义。萧本作《口号赠征君鸿》，而注云'见前《赠卢征君》题注'，盖以为即卢鸿矣，未详是否？"（《李太白全集》卷九）是则是，疑则疑，态度严肃，体例严谨。

清注本的详备，还表现在汇集资料的丰富上，如仇兆鳌《杜诗详注》不仅正编评笺作品时大量择取前人成说，且卷首有仇氏自序、两《唐书·杜甫传》、杜氏世系、年谱、凡例，卷末附编墓志铭、序、跋、诸家咏杜、诸家评杜、进书表、校勘记；王维集旧注，仅有明顾起经分类注本，注诗未注文，赵殿成笺注不仅诗文合注，且于卷末附录有关王维传记、逸事、诸家咏王、诗评、画录、年谱、序文等：都尽可能详备地把有关资料呈现在读者面前。

清人注本的又一优长处是注释考订的缜密。与宋、明注释重义理阐释、旨趣探求不同，清人着重于文字训诂和名物掌故、地理沿革、典章制度、历史背景、人物交游、作者生平的考证，在此基础上诠释作品，如王琦《李长吉歌诗汇解》卷一《送沈亚之歌》"吴兴才人怨春风"注："吴兴郡，即湖州，《唐诗纪事》以沈亚之为吴兴人，《文献通考》以为长安人。观此诗，则《通考》误也。"揆之以沈集《别权武序》《异梦录》自称"吴兴沈亚之"，证明王琦注确；又如温庭筠有《邯郸郭公词》诗，本集"词"误作"祠"，曾益并漫引"郭子仪围邺城以保东京，嗣后建祠祀之"以注，顾嗣立《温飞卿诗集笺注》卷三则引北齐乐府《邯郸郭公歌》及《乐府广题》之释,证明郭公并非唐郭令公子仪,又检出此诗在宋郭茂倩《乐府诗集》中作《邯郸郭公词》,明高启集亦有《邯郸郭公歌》,援据考证可谓精确。

同时,清人并不因此忽视作品旨意的探求,只是他们探求诗旨诗意总是结合词语诠释和句法章法的理解进行,故往往更为贴切精到,如赵殿成笺释王维《过香积寺》云:“起句极超忽,谓初不知山中有寺也。迨深入云峰,于古木森丛人踪罕到之区,忽闻钟声,而始知之。四句一气盘旋,灭尽针线之迹,非自盛唐高手,未易多觏。‘泉声’二句,深山恒境,每每如此。下一‘咽’字,则幽静之状恍然;著一‘冷’字,则深僻之景若见,昔人所谓诗眼是矣。或谓上一句喻心境之空灵动宕,下一句喻心境之恬澹清凉,则未免求深反谬耳。”(《王右丞集笺注》卷七)又如仇注杜诗《哀江头》“清渭东流剑阁深,去住彼此无消息”二句云:“唐注谓托讽玄、肃二宗。朱注辟之云:‘肃宗由彭原至灵武,与渭水无涉。’朱又云:‘渭水,杜公陷贼所见;剑阁,玄宗适蜀所经,去住彼此,言身在长安,不知蜀道消息也。’今按:此说亦非,上文方言马嵬赐死事,不应下句突接长安。考马嵬驿,在京兆府兴平县,渭水自陇西而来,经过兴平,盖杨妃槁葬渭滨,上皇巡行剑阁,是去住西东,两无消息也。”(《杜诗详注》卷四)王注紧扣字词和章法,循文入境;仇注从字句和史实地理考证中把握内涵,批郤导窾,深中肯綮,很有启发性。

梁启超论及清代古籍整理成绩时说:“校勘之学,为清儒所特擅,其得力处真能发蒙振落。他们注释工夫所以能加精密者,大半因为先求基础于校勘。”(梁启超《中国近三百年学术史》十四《清代学者整理旧学之总成绩》,《饮冰室合集》第十册第224—225页,中华书局1989年)这一点在清人整理唐集的工作中同样表现出来。如仇兆鳌《杜诗详注·凡例》之“杜诗刊误”条,列举有:刊正坊刻本“字画差讹”者,“如《王彭州》诗‘东堂早见招’,当是‘东床’,于‘河汉’、‘夫人'等语相合","《遣意》诗'宿雁聚圆沙'当是'宿鹭';《草堂即事》诗'宿鹭起圆沙'当是'宿雁',鹭雁各有时候,彼此两误也";刊正"上下错简、句语颠倒"者,"如《过吴侍御宅》'仲尼甘旅人'二句当在'闭口'、'叹息'之下;如《郭代公故宅》'精魄凛如'二句当在'顾步涕落'之下"。经仇氏订正后,文义方顺。又如同书卷一考释《游龙门奉先寺》"天阙象纬逼,云卧衣裳冷"之"天阙",列举蔡兴宗、杨慎、蔡絛等八说,以为"俱未安",而为之注释云:"韦述《东都记》:龙门号双阙,与大内对峙,若天阙然。……禹疏伊水北流,两山相对,望之若阙,见《水经注》,皆确据也。……韦应物《龙门游眺》诗云:'凿山导伊流,中断若天阙。'此即杜诗注脚也。"又考"云卧"云:"据文翔凤《药溪谈》,伊阳之北山,即鸣皋之派,长殆百里,如云卧然。龙门南直卧云,故云然耶。"(引文有删节)在精密校勘的基础上做出详明注释,是清人唐集笺注本的又一特色。

　　清人笺注唐集,间或于理性思考中,作规律性的阐释,富于启发性。如赵殿成注释王维《积雨辋川庄作》,对诸家采选唐人七言律,必取一诗压卷,或推崔颢《黄鹤楼》,或推沈佺期《独不见》,或推杜甫《秋兴八首》其中三首与《登高》,或推岑参《早朝大明宫》、王维《积雨辋川庄作》,按云:"要之诸诗皆有妙处,譬如秋菊春松,各擅一时之秀,未易辨其优劣。或有扬此而抑彼,多由览者自生分别耳,质之舆论,未必佥同也。"(《王右丞集笺注》卷一〇)见其论诗透脱、圆通。杨伦《杜诗镜铨》卷八注《绝句漫兴九首》后总评云:"绝句以太白、少伯为宗,子美独创别调,颓然自放中,有不可一世之概,卢德水所谓巧于用拙,长于用短者也。后空同多好学之。"数语括出绝句源流正变大要。朱鹤龄自序其《李义山诗集注》,以为李商隐处甘露之变后的晚唐,阢塞当涂,沉沦记室,"其身危,则显言不可而曲言之;其思苦,则庄语不可而谩语之",形成其诗"楚雨含情俱有托"的艺术特征,肯定李诗乃"风人之绪音,屈宋之遗响,盖得子美之深而变出之者也",

非"征事奥博,撷采妍华"(《李义山诗集笺注》卷首,转引自《李商隐资料汇编》上册第 243 页,中华书局 2001 年)的温庭筠、段成式诗可比。亦见解独到,而为后人首肯。清人笺注唐集,于杜甫、韩愈、李贺、李商隐数家,一集多注,而又各具特色。如杜甫集,钱注重在以史证诗,详注史事、交游、地理、职官、典章制度,以翔实、精当著称;仇注的特点在于详,无论注词、释义,务求详明,援据繁富,撷拾广博,汇集诸家注评,集其大成,以详博见长;杨注无论采辑旧说,或自出新见,皆务求简明,故以精简扼要著称。李贺集几种注本中,王琦的《汇解》汇集宋、明诸家注,博取慎裁,较为详明;姚文燮的《昌谷集注》,则致力于史实,以史证诗;方世举的《批注》诠词释意,着笔不多,却往往中的。其次,对不同创作个性的作家作品的笺注,用力点亦各有侧重,李商隐诗词旨隐晦,故冯浩注重在沿波讨源,拨词见意;杜牧诗语多通达,故冯集梧注详在诠释事实,略于评解诗意。各有特点的笺注本一并得到流传,从另一侧面说明清人唐集笺注本的丰富多彩。

作为清代学术成就的一部分,清人笺注唐集取得成绩有其多方面的原因,其中起决定作用的是笺注者的才学和功力。

清人笺注唐集,或由一人积年完成,或聚数人之力共同、相续完成,无不是笺注者心血的结晶。如蒋清翊注王勃集,"自同治甲子迄光绪甲戌,岁周一纪,稿凡三易"(《王子安集注·凡例》);钱谦益注杜甫诗,"年五十即随笔记录,极年八十书始成"(《钱注杜诗》卷首季振宜序);仇兆鳌《杜诗详注》编末自记"注杜,始于己巳岁,迨乙亥还乡,数经考订。癸未春日,刊本告竣。甲申冬,仍上金台,复得数家新注,如前辈吴志伊、阎百史、年友张石虹、同乡张迩可,各有发明。辛卯,致政南归,舟次辑成,聊补前书之疏略,时年七十有四矣",自己巳(1689)至辛卯(1711),历时二十三年;浦起龙自记撰著《读杜心解》的甘苦和心得云:"吾读杜十年,索杜于杜,弗得;索杜于百氏诠释之杜,愈益弗得;既乃摄吾之心印杜之心,吾之心阒阒然而往,杜之心活活然而来，邂逅于无何有之乡，而吾之解出焉"，"事始辛丑夏五，期而稿削，又八月而稿一易，又十一月稿再易。寒暑晦明，居游息动，必于是焉，勿敢废也"（《读杜心解》卷首）。这样得来的心得，无怪翁方纲称其"所解诚有意味"（《石洲诗话》卷一，转引自《清诗话续编》第三册第 1382 页）。《温飞卿集笺注》则聚积了明代曾益，清代顾予咸、顾嗣立父子数人精力；王琦襄助赵殿成注释王维诗中的佛典；汪立名注白居易诗，得朱彝尊释难解疑，并提供藏弆抄本。勤于用力，处心积虑，集思广益，使这些笺注本的质量得到可靠的保证。

清人笺注唐集的成就，还得力于笺注者的才学。唐代著名史学家刘知几答人问"何以自古史才少"时说："史有三长：才、学、识，世罕兼之，故史者少。"（《新唐书·刘子玄传》）事实上，有成就的笺注家也需有才、学、识三长。杭世骏序《李太白集辑注》云："作者不易，笺疏家尤难。何也？作者以才为主，而辅之以学，兴到笔随，第抽其平日之腹笥，而纵横曼衍，以极其所至，不必沾沾獭祭也。为之笺与疏者，必语语核其指归，而意象乃明；必字字还其根据，而证佐乃确。才不必言，夫必有十倍于作者之卷轴而后可以从事焉。"（《李太白全集》卷末《序跋》）齐召南序亦云："注古人书，虑闻见不博也，尤虑其识不精；既博且精，又虑心偶不虚不公，知有疑勿缺，有误亦曲为解。"王琦才学富，闻见博，识度精，故其持论平正，辑杨齐贤、萧士赟、胡震亨三家，"去短从长，援引本本原原，斟酌至慎"（同前），使后人读李白诗得其解，功不在小。著名考据家王鸣盛序《李义山诗文集笺注》云："论古今著述得失者甚多，请以一言决之曰：读书与不读书而已矣。《李义山诗文集笺注》……注之者倘非贯穿新、旧《唐书》，博观唐人纪载，参伍其党局之本末，反复于当时将相大臣除拜之先后，节镇叛服不常之情形，年经月纬，了然于胸，则恶能得其要领哉？"而冯浩之笺注"信乎其能如是"，故"钩稽所到，能使义山一生踪迹历历呈露，显显在目"（《玉谿生诗笺注》附录二）。张采田《玉谿生年谱会

笺》编末亦评云:"余笺义山诗文所见诸家注本,不下数种,疏通证明,
左右采获,实以冯氏为优。"(《玉谿生年谱会笺》卷四第 212 页,上海
古籍出版社 1983 年)

　　治学态度的严谨和具体操作的规范,也是清人笺注唐集获得成
就的重要原因之一。凡注解词语,必引作者以前之书,力求找到原始
出处;引语必注明作者、书名和卷数,原书已亡者,必标名所据之书;
援引友朋、同学议论,必冠以姓氏;原文字画讹舛,意不可解之处,宁
缺无凿……如此种种,看似小节,然注家视为关系职业道德和治学态
度的大事,是为了"冀别于稗贩"(《王子安集注·凡例》)、"不敢没人
之美"(《王右丞集笺注·例略》)、"不敢没人之善,攘为己有"(《杜
诗详注·凡例》)、"不敢攘善"(《玉谿生诗笺注·发凡》)、"宁缺无
凿……勿令后之观者,因笺释之不明,而反堕冥冥烟雾中也"(《李长
吉歌诗汇解·自序》),并在具体操作中信守,做到实事求是,从而增
强了这些注本的学术性和科学性。作品编次方面,与明人整理古籍
多按体编次不同,清代注家十分重视编年,注意从考证诗的作年入
手,求得对诗人及其诗作的全面把握和具体理解。赵殿成云:"叙诗
之法,编年为上,别体次之,分类又其次也。"(《王右丞集笺注·例
略》)仇兆鳌认为:"依年编次,方可见其平生履历,与夫人情之聚散,
世事之兴衰。"(《杜诗详注·凡例》)具体作法,则"先挈领提纲,以疏
其脉络,复广搜博征,以讨其典故"(《杜诗详注·原序》);冯浩更重
视以年谱带出笺注,以为"年谱乃笺释之根干,非是无可提挈也"
(《玉谿生诗笺注·发凡》),笺注过程中,"于是征之文集,参之史书,
不惮悉举而辨释之;诗集既定,文集迎刃以解,鲜格而不通者,乃次其
生平,改订年谱,使一无所迷混,余心为之惬焉!"(《玉谿生诗笺注·
自序》)尽管由于冯氏未及见晚出的《樊南文集补编》,而在考证李商
隐生平行迹方面不可能做到"一无所迷混",其后学者张采田、王国
维、岑仲勉等皆有所指摘是正,但总的看来,冯浩等清人笺注工作的

实事求是、按规律步骤行事，是可以肯定，且有成绩的。

　　由于时代的局限，清代的唐集笺注本也存在缺陷，或如《樊川诗集注》于正集四卷之外"又有外集、别集各一卷，兹多未暇论及"（《樊川诗集注·自序》），既无笺注，亦少辨别真伪；或如《玉谿生诗笺注》在索隐抉微中，间或失之穿凿，以致冯浩自己也不能不承认"穿凿之讥，吾所不辞耳"（《即日》七绝笺评）；或如《读杜心解》分体编年，以致将同题数咏割裂编次，失之碎杂。至于笺释观点的陈旧、考证的疏失，更为诸本所难免。诸书缺失，自清及今多有人指出，如《杜诗详注》自康熙年间问世以来，就有同治间施鸿保的专著《读杜诗说》驳难，当代李寿松、许永璋等先生有专题论文指摘其瑕疵；《玉谿生诗笺注》卷一《五松驿》诗承朱鹤龄注之讹而对驿地位置判定失误，岑仲勉《玉谿生年谱会笺平质》亦间接指出（《岑仲勉史学论文集》第487—488 页，中华书局 1990 年。按：岑氏此论本为《玉谿生年谱会笺》承朱鹤龄注之误而发，冯注亦据引朱注，故云）。诸注产生缺陷有其原因，主观上，清儒好古嗜古，采用学究似的治学方法；客观上，书籍流通、传播不畅，敦煌、金石等文献当时尚未发现、发掘，这就限制了他们的视野，以致他们整理唐集多限于一家一集，所采史料多限于正史，非但不能旁搜远绍，就连唐代他人别集中的有关史料也很少利用，这就不能不妨碍了整理工作的进一步深入。但总的看来，与成就相比，不足之处仍是次要的。

　　随着时间的推移，历史的进步，新中国成立以来，尤其是改革开放的近三十年来，唐集的整理受到普遍重视，笺注本大量涌现，不仅上述清人已注的诸集都有了新注本；且对过去无注的王绩、卢照邻、李峤、苏味道、张九龄、岑参、高适、韦应物、张籍、刘禹锡、韦庄、郑谷、许浑、罗隐、司空图诸集；注而不详的白居易集以及唐太宗、武则天、王梵志、寒山、陈子昂、孟浩然、元结、刘长卿、钱起、戴叔伦、卢纶、孟郊、韩愈、柳宗元、张祜、薛涛、贾岛、李群玉等诗集也都做了新注；其中卢照邻、寒山、王维、孟浩然、高适、岑参、李白、杜牧、李商隐等家还一集多注。上海古籍出版社刊行的简明注本《唐诗小集》已出三十余家。此外，还有一些集注本正在或即将出版。从已出本来看，大都广泛地运用新史料，采用新观点对作家及其时代进行翔实的考证，对作品做出恰当的笺释，具有较高的学术水平。其中钱仲联的《韩昌黎诗系年集释》等十数种，更能在前人，包括清人笺注的基础上广搜慎裁，存是纠误，解歧决疑，在辑佚、校勘、考证、辨伪、笺释、编年、评论各方面都有建树，体现出集前人之成而又有创新的综合的学术性。但尽管如此，清代的几种笺注本并未失去它们固有的光泽，仍一再由全国性的出版社重新排印，为古代文学及古典文学文献学的爱好者及研究者所重视，存之书橱，置之案头，恐怕就是因为这些笺注本不仅本身有参考价值，还因它们成书过程所包含的经验也能给人以启示吧！

原载《湖南科技大学学报》2006 年第 2 期

《新唐书》的编撰及参撰人纪考

为弥补仓促修成于乱世（五代后晋）的《旧唐书》存在的缺失，北宋仁宗朝对唐史进行了重修，嘉祐五年（1060）书成，史称《新唐书》，与《旧唐书》并行。

《新唐书》的编撰经历了一个漫长而曲折的过程。明道年间，开始酝酿、准备，《续资治通鉴长编》卷一一三载：明道二年（1033）十一月，"丙寅，诏崇文院募唐遗事，翰林学士承旨盛度请命官刊修《唐书》故也"。但时过十余年，这项工作并无实际进展；庆历四年参知政事贾昌朝再建议，始令史馆开始搜集资料；宋庠于庆历五年（1045）参知政事时，又奏请将修书正式纳入工作进程，其《乞修定唐书五代史札子》论述刘昫《唐书》诸多缺失，有必要"因时修定"后指出："乃者威武军节度使、知枢密院事盛度任学士日，亦尝乞搜访唐事，以裨史阙，虽文移遍下，而州县俗吏，罕或省知，逮此数年，莫克如诏。"（《全宋文》卷四二九）因建议命人具体落实，并提出由他与史馆修撰、翰林侍读学士李淑及直史馆宋祁三人分工合作完成。宋庠提议修定的是《唐书》和《五代史》二书，但其后正式决定官修的只有《唐书》一种。同年五月，诏命翰林学士兼龙图阁学士王尧臣，翰林学士、史馆修撰张方平，侍读学士、判史馆修撰余靖，"并同刊修《唐书》"（《续资治通鉴长编》卷一五五）；闰五月，命史馆检讨曾公亮、崇文院检讨赵师民、集贤校理何中立、校书郎宋敏求、馆阁校勘范镇、国子监直讲邵必，"并为编修《唐书》官"（同前卷一五六），同时设立修书机构"唐书局"，至此，重修《唐书》进入实际编修阶段；庆历七年六月，"庚午，命参知政事丁度提举编修《唐书》"（同前卷一六〇），加强监领。但进展并不顺利，皇祐四年，监修唐书、观文殿大学士贾昌朝遣人索取唐书稿，时知亳州的宋祁上《观文右丞书》云："计今秋可了列传；若纪、志，犹须来春乃成。"（《景文集》卷四九）他的估计过于乐观了些，事实上，至和元年（1054）七月，"甲子，诏刊修《唐书》官宋祁、编修官范镇等速上所修《唐书》"（《长编》卷一七六）时，能进上的只有列传一百五十卷，纪、志仍无草稿。于是同年八月戊申，命龙图阁学士、吏部郎中欧阳修"刊修《唐书》"（同前同卷），继续完成纪、志、表的编撰，并酌定全稿。再经过六七年的努力，于嘉祐五年六月完成全书二百二十五卷，七月进上。以后，编修官之一的宋敏求记述编撰始末云：

　　庆历四年，贾魏公（昌朝）建议修《唐书》。始令在馆学士人供《唐书》外故事二件。积累既多，乃请曾鲁公（公亮）、掌侍郎唐卿（禹锡）分厘，附于本传。五年夏，命四判馆、二修撰刊修。时王文安（尧臣）、宋景文（祁）、杨宣懿（察），今赵少师（概）判馆阁，张尚书（方平）、余尚书安道为修撰。又命编修官六人，曾鲁公（公亮）、赵龙阁周翰、何密直公南、范侍郎景仁、邵龙阁不疑与予，而魏公为提举。魏公罢相，陈恭公（执中）不肯领，次当宋元宪（庠），而以景文为嫌，乃用丁文简（度）。丁公薨，刘丞相（沆）代之。刘公罢相，王文安代之。王公薨，曾鲁公代之，遂成书。

　　初，景文修《庆历编敕》，未暇到局，而赵少师请守苏州，王文安丁母忧，张、杨皆出外，后遂景文独下笔。久之，欧少师领刊修，遂分作《纪》《志》。鲁公始亦以编敕不入局。周翰亦未尝至，后辞之。公南过开封幕，不疑以目疾辞去，遂命王忠简景彝补其缺。顷之，吕缙叔（夏卿）入局。刘仲更始修《天文》《历志》，后充编修官。将卒业，而梅圣俞入局，修《方镇》《百官》表。嘉祐五年六月成书。鲁公以提举日浅，自辞赏典，唯赐器币。欧、宋二公，范、王与余，皆迁一官。缙叔直秘阁。仲更崇文院检讨，未谢而卒。圣俞先一月余卒，诏官其一子。（《春明退朝录》下）

据此，提举、领修书事的，先后有贾昌朝、丁度、刘沆、王尧臣、曾公亮。初期参与编修的十七人，其中大都中途离去，续有增补；竟其事者，欧阳修撰，署名曾公亮的《进新修唐书表》列举"并膺儒学之选，悉发秘府之藏，俾之讨论，共加删定"的编撰者为：刊修官欧阳修、宋祁；编修官范镇、王畴、宋敏求、吕夏卿、刘羲叟（《欧阳文忠公集·表奏书启四六集》卷二）。兹依次考列于下：

欧阳修（1007—1072）于至和元年八月被命刊修《唐书》，时官龙图阁学士、吏部郎中。他在《辞转礼部侍郎札子》中自云："自置局已十年后，书欲有成，始差入局，接续残零，刊撰《纪》《志》六十卷。"事实上，他入局后，不仅亲笔撰写，还担负起全局的组织、协统工作。他了解到"西京内中省寺、留司御史台及銮和诸库，有唐朝至五代以来奏牍案簿尚存"，便建言差编修官吕夏卿前往查阅，对原无实录可采的武宗以下六朝史事"以传记别说考正虚实"，起了很大作用（《长编》卷一八一）。故同为刊修官的宋祁称："皇祐中，史未有绪，蒙朝廷差欧阳修分总《纪》《志》，与臣共力。……至如欧阳修撰列《纪》《志》等众篇，各有法度，方成一家。"（《景文集》卷二八《让转左丞札子》）书成推赏，欧阳修由翰林学士授礼部侍郎。

宋祁（998—1061）是最早入唐书局并自始至终参与其事的编撰者。欧阳修《辞转礼部侍郎札子》谓"宋祁、范镇到局各及一十七年"，《进新修唐书表》谓修书"凡十有七年"，知初置局时，宋祁即入局参与其事，其《让转左丞札子》自谓在朝任时，"与诸儒讨论"，出知亳、益、郑等州，"许将史草自随"。知亳州有《予既到郡有诏仍修唐书寄局中诸僚》诗云："一章通奏领州麾，诏许残书得自随。吾党成章真小子，官中了事是痴儿。昏眸病入花争乱，倦首搔馀雪半垂。所赖韦吴皆杰笔，刘生当见汗青期。"叶梦得《石林燕语》卷四载云："庆历五年，贾文元为相，始建议重修《唐书》。诏以判馆阁王文安、宋景文、杨宣懿察、赵康靖概及张文定、余襄公为史馆修撰。刊修未几，诸人皆以故去，独景文下笔。已而景文亦补外，乃许以史稿自随。"魏泰《东轩笔录》亦载："宋子京博学能文章，天资蕴藉，好游宴，以矜持自喜。晚年知成都府，带《唐书》于本任刊修。每宴罢盥漱毕，开寝门垂帘燃二椽烛……远近观者，皆知尚书修《唐书》矣。"皇祐五年，提举修唐书丁度卒，祁深虑"至今编纂迟延，《纪》《志》俱未有草卷。诚恐书无统制，诸儒议论不一，淹引岁时"，因上《乞宰相监修唐书疏》，"欲望朝廷许依前例，以宰相监修"（《景文集》卷二九）。《宋史》本传称其"修《唐书》十余年，自守亳州，出入内外，尝以稿自随，为《列传》百五十卷"。书成进上，由端明殿学士授尚书左丞。

范镇（1008—1089），字景仁，庆历五年与宋祁等"并为编修《唐书》官"，时镇官大理寺丞、馆阁校勘。其后屡改官，亦未弃修书。镇精通音律，撰《唐书·礼乐志》十二卷，苏轼《范景仁墓志铭》谓："诏修《唐书》、《仁宗实录》、《玉牒日历类篇》，凡朝廷有大述作、大议论，未尝不与。"镇有《东斋记事》十卷，序谓："予尝与修《唐史》……予既谢事，日于所居之东斋燕坐多暇，追忆馆阁中及在侍从时交游语言，与夫里俗传说，因纂集之，目为《东斋记事》。"编修官宋祁卒，为撰《神道碑》；宋敏求、刘羲叟卒，为撰《墓志铭》。

宋敏求（1019—1079），字次道，庆历五年为编修官，时官校书郎。范镇《宋谏议敏求墓志铭》云："王文安公、宋景文公刊修《唐书》，以公尝为《续唐录》，习唐故事，奏充编修官，复校勘。以嫡孙丁郑国忧，仍诏在家修书。后为集贤校理、通判西京留守司，知太平州，五迁太常博士。《唐书》成,进尚书工部员外郎。"敏求除助欧阳修完成《纪》的撰写,还自补唐武宗以下六朝《实录》一百四十八卷。

王畴(1007—1065),字景彝,《宋史》本传谓其"用贾昌朝荐,改编修《唐书》"。据欧阳修《辞转礼部侍郎札子》"王畴(到局)一十五年"语,知庆历六年始为编修官,《春明退朝录》谓其系由于何公南、邵不疑去局,"遂命王忠简景彝补其缺"。宋祁皇祐五年作《乞宰相监修唐书疏》云:"今(丁)度不幸薨谢,臣又远守边郡,本局止有删修官王畴以下四员。"范镇《东斋记事》卷三云:"王景彝与予同在唐书局,十余年如一日,春、夏、秋、冬各有衣服,岁岁未尝更,而常若新置。"见其事事勤勉。书成,由刑部郎中、知制诰授尚书右司郎中,依前知制诰。《春明退朝录》下云:"初,编修官作《志》草,而景彝分《礼仪》与《兵》志,探讨唐事甚详,而卒不用,后求其本不获。"

吕夏卿,生卒不详,字缙叔。欧阳修《辞转礼部侍郎札子》谓其到书局十年以上,则其初为编修官约在庆历末、皇祐初。欧阳修任刊修官后,尝于至和二年十月差其往洛阳查阅检讨存于唐东都诸库的唐至五代以来奏议案簿。夏卿主要承担宰相、方镇《表》和宗室、宰相《世系表》十五卷的编撰。《宋史》本传称:"夏卿学长于史,贯穿唐事,博采传记杂说数百家,折衷整比;又通谱学,创为世系诸表,于《新唐书》最有功云。"《春明退朝录》下云:"缙叔欲作释音补,少遗逸事,亦不能成。"

刘羲叟(? —1060),字仲更,泽州晋城人。范镇《刘检讨羲叟墓志铭》载:庆历初,欧阳修使河东,荐其学术,试大理评事。居父丧,服除,"预修《唐书》律历、天文、五行《志》,寻充编修官……改著作佐郎。嘉祐二年,以母丧罢,有诏就第编修。既释服,还职。明年而书成,授崇文院检讨。未入谢,以病卒",时嘉祐五年八月壬戌。《宋史》本传称其"强记多识,尤长于星历、术数。……著《十三代史志》、《刘氏辑历》、《春秋灾异》诸书"。欧阳修私撰《新五代史·司天考》,

末附刘羲叟言历法。

　　参与编修《新唐书》而事迹多有可考者还有梅尧臣。尧臣（1002—1060），字圣俞，嘉祐三年（1058）六月，刊修《唐书》官欧阳修权知开封府，荐尧臣参与编修工作。梅尧臣《宛陵集》卷一九《次韵和酬裴寺丞喜子修书》诗云："唐宋典册竟骈罗，汉诏重令与削磨。古圣规模犹可法，众贤驰骋必无蹉。既除太史来为尹，遂用非才往补讹。代匠只忧伤手甚，君宜怜我不遑他。"五、六句点明其修《唐书》遂由欧阳修推荐。尧臣在局三年，与欧阳修、宋敏求、范镇、王畴、刘羲叟频有诗酬和。正当其以"天喜书将成，不欲有蠹虫"（《宛陵集》卷二一《唐书局后丛莽中得芸香一本》）而欣喜的次年，即嘉祐五年四月，尧臣卒于京师。欧阳修《归田录》卷二云："梅圣俞以诗知名三十年，终不得一馆职。晚年与修《唐书》，书成，未奏而卒。士大夫莫不叹惜。"《景文集》卷二一《书局梅圣俞刘仲更二学士讣问继至潸然有感》云："二子继沦阆，惜哉难具论。鏖毛如昨语，墨稿未干痕。……从古死皆有，由来命罕言。病夫长恸罢，翻幸岿然存。"梅书成未奏而卒，刘书成授官、未及入谢而卒，故宋祁以诗哭之。从欧阳修《梅圣俞墓志铭并序》"尝奏其所撰《唐载》二十六卷，多补正旧史阙谬"语，推知尧臣在修书垂成之际入局，当是担任全书校正纠谬、查补遗缺的工作。

　　集如此众多有史学功底、文学修养和学术专长的专家之力、费时十七年修成的《新唐书》，较之《旧唐书》，自有特色。《进新修唐书表》说是"其事则增于前，其文则省于旧。至于名篇著目，有革有因，立传纪实，或增或损，义类凡例，皆有据依，纤悉纲条，具载别录"。"其事则增于前"，即增加了《仪卫志》《选举志》《兵志》各一卷；《历志》《天文志》《食货志》内容、篇幅有较大增加；旧书《经籍志》两卷仅"录开元盛时四部诸书，以表艺文之盛"，新书《艺文志》四卷著录全唐五代书目；《表》十五卷为《旧唐书》所无；武宗以下的《纪》《传》，搜集增补野史、笔记、谱牒等史料,对旧书相应内容的空泛和芜杂有所弥补。这些都在一定程度上提高了新书的史料价值。"其文则省于旧",当指对旧纪、传的删削。删去旧传中大量引载的诏书、奏议,宋祁《论对偶之文不宜入史》"予修《唐史》,未尝得唐人一诏一令可载于传者。惟舍对偶之文,高古者乃可著于篇。大抵史近古,对偶非宜"的观点也得到欧阳修的赞同。一般说来,这使《新唐书》显得简练清晰;但为求文省,往往删损旧书叙事中的年号、时日、官爵等语,反使传主的事迹变得模糊而难以考证,有损《旧唐书》纪、传史料的丰富性。故书成颁行不久,就有吴缜《新唐书纠谬》问世。《四库全书总目·新唐书提要》评云:"史官记录,具载旧书,今必欲广所未备,势必蒐及小说,而至于猥杂。唐代词章,体皆详赡,今必欲减其文句,势必变为涩体,而至于诘屈。……书甫颁行,吴缜《纠谬》即踵之而出,其所攻驳,亦未尝不切中其失。"又以史书之难修,抵牾参差,均所不免,而谓"吴缜所纠,存备考证则可,因是以病新书,则一隅之见矣",持论折中而阔通。至于为纠正旧书"记述失序,使兴坏成败之迹,晦而不章"(刘敞制)的缺失,新修过程中注意褒贬大方,以期垂劝诫,示久远,虽未必尽是,但无疑也是新书能备一家之体的原因之一。

关于《新唐书》的编撰情况,史籍论著并不乏记载,然一般均较简略,且间有疏误,如柴德赓《史籍举要》误解《宋史·宋祁传》先总叙祁仕履(含修《唐书》),后补叙景祐中事的行文顺序,而以为"景祐前已载祁修书之事,其时早于庆历四年约十载";《新唐书·出版说明》误以宋祁兄庠之生年(996)为祁之生年;诚刚点校《春明退朝录》(中华书局1980年)前引修《唐书》一段时,将"乃请曾鲁公、掌侍郎唐卿分厘,附于本传"句误点断作"乃请曾鲁公掌侍郎,唐卿分厘,附于本传",以致将曾公亮、掌禹锡二人纠混一起。因叙成书始末,录以备考。

梅尧臣早期事迹考

梅尧臣(1002—1060)一生五十九年的生活历程中,仁宗天圣九年(1031)是一转折点。这年他在河南主簿任,与同官河南府的欧阳修、尹洙等相聚并缔交,揭开其生活与创作新的一页;他的《宛陵先生集》(以下简称《宛陵集》)也自是岁起存稿。此后三十年的仕履行迹,历历可见,而此前三十年的事迹,虽有元张师曾《宛陵先生年谱》、朱东润先生《梅尧臣传》叙及,然皆非专叙早期,故甚简略。今钩稽尧臣追忆前事之作,证以其他史料,作此以见教于方家。窃见朱东润先生《梅尧臣集编年校注》(上海古籍出版社1980年,以下简称《校注》)于梅诗用功甚巨,编年尤为精审,除个别有说外,为省篇幅,径予征引,不另作重复考证。

从叔父宦学

梅尧臣《宛陵集》卷三《芜湖口留别弟信臣》诗云:"少也远辞亲,俱为异乡客。"卷一四《送刘郎中知广德军》云:"昔在少年时,辛勤事诸父。"尧臣之父让,居宣城故里,终生未仕;叔父询,字昌言,端拱二年登进士第后一直仕宦在外,尧臣辞亲远客,即指辞父母从叔父宦学。欧阳修《居士集》卷二七《翰林侍读学士给事中梅公墓志铭》载梅询事甚详,南宋陈天麟据以编《许昌梅公年谱》。《志》《谱》载梅询大中祥符、天圣间的仕履为:真宗大中祥符五年以刑部员外郎为荆湖北路转运使。六年坐擅借驿马给人奔丧而马死，夺一官，通判襄州。八年徙知鄂州。九年徙知苏州。天禧元年复为刑部员外郎、陕西转运使。四年迁工部郎中，坐朱能反，贬怀州团练副使，再贬池州。仁宗天圣元年，拜度支员外郎，知广德军。四年徙知楚州。五年知陕府。尧臣从其宦学即在此期间。其《早夏陪知府学士登迭嶂楼》云：“伊我去闾井，尔来三十秋。”《校注》考定此诗作于庆历四年（1044），推知尧臣离乡背井、从叔父宦学约始于大中祥符八年（1015）。是年尧臣十四岁，梅询由通判襄州徙知鄂州。

以后梅尧臣屡有诗追忆、言及从叔父宦学的一段经历。忆在鄂州云：“忆昔我仲父，五马立踟蹰。愿君访旧迹，因报八行书。”（《送辛都官知鄂州》）忆从游苏州云：“我尝为吴客，家亦有吴婢。”（《病痛在告……因笔戏答》）忆从游陕西云：“往年入关中，道旁见太华。始识仙掌大，颇似揽造化”（《送王道粹郎中使华州》），“少客两京间，熟游嵩与华”（《晚坐北轩望昭亭山》），“谁忆新丰酒，乘驴灞水东”（《雪》）。忆从游广德军云：“昔在少年时，辛勤事诸父。诸父为桃州，物宜皆可数。事君勤职贡，采茗先谷雨。……于今三十年，追想渐成古。”（《送刘郎中知广德军》）《校注》云：“诸本皆作‘桃’，冒广生曰：‘桃字疑。’”按：桃州，广德军旧名。《许昌梅公年谱》录梅询《送王屯田出守广德》诗，有“家山东畔古桃州，往岁分符作懿游”句，知“桃”字不误（此诗《全宋诗》梅询卷失收）。《校注》考定此诗作于皇祐四年（1052），推知从叔父宦学广德军在天圣元年（1023），与《许昌梅公年谱》合。其他诸地之游，亦大体记考无误，唯从游怀州需进一步确考。

《宛陵集》卷二三《寄怀刘使君》诗云：“昔我从仲父，三年在河内。春游丹水上，花木弄粉黛。人夸走马来，尽眼看没背。薄暮半醉归，插花红簇队。”《梅尧臣传》第一章引此诗，注谓夏敬观“以陕西为河内”，以此诗为追述从叔父询在陕西时事，“似不可信”，而以此诗

所记为尧臣从叔父初到襄州时的情况。其实,二说均似有误。今按:
尧臣诗言及"河内"的还有多首,其《卫州通判赵中舍》云"我久在河
内,颇知卫风俗",《哭尹子渐》云"故人河内守,昨日报已亡。同气泣
上党,悲风生太行",《送河内令孙偕兼怀太守晁子长》云"君今作邑
太行阳,八月黄河雁初落",明河内邻卫州、上党,在太行南、黄河北;
《逢雷太简殿丞》又云"长安初见君,君颔微有须。后于河内逢,秀峻
美髯胡",明从叔父游河内在游长安之后,故此"河内"既非距卫州甚
远的长安,亦非在从叔父宦学陕西之前的襄州,而是指怀州河内郡。
《元丰九域志》卷二:河北西路"怀州,河内郡,防御。建隆元年升团
练,四年升防御,治河内县。……东北至本州界一百八十三里,自界
首至卫州七十里。……县二:紧,河内;中,武陟"。《水经注》卷九
《沁水》:"沁水出上党涅县谒戾山。……东过野王县北,汉高帝二年
为河内郡,魏怀州刺史治。……又东与丹水合,水出上党高都县故城
东北阜下,俗谓之源源水。《山海经》曰:沁水之东有林焉,名曰丹林,
丹水出焉。即斯水矣。……东南流注于沁,谓之丹口。……又东过
武德县南,又东南至荥阳县北,东入于河。"明河内系怀州治所,东北
邻卫州,沁水自西北流经城下,丹水自北注之,再东流经武陟县南入
黄河。尧臣与欧阳修同有《送刘秀才归河内》诗,尧臣诗云"君家太
行下",又有《王知章尉河内》云"古县太行下,老槐三四株",《夏侯彦
济武陟主簿》云"怀县曾余住,风谣为尔知。寒先太行近,润接大河
卑",记河内一带地理位置均合。至于流经襄州的汉水虽有支流曰丹
水,但于州西北百余里已注入汉水,襄州附近亦无河内地名。又,尧
臣始从叔父游,询已自襄州移刺鄂州,尧臣时年十四,与《寄怀刘使
君》"春游丹水上,花木弄粉黛。……薄暮半醉归,插花红簇队"的风
流张扬亦不合,而从游怀州三年,时二十上下,正合。再推敲诗题《寄
怀刘使君》,称使君而不言何州何郡使君,为《宛陵集》所不曾见;诗
中有己追怀旧游怀州,而无怀刘使君意。据此种种,疑诗题"寄怀"下

夺一"州"字；而梅询为怀州团练副使，亦当历三年，即天禧四年（1020）至乾兴元年（1022）。《许昌梅公年谱》载梅询天禧四年坐朱能反，"贬为怀州团练副使。未几，公复以计捕斩之。朝廷责其在前为玩愒，再贬池州"，似一贬再贬均在天禧四年，恐误，至少是表述含糊。又，《宋大诏令集》卷二〇四"贬责二"有贬怀州团练使梅询为池州团练副使并不签书本州公事制，时"同上"之"乾兴元年二月戊辰"，也足证"询为怀州团练副使当历三年，即天禧四年至乾兴元年"之推断可信，而《许昌梅公年谱》表述疏误。

筮仕初官

《居士集》卷三三《梅圣俞墓志铭》云："圣俞初以从父荫，补太庙斋郎，历桐城、河南、河阳三县主簿。"明尧臣于天圣九年为河南主簿之前，已入仕为太庙斋郎、桐城县主簿二官。其筮仕初官的时间，《年谱》附系于大中祥符九年下，是年尧臣十五岁，显非入仕之年。

今按：《宛陵集》卷二四有《令狐秘丞守彭州》云："前时草草别，渺漫二十年。从宦各所适，非为道路偏。"卷五二《送毕甥之临邛主簿》云："自我历官三十年，有脚未曾行蜀川。"《校注》考定前诗作于庆历五年，后诗作于嘉祐二年（1057）。据前诗推出初"从宦"为天圣四年（1026），以后诗"历官"整年计，推出初官为天圣五年。"从宦""历官"含义不尽相同，"二十""三十"也只能视作约数，故推出的时间未必完全吻合。好在还有旁证可寻，林逋《林和靖先生诗集》卷四有《寄梅室长》诗，题注："宋本下有尧臣二字。"室长，太庙祀官名，《全唐文》卷六八唐敬宗《南郊赦文》："郊庙行事斋郎，减二年劳；室长掌座礼生赞者，减一年劳。"《全宋文》卷三一八有赵世长《斋郎室长预太庙大享奏》，知太庙分室奉祀列祖，每室设长。林逋寄诗尧臣时，尧臣正官太庙斋郎，为室长；逋诗系酬尧臣天圣中见访所作（详下文"交游"节）。以后尧臣有《送韩六玉汝宰钱塘》，题注："予尝访林逋湖上。"诗云："顷寻高士庐，正值浸湖雪。雪中千万峰，参差县前列。……今逾二十年，志愿徒切切。"《校注》考此诗作于庆历七年（1047），推知尧臣访林逋，其后林逋寄诗尧臣，约在天圣五年（1027）。其时尧臣已补官太庙斋郎。林逋卒于天圣六年十二月（见《续资治通鉴长编》卷一〇六），其寄尧臣诗不得迟于天圣六年。合前二诗，推知梅尧臣筮仕补太庙斋郎在天圣五年。

其后，尧臣自太庙斋郎出为桐城县主簿。其为桐城主簿情况，亦可从其忆旧诗中得见一二。《宛陵集》卷一《河南受代前一日希深示诗》云："我昔在桐乡，伊人颇欣戴。今来佐洛南，事事为时背。"于今昔对比中，见官桐城时颇受邑人欢迎、爱戴。卷二六《初冬夜坐忆桐城山行》云："我昔吏桐乡，穷山使屡躐。路险独后来，心危常自怯。下顾云容容，前溪未可涉。半崖风飒然，惊鸟争堕叶。修蔓不知名，丹实坼在荚。林端野鼠飞，缘挽一何捷。马行闻虎气，竖耳鼻息歇。遂投山家宿，骇汗衣尚浃。"诗作于庆历五年，忆十余年前官桐城主簿时因差使过穷山遇虎受惊骇，情境宛然。《逢雷太简殿丞》叙与太简于长安、河内相逢之后，"又会在桐乡，谈诗多孟、卢。学书得天然，钟、王不能奴。荏苒三十载，邂逅遇京都"。诗作于嘉祐二年，既可见其官桐城时文学活动之一瞥，也可推知天圣八年（1030）尧臣已在桐城主簿任。《宛陵集》卷一存其最早诗《右丞李相公自洛移镇河阳》。李相公，李迪。据《续资治通鉴长编》卷一〇八、一一〇：李迪于天圣七年九月自知青州移知河南府；九年正月钱惟演判河南府，代李迪。知李迪由洛移镇河阳在其时，时尧臣已在河南主簿任。又据《居士外集》卷二《书怀感事寄梅圣俞》："诏书走东下，丞相忽南迁。送之伊水头，相顾泪潸潸。腊月相公去，君随赴春官。送君白马寺，独入东上门。"丞相，钱惟演。惟演于明道二年九月罢河南任赴随州本镇，见《长编》卷一一三。腊月惟演赴随州本镇后，尧臣河南、河阳主簿三年任满赴礼部试,则其罢桐城主簿、初为河南主簿约在天圣八年末、九年初。

婚娶

梅尧臣原配夫人谢氏。《范文正公集》卷一一一《太子宾客谢公（涛）神道碑铭》云:"女四人……次适殿中丞梅尧臣。"《居士集》卷三六《南阳县君谢氏墓志铭》记梅尧臣致书欧阳修请为亡妻谢氏撰墓志铭云:"吾妻,故太子宾客讳涛之女,希深之妹也。希深父子为时闻人,而世显荣。"其完婚年岁,《宛陵先生年谱》云:天圣五年,"先生二十六岁,娶谢氏夫人"。《校注》卷一四《悼亡三首》注谓:"是圣俞天圣六年始娶。"一岁之差,殆出于对史料异文的不同理解与取舍。《谢氏墓志铭》云:"庆历四年秋,予友宛陵梅圣俞来自吴兴,出其哭内之诗而悲曰:'吾妻谢氏亡矣,丐我以铭而葬焉。'……（夫人）以其年七月七日卒于高邮。"《宛陵集》卷三三《五月二十四日过高邮三沟》忆云:"甲申七月七,未明至三沟。先妻南阳君,奄化向行舟。"庆历四年岁次甲申,知谢氏卒于是岁无疑。然尧臣叙及与之共同生活的年岁,却有差异,其《悼亡三首》云:"结发为夫妇,于今十七年。"《怀悲》则云:"东西十八年,相与同甘苦。"于是经欧阳发等编定的欧阳修集中《谢氏墓志铭》引梅尧臣语云:"谢氏生于盛族,年二十以归吾,凡十七（一作八）年而卒。"十七、十八的不同,便出现了完娶为天圣六年、五年之异。然值得注意的是《谢氏墓志铭》明谓"夫人享年三十七""年二十以归吾",即与尧臣共同生活十八年。自庆历四年逆推十八年为天圣五年,是梅尧臣与谢氏结婚在天圣五年。时尧臣初入仕为太庙斋郎,年二十六,谢氏年二十。

《宛陵集》中多有追忆与谢氏完婚后贫约生活、新婚宴乐的作品。《怀悲》云:"自尔归我家,未尝厌贫窭。每缝夜至子,朝饭辄过午。

十日九食廜，一日悦有脯。东西十八年，相与同甘苦。"欧阳修撰《谢氏墓志铭》记尧臣语云："吾贫可知也，然谢氏怡然处之。治其家，有常法。其饮食器皿，虽不及丰侈，而必精以旨；其衣无故新，而浣濯缝纫，必洁以完；所至官舍虽庳陋，而庭宇洒扫，必肃以严；其平居语言容止，必怡以和。吾穷于世久矣……其出而幸与贤士大夫游而乐，入则见吾妻之怡怡而忘其忧，使吾不以富贵贫贱累其心者，抑吾妻之助也。"所记为婚后十余年中事，然婚初数年的印象是最深，也是最主要的。前引《初冬夜坐忆桐城山行》，上半记山行遇虎"骇汗衣尚浃"后，下半描写归来语妻的情景："归来抚童仆，前事语妻妾。吾妻常有言，艰勤壮时业。安慕终日间，笑媚看妇靥。自是甘努力，于今无所慊。老大官虽暇，失偶泪满睫。书之空自知，城上鼓三叠。"温柔燕昵之私中溢出英隽理智之气，可谓"入则见吾妻之怡怡而忘其忧"、伉俪情深的具体写照。"相看犹不足，何况是长捐！"（《悼亡三首》）深刻的失偶之痛即源于旧日深情难以割舍之中。

尧臣与谢氏生育的子女，据《谢氏墓志铭》有"二男一女"，《梅圣俞墓志铭》又谓："子男五人：曰增，曰墀，曰垌，曰龟儿，一早卒；女二人，长适太庙斋郎薛通，次尚幼。"谢氏卒后两年，尧臣续娶刁氏，复有生育。推知尧臣与谢氏生的子女为增、谢氏卒后旋夭的十十（见《书哀》《悼子》诗）和适薛通的长女。《校注·叙论》考谓尧臣嘉祐五年卒时，梅增已三十三岁，则增生于天圣六年（1028），即尧臣与谢氏成婚的次年。

交游

　　王洙（997—1057），字原叔，应天宋城人。天圣二年进士，历知濠、襄、徐、亳等州，官终翰林学士。洙学赡博，尝预修《崇文总目》，编纂《杜工部集》二十卷，著《易传》十卷及杂文千余篇。梅尧臣与之交游始于仁宗天圣间,《宛陵集》卷二九《送王龙图源叔之襄阳》云:"忽惊车骑临,乃是荆州长。登堂语出处,陈事犹梦想。别逾二十年,相遇今始两。"诗作于庆历七年,推知尧臣初与王洙别在天圣五年以前。《居士集》卷三一《翰林侍读侍讲学士王公(洙)墓志铭》:"初举进士,为庐州舒城尉,坐事免官,归居南京。故相临淄晏公为留守……荐其才,留居应天府学,教诸生。"考王洙于天圣二年与宋庠、宋祁兄弟及余靖等同榜进士;晏殊于天圣五年为南京留守(夏承焘《二晏年谱》)。尧臣与洙初交游当在其时。

王素(1007—1073),字仲仪,开封人。旦次子,质之弟。历知渭、汝、定州,开封、成都、太原府,官至工部尚书。与欧阳修、苏舜钦、尹洙、孙沔、宋庠、宋祁等交游。《宛陵集》卷二六《留别汝守王待制仲仪》云:"邂逅二十年,三遇三睽索。会合信难常,焉用计疏数。"诗庆历六年作,推知二人约于天圣四年相识、交往。庆历四年尧臣有《邵伯堰下王君玉钱王仲仪赴渭州经略席上命赋》,乃送王素自淮南转运按察使改知渭州作,为再遇再睽索;至汝州遇而复别,为"三遇三睽索"矣。

苏舜元(1006—1054),字才翁,梓州铜山人。仁宗朝赐进士出身,知开封府咸平县,官终三司度支判官。有集,已佚,《全宋诗》卷二七二录其诗十二首。弟舜钦,字子美,诗与尧臣齐名。尧臣与苏舜元兄弟均有交往。其《度支苏才翁挽词三首》云:"二十识君貌,交游非一朝。"明与舜元相识约在天圣三年,时舜元二十岁,尧臣二十四岁。此后交游日多,然早期情况难以详考。《居士集》卷四一《苏氏文集序》云:"天圣之间,予举进士于有司,见时学者务以言语声偶摘裂,号为时文,以相夸尚。而子美独与其兄才翁及穆参军伯长作为古歌诗杂文。"又称梅尧臣"其为文章,简古纯粹,不求苟悦于世"(《居士集》卷四二《梅圣俞诗集序》)。见梅与欧、苏氏兄弟交游主要是学问、文章旨趣相投。

　　雷简夫,字太简,同州郃阳人。历知坊、阆、雅、虢、同等州,累迁职方员外郎,卒。《宛陵集》卷五五《逢雷太简殿丞》云:"长安初见君,君颔微有须。后于河内逢,秀峻美髯胡。又会在桐乡,谈诗多孟、卢。学书得天然,钟、王不能奴。"尧臣于天禧元年从叔父游陕西,四年游怀州河内,天圣八年官桐城主簿,与雷简夫交游分别在此三时期内。《宋史》卷二七八《雷简夫传》载其早年"隐居不仕。康定中,枢密使杜衍荐之,召见,以秘书省校书郎签书秦州观察判官"。是二人早年交游在雷隐居未仕时。

　　令狐挺,《宛陵集》卷二四有《令狐秘丞守彭州》诗,原注:"挺。"诗云:"前时草草别,渺漫二十年。从宦各所适,非为道路偏。今始一相遇,言愧少壮前。"诗作于庆历五年,推知二人相识后离别约在天圣四年。二十年后,尧臣在许昌签书判官任,送挺以秘书丞出守彭州。挺能诗,皇祐中张方平知江宁,挺以祠部员外郎为提刑,相与唱和;《宋诗纪事》卷三一引彭乘《墨客挥犀》录其《题相思河》诗一首。至其与尧臣早期交游情况无考。

　　林逋(968—1028),宋初著名山林诗人。字君复,杭州钱塘人。早年放游江淮间,后归钱塘,隐西湖之孤山,史称其"二十年足不及城市",真宗赐号和靖处士;卒,仁宗赐谥和靖先生。有《和靖先生诗集》四卷,梅尧臣为之序。

　　梅尧臣与林逋交游,时在仁宗天圣中。《宛陵集》卷六〇《林和靖先生诗集序》记其事云:"天圣中,闻宁海西湖之上有林君,崭崭有声,若高峰瀑泉,望之可爱,即之逾清,挹之甘洁而不厌也。是时予因适会稽还,访于雪中。"卷三〇《送韩六玉汝宰钱塘》自注:"予尝访林逋湖上。"诗忆云:"顷寻高士庐,正值浸湖雪。雪中千万峰,参差县前列。……今逾二十年,志愿徒切切。"《和靖先生诗集》卷一亦有《和梅圣俞雪中同虚白上人见访》诗记其事云:"湖上玩佳雪,相将惟道林。早烟春意远,春涨岸痕深。地僻过三径,人闲试五禽。归桡有余兴,宁复比山阴。"梅诗作于庆历七年,推知访林逋约在天圣五年,合逋诗,更知在是岁春。逋诗为和尧臣而作,然尧臣原唱已不存,以后有《对雪忆往岁钱塘西湖访林逋三首》忆其事云:"昔乘野艇向湖上,泊岸去寻高士初。折竹压篱曾碍过,却穿松下到茅庐。""旋烧枯栗衣犹湿,去爱峰前有径开。日暮更寒归欲懒,无端撩乱入船来。""樵童野犬迎人后,山葛棠梨案酒时。不畏尖风吹入牖,更教床畔觅鸱夷。"叙写冒雪寻路至茅庐、樵童野犬迎客、烧柴烘烤湿衣、主人以山果酒食相待、主客对案开怀饮谈、至暮忘归,倾心契合情状可见。别后,逋有诗《寄梅室长》,宋本题下有"尧臣"二字,据题及注,知作于尧臣官太庙斋郎时。诗云:"君家先祖隐吴门,即日追游往事存。若向明时奏飞牍,并将康济息元元。"君家先祖,指汉代弃官隐会稽的名士梅福,字子真,《汉书》卷六七有传。陆游《渭南文集》卷二二、光绪《浙江通志》卷四三分别记会稽有"梅子真泉"、鄞县有"梅福宅"等遗迹。尧臣《读汉书梅子真传》诗自称"子真实吾祖,耿介事炎汉",故逋称福为尧臣"先祖"。诗援古赞今,以匡时安民、报效明时期待诗友。合尧臣《林和靖先生诗集序》"是时予因适会稽还,访于雪中"语,知尧臣约于天圣四五年间,尝适会稽寻访先祖梅福遗迹,五年春,还过钱塘,因慕名而冒雪访林逋于西湖孤山,并以诗唱酬。

　　梵才师,宋初诗僧,又号长吉上人,居天台禅寺,常云游南北,征诗于名士,宋李庚《天台续集》卷上收宋庠等赠送诗甚多。己亦能诗,林逋谓其"囊集暮云篇",称其"孤禅安逆旅,警句语谁人"(《和靖先生诗集》卷一),胡宿《读僧长吉诗》称其"作诗三百首,平淡犹古乐"(《全宋诗》卷一七九),然其诗今已不存。尧臣与之交游有诗多首,其中叙及早期交游情况的有《淮南遇梵才吉上人因悼谢南阳畴昔之游》《依韵和长吉上人淮甸相遇》(《宛陵集》卷八)。谢南阳,指谢绛,绛于宝元二年(1039)卒。后首云:"今朝更道旧,感怆各颦眉。同游谢公门,远想袂沾洟。惜哉胡不仁,破碎东方琪。"前首谓畴昔之游后

"契阔十五年",二诗作于庆历元年(1041),推知尧臣与梵才畴昔同游谢绛门约在天圣五年,时谢绛之父涛正以西京留守司秘书监的名义退居洛阳,"及居西京,不关人事,惟理医药,与方术士语,终日不休"(《居士外集》卷一三《太子宾客分司西京谢公墓志铭》)。绛为国史编修官,常归洛觐省;而尧臣之叔父询正在知陕府任上(《许昌梅公年谱》);洛阳、陕州邻近,故尧臣与梵才同游洛阳谢门。其后不久尧臣娶谢绛之妹。

《宛陵集》卷二五《刘牧殿丞通判建州》云:"平生交游少,海内寡与期。"同卷《乙酉六月二十一日予应辟许昌……》云:"性僻交游寡,所从天下才。"二诗作于岁次乙酉的庆历五年,尚如此说,则三十岁前交游更少可知,加之早期诗无存,故其早期交游可考者仅此数人。

诗作

近、当代学者夏敬观、朱东润二先生先后对梅尧臣诗编年,进行深入、细致的研究和考证,肯定梅氏作品从天圣九年起存稿,大体上是可信的。今存《宛陵集》六十卷虽无三十岁以前的、属于梅尧臣个人的作品,但可考知尧臣早期是有诗歌创作活动,并有作品的。欧阳修《梅圣俞诗集序》谓尧臣"幼习于诗,自为童子,出语已惊其长老";《水谷夜行寄子美圣俞》云"梅翁事清切,石齿漱寒濑。作诗三十年,视我犹后辈",题注作于庆历四年,推知尧臣大中祥符八年十四岁时已开始作诗。上文提到的林逋《和梅圣俞雪中同虚白上人见访》,也证明尧臣有原唱。《宛陵集》中颇有追叙早年诗歌创作活动之作:

> 刻意向诗笔,行将三十年。尝经长者目,未及古人肩。昔慕荀文若,多称王仲宣。今惭此微贱,重辱相君怜。(卷二八《谢晏相公》)

我于文字无一精,少学五言希李陵。还思二十居洛阳,公侯接迹论文章。文章至此日奇怪,每出一篇争诵之。其锋虽锐我敢犯,新语能如夏侯湛。(卷四八《依韵答吴安勖太祝》)

昔在少年时,辛勤事诸父。……岁登有乐事,或亦作歌舞。赋诗当清明,解褉思洛浦。其言在黑石,往往被乐府。于今三十年,追想渐成古。(卷一四《送刘郎中知广德军》)

又会在桐乡,谈诗多孟、卢。(卷五五《逢雷太简殿丞》)

春雨懒从年少狂,一生憔悴为诗忙。(卷四六《依韵和春日见示》)

从中可见尧臣少时即开始学诗、作诗;其作取法汉魏古淡,也倾慕孟郊、卢仝的怪奇;或被人传唱,或受长辈称赏,自己也颇为自负,与欧阳修所云吻合。可以肯定,梅尧臣前期写下了数量不少的诗,司马光《和吴冲卿三哀诗》谓"圣俞诗七千"(《全宋诗》卷四九九),然《宛陵集》六十卷收诗仅两千八百余首,一般认为无三十岁前之作。欧阳修序梅集云:"圣俞诗既多,不自收拾,其妻之兄子谢景初惧其多而易失也,取其自洛阳至于吴兴以来所作,次为十卷。"以后经欧阳修、宋绩臣等补辑,于绍兴十年(1140)编成的六十卷本,也不存早期诗。这原因,朱东润先生推测云:"编集时以洛阳为断,洛阳以前的作品,全部删弃,这样的决心,不是谢景初所能办到的。应当说这是尧臣自己。"(《校注》叙论四《原注和由原注引起的推测》)

这一推测是有道理的。宋祁《宋景文公笔记》卷上《释俗》云:"余于为文似蘧瑗,瑗年五十,知四十九年非。……每见旧所作文章,憎之,必欲烧弃。梅尧叟喜曰:'公之文进矣,仆之为诗亦然。'"《宋诗纪事》卷二〇引此,"梅尧叟"作"梅尧臣"。这段话说明在不喜旧作这点上,梅、宋二人有同感。《宛陵集》卷五有《桃花源诗并序》,记嘉祐元年在汴京与都官员外郎张颙相遇,颙居武陵,因请尧臣作桃花源诗,尧臣"既重其意,许其录幼时所作五言,归阅故稿,则颇不惬心,遂别为一章,以塞张侯之请"。数语不仅说明嘉祐元年(1056),幼时所为"故稿"尚在,也说明对幼作"颇不惬心",这恐怕正是尧臣不愿以之示人而将其删弃的主要原因。其雪中访林逋诗,宁肯二十年后追忆其事再写三首七绝,而不愿留存当时所作五律(林逋和诗为五律)的原唱,也是一个耐人寻味的旁证。而对旧作之所以"憎之""不惬心",恐怕与早年尚奇,以后"稍欲到平淡"(《依韵和晏相公》)的艺术追求和审美情趣的变化有关;而从天圣九年起存稿,也标志着这一年与欧阳修等聚会洛阳,翻开其创作新的一页。

　　必须补充说明的是:这里肯定梅尧臣作品从天圣九年起存稿大体可信,还是留有余地的。这是因为,随着辑佚、补缀工作的进一步开展,《宛陵集》失收的佚诗还可能陆续发现,新近编纂的《全宋诗》就从《全芳备祖》《永乐大典》等籍中辑出十首编作一卷(卷二六二),尽管其中大部分仍为三十岁以后所作,但既然如欧阳修所说"圣俞久在洛中,其诗亦往往人皆有之"(《书梅圣俞稿后》),则其后编集时尧臣有意裁汰的三十岁以前的诗,也仍有保存、流传下来的可能。如其中《戏谢师直》,刘攽《中山诗话》载:"梅圣俞幼《戏谢师直》诗曰:'古锦裁诗句,斑衣戏坐隅。木奴今正熟,肯效陆郎无?'师直小名锦衣奴,至十岁读此,方悟之。"师直,谢绛次子景温之字,《宋史》卷二九五有传。据《续资治通鉴长编》卷四九○,谢景温于哲宗绍圣四年(1097)卒,史传又载其卒年七十七,推知其生在天禧五年(1021),至十岁(天圣八年,1030)方悟姑丈尧臣戏诗意,则梅诗为天圣八年以前的早期之作无疑。又如辑自《全芳备祖》的《鸡冠花》(又见刘敞《公是集》卷四),赞美秋至百芳变枯时盛开的鸡冠花,生出"由来名实副,何必荣华早。郡(疑为'君'误)看先春花,浮浪难自保"的观感,其败举不馁、期于有成的雄心,不似一再遭挫后诗中常见的失望和嗟怨。如果系梅作,也有理由认为是其早期之作。又:《宛陵集》卷一一后有联句诗八首,题曰《联句附》。诚然,作者编集时可依己见任意裁汰自己的作品,如谢景初取尧臣诗编集时,尧臣截留了三十岁以前之作;但按理说,他不能,也不会任意删除包括有他人诗句在内的联句诗,故这"附"在卷一一之后的八首联句诗,也很可能有三十岁以前之作。如《希深洛中冬夕道话有怀善慧大士因探得江字韵联句》《希深本约游西溪信马不觉行过据鞍联句》《同希深马上口占送九舅入京成亲联句》《风瑟联句》《问答·送九舅席上作》几首,均在洛中与谢绛同作。尧臣天圣、明道间在洛阳官河南主簿时,与欧阳修、尹洙、谢绛、杨愈等交游,唱和诗甚多,但无联句,当时或以后也无文叙及或忆及联句之事。今按:《宛陵集》卷四八《依韵答吴安勖太祝》云:"还思二十居洛阳,公侯接迹论文章。"知约天禧五年,尧臣二十岁时曾居洛阳,天圣五年二十六岁时与家居洛阳的谢氏结婚,谢绛为谢氏兄,这期间与其过往密切。故定这五首与谢绛在洛阳的联句诗为尧臣早期所作,是有道理的。

　　考索梅尧臣早期事迹,还不能不提到读书应举,这是封建士子的必修课和入仕的必经之途。尧臣也一样,少时勤于学业,自云:"往居闾闬乏经过,闭门读书多废食。"(《吴冲卿学士以王平甫言淮甸会予予久未至冲卿与平甫作诗见寄答之》)欧阳修亦谓尧臣"幼习于诗……既长,学乎六经仁义之说。其为文章,简古纯粹"。但他举进士的道路并不平坦,"累举进士,辄抑于有司"(《居士集》卷四二《梅圣俞诗集序》)。欧序作于庆历六年,此前尧臣举进士不第可考者,除景祐元年(1034)一次(见欧阳修《赠梅圣俞》原注:"时闻败举。"题注"景祐元年")外,天圣中至少还有一次。检《宛陵集》卷一有《依韵和希深游府学》诗,前六句"东府尊儒日,中州进学初。牲牢奠商后,典籍讲秦馀。大法存无外,群英乐自如",点明与时为河南通判的谢绛游视府学在于尊儒重教、劝学励进的旨意后,结句云:"时惭游圣末,来驾折辕车。"言己学业未成,愧对先圣,"折辕"与杜甫《奉赠韦左丞丈二十二韵》之"青冥却垂翅"的"垂翅"一样,喻己尝举进士不第,仕途受挫。《居士外集》卷五《与谢三学士绛唱和八首》其一《和国庠劝讲之什》,与梅诗同作,题注:"明道元年。"史载此前的贡举年有天圣八、五、二年等。可知尧臣于这几年中至少有一次应举落第。

原载《文学遗产》2002 年第 2 期

苏轼《答毕仲举书》为答毕仲游作刍议

苏轼一生广交朝野文士,其中,与毕仲游交往虽不甚频繁,但在各自人生道路的重大方面有着重要影响。毕仲游(1047—1121),字公叔,景德中宰相毕士安之曾孙,熙宁三年登进士第,官终西京留司御史台。有集,已佚,清四库馆臣自《永乐大典》辑为二十卷,题作《西台集》。仲游登第之年,苏轼充殿试编排官;元祐初,苏轼以翰林学士主持召试馆职人,于黄庭坚、张耒、晁补之九人中拔毕仲游第一;其后又称仲游"学贯经史,才通世务,文章精丽,论议有余,自台郎为宪漕,绰有能声"(《苏轼文集》附录《举毕仲游自代状》),表以自代。今见于不无遗佚的《西台集》涉苏诗文不少,而在广为传播、少有佚失的苏轼集中,除《荔枝似江瑶柱说》(《苏轼文集》卷七三)提到毕仲游外,几乎别无涉毕文字。既然苏轼对毕仲游评价甚高,引为同调,为何出现这种情况? 这不能不引起人们怀疑。正是这种好奇心的驱使,笔者初步发现苏轼《答毕仲举》二书,为答毕仲游作。先看其一:

> 轼启。奉别忽十余年,愚瞽顿仆,不复自比于朋友,不谓故人尚尔记录,远枉手教,存问甚厚,且审比来起居佳胜,感慰不可言。罗山素号善地,不应有瘴疠,岂岁时适尔。既无所失亡,而有得于齐宠辱、忘得丧者,是天相子也。仆既以任意直前不用长者所教,以触罪罟,然祸福要不可推避,初不论巧拙也。黄州滨江带山,既适耳目之好,而生事百须,亦不难致,早寝晚起,又不

知所谓祸福果安在哉？……所云读佛书及合药救人二事，以为闲居之赐甚厚。佛书旧亦尝看，但暗塞不能通其妙，独时取其粗浅假说以自洗濯，若农夫之去草，旋去旋生，虽若无益，然终愈于不去也。……学佛老者，本期于静而达，静似懒，达似放，学者或未至其所期，而先得其所似，不为无害。仆常以此自疑，故亦以为献。来书云：处世得安稳无病，粗衣饱饭，不造冤业，乃为至足。三复斯言，感叹无穷。世人所作，举足动念，无非是业，不必刑杀无罪，取非其有，然后为冤业也。无缘面论，以当一笑而已。（《苏轼文集》卷五六）

此书历来颇受重视，然多只从其中表现的苏轼佛老观着眼，如明茅坤《唐宋八大家文钞》评谓"放达"；清储欣《唐宋十家文全集录》评谓"先生学二氏，且有懒散之戒，不如不学之为愈也"；孔凡礼《苏轼年谱》元丰三年闰九月录作专条，标曰"论学佛老"，泛谓对方为"故人"。细读全书，联系苏、毕行事及二人交游史实，窃以为此书为答毕仲游而作，理由如次：

第一，答书云："远枉手教，存问甚厚。"知毕先有书来。《宋史·艺文志》著录毕仲游《西台集》五十卷，早佚，馆臣所辑二十卷本，未收苏轼答书所言之毕书，初步检索其他典籍，也未发现毕书全文。然明蔡汝楠《答茅鹿门书》征引过此书字句，蔡云："苏文忠见放之后，友人毕仲游贻之书曰：近知君以言得罪。铭箴序记之文务为炫耀以夸世，是亦言语之过也。"（《明文海》，中华书局版卷一五五；四库本卷一五六）苏轼自云"黄州惠州儋州"三遭贬放，虽无不与言语有关，然准确地说，惠、儋之贬为党争所累，只有元丰中"乌台诗案"直接原因才是"以言得罪"，故其《黄州上文潞公书》亦自谓"新以文字得罪"（《苏轼文集》卷四八）。今见《西台集》收毕仲游致苏轼书凡四，其中《上苏子瞻学士书》，作于轼"颇因言语文章规切时政，仲游忧其及祸"而尚未及祸的熙宁初;《上苏内翰》三简,作于苏在朝官翰林学士、毕出为河东提刑的元祐年间;只有苏轼元丰中以言得罪黜放黄州,才与蔡书所言吻合,可证苏轼谪黄州后不久,毕仲游确有书存问。而此书于茅坤(号鹿门)生活的明嘉靖、万历年间尚存。

　　第二,清梁诗正等编《三希堂续法帖》第三册、吴升编《大观录》卷五,收录有影印苏轼答书真迹全文,末署:"轼再拜:长官毕君阁下。闰九月十九日。"(长官,《大观录》作"长者")检《二十史朔闰表》,元丰三年闰九月。苏轼因"乌台诗案",于元丰二年十二月责授黄州团练副使,三年二月一日到达黄州,知答书作于是年。书言双方当时所在地,自云在滨江带山的黄州;而素号善地的罗山,"是天相子也",是老天为对方所卜,即对方所在。《元丰九域志》卷一京西路信阳军:"县二,信阳,罗山","罗山,军东北一百一十里";《宋史》卷二八一《毕仲游传》及陈恬《西台毕仲游墓志铭》(《永乐大典》卷二〇二〇五)均言仲游任"罗山令"。《西台集》有《罗山即事》《自罗山入信阳过金关道中作》《自罗山入信阳再过金关道中作》等抒写罗山情事的诗多首;卷一七《祭宋龙图(敏求)文》,首云"维元丰二年,岁次乙未,八月丙申朔,十五日庚戌,文林郎、试秘书省校书郎、守信阳军罗山县令毕某,谨遣人……";卷六《重修信阳军门记》,末署"元丰三年五月十六日,文林郎、罗山县令代郡毕某记";又据卷一七《祭太师潞国文公文》,元丰四年,仲游改知长水县。知毕、苏致答书时,仲游正在罗山县令任上。

　　《三希堂续法帖》录此书,末称毕君"长官"。长官,既泛指上官,也专指县令,而主要用以指县令。县令又有知县、明府、县宰等称。唐诗中屡有含某县"长官一作明府"或某县"明府一作长官"字样的诗题。文宗大和二年前后,殷尧藩为永乐县令,同年秋姚合寄诗,题曰《寄永乐长官殷尧藩》(《全唐诗》卷四九七)。苏轼诗文中也屡有称县令为长官者,《文集》卷五八《与欧阳元老书》末称"再拜元老长官足下",王文诰《苏诗总案》卷四四谓"元老长官,即海康令";《诗集》卷九、卷十收录熙宁中通判杭州诗,《会客有美堂,周邠长官与数僧同泛湖往北山,以诗见寄,因和二首》等六题中的"周邠长官""周长官""周令",查注、王案均谓指时为钱塘县令的周邠;卷一二《梅圣俞诗集中有毛长官者,今於潜令国华也。圣俞没十五年,而君犹为令,捕蝗至其邑,作诗戏之》,晁补之《苕雪行和於潜令毛国华》亦云"日出隔溪闻打衙,长官长髯帽乌纱"(《鸡肋集》卷一〇),可证轼答毕书中之"长官毕君",时为罗山县令,而时为罗山令者,即毕仲游。《苏轼诗集》卷一六《夜饮次韵毕推官》引王文诰案:"毕仲游,元祐初入馆。又,毕仲远为令,公在黄,有《与毕仲远长官书》。三毕并从游。"苏轼有《黄州还回太守毕仲远启》(《苏轼文集》卷四七),作于元丰七年自黄移汝途中,时毕仲远知太平州,前此数年不当才官县令,王氏以轼书为答毕仲远,误。然有趣且有意义的是,王氏作为清代苏学专家,不会未见传世苏集中此书作"答毕仲举",见而不以为然,且不将其列入"并从(苏轼)游"的诸毕之内,而认定轼在黄答毕书时,毕为县令,称之"长官",可以说,距苏在黄答毕书为答罗山县令毕仲游的判断仅一纸之隔而失之交臂,客观上却为苏书系答毕仲游提供了一个有价值的佐证。

回顾毕仲游熙宁三年登第调寿州霍丘主簿,以为其地许多不善,"寿春之号多事者,盖仅有此邑也",因上书时守蔡州的欧阳修,请求"拔于不善之地,而置于善地"(《西台集》卷七《上欧阳文忠公书》)。考虑到苏轼熙宁四年赴杭州通判任,九月,与弟辙同往颍州拜谒欧阳修,很有可能得知事情曲折,故今以仲游令罗山为"善地",加以慰勉,也在情理之中。

第三,答书云:"仆既以任意直前不用长者所教,以触罪罟。"熙宁初,朝廷推行新法,苏轼屡上书言新法不便,论贡举法不当轻改,招致执政不满,大有及祸之势。毕仲游因作《上苏子瞻学士书》,其中一段云：

> 足下天资甚美,喜善疾恶,自立朝以来,祸福利害系身者,未尝及言;而言之所及,莫非人事之大体,则亦无可加矣! 然某犹以为告者,非言有所未至也,愿足下直惜其言尔。夫言语之累,不特出口者为言,形于诗歌者亦言,赞于赋颂者亦言,托于碑铭者亦言,著于序记者亦言。足下读书学礼,凡朝廷论议,宾客应对,必思其当而后发,则岂至以口得罪于人哉? 而又何所惜耶! 所可惜者,足下知畏于口,而未畏于文,夫人文字虽无有是非之辞,而亦有不免是非者,是其所是,则见是者喜,非其所非,则蒙非者怨;喜者未能济君之谋,而怨者或已败君之事,何则,济之难而败之易也。语曰:"听于虚室如有声,视于虚室如有形。"今天下论君之文,如孙膑之用兵,扁鹊之医疾,固所指名者矣,虽无是非之言,犹有是非之疑,又况其有耶! ……足下职非御史,官非谏臣,不能安其身与其众自乐于太平,而非人所未非,是人所未是,危身触讳以救是非之事,殆犹抱石而救溺也。(《西台集》卷八)

关于此书的写作时间,洪迈《容斋四笔》卷一《毕仲游二书》先引"元祐初"上司马温公书,次引此书云"先是,东坡公在馆阁,颇因言语文章,规切时政,仲游忧其及祸,贻书戒之";《宋史·毕仲游传》亦以毕上书在"苏轼在馆阁"时,知作于苏轼直史馆的熙宁二年二月至四年出判杭州期间。明王宗沐《宋元通鉴》卷四〇、清毕沅《续资治通鉴》卷八〇以为元祐三年四月事,殆误,盖轼时官翰林学士,不当称"苏子瞻舍人";书谓"足下知畏于口,而未畏于文",也与经过"乌台诗案"教训的事实不符。孔凡礼《苏轼年谱》系于熙宁三年,谓"为本年前后事",可信。劝苏轼戒诗慎言的友人非止毕仲游,其后,熙宁四年苏轼出判杭州，张方平以"地邻沧海莫东望，且作阮公离是非"相劝（《乐全集》卷一《送苏学士钱唐监郡》），文同以"北客若来休问事，西湖虽好莫吟诗"（《石林诗话》卷中）相戒，然议论最为全面、剀切的，当推毕仲游此书。这封千余言的长书，先从"人之材，则病于不足"说起，肯定苏轼"聪明智敏"，为天下之士所愿望；又从言之誉难闻、言之毁易传的常理，托出"名士之于言，不可不惜"的主意，引经据典，援古证今，再引出上面一段话，劝诫苏轼惜言，以免以言语贾祸，可谓深谋远虑，语重心长，故《四库全书总目提要》以为"深识远计，尤不可及"；《容斋四笔》《宋史·毕仲游传》引谓轼"得书耸然，竟如其虑"。

回顾熙宁初毕仲游致书劝苏轼戒言避祸，及至元丰初苏轼以诗罹祸、现被谪黄州前后事，不难发现，"仆既以任意直前不用长者所教，以触罪罟"云者，正是苏轼对曾以书相劝的毕仲游的心悦诚服，是对自己当时未纳忠言、终至以言招祸的深沉反省；而"长者所教"，指的正是毕仲游那语重心长的《上苏子瞻学士书》。

第四，答书叙毕来书"所云读佛书及合药救人二事"。崇释说佛虽在《西台集》中屡见，然亦当时士风，未足为专指毕仲游之据；而"合药救人"则合仲游事，陈恬《西台毕仲游墓志铭》叙其事云：

> 　　□□……而度量恢廓、不思小怨。高遵裕之征西，与计司屡失期会，师老财费，公密疏论其事，有诏诘问，遵裕衔之次骨，军行，人为公危之，卒不能害公。公归朝，与遵裕子士充同考进士，士充暴病，公手和药以救，人曰："故有郤不便。"公曰："吾知起其死，何暇念旧？"士充病愈，归与父相持泣德公，公更荐士充京局使便养。（《永乐大典》卷二○二○五）

考《宋史》卷四六四《高遵裕传》，遵裕为秦凤路安抚副使、知通远军事，征西羌，在神宗熙宁初；仲游合药救人事即发生在熙宁三年试进士时。其后，苏轼谪居黄州，比年时疫，也曾合药救人，"所活不可胜数"（《苏轼文集》卷一〇《圣散子叙》），前后相继，如和埙篪。

第五，答书云："奉别忽十余年。"《宋史·毕仲游传》称仲游与其兄仲衍同登第，然同卷仲衍传亦止云"举进士中第"，未具年月。《西台集》卷一一《与吕观文延帅》有"某顷在熙宁中，同先兄舍人举京师"语，考胡寅《题毕西台墓志后》叙及仲游不附蔡京事，谓二人"有同年之好"（《斐然集》卷二八），《宋史》卷四七二《蔡京传》载京"登熙宁三年进士第"，则仲游登第亦在是年。时苏轼已除父丧自蜀返京，以殿中丞直史馆、判官告院兼判尚书祠部，《宋会要辑稿》第一一五册《选举》一九之一四载：熙宁二年八月十四日，以"监察御史里行张戬，直史馆苏轼，集贤校理王汾、胡宗愈，馆阁校勘顾临，考试国子监举人"，施宿《东坡先生年谱》载苏轼熙宁三年春"差充殿试编排官"，苏、毕交往至迟当始于其时。三年，仲游登第调赴霍丘主簿，二人相别，其后各在州、县异地服官，至答书的元丰三年深秋，正十年有余，亦合。

综上所述，熙宁三年前曾"合药救人"、此前后贻书苏轼劝其戒言及至闻轼以言贾祸而致书存问、元丰三年闰九月苏轼答书时适官罗山县令的，恐怕只能是毕仲游，不太可能有另一毕某，也不会是什么"毕仲举"。遍检苏轼集，再无言及"毕仲举"者，并世士人集中也未见有涉；后世史料中虽偶见，只不过是照传世苏集迻录、节录苏轼此答书，并非为苏书系答毕仲举提供新的证据。

答书其二甚简略，云："适辱从者临赐书教，礼意兼重，殆非不肖所堪。书词高妙，伏读增叹。病不能冠带，遂不果见，愧悚无地。"原注"北归"。建中靖国元年五月，苏轼自海南归至常州，不久即遇疾，时毕仲游自提点利州路刑狱改知郑州，因不果见。答书对对方的礼意、书词的推重，有似于前答书，《苏轼文集》并作答毕书其二，据上考，也宜视为答毕仲游之作。

　　附带提一笔,答书其一于对方称"长者",其二称"先辈",而毕仲游小苏轼十岁,是否有碍上说? 这也未必。古人书信中,先辈、长者常用作礼貌尊称,如今之呼"兄""先生",未必尽长于己。俞正燮《癸巳类稿》云:"长者有三义:父兄一也,富贵二也,德行高三也。"毕仲游为宰相后裔,业儒重道,轼作书称之长者,合乎情理。李肇《国史补》卷下云:"进士互相推敬,谓之先辈。"梁章矩《称谓录》卷三二《京官尊称·先辈》引《北梦琐言》:"王凝知举,司空图第四人登科,王谓众曰:'今年榜帖,为司空先辈一人而已。'是所谓先辈实后辈士也。"李鹰为苏轼门人,小轼二十二岁;惠州推官程全父之子儒,秀才,苏轼均称之"先辈"(《苏轼文集》卷四九《与李方叔书》《答李方叔书》;卷五五《与程全父》)。则答书称毕仲游为"长者""先辈",亦不足怪。

　　至于"仲游"何以误作"仲举",是成集时作者有意托名,还是后人妄添,或是传抄刊刻过程中致误,有待进一步考究。不过,可以肯定的是,苏集作品,有的原本有题,如大部分诗、词和赋、论、序、说、记、行状、碑铭等;至于书简,则大都原本无题,《三希堂续法帖》《大观录》影印苏轼此书真迹,也无标题,可证今见标题为后人编集时所加。苏轼文集在其生前已广为行世,但在北宋末党争中被禁毁,南宋初重新刊刻,注家蜂起,除诗集诸注外,今存最早文集为郎晔辑注《经进东坡文集事略》,四部丛刊初编影宋本,卷首有南宋乾道九年孝宗赐序,据考,书成于光宗绍熙二年并进上(祝尚书《宋人别集叙录》卷一〇),苏轼答毕书题作《答毕仲举书》始见于是书;其后刊于宁宗嘉定年间的李壁《王荆公诗注》卷二四、史容《山谷外集诗注》卷一六、明刊《东坡全集》卷七四、茅坤编选《唐宋八大家文钞·苏文忠公文钞》卷一〇、清张玉书等编《佩文韵府》卷八二之二三"达似放"条、储欣选编《唐宋十家文全集录·东坡先生全集录》卷九……出现过"毕仲举"字样的,都在郎注《经进东坡文集事略》之后,只是对传世苏集中的此书,或选录全文,或征引字句,如上所述,并未对苏书系答毕仲举提供新的佐证。

初步了解了《答毕仲举》二书为答毕仲游作,从苏、毕交游史实中去解读二书,能更好地理解苏轼在"乌台诗案"前后的思想心理变化,有利于全面、准确地把握苏轼思想的发展脉络,也有益于更多地了解毕仲游这位比较重要的作家。

以上仅笔者读思所得,囿于所见,不敢说是定论,希能引起专家、学者进一步探讨考究,对本文予以批评指正。

原载《文学遗产》2008 年第 3 期

论秦观的诗文创作

　　在宋代文学史上，秦观和欧阳修、王安石、苏轼、黄庭坚、陆游一样，是诗词文兼擅的作家。但其诗文为词所掩，研究中很少涉及。明张缍序《淮海集》，以为集中有"精华""余绪"之分（《淮海集》卷首《秦少游先生淮海集序》，四部丛刊初编本。下引秦观作品均见该集，不另出注）；清陈廷焯以为"读《淮海集》，取其大者高者可矣，若徒赏其'怎得花香深处，作个蜂儿抱'等句。少游真面目何由见乎？"（《白雨斋词话》卷八）我们虽不能认为秦观词都是"蜂儿抱""余绪"之类，但其诗文中有超出"蜂儿抱"之外的"精华"和"大者高者"的东西，却是深入研究其词和诗文、全面认识秦观所必须注意到的。

一

　　秦观诗今见于《淮海集》者十二卷、《后集》四卷，共四百三十四首。此外散见于吴可《藏海诗话》、吴聿《观林诗话》、蔡正孙《诗林广记》、佚名《桐江诗话》的，还有少量集外诗和残章断句。黄庭坚于崇宁三年赴宜州贬所过潭州，有《花光仲仁出示秦苏诗卷，思两国士不可复见……追少游韵记卷末》（《豫章黄先生文集》卷八，四部丛刊初编本）诗，知秦观诗在其去世不久已有集流传。胡仔《苕溪渔隐丛话·前集》卷五〇云：苏轼尝荐秦观诗文于王安石，安石答书谓"公奇秦君，口之而不置；我得其诗，手之而不释"；张耒《送秦观从苏杭州为学序》亦称"秦子善文章而工于诗"（《张耒集》卷四八），知秦诗在当时已为诗坛所重。后人则往往扬其词而抑其诗，如沈际飞谓其"辞极工矣，而诗殊不强人意"（《草堂诗馀序》）；王国维在肯定"诗词兼擅如永叔、少游"的同时，指出秦观"词胜于诗远甚"（《人间词话》）；陈廷焯云"古人词胜于诗则有之，如少游、白石皆然；未有不知诗而第工词者"（《白雨斋词话》卷七）。这些评论的共同点是：虽认为秦观词胜于诗，亦不忽视秦观诗的存在与成就。今天看来，秦观词胜于诗的观点是可以接受的，但不必扬其词而抑其诗，秦观诗自有不可忽视的成就。

　　与欧、王、苏、黄等北宋大家相比，秦观诗显得单薄些，但并不苍白、单调。其内容抒怀、游赏、节序、田园、写景、咏物、题画、寄赠、酬唱、伤悼，无所不有；其体式古近、长短毕具。抒情诗如《春日杂兴十首》"结发谢外好，偃仰希前修。缪挟江海志，耻为升斗谋"、《次韵邢敦夫秋怀十首》"不为儿女姿，颇形四方风"，抒写有志用世的壮怀和卓荦出群的个性情操；《寄李端叔编修》"旗亭解手屡逢春，闻道归来白发新。马革裹尸心未艾，金龟换酒气方振。梦魂偷绕边城月，导从公穿禁路尘。知有新编号《横槊》，为凭东使寄淮滨"，洋溢着对从苏轼定州幕召为枢密院编修的李之仪的倾慕之情，流露出从戎边疆的壮志豪情；元丰二年游两浙所作《次韵公辟州宅月夜偶成》"游目骋怀佳兴发，感时抚事壮心伤。归来枕簟清无梦，卧看明星到未央"，明丽洗练的语言中，勾画出一个思潮起伏、心境不宁的热血青年形象，达到了情景交融的艺术境界。

　　秦观的游赏诗，以熙宁九年游和州汤泉、元丰二年游两浙所作为多，游扬州、京口、无锡、洛阳、应天府也有作。这些诗叙事简洁，描景生动，高者臻于情景交融，含蓄隽永。如《德清道中还寄子瞻》写苎溪舟行所见："投晓理竿枻，溪行耳目醒。虫鱼各萧散，云日共晶荧。水荇重深翠，烟山叠乱青。路回逢短榜，崖断点孤翎。丛薄开罗帐，沧漪写镜屏。疏篱窥宭窕,支港泛笭箸。远潎依微见,哀猱断续听。梦长天杳杳,人远树冥冥。"舟移形换,景美人妍,一语一画,汇成一整幅江南水乡风情图。几首描写暮色的七绝,《泗州东城晚望》"渺渺孤城白水环,舳舻人语夕霏间。林梢一抹青如画,应是淮流转处山"、《白马寺晚泊》"蒙蒙晚雨暗回塘,远树依微不辨行。人物渐稀疏磬断,绿蒲丛底宿鸳鸯"、《金山晚眺》"西津江口月初弦,水气昏昏上接天。清渚白沙茫不辨,只应灯火是渔船",同以"望""眺"提挈,各自构成画笔不到的意境,无论是镜头的选择、色彩的调配、音响的节奏和语言的生动活泼,都表现出诗人卓越的艺术技巧,置之唐人集中,也堪称佳作。

秦观三十七岁中进士前,大部分岁月闲居高邮故里。长期的读书幽居生活,使他对岁时变迁、节物移换特别敏感,观察特别细致、真切,从而写了大量四时节序诗。这类诗往往一题数首,连章成组,如《春日五首》首篇以"幅巾投晓入西园,春动林塘物物鲜"总起,以下各篇分写海棠、芍药、蔷薇、柳花和黄鹂、游鱼、燕子、蜜蜂、蜻蜓、蝴蝶在春雷发动、春日返照、春风吹拂、春雨滋润下的种种生姿活态,呈现出大地春浓的勃勃生机,读之沁人心脾。写夏秋时令的《夏日纳凉》云:"携杖来追柳外凉,画桥南畔倚胡床。月明船笛参差起,风定池莲自在香。"《秋日三首》其一云:"霜落邗沟积水清,寒星无数傍船明。菰蒲深处疑无地,忽有人家笑语声。"将夏秋景与夏秋事糅合写,清新流丽,有景有人,有季节特点。如果说此二首是如实地再现生活、唤起人的美感经验的话,那么,以下二首便是诗人依主观感情而对客观世界有所改造了,其《三月晦日偶题》(《后集》卷四重出,题作《首夏》)云:

节物相催各自新,痴心儿女挽留春。芳菲歇去何须恨,夏木阴阴正可人。

《秋词二首》其一云：

> 云惹低空不更飞，班班红叶欲辞枝。秋光未老仍微暖，恰似梅花结子时。

意谓春日鸟语花香，万物初长，固然可爱，但四时交替，节物相催，自有规律，不以人的意志为转移；明智的人，不在于痴心留阻春的逝去，而在于能在夏秋节物中找到新的情趣。这种情趣，应该是更丰富、更高层次的。这与其《鹊桥仙》词"两情若是久长时，又岂在朝朝暮暮"一样别出心裁，醒人心目。

当秦观将对四时的特殊兴趣和敏感移以观察农家生活、田园风光时，就出现了他的四时田园诗。如《田居四首》开头先点农事，其一"鸡号四邻起，结束赴中原。戒妇预为黍，呼儿随掩门"，其二"入夏桑柘稠，阴阴翳虚落。新麦已登场，余蚕犹占箔"，其三"昔我莳青秧，廉纤属梅雨。及兹欲成穗，已复颓星暑"，其四"严冬百草枯，邻曲当休暇。土井时一汲，柴车久停驾"，勾画田家春种、夏长、秋收、冬藏四时农事，散发出浓郁的泥土香；中段具体描写四时农活，春则"犁锄带晨影，道路更笑喧"，夏则"冢妇饷初还，丁男耘有托"，秋则"迟暮易昏晨，摇落多砧杵"，冬则"寥寥场圃空，跕跕乌鸢下"，选取富有季节特征的景物和劳动细节，很有农家生活气息；又依次结以"眷言月占好，弩力竞晨昏""明日输绢租，邻儿入城郭""辛勤稼穑事，恻怆田畴语。得谷不敢储，催科吏旁午""饮酺争献酬，语阕或悲咤。……客散静柴门，星蟾耿寒夜"，揭示封建盘剥加在农民身上的痛苦，造成辛勤终年两手空的惨象，表现出对人民疾苦的深切同情。贺裳《载酒园诗话》以为此诗"深肖田家风景，有储诗之遗"。

秦观于绍圣元年坐党籍，由国史院编修贬杭州通判，其后，相继贬监处州酒税，削秩徙郴州，编管横州，徙雷州，元符三年卒于滕州。

七年中,一再遭贬,诗亦随之产生变化。一是述怀诗由前期的抒发壮怀、写出处矛盾,变为追悔不及的哀叹:"一落世间网,五十换嘉平。夜参半不寝,披衣涕纵横"(《反初》),"昔忝柱下史,通籍在金闺。奇祸一朝作,飘零至于斯。……荼毒复荼毒,彼苍那得知"(《自作挽词》)。那昔日得主人宠爱"动止常相随",老疲后"屠脍意得逞,烹庖在须斯"的看门犬(《病犬》),那"天寒草枯死,见窘何太迫?上有苍鹰祸,下有黄犬厄"的弱兔(《和裴仲谟放兔行》),应是诗人辛酸、痛苦人生的自喻,寄托着他一再遭贬、祸患长随的恐惧与悲哀。二是写了较多的反映南国风俗民情的诗,往往景中含情,流露出羁留天涯的刻骨乡思。南土美,但"层巢俯云木,信美非吾土"(《海康书事十首》)、"鱼稻有如淮右,溪山宛类江南。自是迁客多病,非干此地烟岚"(《宁浦书事六首》);南土恶,则"哀歌巫女隔祠丛,饥鼠相追坏壁中。北客念家浑不睡,荒山一夜雨吹风"(《题郴阳道中一古寺壁》)、"南土四时尽热,愁人日夜俱长。安得此身作石,一齐忘了家乡"(《宁浦书事六首》),托物寄兴,沉郁婉曲,颇得骚人遗意。故吕本中云:"少游过岭后诗,严重高古,自成一家,与旧作不同。"(郭绍虞《宋诗话辑佚》附辑《童蒙诗训》)曾季貍亦谓"其语平易浑成,真老作也"(《艇斋诗话》,《历代诗话续编》上册第 290 页)。

秦诗风格较为多样,有健劲,有清幽,有凄婉,而主要是婉丽。王安石称其"清新妩丽,鲍谢似之"(《苕溪渔隐丛话·前集》卷五〇引《高斋诗话》),苏轼谓其"作诗增奇丽"(《苏轼文集》卷六九《跋秦少游书》),张耒以为"其言清丽刻深"(《张耒集》卷四八《送秦观从苏杭州为学序》),方回以为"流丽""怪丽"(《瀛奎律髓》卷一二原批),翁方纲称其"思致绵丽"(《石洲诗话》卷三,转引自《清诗话续编》第三册第 1422 页),都没有离开一个"丽"字,以为秦观诗无论整体风格、构思、情调以及遣词造句,都以"丽"为特征。他常用绮窗朱户、画堂绣帘间儿女低语啜泣作题材,选取危芳、飞絮、小虫、落叶之类微物和落日夕霏、清月冷露之类的物象,拈取"香""红""泣""泪"等明显作用于感官的字眼,喜用"阴阴""霏霏""萧萧""冥冥"一类意象朦胧的叠词,造成清艳幽美的意境,形成秦诗婉丽的风格。这使秦观诗招致了一些非议,王仲至戏谓为"小石调"(《王直方诗话》引),陈师道谓"少游诗如词"(《后山诗话》),元好问则称作"女郎诗"(《论诗三十首》)。"诗如词""女郎诗",几乎成了定评。秦观诗被贬的根源,殆出于此。

平心而论,诗歌具有永久魅力的根本原因,是它描写生活、抒发感情的形象性与生动性,是它再现生活所表现的艺术美,而主要不是采用什么题材和具有怎样的风格。抚时感事的诗料、叱咤风云的气格固然可贵,春花秋月、浅吟低唱未必不可有;词能写的,诗一样可以写,诗似词未必不好。风格是诗人创作个性的体现,而不是品评诗人及其诗高下的依据。秦观婉丽柔美的前期诗,沉郁凄婉的后期诗,都有描写细致生动、抒情细腻婉曲的特点,能给人以美的感受,自有其认识意义和美学价值,不应视之为"女郎诗",不应以其"诗如词"而加以贬低。

二

秦观对于诗、文二体,自谓运用散文更得心应手些。今读《淮海集》中散文二百五十篇,觉得秦文确有超过秦诗之处。

秦文最受前人重视的是议论文,其中《进策》三十篇、《进论》二十篇,是他元祐五年被召至京师应制科试所进。《进策》主意在言"当世利病",提出对策,供皇帝"裁择"(《序篇》);《进论》则重在论昔人往事的得失,供秉枢持衡者借鉴,其中不乏真知灼见。写作上,纲举目张,条理充畅;举例设譬,言浅意切,表现出高超的艺术技巧,有很强的文学性和可读性。然在今天看来,他的记叙性散文应予以更高的评价。他善于运用洗练而准确的语言描景叙事，构成具有诗情画意的优美意境，如《龙井题名记》：

> 元丰二年中秋后一日，余自吴兴过杭，东还会稽。龙井辩才法师以书邀予入山。比出郭，日已夕。航湖至普宁，遇道人参寥，问龙井所遣篮舆，则曰以不时至，去矣。是夕，天宇开霁，林间月明，可数毛发。遂弃舟从参寥，杖策并湖而行，出雷峰，度南屏，濯足于惠因涧，入灵石坞，得支径，上风篁岭，憩龙井亭，酌泉据石而饮之。自普宁经佛寺十，皆寂不闻人声。道旁庐舍，或灯火隐显，草木深郁，流水激激悲鸣，殆非人间有也。行二鼓矣，始至寿圣院，谒辩才于潮音堂。明日乃还。

游人行踪如图，沿途景物似画，澄清无滓的语言，配合以协调的光线、色彩和音响，构成一种画笔不能到的幽深静谧、情景交融的艺术境界，读之如历其境，味之心旷神怡。苏轼在黄州贬所见此文后，作《秦太虚题名记》云："览太虚题名，皆予昔时游行处，闭目想之，了然可数。"共有的经验和感受，而只有秦观道出，其让出一头之意，见于言外。秦文还往往运用生动的比喻、贴切的形容，使描写的事物富于形象性，如《游汤泉记》刻画龙洞奇景："渐下十数丈，窅然深黑，日光所不及，揭炬然后可行。腹中空豁，可储粟数万斛。屏以青壁，而泉啮其趾，盖以乳石，而鼠家其窦。仰而视之，或突然傲岸而出若有恃者，或侵寻而却若有畏者，云挠而鸟企，鼻口呀而断腭露，其呭牙横遻，卒愕之变，疑生于鬼神，虽智者造谋而巧者述之，未必能尔也。"笔夺造化之工，得柳宗元山水记之精髓而加以奇丽者。其写惠济庵风光云："惠济有庵二，一在太子泉南，北步崦中，隐者陈生居之一；一未构基，在院西六十步。大丘之原，丘势坡陀，前有小涧，涓涓而流，环以齐筱，闳以双松。每冷风自远而至，泛筱薄，激松梢，度流水，其音嘈然，如奏笙籁。"动静交织,境界清幽而有远韵。一篇之中,文字或奇或易,皆随描写对象不同而有异,比喻、形容,恰到好处。秦文还常常恰当地运用插语,使文意畅足,跌宕生姿。如《五百罗汉图记》叙及图画之作者吴僧法能时,插入"昔戴逵常画佛像而自隐于帐中,人有所藏否,辄听而随改之,积数年而就"一段,下云:"余意法能亦当研思若此然后可成,非率意而为之决也。"突出法能画《五百罗汉图》成就的原因;《雪斋记》写杭州法会院东轩,以一小室成为士人愿游之胜,插入"昔李约得萧子云飞白大书'萧'字,持归东洛,遂号所置亭为'萧斋'。余谓后之君子将有闻雪斋之风不可得而见者矣,岂特为今日之贵耶!"突出雪斋因有苏轼题诗在壁之可贵,均以叙事为议论作铺垫,深化了主题,亦见其驰骋古今、纵横跌宕的笔力。

序跋,也是秦观散文之一大类。为人诗文集作序,重在评价作品,肯定成就;自序诗文,则重在说明写作背景、结集原委,其意义价值以俟公论。如自序《精骑集》谓己少时"虽有强记之力而常废于不勤",年长以来"虽有勤苦之劳而常废于善忘",故取《齐史》孙搴"我精骑三千,足敌君赢卒数万"意,而编此集,以补"长而善忘"之失,不足二百字的短文中,容纳了前半生为学的甘苦得失;《书王氏斋壁》记四十一年中秦、王两家的遭遇变迁,其间"丰瘁得丧死生休戚,不可悉记",感慨系之;《高无悔跋尾》云:

> 元祐二年,余为汝南学官,被诏至京师,以疾归;无悔亦以失边帅意徙内地,钤辖此郡兵马。相从于城东古寺,日饮无何,绝口不挂时事。余酒酣悲歌,声震林木,无悔瞑目熟视,发上冲冠,人多怪之,余二人者自若也。

简洁传神之笔,把志士仁人失意的悲哀与共鸣,写得淋漓尽致而又含蓄不露,人物栩栩如生;《书王蠋事后文》叙齐之布衣王蠋在燕破齐的危亡之秋，守画邑不降，自奋绝脰而死，激发齐国君臣起而却燕复齐的事迹，以为"推蠋之志，足以无憾于天，无怍于人，无欺于伯夷、比干之事"，而司马迁不为其立传，其事迹仅微见于田单传后，对《史记》褒贬取舍人物有失分寸引以为恨。立论关系国家存亡之大事，为人之大节，对比强烈，力透纸背。

秦观的杂说、杂书、祭文等杂著也不乏可读之作。如《吊镈钟文》记嘉鱼县出土的古乐器编钟，"县令施君识其宝，谋献之太常，未果，乃输入武昌库中"，与废铁同被投入炉中熔冶，因云："予悲夫镈钟古乐之器，先王所以被功德而和人神……而辱于泥涂无所自效，遇其非鉴，以触废毁。好古之士，焉得默默而已乎？乃作文以吊之。"对"黄钟毁弃，瓦釜雷鸣"的社会现象表示不满，寄寓自己仕途失意的感伤，文肆而思深，自以为"得意之文"（《张耒集》卷五四《跋吕居仁所藏秦少游投卷》）。

《宋史·秦观传》云："观长于议论，文丽而思深。"张耒《赠李德载二首》云："秦文菁藻舒桃李。"一致肯定秦观文意深婉、文辞倩丽的特点。但秦文的丽，与其诗词的婉丽、艳丽有别，而主要是篇制、旨意之宏丽；更不是雕章琢句的生造，而是自然平易的天成。黄庭坚《与王观复书》云："文章盖自建安以来，好作奇语，故其气象衰苶，其病至今犹在。唯陈伯玉、韩退之、李习之，近世欧阳永叔、王介甫、苏子瞻、秦少游乃无此病耳。"（《豫章黄先生文集》卷一九）把秦观散文与韩愈、苏轼等唐宋大家相提并论，既是对秦文在文学史上地位的肯定，也是对秦文与欧、苏文之平易自然、流畅婉转风格一致的恰当评价。

三

秦观的诗文创作有其理论做指导，其诗文理论与创作实践体现出尊欧苏、学韩杜、上窥西汉的时代特点。

秦观十分敬重苏轼,终生以师友事之,"我独不愿万户侯,惟愿一识苏徐州"(《别子瞻》)。这不只是慕名,而主要是出于对苏轼人品、文学成就的高度景仰:"叹息苏子瞻,声名绝后先。衣冠传盛事,兄弟固多贤。感慨诗三百,流离路八千。直心羞媚灶,忠力欲回天。"(《赠苏子瞻》)在《答傅彬老简》中,对苏轼兄弟的文学成就进行了精辟的阐释,他纠正傅彬老以为苏轼兄弟"其文章如锦绮"的皮毛之见,以为"苏氏之道,最深于性命自得之际,其次则器足以任重,识足以致远。至于议论、文章,乃其与世周旋,至粗者也。阁下论苏氏而其说止于文章,意欲尊苏氏,适卑之耳",进而论曰:"中书(苏轼)之道,如日月星辰,经纬天地,有生之类皆知仰其高明;补阙(苏辙)则不然,其道如元气行于混沦之中,万物由之而不知也。"苏轼博大,苏辙精深;苏轼明显,苏辙隐约,各有特色,各极所至,既是对二苏文学成就的精辟论述,也体现出秦观重道、致用、文以明道、形式服务于内容的文学观。

诗祖杜甫,文宗韩愈,是北宋文坛的普遍现象。黄庭坚《病起荆江亭即事十首》云:"文章韩杜无遗恨。"陈师道《后山诗话》云:"子瞻谓:杜诗、韩文、颜书、左史,皆集大成者也。"陈师道所引苏轼语,出自苏轼《书吴道子画后》,与原文稍异,苏轼是说:"诗至于杜子美,文至于韩退之……而古今之变,天下之能事毕矣。"(《苏东坡全集·前集》卷二三)虽已含"集大成"意,而未点出;明确标举杜诗韩文"集大成"说的是秦观。其《韩愈论》在论述了韩愈积列庄苏张班马屈宋诸家之长后,云:

愈之文,犹杜子美之于诗,实积众家之长,适当其时而已。昔苏武、李陵之诗长于高妙,曹植、刘公干之诗长于豪逸,陶潜、阮籍之诗长于冲澹,谢灵运、鲍照之诗长于峻洁,徐陵、庾信之诗长于藻丽。于是杜子美者,穷高妙之格,极豪逸之气,包冲澹之趣,兼峻洁之姿,备藻丽之态,而诸家之作所不及焉。然不集诸家之长,杜氏亦不能独至于斯也,岂非适当其时故耶? 孟子曰:"……孔子之谓集大成。"呜呼! 杜氏、韩氏亦集诗文之大成者欤!

此论将自元稹、杜牧、李商隐以来对杜诗韩文的推崇,用最概括、最明确的语言加以总结、发挥,首倡杜诗韩文"集大成"说,为后世所公认,具有重要的时代意义,也表明秦观本人评论、创作诗文以杜韩为标准的观点。

宋代诗文作家宗唐的又一理论要点,是在风格、语言方面反对怪奇,提倡平易,这在秦观诗文论中也有体现。他自谓是与那些"计事而处,简物而言"的"缙绅先生"不同的"野人",为文是"有所闻则书记之","仰不知雅言之可爱,俯不知俗论之可卑,偶有所闻,则随而记之耳,又安知其纯与杂耶?"犹如"鸟栖不择山林,唯其木而已;鱼游不择江湖,唯其水而已"(《逆旅集序》),说明他论文崇尚自然,反对故意避俗就雅。其《会稽唱和诗序》云:"切尝以为激者辞溢,夸者辞淫,事谬则语难,理诬则气索,人之情也。二公内无所激,外无所夸,其事核,其理当,故语与气俱足,不待繁于刻划之功,而固已过人远矣! 鲍照曰:'谢康乐诗,如初发芙蓉,自然可爱。'盖如其言也。"对程公辟、赵抃诗的"平夷浑厚,不事才巧"倍加称赞。其手编己集时,"辞鄙而悖于理者,辄删去之"(《淮海闲居集序》),足见秦观之提倡平易自然,是为了更好地叙事、明理,达到"事核""理当""语与气俱足",而不单是一个语言问题。

在诗文创作实践中,秦观走的是从追苏欧到学韩杜,进而上宗西汉的道路。吕本中《童蒙诗训》云:"秦少游之才,终身从东坡步骤次第,上宗西汉,可谓善学矣。"(《宋诗话辑佚》附辑《童蒙诗训》)从秦观作品看,上宗西汉,主要是把司马迁作《史记》那种"高辞振幽光,直笔诛隐恶"(《司马迁》)、"有见而发,有激而云"(《司马迁论》)的精神运用于《进策》《进论》五十篇的创作上;至于叙事性作品,则更多地取法于韩愈、柳宗元的古文。有两种情形,一是有意指明为仿效,如《五百罗汉图记》结末自述作由云:

> 余家既世崇佛氏,又尝览韩文公《画记》,爱其善叙事,该而不烦缛,详而有轨律。读其文,恍然如即其画,心窃慕焉。于是仿其遗意,取罗汉佛之像而记之。

虽曰仿效,然其结构之闳大,叙事之条畅明达,都比韩《画记》有过之而无不及。更多的情形是,不指明是接受了韩柳影响,而是把韩柳的创作消化吸收,从而在自己的创作中体现出韩柳古文的精神,如《遣疟鬼文》之类《送穷文》《鳄鱼文》;《祭洞庭文》之类《黄陵庙碑》;《游汤泉记》之类"永州八记";《陈偕传》《眇倡传》之类《李赤传》《河间传》;《清和先生传》之类《毛颖传》;策论五十篇以及《变化论》《君子终日乾乾论》《浩气传》等,与韩愈"约六经之旨而成文"(《韩昌黎全集》一六《上宰相书》)的精神也完全一致。

在中国文学史上,秦观是一位颇受人爱重的作家。这可能是因为其遭遇令人同情,其才华令人兴慕,但更主要的当是因其作品脍炙人口。南宋诗人范成大乾道间知处州,爱秦观谪此所作《千秋岁》词,用其"花影乱,莺声碎"语,因作小亭,"记少游旧事,又取词中语名之曰'莺花'"(《范石湖集》卷一〇《次韵徐子礼提举莺花亭序》)。明隆庆《高邮县志》载:洪武八年,扬州知州黄克明于高邮城南建一驿站,取秦观诗"吾乡如覆盂,地据扬楚脊。环以万顷湖,粘天四无壁"(《送孙诚之尉北海》)意,名之为"盂城驿",为今存全国最大的古驿站。这虽只是一二轶事,然也可从一个侧面看到,后人不仅欣赏秦观的词，也深爱他的诗和文；秦观的诗文，同他的词一样，没有因岁月流逝而被人遗忘。宋叶梦得云："苏子瞻于四学士中，最善少游，故他文未尝不极口称善，岂特乐府？"（《避暑录话》卷三）清王蕴章云："淮海先生文章气节，掉鞅一世，自后人以秦七、黄九并称，或遂仅以词人目之，失先生矣！"在历代仅称秦词而忽略其诗文的风气中，他们与明张綖、清陈廷焯一样，可谓秦观的知音。

原载《湘潭师范学院学报》1997 年第 2 期

王以宁和他的词

王以宁在宋代词坛上够不上一流作家，但在宋代有词传世的十七名湖南籍作者中，他的词无论质和量都是首屈一指的。其词精健豪壮，大似东坡，在格律派词风盛行的北宋后期词坛上能独树一帜，故在宋词研究向深广方向开掘时，涉及他，应该是有意义的。

王以宁，字周士，湘潭人。由于史籍关于他的记载很少，故至今这位历史人物的生平事迹还很模糊。现从有关古籍中钩稽排比，并结合其作品考证如下：

关于生年。　据《湖南通志》《湘潭县志》《清一统志》载：王以宁之父长孺，徽宗时守靖州（治所在今湖南省靖县），因"言事落职"，"以宁在太学抗章申理，由是知名"。查《靖州直隶府志》，知王长孺守靖州自崇宁四年（1105）始，下任距四年。设以宁在太学读书为十八岁左右，则其生年约在哲宗元祐五年（1090）前后，与他作于建炎、绍兴之际的《临江仙·和子安》词中"吾生四十渐知非"句大体相符。以宁少时，曾往靖州省父，《浣溪沙·舣舟洪江步下》记下了他舟溯沅水，在一个"沙汀红叶舞斜阳"的深秋日子经洪江往靖州的行程。

佐鼎澧帅幕后一度宦游淮泗。　各种方志均载以宁出太学后"佐鼎澧帅幕"，下接"靖康初，金兵入寇。羽檄招天下兵。以宁至长沙，走鼎州乞师躬率入援解太原围"，时间跨度达一二十年。这段时间的行迹付诸阙如。今读其词《蓦山溪·游南山》，回顾自己"雕弓绣帽，戏马秦淮道。风入马蹄轻，曾踏遍、淮堤芳草"，《念奴娇》"云收天碧"也提到"问汉乘槎,采珠临海",知曾游历金陵等长江下游地区并宦游淮上。而《念奴娇·淮上雪》《蓦山溪·和虞彦恭寄钱逊叔》等词均以淮南为背景。又,胡仔《苕溪渔隐丛话·前集》卷五四谓"余宣和间居泗上。于王周士处见张仲宗诗一卷,因借录之",更明证以宁确有淮泗之游。所任职务虽不能确知,但从《念奴娇·淮上雪》"纶巾鹤氅,是谁独笑携策"的描写推测,当系军中参谋之类。

除京畿提刑,撰《上何栗天下五忧书》。 徐梦莘《三朝北盟会编》载:靖康初,复召何栗为御史中丞。议京畿守备时,京畿提刑王以宁上书何栗,陈解除内忧外患之策(全文见《靖康中帙六十二》),此书要旨与李纲上钦宗策"寇攘外患可以扫除,小人在朝,蠹害难去。使朝廷既正,君子道长,则所以扞御外患者,有不难也"(《宋史·李纲传》)用意相近。可知王以宁于宣和末靖康初已由淮泗调汴京,任京畿提刑。

走鼎州乞师解太原围。 太原自宣和七年十二月被围,靖康元年四月以知枢密院事李纲为河北、河东路宣抚使,援太原。陶宣干《河东逢虏记》云:"靖康元年八月十二日,余被差宣抚司干办公事……十三日参李宣抚,十七日……至汾州介休县见制置军马王以宁,喻李宣抚意,令与威胜军范世雄合为一军。"《续资治通鉴》卷九七载:"纲乃遣解潜屯威胜军,刘韐屯辽州,幕官王以宁与都统制折可求、张思正等屯汾州,范琼屯南、北关,皆去太原五驿,约三道并进。……思正等……夜袭金洛索军于文水,小捷;明日战,复大败,死者数万人。"《三朝北盟会编》载:"李纲之行,辟属官多碌碌之人,然有才者,十得三四耳。刘韐、沈琯、王以宁、折彦质、裴禀以知兵称,其实能知兵者谁也? 惟刘韐当辽州、折彦质屯汾州,王以宁督战过文水县,此能效力者,其他不过供文事、备差使点检而已。"(《靖康中帙三十一》)这些记载说明,王以宁曾随李纲解太原围,李纲辟他为幕官,制置汾州军马(以宁词《鹧鸪天》有"武夷仙伯笑相从"句。按:李纲邵武人,故称)。他曾督战文水县,小胜后大败。以宁等虽以知兵称,但因各路援军组织涣散、难以约束而全线溃败。同年八月,李纲被召还罢知枢密院,出守扬州,王以宁亦自求免归。靖康二年孟夏,李纲赴宁江军(治今四川省奉节县)谪所,取道湘潭,因金兵围汴京久不解,诏李纲募义军以解急难,纲闻命邀王以宁同往,以宁未能成行,"而许为之继"。李纲书杜甫《魏将军歌》遗之,"以激其气"(《梁溪先生文集》卷一六二)。

拒孔彦舟入潭州。制置襄邓,招谕巨盗桑仲等。 建炎至绍兴初,荆湖江湘间,流民溃卒群聚为盗不可胜计。时王以宁任荆湖南路宣抚司参议官,为削平内乱、稳定局势出了力。据《宋史·高宗纪》载:建炎四年七月,辰、沅、靖州镇抚使孔彦舟作乱。八月,"孔彦舟入潭州,宣抚司参议官王以宁率兵拒之,以宁败遁去"。《续资治通鉴》卷一〇八载:建炎四年十月辛未"宣抚处置使司参谋官王以宁"上书"乞下诏幸蜀,俾敌人罔测乘舆所在"。又《湘潭县志》云:"会张浚为川陕荆湖宣抚处置使。命以宁以宣抚司参议制置襄邓,招谕巨盗桑仲等,皆降之。"则以宁于是年仲、季秋间由湖南到了湖北、京西。《满庭芳·邓州席上》词当作于是时,词中描写的"霜秋晓,凉生日观,极目送飞鸿",正是晚秋景物,与上述记载相符。

以宁随张浚免职,亦受到指控。 史书留下王以宁最后行迹的记载,保存在权臣对张浚的劾章中。绍兴四年三月,罢张浚知枢密院资政殿大学士、川陕宣抚处置使,召赴行在。《续资治通鉴》卷一一三载,殿中侍御史常同奏:"浚……用李允文、王以宁、傅雱诸人,为荆湖害。"侍御史知潭州辛炳亦曰:"湖南、北非浚地分,乃遣李允文、王以宁假以便宜,肆行生杀,遂乱两路。"《湘潭县志》指出:及桑仲被其党霍明诱杀,"众追咎以宁招仲,欲以中李纲、张浚也",归咎王以宁,是为了中伤重用过王以宁的李纲、张浚,这是问题的实质。以宁大约就是在这次事变中受诬离开了仕途。

　　晚年退居故里。　　王以宁词有几首为晚年所作，其中"桔州""昭山"是长沙、湘潭的名物。这些词记下了他"浪吟狂醉"（《念奴娇》"晚烟凝碧"），以诗酒自娱的晚年生活侧影。绍兴初，李纲罢相居鄂州，曾以诗寄赠王以宁。诗云："年来百念冷于灰，梦到江湖又一回。从此故人音问近，洞庭秋色雁边来。"王是否有和诗，因现存其作品中不载而难以考知。其卒年也不可确考，但从《满庭芳·陈觉叟雪中见过》"五十七年，侵寻老矣"的表白中，知他至少活了五十七岁，则其卒年应在绍兴十七年之后。

　　至此，可为王以宁的生平行事勾画一个轮廓：以宁，字周士，荆湖南路潭州湘潭人，约生于宋哲宗元祐五年。崇宁间太学生，后佐鼎澧帅幕，宣和间宦游淮上。时金兵南侵，进逼汴京。以宁奉调任京畿提刑。靖康元年，李纲为河北、河东路宣抚使，援太原，辟以宁为幕官，制置汾州军马。初，为解太原围，以宁曾走鼎州乞师，至是兵败免归。建炎间，复参荆湖南路宣抚司幕，制置襄、邓。绍兴四年罢归乡居。卒年不可确考，约在绍兴十七年后。唐圭璋先生《全宋词》王以宁小传谓其曾官"京西制置使，责监台州酒税，再责永州别驾，潮州安置，绍兴十年知全州"云云，全非王氏本来面目，也从王氏作品中找不到内证，未知何据。

　　王以宁一生应写过不少作品，张邦基《墨庄漫录》卷八录他一首《道中闻九里香》诗，胡仔《苕溪渔隐丛话·后集》卷三六辑有他《和人辞》残句。《湘潭县志》（光绪十四年修）说张浚在兴元遣祭诸葛亮，"亦命以宁为文"，惜今不传。今存以宁文唯前面提到的《上何栗天下五忧书》。该文首先指出北宋末年面临盗贼充斥、奸雄跋扈、夏人陆梁、契丹复振、金国屡拒诸多"可忧"的形势，继提出"清心省事"的消忧之道。文章针对北宋王朝奸邪当权、政治腐败、皇帝纵乐、滥用民力的情况而发，行文纵横开阖、论证有理有据，不失为一篇杰出的政论。这都说明王以宁能诗能文。但今天有必要讨论他，主要是因为他写了一些较为杰出的词。

今存王以宁词一卷,名《王周士词》。《全宋词》据《彊村丛书》共收录王词三十二首。除八首寿词外,二十几首都还可读。北宋过渡为南宋,大体上也是王以宁经历中的转折。他的词也以从军失败、退居故里为界分为前后两期。前期词,有的抒发他对自然风光、家乡生活的迷恋,如《浣溪沙·舣舟洪江步下》《满庭芳》"山耸方壶";有的记述他"我自人间漫浪,平生事、南北西东"(《满庭芳·邓州席上》)的生活经历;有的表现他对天下太平的渴望,如《好事近》"诗客少微家";而更多的是抒发他弃文就武、建功立业的抱负,如《蓦山溪·游南山》:

> 雕弓绣帽,戏马秦淮道。风人马蹄轻,曾踏遍、淮堤芳草。飞英点点,春事已阑珊,风雨横,别离多,断送英雄老。　　功名终在,休惜芳尊倒。谈笑下燕云,看千里、风驱电扫。男儿此事,莫待鬓丝梦,汉都护,万年觞,玉殿春风早。

当是他初入仕途尚未得大用前的作品,词中塑造了一个渴望建功立业、跃跃欲试的壮士的自我形象,字里行间洋溢着青春的活力和奋发向上的激情,虽微露岁月易逝人易老的感叹,但仍掩不住"莫等闲、白了少年头"的积极策励。他如"醉望五州山,渺千里、银涛东注"(《蓦山溪·和虞彦恭寄钱逊叔》)、"云重天低酣歌罢,胆壮乾坤犹窄"(《念奴娇·淮上雪》),境界多么开阔!"射雉归来,铁鳞十万,踏碎千山白"(同前)、"骑鲸诗客,浩气决云飞雾"(《感皇恩·和才仲西山子》),气势多么雄健!尽管有仕途奔波的辛苦,但可"借银涛雪浪,一洗尘劳"(《满庭芳·重午登霞楼》);虽有军事失利、仕途挫折后淌下的眼泪,但"举酒一觞今古,叹息英雄骨冷,清泪不能收。鹦鹉更谁赋,遗恨满芳洲"(《水调歌头·呈汉阳使君》),仍不失为英雄泪;有时也不免发生功名未就人易老的感叹,但仍有"好在江山如画,人易老、双鬓难茱"(《满庭芳·重午登霞楼》)、"紫箫声断,唤回春满南陌"(《念奴娇·淮上雪》)那种只争朝夕的豪情。这些词充满着积极进取、乐观向上的精神,豪放的基调中含着深婉的情致,内容和形式都较完美。《四库全书总目·王周士词提要》所谓"句法精壮……绝无南宋浮艳虚薄之习",正是指的这些词,这类词在如林的宋词佳作中可占一席地位。

王以宁还有一些词,即前期的个别篇章和后期的大部分,出世与归隐、建功立业与及时行乐、乐观积极与厌倦消极往往混杂在一起,形成王词豪放中略带感伤的艺术特色,如《水调歌头·裴公亭怀古》:

> 岁晚桔洲上,老叶舞愁红。西山光翠,依旧影落酒杯中。人在子亭高处,下望长沙城郭,猎猎酒帘风。远水湛寒碧,独钓绿蓑翁。　　怀往事,追昨梦,转头空。孙郎前日,豪健颐指五都雄。起拥奇才剑客,十万银戈赤帻,歌鼓壮军容。何似裴相国,谈道老圭峰。

回忆自己追随李纲参加太原、汴京保卫战的壮举,抒发失利归乡后被迫隐居的孤愁,词怀唐会昌年间任过湖南观察使、后入朝拜相、晚年奉佛谈道的裴休,感自己功未成、名不就的遭际,感伤情调虽重些,但清词壮语中深含着事愿相违的愤慨,仍有着豪迈的基调和轻快的节奏感。前期词如"笑问江头皓月,应曾照、古今英豪"(《满庭芳·重午登霞楼》)豪健中散发出逸气;后期词如"一带澄江,十分蟾影,千里寒光白"(《念奴娇》"云收天碧")隐逸情趣的追求中豪气未除,有着开阔的境界。用他词中"英标逸气"(《念奴娇》"晚烟凝碧")一句来概括这些词的特点,是很恰当的。这类词在《王周士词》中也算得较为优秀的作品。

随着北宋的灭亡,南宋初期社会的混乱,王以宁在从军失利后退出了政界、军界,使他的一生经历中出现了一个大转折。他在一首词中记述了这一转折:

> 往事闲思人共怕。十年塞上烟尘亚。百万铁衣驰铁马。都弄罢,八风断送归莲社。　　卖药得钱休教化。归来醉卧蜗牛舍。一颗明珠元不夜。非待借,神光穿透诸天下。(《渔家傲》)

从烽烟弥漫的战场退到月明风清的蜗舍,从金戈铁马的战斗过渡到卖药吟诗的闲适,从战士变为隐士,这使他后期词的另一部分,或如"黄粱梦,未觉枕,几经秋"(《水调歌头·呈汉阳使君》),发出往事如梦、功名如幻的悲叹;或如"忘怀矣,未能忘酒,相与醉忘形"(《满庭芳·陈觉叟雪中见过》),抒发他沉醉隐逸的情趣;或如"趁尊前身健,有酒须倾"(同上)、"莫辞吟赏,终宵清景难得"(《念奴娇》"云收天碧"),反映他沉浸诗酒、及时行乐的生活,都带着较重的自我陶醉、自我麻醉的消极情绪,与上述多数篇章形成了鲜明的对照。

当然,文学作品的优劣,并不单纯取决于写了什么,而主要取决于如何写,以怎样的思想基础和审美标准去写。因此,该责怪王以宁的不是他后期词中写了隐逸,而是他把隐逸作为过去斗争经历的对立面而加以渲染,以致躲入了人生的"蜗牛舍":

> 吾生四十渐知非。只思青箬笠,江上雨霏霏。(《临江仙·和子安》)
> 蚁丘罢战,蜗角休征。趁尊前身健,有酒须倾。随分村歌社舞,何须问、武宿文星。(《满庭芳·陈觉叟雪中见过》)

就这样,词人把自己以前的抱负当作追名逐利之"非"而否定了;把自己参与的抗战派和投降派的矛盾斗争视为争蝇头小利之"非"而否定了。这是词人在北宋灭亡后,南宋小朝廷只求苟安而一味妥协退让的政策日益占上风的形势下,看不清斗争前途、找不到政治归宿的思想状态在词中的反映。这使王以宁部分词豪情有余、深厚不足,缺乏一唱三叹的情韵,也是他不及稍后的张元幹、张孝祥、辛弃疾等一流作家的主要原因。

王词语言精健。他好作伟词壮语,有自然流走、轻快活脱之势,便于抒发他曲折婉转、跌宕起伏的感情。他善于化用前人的诗句,表现出他在继承中求创造的艺术情趣。如"风入马蹄轻""六花如席""山吐月千仞,残夜水明楼""一带澄江,十分蟾影",就是分别融化了王维、李白、杜甫、黄庭坚的诗意或诗句而自成意境。他学习前人不限于一派一家,而用力最多的还是学习苏轼。他的许多词句,如"南游士,日餐千颗,不愿九霞车"(《满庭芳》"山耸方壶")、"遍野跳珠溅玉,纵儿童、收满金瓶"(《满庭芳·陈觉叟雪中见过》)、"霜秋晓,凉生日观,极目送飞鸿"(《满庭芳·邓州席上》),都是从苏诗、苏词中变化出来。个别篇章更说明他是有意追摹苏轼,如《满庭芳·重午登霞楼》:

　　　千古黄州,雪堂奇胜,名与赤壁齐高。竹楼千字,笔势压江涛。笑问江头皓月,应曾照、今古英豪。菖蒲酒,窊尊无恙,聊共访临皋。　　　陶陶。谁晤对,粲花吐论,官锦纫袍。借银涛雪浪,一洗尘劳。好在江山如画,人易老、双鬓难莪。升平代,凭高望远,当赋反离骚。

苏轼的遗迹、苏词的字句、苏词豪放杰出的风格,都完满地体现在词中,抒发自己不畏艰难、不怕辛劳、对前途充满信心的壮怀,颇有特色。

　　宋词发展到苏轼,扩大了词境,提高了词的表达能力,开创了"豪放"一派。但与苏轼并世及稍后的词人中,除黄庭坚、晁补之、贺铸等少数几人能部分接受苏词的影响外,词坛的主要风气仍然是强调词以婉约为"本色"(陈师道)、"当行"(晁补之),鼓吹词"别是一家"(李清照),出现了从秦观到周邦彦、李清照一批词人,把"正宗"的婉约词推向又一高峰。直到南宋前期的张孝祥,才又有意识地学习苏轼,至辛弃疾更将苏词的豪放传统和革新精神移植到抗金复国的时代土壤里,加以发扬光大,写出具有深厚爱国思想和炽烈战斗精神的杰作,把豪放词的创作推向新的高峰。而王以宁出现在北宋、南宋之交,黄庭坚、贺铸之后,张孝祥之前,他的词从一些侧面反映了那个动荡不安、交织着血和泪的时代,可以说填补了豪放词在这一特定时期的空白(《满江红》是否真为岳飞作尚待进一步考证),在豪放词的发展史上,呈现出一种过渡状态,虽未蔚成大家,但其承先启后的一份功劳,是不可忽视的。

原载《湘潭师范学院学报》1989 年第 5 期

张孝祥词创作历程述评

张孝祥,字安国,号于湖居士,是南宋前期一位爱国词人。与之并世的韩元吉序其诗集云:

> 安国少举进士,出语已惊人,未尝习为诗也。既而取高第,遂自西掖兼直北门,迫于应用之文,其诗虽间出,犹未大肆也。逮夫少憩金陵……望九疑,泛洞庭,泊荆渚,其欢愉感慨,莫不什于诗。好事者称叹,以为殆不可及。

张孝祥诗名称于时,但实际成就并不高,未足当此誉;用这段话评其词,则较为切当。将张氏词按"取高第""憩金陵""泛洞庭"分为三个阶段,大体上是切合实际的。入仕为朝官五年所作,无非才子之词;罢朝官,起知抚州、平江、建康,又罢,居芜湖约六年的作品,足称豪杰之词;起知桂林,罢游湖湘,复知潭州,徙荆州约四年所作,可谓谪仙之词。随着时局的变化,宦海的浮沉,阅历的加深,他的思想感情和审美取向逐渐产生变化,从而促使张词的内容、风格也发生变化,臻于完美。

春风得意之年——才子之词

今存张氏最早的词,要算他初入仕途为朝官时所作的几首。

　　绍兴二十四年(1154)，孝祥应进士试，高宗亲擢第一。次年授秘书省正字，二十六年迁校书郎，二十七年兼国史实录院校勘，二十八年守礼部员外郎，试起居舍人，兼权中书舍人，二十九年试中书舍人。五年之内，擢居五品，成为皇帝近臣。这是张氏生活旅程中春风得意之年。政事之余，他常常浸淫诗酒，游冶弈棋，出入歌台舞馆，偶尔乘兴作词，为数不多，如：

　　　　日日青楼醉梦中，不知楼外已春浓。杏花未遇疏疏雨，杨柳初摇短短风。　　扶画鹢，跃花骢。涌金门外小桥东。行行又入笙歌里，人在珠帘第几重？(《鹧鸪天·春情》)

　　　　日暖帘帏春昼长。纤纤玉指动抨床。低头伴不顾檀郎。

　　豆蔻枝头双蛱蝶，芙蓉花下两鸳鸯。壁间闻得唾茸香。(《浣溪沙》)

前首见《于湖居士文集·补遗》，后首见《于湖居士文集》卷三三(上海古籍出版社1980年。以下简称《文集》，引张作只随文注明卷、题)。二词用杜牧《赠别》诗、李煜《一斛珠》词中句和"曲有误，周郎顾"熟典，都采用与七律相近的短调，可见作者初操词笔。这个时期多写春游艳情、歌伎色艺、宫廷春情、西湖夏景，无非咏风嘲月，流连光景。虽未必为词人自道，但至少也照见了这时作者的影子：官运亨通，青云直上，不仅常常寻花问柳，观赏歌舞，且沉醉其中，自我欣赏。从这种生活中产生的词，为遣兴而作，承袭晚唐、五代香软词风，与花间词无多大区别，无怪乎词友韩元吉称他为"多情多病"的"青云赋客"(《永遇乐·为张安国赋》，此词《南涧甲乙稿》不载，《全宋词》录自《阳春白雪》卷五)。

　　但是，张孝祥毕竟是一位富于才情的词人。观他这一阶段的词，内容虽不出风流艳情，但出口成词，一气贯注，流转圆美，清隽自然，有不平凡的才气充溢其间。将其比之如水，不是行将干涸的残滴，而是将汇成浩渺沧溟的源头活水。

绍兴二十九年八月，张孝祥受弹劾，罢中书舍人，归芜湖途中写的《多丽》，透露出张词将进入一个创作新阶段的消息：

> 景萧疏，楚江那更高秋？远连天、茫茫都是，败芦枯蓼汀洲。认炊烟、几家蜗舍，映夕照、一簇渔舟。去国虽遥，宁亲渐近，数峰青处是吾州。便乘取波平风静，荃棹且夷犹。关情有，冥冥去雁，拍拍轻鸥。　　忽追思、当年往事，惹起无限羁愁。拄笏朝来多爽气，秉烛夜永足清游。翠袖香寒，朱弦韵悄，无情江水只东流。柂楼晚，清商哀怨，还听隔舡讴。无言久，余霞散绮，烟际帆收。

关于张孝祥此次被劾罢官，李心传《建炎以来系年要录》记述颇详，并为其作了辩白，见出属于冤案（《建炎以来系年要录》卷一八二）。孝祥受此打击，有口难辩，虽云将归家"静扫一室，终日危坐，以省昔愆，它无可言者"（《文集》卷四〇《与杨抑之》），平淡的语言中，含有一言难尽而又不便明言的苦衷。但是，倜傥超逸的性格，不教他愁怀郁结，于是借归途江行中所作长调表现他此时此地的感怀。词的上片写归舟上所见景物，境界高远，清寂，可以看出词人的视野在扩大，胸襟已开阔；下片抒情，感往事如幻，岁月如流，见出词人思致深远。可以这样理解词的旨意：去国虽遥，但宁亲渐近；追昔拄笏多爽气，而今荃棹且夷犹；朱弦韵悄，但仍得闻隔船清讴。新陈代谢，新旧交替，宇宙和人事都自有规律。应该立足现在，把握未来，开始新的生活！

罢官，对沉醉于春风得意之际的张孝祥，是当头一棒，也是清凉一剂，使他从醉梦中清醒过来，从五花马上落到坎坷不平的地面，也预示着张词的创作将进入一个新的阶段。

国步艰危之秋——豪杰之词

张孝祥的诗友王质,对他的人品看得很准:"观君眉宇含风霜,岂肯展转蛾眉床!"(王质《与张安国围棋,胜者命题,负者赋诗,作藤枕歌》,《雪山集》卷一二)真德秀也说:"于湖平生虽跌宕,至于大纲大节处,直是不放过。"(叶绍翁《四朝闻见录·乙集》"张于湖"条引)这种大处不放过的品格在新的社会形势下得到了进一步的发展。

绍兴末年,金主完颜亮叛盟南侵,虽在采石吃了败仗,但兵灾给南宋带来的损失是惨重的。隆兴初,张浚北伐失利,金主完颜雍又遣军南侵两淮。隆兴二年,南宋被迫签订又一屈辱"和议",国力进一步削弱,地位进一步下降。正如张孝祥所说,这些年乃是"国步艰危"之秋(《文集》卷六《寄张真父舍人》)。这期间,孝祥先是退居芜湖,随之起知抚州,移知平江府,复中书舍人,领建康留守,隆兴二年九月再次罢归。六年中,他"忠筹屡画平戎策,宦迹常留堕泪碑"(沈约之《挽于湖》,《于湖居士文集》附);当完颜亮叛盟的迹象渐显时,他曾代漕淮西的父亲上书执政,报告边情,乞早为备(《代摠得居士与叶参政》);其后完颜亮果然南侵,他又分别致书守江将领李显忠、王权,吁请他们在抗战中"协义同力",首尾相应(《与李太尉显忠》《代任信孺与王太尉权》);隆兴间,领建康留守,时"魏公(张浚)志在恢复,公力赞相"(陆士良《宣城张氏信谱传》,《于湖居士文集》附录)。同时,屡在奏议中,劝谏高宗、孝宗"边备不可以不谨"(《论先备札子》),"以刷无穷之耻,复不共戴天之仇";为了防止可能出现的盲动和冒险,又告诫当局"益务远略,不求近功"(《论先尽自治以为恢复札子》)。就在这种历史背景和思想基础上,张词的创作进入了一个重要阶段。这阶段的词,多为感激时事而发,就其数量之多,内容之丰,风格之健,都大大超过了以前,可说是张词创作的第一个高潮。

　　绍兴三十一年（1161）九月，完颜亮举兵渡淮南侵，十一月，虞允文指挥南宋水军败金兵于东采石，随后，亮在扬州被其部属所杀。采石之胜，使南宋转危为安，获得一个趁胜北伐的战机。时张孝祥退闲乡里，也极为感奋，作诗数首祝捷，并赋词《水调歌头·闻采石战胜》：

　　　　雪洗虏尘静，风约楚云留。何人为写悲壮，吹角古城楼？湖海平生豪气，关塞如今风景，剪烛看吴钩。剩喜燃犀处，骇浪与天浮。　　忆当年，周与谢，富春秋。小乔初嫁，香囊未解，勋业故优游。赤壁矶头落照，肥水桥边衰草，渺渺唤人愁。我欲乘风去，击楫誓中流。

上片歌颂采石战胜，它挽狂澜于既倒，有如抗金复国历程中的一曲壮歌，它是鼓舞千军万马奔上抗金前线的号角，它给词人带来了从未有过的喜悦；下片抒情，追忆发生在大江上下的历史胜利，以风云的历史人物自励，唤起未能亲临战场的愁，进而以击楫中流、誓师北伐的祖逖自喻，决心为恢复中原出力，与《诸公分韵……得老庭字》诗中"便当收咸阳，政尔空朔庭"及《辛巳冬闻德音》诗中"明年玉烛王正月，拟上梁园奉贡珍"一样，反映词人对抗金斗争充满着胜利的信心，风格豪健。

　　但是，斗争形势是曲折、复杂的。隆兴初的北伐，终因将帅间不协，致兵溃符离，于是主和派复又得势，议和的专使络绎不绝。时左丞相汤思退主和，右丞相兼江淮都督张浚主战，斗争激烈。张孝祥一贯主张抗金，但由于登第出汤思退门，曾对汤表示尊重，而当他在此次北伐中进一步认清了汤的投降面目后，就坚决走到汤的对立面，热情地支持北伐，从而受到张浚、虞允文、刘锜和李显忠这些主战派将领的赏识。隆兴二年二月，孝祥受张浚推荐任江淮都督府参赞军事，兼领建康留守，这是张氏第一次，也是平生唯一一次从事军政。赴任前,他上疏云:"臣今来起发……即至建康府交割职事,就令本府以次官时暂权管,却往两淮。将来若有边事,亦许臣往来措置。"(《赴建康画一利害》)表明他切望趁此有所作为,以副平生恢复之志。这与充斥当时官场的那些"纡朱怀金,驾高车,从卒史,号称大官,平时冒爵位,取富贵,一旦赤白囊至,股慄心悸,谋自窜之不暇"(《乐斋记》)的投降派,形成了鲜明的对比。就在北伐受挫、和议论炽的背景下,词人在亲临淮边实地视察之后,写下了名篇《六州歌头》:

长淮望断,关塞莽然平。征尘暗,霜风劲,悄边声,黯消凝。追想当年事,殆天数,非人力,洙泗上,弦歌地,亦膻腥。隔水毡乡,落日牛羊下,区脱纵横。看名王宵猎,骑火一川明,笳鼓悲鸣,遣人惊。 念腰间箭,匣中剑,空埃蠹,竟何成! 时易失,心徒壮,岁将零,渺神京。干羽方怀远,静烽燧,且休兵。冠盖使,纷驰骛,若为情? 闻道中原遗老,常南望,翠葆霓旌。使行人到此,忠愤气填膺,有泪如倾!

词的上片从隔水见沦陷区的凄凉和敌人的骄横,追想当年中原陷落带来的历史性灾难;下片以频繁的通和活动与中原父老的盼望北伐、主战派的壮志难酬相对比,抒发词人的满腔悲愤,沉郁顿挫,繁弦促节,有强烈的艺术感染力。在建康的一次宴会上,作者为赋此词,"魏公为罢席而入"(陈耀文《花草粹编》卷一二引无名氏《朝野遗记》),可见"其忠愤慷慨,有足动人者矣"(《四库全书总目·于湖词提要》)。词传开后,引起许多志士共鸣,王之道等人有和作。数百年后,陈廷焯还说此词"淋漓痛快,笔饱墨酣,读之令人起舞"(《白雨斋词话》卷六)。谢尧仁序《于湖集》云:"盖先生之雄略远志,其欲扫河、洛之氛祲,荡洙、泗之膻腥者,未尝一日而忘胸中。"这是张氏能写出这样具有强烈感染力的词的原因所在。

这期间的词,慷慨悲壮者还有许多,如《木兰花慢·送张魏公》《水调歌头·送谢倅之临安》《雨中花慢》"一舸凌风"等。这几年里发生的重大时事,几乎都在张词中得到了反映。清人冯煦《蒿庵论词》说这些词"率皆眷怀君国之作。忠愤之气,随笔涌出,并足唤醒当时聋聩"。韩元吉序张氏集也说:"咏其诗而歌其词,襟韵洒落,宛其如在,亦足以悲其志之所寓,而知其为一世之俊杰人也。"正是这些词,使张孝祥赢得了杰出爱国词人的称誉,奠定了他在南宋爱国词坛先行者的地位。

这期间,张孝祥一再被罢黜。这使他更深地认识了现实,也产生了不以得失为怀、超然物外的思想情绪;本阶段的词,除深刻反映现实、慷慨悲壮外,也间或采用幻想形式抒发感情,初步表现出想象瑰奇、超逸豪纵的特点。如《水调歌头·闻采石战胜》之"我欲乘风去,击楫誓中流",凝重中见飘逸;《水调歌头·隐静寺观雨》的"洗了从来尘垢,润及无边焦槁,造物不言功",歌颂大自然的威力,寓布泽百姓、功成不居的豪情壮怀;《水调歌头·垂虹亭》之"洗我征尘三斗,快揖商飚千里,鸥鹭正翩翩。身在水晶阙,真作驭风仙",慨叹功业未就,流露超尘出世之想。几首都同苏轼那首有名的中秋词一样,用了《水调歌头》词调,见出受苏轼词的影响。这种特点,在本阶段词中已见端倪,而在后期词中占了主流。

宦游荆湘之年——谪仙之词

隆兴二年十二月,南宋与金签订又一和议,史称"隆兴和议"。临安的小朝廷几经动荡后,又在更加屈辱的条件下,获得了新的平衡。乾道元年(1165)六月,张孝祥起知静江府、广南西路经略安抚使,但次年六月又被罢黜。这是他入仕十二年来第三次受诬落职。这对平生志在恢复、意在用世而又年力正富的他,无疑是一个更沉重的打击。张孝祥知静江府一年，以"莫拾明珠并翠羽，但使邦人，爱我如慈母"（《蝶恋花·送姚主管横州》）。因此，这次受黜，张氏于心无愧，只是"筋力尽于奔驰，精神为之耗散"（《致王运使》），以致壮志难酬，怀抱未展，却是令其痛心的。他怀着这种复杂而矛盾的心情，踏上了游历湖湘，随后又宦游荆湘之路。

宦游荆湘，对"吴山楚泽行遍，只欠到潇湘"（《水调歌头·泛湘江》）的张孝祥，也是一个得偿夙愿的良机。他脚踏经过前人品题的山水，重温屈、贾、李、杜的经历和创作，从中找到了知己，激发了感情，从而使他的词作产生了又一次飞跃，出现又一高潮。这期间，他写了许多借景抒怀的咏怀词。在这些词中，他把屈原的浪漫主义精神和苏轼的旷放风格结合起来，用超然的人生态度去冲淡壮志未酬的悲愤和仕途困穷的忧烦，于超旷中见沉郁，柔中见刚，这使他在豪放派词人中，于苏轼的旷放、辛弃疾的悲慨之外，独辟蹊径，自成一家。试看他的《念奴娇·过洞庭》：

> 洞庭青草，近中秋，更无一点风色。玉鉴琼田三万顷，著我扁舟一叶。素月分辉，明河共影，表里俱澄澈。悠然心会，妙处难与君说。　　应念岭海经年，孤光自照，肝肺皆冰雪。短发萧骚襟袖冷，稳泛沧浪空阔。尽吸西江，细斟北斗，万象为宾客。扣舷独啸，不知今夕何夕！

上片写景，秋夜洞庭，一碧万顷，水光月色，银碧辉映，一幅空阔莹澈的图画，令人荡肝涤肺。下片抒情，回顾一年的岭南宦迹，光明磊落，问心无愧；削职归去，杂念全消，物我相融，似羽化而登仙。上片"玉鉴"二句就形体而言，一叶扁舟荡漾于万顷碧波之中，客体大，主体小，主体消融于客体之中；下片"尽吸"三句，就意象而言，人为主，万象为客，开阔的胸襟足以涵容万象。对比照应中，表现出词人襟怀坦白、无私无畏的高洁志趣，风韵优美而清远。黄蓼园《蓼园词评》以为"神采高骞，兴会洋溢"；王闿运《湘绮楼词选》评谓："飘飘有凌云之气，觉东坡《水调》犹有尘心。"这种飘然欲仙的情致、不染尘芥的境界的无间融合，正是宦游荆湘期间张词的主调。再如由桂林北归、泛湘江缅怀屈原而写的《水调歌头》，其下片云："制荷衣，纫兰佩，把琼芳。湘妃起舞一笑，抚瑟奏清商。唤起九歌忠愤，拂拭三闾文字，还与日争光。莫遣儿辈觉，此乐未渠央。"过浯溪，观元结撰、颜真卿书刻的《中兴颂》磨崖碑而写的《水龙吟》："酌我清尊，洗公孤愤，来同一醉。待相将把袂，清都归路，骑鹤去，三千岁。"过长沙写的《雨中花慢》："怅望胎仙琴叠，忍看翡翠兰苕！梦回人远，红云一片，天际笙箫！"或在凭今吊古中抒发不论进退、不计得失的高洁志趣；或用拟人手法，创造一种物我相融的意境，抒发超尘脱俗的志向，想象丰富，造境瑰奇，清隽而飘逸。陈彦行序《于湖词》所谓"读之泠然洒然，真非烟火食人辞语"（《于湖居士文集》附录《于湖先生雅词序》），当是指这类词而言。在此，姑名之曰"谪仙词"。

　　乾道三年五月，张孝祥起知潭州、权荆湖南路提点刑狱公事。明年徙知荆州，为荆湖北路安抚使。这时，"隆兴和议"已经生效，南宋当局已深深沉醉于"西湖歌舞"之中。在此时局下出守远离前线的潭州、荆州，自是不能尽展其才的。但是，即使在此时此地，他也未忘记中原还沦陷在金人手里，敌人随时都有烧起新战火的可能。因此，这期间，他继续写了些抚时感事的作品，只是更多无可奈何的悲愤罢了。

　　　　霜日明霄水蘸空，鸣鞘声里绣旗红，淡烟衰草有无中。
　　万里中原烽火北，一尊浊酒戍楼东，酒阑挥泪向悲风。（《浣溪沙·荆州约马奉先登城楼观》）
　　　　已是人间不系舟，此心元自不惊鸥，卧看骇浪与天浮。

对月只应频举酒,临风何必更搔头,暝烟多处是神州。(《浣溪沙》)

过去,词人曾有"剩喜燃犀处,骇浪与天浮"(《水调歌头·闻采石战胜》)的词句,满腔热情地歌颂胜利的战斗;用"欲访英灵无处所,独搔蓬鬓立西风"(《丰城观音院有胡明仲、范伯达、汪彦章诸公题字》)的诗句,激情地凭吊历史名人。如今,事实一再证明,恢复中原的理想已经不可能在南宋小朝廷的手里实现,于是,词人发出的只是"卧看骇浪与天浮""临风何必更搔头"的慨叹了。从"剩喜"到"卧看",从"搔鬓"到"何必",表明词人内心由亢奋向沉郁的转变。诚然,词人毕竟忘不了中原的烽火、神州的暝烟,但在南宋统治者屈膝苟安的政策下,凭作者几个爱国志士怎能改变可悲的现状呢? 于是,只有借"一尊浊酒"来解愁遣悲了,只有凭"对月举酒"以发愤纾忧了。而山河破碎之愁、报国无路之忧,不是几杯浊酒所能排遣的,这就使这些词有了表面超旷、实际沉郁的风格特色。

　　在艺术上,张氏此阶段词更注意景物形象的描写,做到融情于景,景中含情,意象与兴象的统一。写景则生动工细,富有生机;咏物则模拟真切,刻画细致;记事则清新明晰,达到情景交融、清隽秀美的佳处。喜用"冰雪""素月""明霞""明霄""白玉"这些明净、透彻的物象词,说明词人的审美兴趣由阳刚到刚柔相济的变化。避免单一性,获得多样性,这对张词来说是一个进步。

　　汤衡序《于湖词》云:"公……未几出守四郡,多在三湖七泽间,何哉? 衡谓兹地自屈、贾题品以来,唐人所作,不过《柳枝》《竹枝词》而已,岂非以物色分留我公,要与'大江东去'之词相为雄长,故建牙之地不于此而于彼也欤!"(《于湖居士文集》附录《张紫微雅词序》)魏了翁也说:"张于湖有英姿奇气,著之湖湘间,未为不遇。"(《鹤山大全集》卷一一)上文提到的韩元吉《张安国诗集序》更直接说张词后期长进的原因是楚之地"山川之气或使然",都看到张氏宦游荆湘对词境提高所起的积极作用。我国古代文论家,在解释产生巧夺天工的作品的原因时,有"神助""江山之助"一些说法,"江山之助"则是应用很广而又具有唯物色彩的一种见解。刘勰早在《文心雕龙·物色》中提出:"屈平所以能洞监风骚之情者,抑亦江山之助乎?"北宋苏辙则谓:"太史公行天下,周览四海名山大川,与燕、赵间豪俊交游,故其文疏荡,颇有奇气。"(《栾城集》卷二二《上枢密韩太尉书》)陆游还举出潇湘景物兴发诗思的特殊作用:"挥毫当得江山助,不到潇湘岂有诗!"(《剑南诗稿》卷六〇《予使江西时以诗投政府丐湖湘一麾会召还不果偶读旧稿有感》)张孝祥词的创作历程再次生动地证明:心系于国家、民族的命运,丰富的阅历,充实的生活,乃至有波澜、不平坦的生活道路,对一个作家的作品不断臻于完美所起的决定作用。

原载《云梦学刊》1993 年第 4 期

论范成大诗

范成大（1125—1193），字致能，苏州吴县人，晚年隐居石湖，因自号石湖居士。成大在南宋，政声、文名都很高，《宋史》本传称他"素有文名，尤工于诗"。他的诗，受到同时代陆游、尤袤、杨万里的推许，他们被合称为"中兴四大诗人"，而论者往往以范、陆并称；清人袁枚则将他列为唐宋大家之一。今《石湖诗集》三十三卷，存诗一千九百余首。其诗内容深厚，艺术技巧精工，在江西派诗盛行时，能不为时风所囿，广泛借鉴前人，走面向生活的道路，卓然自成一家，从而在宋代诗歌史上占有重要地位。

一

历代诗人"少达而多穷"，欧阳修从中概括出"穷而后工"的规律。因为，身居高位的诗人，往往溺于宫廷的华贵，生活的悠闲，务为点缀升平、错金镂采之作。范成大官至参知政事，仕宦不可谓不"达"，但他却一贯仁民爱物，居安思危，不以穷达而异心。他在太湖见到湖区农民岁岁筑堤，都因粮尽停工，圩田仍为洪水所决，写道："崩涛裂岸四三年，落日寒烟正渺然。空腹荷锄那办此，人功未至不关天。"（《范石湖集·石湖居士诗集》卷五《净行寺傍皆圩田，每为潦涨所决，民岁岁兴筑，患粮绝，功辄不成》，上海古籍出版社1981年。下引范诗，均见该集，只随文注明诗题）二十八字深含着对民生的关切,闪烁着唯物的思想光辉,这正是范成大诗歌具有深厚内容的思想基础。

任何伟大诗人的作品,总是反映了他的时代,接触到关系国家前途、人民命运的重大主题。范成大也是这样。由于北宋最高统治者昏庸腐朽,导致金人入侵,占去了大半个中国。继续受金国军事威胁的南宋统治集团,屈膝苟安,认杭作汴,在醉生梦死中讨生活。不论是北方沦陷区,还是南宋统治下的人民,都直接或间接地受着金贵族的掠夺,在水深火热中挣扎,民族矛盾和阶级矛盾十分尖锐。同这时期有影响的诗人陆游、张元幹、张孝祥、辛弃疾一样,范成大用许多诗作多方面地反映了这一重大主题。在这些诗中,他痛惜北土沦陷,江山变色:"峣阙丛霄旧玉京,多年沦陷最伤神"(《宣德楼》)、"如今烂被胡羶涴,不似沧浪可濯缨"(《呼沱河》);他痛斥金贵族对中原的荼虐:"屠婢杀奴官不问,大书黥面罚犹轻"(《清远店》)、"芳园留得觚稜在,长与都人作泪垂"(《壶春堂》);他记述中原父老盼望宋军北伐的深情,借以抒发自己的故国之思和恢复之望:"北土未干遗老泪,西陵应望孝孙朝。"(《送洪景庐内翰使虏二首》)他在《州桥》中写道:

> 州桥南北是天街,父老年年等驾回。忍泪失声询使者:几时真有六军来?

反映了诗人对国土沦丧的深哀巨痛,对人民遭受奴役的深切同情,也侧面揭示了南宋统治者的苟安政策大失人心,读之如见中原父老声泪俱下,如扪诗人一颗诚挚忠愤的心,故潘德舆说:"沉痛不可多读,此则七绝至高之境,超大苏而配老杜者矣。"(《养一斋诗话》卷九,《清诗话续编》第四册第 2148 页)这类诗陆游最多,杨万里也间或有之。他们也曾指责赵宋王朝软弱,但谈及北宋灭亡的原因时,则主要归结为天意:"中原失枝梧,烟尘暗河洛。天道远莫测,士气伏不作"

（陆游《舒悲》），"殆天数,非人力"（张孝祥《六州歌头》）。而范成大却写道："如许金汤尚资盗,古来李勣胜长城"（《京城》），"列弩燔梁那可渡? 向来天数亦人谋"（《李固渡》）。在他看来,神州陆沉的原因是"人谋"而不是"天数"。比较起来,范成大的认识是要深刻一些的。

诗,"可以怨","男女有所怨恨,相从而歌。饥者歌其食,劳者歌其事"（《春秋公羊传·宣公十五年》何休解诂）。范成大《雪中闻墙外鬻鱼菜者,求售之声甚苦,有感三绝》其二也写道："一身冒雪浑家暖,汝不能诗替汝吟。"正因为继承了"怨恨生诗"的传统观点,设身处地代穷苦人民立言,所以他的民瘼诗和悯农诗往往有一种如置肺腑的真切感,如《雪中闻墙外鬻鱼菜者》其一:

> 饭箩驱出敢偷闲? 雪胫冰须惯忍寒。岂是不能扃户坐,忍寒犹可忍饥难!

又如《咏河市歌者》:

> 岂是从容唱《渭城》,个中当有不平鸣。可怜日晏忍饥面,强作春深求友声!

这些诗写的都是为生活所驱使、在饥寒道上奔波的贫苦人民,由于作者知人冷暖,感同身受而又如出人口,读来令人倍感真实亲切。

范成大的民瘼诗、悯农诗,还揭示了"东屯平田秔米软,不到贫人饭甑中"（《夔州竹枝歌九首》其六）的本质原因,那就是地主、高利贷者的盘剥以及狡胥黠吏的敲诈勒索。在《催租行》和《后催租行》中,"手持文书杂嗔喜"的里正厚颜无耻地榨取贫苦农民,"佣耕犹自抱长饥,的知无力输租米"的老父忍痛卖女输租;在《四时田园杂兴》

里，"小妇连宵上绢机，大耆催税急于飞"；"拨雪挑来踏地菘，味如蜜藕更肥浓"与"朱门肉食无风味，只作寻常菜把供"形成的鲜明对比，深刻说明：是残酷的阶级压迫、沉重的阶级剥削，才使得农民一年辛苦的劳动所获"半偿私债半输官"，只落得"尚赢糠籺饱儿郎"。在这里，范成大用诗的形象将杜甫概括的"朱门酒肉臭，路有冻死骨"的社会现象进一步具体化了。

范诗又一重要内容是述志、咏怀。范成大的曾祖、祖父、父亲都是朝廷命官，出身官宦家庭的范成大，青年时期却隐居僧舍，无意仕进，只是由于前御史王葆以"先君期尔禄仕，志可违乎"相勉，才留意举业，中绍兴二十四年进士第而走上仕途。入仕后，只是由于他博学多才和勤于政事，特别是使金全节而归，才由吏部员外郎累迁中书舍人，擢参知政事，成为宋代名臣之一。他的诗，真实地抒写了他那兢兢业业而又磊落不凡的一生。早年的《西江有单鹄行》，借对离群黄鹄"猥为稻粱谋，堕此鸥鹭群"的批评，寄寓了青年诗人"方知翅翎俊，可以凌埃尘"的壮志；在《次诸葛伯山赡军赠别韵》中，他以"竹帛照吴越"的范蠡、"事业管萧垺"的诸葛亮与同僚互勉，抒发他济世拯物、建功立业的宽广怀抱。其《初赴明州》云：

> 四征惟是欠东征，行李如今忽四明。海接三韩诸岛近，江分七堰两潮平。拟将宽大来宣诏，先趁清和去劝耕。顶踵国恩元未报，驱驰何敢叹劳生。

范成大于淳熙七年赴明州任，过临安奏请罢劳民伤财的"海物之献"，孝宗同意停贡，取消"进奉局"，诗中"宣诏"即指此事。范成大就是抱着这种为民兴利除弊、报效国家的动机从政的。他忠于职守，有其同宗范仲淹一样的"忧乐"观。他经常和农民一道"忧旱忧霖"："西堰颇闻江涨急，东山犹说雨来迟。锦城乐事知多少，忧旱忧霖蹙尽眉。"(《秋老,四境雨已沛然……有东界农民数十人,诉山田却要雨》)只有丰收在望,百姓可望一饱时,他才展眉解颐:"种密移疏绿毯平,行间清浅縠纹生。谁知细细青青草,中有丰年击壤声!"(《插秧》)这与杨万里"升平不在箫韶里,只在诸村打稻声"(《至后入城道中杂兴》)的名句一样,见出范成大有着高出一般士大夫的思想境界和艺术情趣。

诗是社会生活的反映,读诗能"观风俗之盛衰",范成大很好地继承了自《诗经》以来,我国古典诗歌的这种优良传统。他知识渊博,"洽闻强见","踪迹遍天下,审知四方风俗",不仅写了《揽辔录》《骖鸾录》《吴船录》以及《桂海虞衡志》《范村梅谱》《菊谱》等大量著作,记录"殊方节物",而且往往把家乡和异域的风土人情,引进诗的天地,写成画笔不能尽到的艺术品。从中,可以领略江浙水乡的风光,"处处槔樊圃,家家桃虎门。鱼盐临水市,烟火隔江村"(《浙东舟中》);可以看到湘南山路的特色,"废庙藤遮合,危桥竹织成。路傍行役苦,随处有柴荆"(《珠塘》)。"秀麦一番冷,送梅三日霖。绿肥新荔子,红浥旧蕉心"(《宜斋雨中》),写的是岭南亚热带风物;"麦苗疏瘦豆苗稀,椒叶尖新柘叶薄。家家妇女布缠头,背负小儿领垂瘤"(《大丫隘》),咏的是蜀中异景殊俗。此外,还有专写风土的组诗《夔州竹枝歌九首》《腊月村田乐府十首》,前者记"背上儿眠上山去,采桑已闲当采茶"的东川土俗,后者记"家家腊月二十五,淅米如珠和豆煮"的吴中节物,各有各的情趣。他的《四时田园杂兴》,更真实而细致地记叙了农家祭社、斗草、行春、郊游、拜扫、寻春、尝新、乞巧、脍鲈、煮酒等风习和蚕桑、戽水、采莲、采菱、艺蔬、移秧、收麦、打稻、缫丝、织布等劳动,描声绘色,惟妙惟肖,王世贞以为"曲尽吴中农圃故事"(《弇州山人四部稿》卷一三〇),王载南说它"纤悉毕登,鄙俚尽录,曲尽田家况味"(宋长白《柳亭诗话》卷二二引)。读其诗,八百多年前的吴中习俗,历历如在目前。

　　范成大节物风土诗的好处是用饱含感情的艺术笔触,对生活进行选择、加工,把风土与人情糅合在一起,形成情景交融的画面,如两首采莲曲:

　　　　溪头风迅怯单衣,两桨凌波去似飞。折得蘋花双叶子,绿鬟撩乱带香归。(《采莲三首》其一)
　　　　千顷芙蕖放棹嬉,花深迷路晚忘归。家人暗识船行处,时有惊忙小鸭飞。(《四时田园杂兴·夏日》)

从诗中不仅可看到江南十里荷花的风光,更可领略到嬉戏莲娃们的生活乐趣,取其形,更取其神。《四时田园杂兴》写的大都是农家生活的一个个小镜头、一件件生活小事,由于倾注了诗人对农村和劳动农民的热爱,因而可以从中看到农民的声容笑貌,感受到他们淳厚质朴的性格和真实的感情:"借与门前磐石坐,柳阴亭午正风凉",从好客中见质朴;"笑歌声里轻雷动,一夜连枷响到明",于忙碌中见乐趣;"男解牵牛女能织,不须微福渡河星""身外水天银一色,城中有此月明无""莫嗔老妇无盘饤,笑指灰中芋栗香",从与城市生活的对比中,突现"廛居何似山居乐"的主题,读起来格外亲切。翁方纲注意到"石湖于桑麻洲渚,一一有情"(《石洲诗话》卷四,转引自《清诗话续编》第三册第 1435 页),是很切合范成大诗的实际情形的。

二

　　范成大诗列为南宋大家,还因为他艺术技巧的高超、艺术风格的成熟。读范诗,给人突出的印象是细,写景、状物、叙事都十分工细。他善于抓住描写对象的细微特征,用新鲜而贴切的词语加以刻画,"状难写之景如在目前"。如《新岭》写劝农入皖南深山所见:

　　丝窠胃朝露,篱落万珠网。宿云拂树过,飞泉擘山响。老桑
蹄潜虬,怪蔓挂腾蟒。

一句一物,一物一境,六小景组成一大景,描声绘色,奇中见幽,见出
深山的特点。他善于在近体,特别是在五、七律的中二联精雕细刻,
描成一个个富有诗意的画面,如:"残暑一窗风不动,秋阳入竹碎青
红"(《晓思》)、"雨过张帆重,潮来汲井浑"(《浙东舟中》)、"云堆不
动山深碧,星出无多月淡黄"(《晚登木渎小楼》)、"日脚烘晴已破烟,
山头云气尚披绵"(《次韵徐提举游石湖》),或从动静的对比、天气的
变化写物态的特点,或写一天中不同时辰的自然景物,都有摹写真
切、工细的特点。这些常见的景象,一经诗人道出,往往引起读者对
生活的联想,进入诗境,得到艺术欣赏的满足。
　　但是,范诗摹写物态,绝非止于求工。他最善于融情于景,移情
于物,使描写对象具有形神兼备的特点。如"碧穗炊烟当树直,绿纹
溪水趁桥湾"(《早发竹下》)中的"炊烟"和"溪水",已经有了性情,
非纯客观存在的烟水了;"酿泥深巷五更雨,吹酒小楼三面风"(《客
中呈幼度》)的佳兴,"汉树有情横北渚,蜀江无语抱南楼"(《鄂州南
楼》)的悲壮,"竹叶垂头碧,秧苗满意青"(《邛郲驿大雨》)的生气,
都能充溢在字里行间。又如下面二首:

　　何事冬来雨打窗,夜声滴滴晓声淙。若为化作漫天雪,径上
孤篷钓晚江。(《寒雨》)
　　凌波仙子静中芳,也带酡红学醉妆。有意十分开晓露,无情
一饷敛斜阳。泥根玉雪元无染,风叶青葱亦自香。想得石湖花
正好,接天云锦画船凉。(《州宅堂前荷花》)

在前首中,由雨想到雪,如果下的不是雨,而是雪,那么诗人就会兴致

勃勃、化愁为喜了;后首以荷花拟人,中二联分别写荷花的姿态和神态,突出它出污泥而不染的品格,也颇有风韵。

范成大尤擅抒写自我之情,长于将自己在一定生活环境中(如初归、养病等)的感情,鲜明而又细腻真切地表现出来,显出他独到的艺术造诣。如他淳熙四年以五十二岁的衰病之身从四川回到阔别六年的家乡所写的两首七律:

> 望见家山意欲飞,古来燕晋一沾衣。回思客路岂非梦,乍听乡音真是归。新事略从年少问,故人差觉坐中稀。不须更说桑榆晚,霜后鲈鱼也自肥。(《将至吴中,亲旧多来相迓,感怀有作》)

> 晓雾朝暾绀碧烘,横塘西岸越城东。行人半出稻花上,宿鹭孤明菱叶中。信脚自能知旧路,惊心时复认邻翁。当时手种斜桥柳,无限鸣蜩翠扫空。(《初归石湖》)

前首写久盼得归的欣慰、初至的惊喜、岁月易逝的感叹,极为真细;后首抚今感昔,熔景、事、情于一炉,看似寻常的境遇中深含人生思考。其他如写老病的感觉:"瘦嫌莞席硬,老觉画屏奢"(《鼎河口枕上作》)、"僚旧姓名多健忘,家人长短总佯聋"(《早衰》)、"退闲惊客至,衰懒怕书来"(《咏怀自嘲》),也无不"体状曲肖","多如人意所欲言"(李慈铭《越缦堂日记》,转引自《杨万里范成大资料汇编》第206页,中华书局1964年),尤能引起老年读者的共鸣。

"情"之外,范诗艺术构成的又一重要因素是"意"。范诗里的物象,并非杂乱无章的凑合,而是以意贯穿,形成生动的意象、完善的意境,使他的大部分诗具有浑圆完美的特点。宋人喜欢在诗中发议论,以致多成一病;范诗主要将用意融进形象之中,间或有议论,也只在写景、叙事的过程中稍加点明,无烦冗、枯涩之病。在"使金七十二绝句"中，他那同情中原父老、谴责宋统治者腐败误国、盼望恢复以及自己持节不移的思想，都是触境而生、随意而发的；《四时田园杂兴》中对农村、农民的爱和对朱门、剥削者的揭露，都是在农村四时节物的描写中体现的。其他作品也多能如此，如写四明"青天白地忽飞沙"的飓风，便带出"烦将残暑驱除尽，只莫颠狂损稻花"(《大风》)的旨意；写行役道路由"凹中泥没踝，凸处石啮足"至"晚来出前冈，路坦亭堠促"，便即事明理"不从忧患来，安识平为福。夷途不常遇，历险始知足"(《衡永之间，山路艰涩……渐近祁阳，路已平夷》)，显得自然而有启发性。《碧瓦》一绝云：

> 碧瓦楼头绣幕遮，赤栏桥外绿溪斜。无风杨柳漫天絮，不雨棠梨满地花。

诗的形象说明：即使没有风狂雨骤，仍将是绿肥红瘦，时间无声无息地流驶，春天无法挽留，朱楼绣幕人家的生活又何尝不是如此？意在言外，而"无风""不雨"更为一篇"诗眼"。周珽称赞初唐律诗"句自能言，字自能语，品之所以为美"(《登兖州城楼》集评，转引自《杜诗详注》卷一)，移以评范成大的一些诗，也是很适合的。

范诗的语言大都平浅自然，明白如话，因此过去有人称他白话诗人。这不仅指他喜欢采用各地方言农谚入诗，主要是指他善于汲取民间语言中新鲜活泼的因素，形成自己明白晓畅而又情趣盎然的语言特点。如"水上晴云彩蛛横，许多蝴蝶趁船行"(《携家石湖赏拒霜》)、"梅子金黄杏子肥，麦花雪白菜花稀"(《四时田园杂兴》)、"白头老媪簪红花，黑头女娘三髻丫"(《夔州竹枝歌九首》)纯是口语；"一川丰年意，比屋闹鸡犬"(《寒亭》)、"江头一尺稻花雨，窗外三更蕉叶风"(《新凉夜坐》)，虽经提炼，仍不失民间语言自然晓畅的特质；"漏屋疏疏滴，空檐细细斟。相过巷南北，屐齿怕泥深"(《次韵子永夜雨》）、"临分满意说离愁,草草无言只泪流。船尾竹林遮县市,故人犹自立沙头"（《发合江数里,寄杨商卿诸公》）,抒情婉转,仍运用平浅的语言。

范诗努力向民间语言学习,还表现在他善于用多种多样的重语叠字将物态、情态准确而生动地表现出来。如"陇麦欣欣绿,山桃寂寂红"（《寒食郊行书事二首》其二）、"曲尘欲暗垂垂柳,醋面初明浅浅波"（《立春郊行》）、"青帘闪闪千家静,黄帽亭亭一水横"（《雪霁独登南楼》）,由于叠字而加深形容的程度,使形象更为鲜明。又如"半青半黄朝出卖,日午买盐沽酒归"（《夔州竹枝歌九首》）、"行冲薄薄轻轻雾,看放重重迭迭山"（《早发竹下》）,隔字重叠或连续重叠,既加强了诗歌的音乐性,也使范诗具有浓郁的民歌风味。

语言的明白通俗并不与精炼、含蓄相矛盾。范成大在运用口语入诗的同时,也十分注意必要的加工和锤炼,如七绝《自横塘桥过黄山》:

> 阵阵轻寒细马骄,竹林茅店小帘招。东风已绿南溪水,更染溪南万柳条。

寒是"轻"寒,马是"细"马,店是"小"店,选择这些字,最恰当地表现了旖旎春光的妩媚宜人。"绿""染"互相补充,比单用"绿"更觉活泼、熨帖。一"招"字点出春日生机,达意畅适,音律谐美。孙奕曾举梅尧臣、黄庭坚、王安石、白居易等五人诗句与范成大"旧雨已招新雨至,高田水入下田鸣"（《垫江县》）一联加以比较,说:"合六诗观之,唯'招'之一字为尤长。"（《履斋示儿编》卷一〇,转引自《杨万里范成大资料汇编》第137页）说明范诗用字工稳,早有定评。

关于范诗的风格,论者持说不一。杨万里说他"清新妩丽""奔逸俊伟"（《石湖先生大资参政范公文集序》）,尤袤说他"温润"（《白石道人诗集·自序》引），方回说他"典雅标致""平澹"（《桐江集》卷八、二八），宋濂说他"宏丽"（《答章秀才论诗书》），陈讦说他"高峭"（《宋十五家诗选·石湖诗选评》），沈德潜说他"恬缛"（《说诗晬语》卷下），全祖望说他"精约"（《宋诗纪事序》），纪昀说他"婉峭"（《四库全书总目·石湖诗集提要》），用了许多相反的判语。这说明一个诗人的风格很难用一两个字概括无遗。清人周之鳞曾经特地从范成大诗中拈出一些凄婉、工致、悲壮、精细的例句，说明一个诗人"未有不备众妙而可以诗鸣"者，因而不可"以一格律之"（《宋四名家诗钞·石湖先生诗钞序》，转引自《杨万里范成大资料汇编》第184页）。周之鳞是对的。但对一个诗文大家来说，"备众妙"决不排斥他有鲜明的创作个性，有一种主导的风格，否则，他就不成其为大家。范成大是一位"达"而爱民的诗人，是一个身在魏阙心在田园、居官而追求清雅的封建士大夫，从他在艺术上的追求和作品实际看，他的风格主要是清新。

　　范成大无诗论专著，但值得注意的是，他有许多诗句透露了自己对诗的见解。这些诗句可以证实洪亮吉认为"石湖主清新"是有根据的。他一再用冰清玉洁形容诗的最高境界："葛巾羽扇吾身健，雪椀冰瓯子句清"（《次韵甄云卿晚登浮丘亭》）、"我亦涤冰砚，课虚贵新功。莫嗤两臞儒，毫端尚清丰"（《次韵陈仲思经属西峰观雪》）、"摹写个中须彩笔，句成仍挟水云清"（《次韵许季韶通判水乡席上》）。他常常用"清"来称人之诗，他称杨万里是"句从月胁天心得，笔与冰瓯雪椀清"（《次韵同年杨廷秀使君寄题石湖》），称潘时叙的诗"清润"（《与时叙、现老纳凉池上，时叙诵新诗甚工》），称郭季勇是"东郭先生履虽敝，诗情却斗冰壶洁"（《桂林大雪，郭季勇机宜赋古风为贺，次其韵》）。范成大认为，笔清有赖于思清。所谓思清，就是脑子里排除尘俗，保持一种虚静状态。他说："我从走俗言无味，君已鸣文笔有神"（《次韵林子章阻浅留滞》），"若教闲里工夫到，始觉淡中滋味长"(《怀归寄题小艇》),"坐来有清思,西风摇井梧"(《晓起信笔》)。他还认为,生活中自有清音,"渔榔有清音"(《雨中报谒呈刘韶美侍郎》)、"溪山依旧有清音"(《寄溧阳陈朋元明府,约秋末过之》),诗人在"闲无杂念惟诗在"(《北山堂开炉夜坐》)的艺术体验中,以不染尘俗的诗思去摹写生活中的清音,便可再现大自然的美,写出情韵清远的好诗。范成大入仕前十几年借榻僧舍,养成了好静和深思的习惯;仕宦期间,仍旧保持着"簿书堆里赋秋阳"(《秋雨快晴,静胜堂席上》)的诗人气质,方回曾举他"月从雪后皆奇夜,天向梅边有别春"(《亲戚小集》)一联说明"石湖风流酝藉,每赋诗必有高致"(《瀛奎律髓》卷二三),见出他喜爱月、雪、梅这些带有清意的事物。姜夔曾回忆他在石湖作客的日子里,与范成大一块"雪里评诗句,梅边按乐章"(《悼石湖三首》其三)的佳兴,今《石湖诗集》存咏梅诗四十余首,咏雪诗三十余首。《江湖小集》卷九〇刘翰《小山集》载其《小宴》诗云"小窗细嚼梅花蕊,吐出新诗字字香",《词林纪事》卷一〇《语林》记有范成大"啖梅"的逸闻,虽然未必确有其事,却也说明范成大是以清雅闻名于时的。好静深思的性格,追求雅洁的情趣,热爱生活且乐于静观细察的习惯,使范成大的诗给人以一种清新完美的感受,言时事往往发人之所未发,闪烁着新颖的思想的光芒;叙田园洋溢着劳动者的喜怒哀乐,散发出泥土的芳香;状景物则细腻精工、情景混融、错综惟意。因此,前人论范诗的风格特色时,多用"清新"这个字眼。杨万里说"范石湖之清新"(《诚斋集》卷八一《千岩摘稿序》),胡敬说范诗"别自陆豪黄峭外,无穷层出见清新"(《仿渔洋山人题唐宋金元诗绝句》,转引自《杨万里范成大资料汇编》第202页),费经虞尊范之"清新藻丽"为"范石湖体"(《体调》,转引自《杨万里范成大资料汇编》第177页),这与范成大艺术上的主观追求和客观效果是相符的。但是,我们在说明范诗风格的主要倾向是清新、创作实践中追求清雅时,并无肯定脱离生活、对生活冷眼旁观的态度之意。范成大不是一个心冷如灰的僧侣,而是一个执着理想、热恋人生的志士。但他在艺术上确实走着一条闹中求静、浓中求淡、艳中求素、俗中求雅的道路,而这,正是范成大之所以为范成大的原因所在。

<h1 style="text-align:center">三</h1>

与范成大并称的陆游和杨万里,其创作道路基本相同,即所谓"从江西入而不从江西出"。于是人们也一并将范成大归之于陆、杨的行列,以为他也走过"从江西入"的道路。其实,范成大虽受江西诗派的影响,走的道路却与陆、杨显然不同。

按照范成大生活经历的三个阶段,他的诗也大体可划分为早、中、晚三个时期。

成大青少年时代,借榻于昆山荐严寺读书,至二十九岁中进士,是他诗歌创作的初期。这期间的诗今存《范石湖集》卷一至四以及卷五的前半,共二百六十余首。首篇《行路难》仿鲍照《拟行路难》;《青青涧上松送致远入官》是左思《咏史》的体制;《荣木》则是和陶;咏史七首标题"续长恨歌";《夜宴曲》《神弦》注明"效李贺";《乐神曲》《缲丝行》《田家留客行》《催租行》四首注明"效王建";《夜行上沙见梅》则是"记东坡作诗招魂之句"。这一时期是他广泛学习、模仿前人的阶段。但值得注意的是,从现存诗和其他资料中,看不出他曾经跟江西诗派的人学诗,倒是《中秋卧病呈同社》等诗与龚昱辑《昆山杂咏》,说明他参加过一个由他的老师乐备(字功成)组织的,有马少伊、项丈等人参加的诗社。而这个诗社与江西诗派也没有什么渊源,因此,说范成大也是"从江西入",根据是不足的。诚然,范成大毕竟生活在江西余风存在的南宋早中期,不会完全不染时俗,因此,他的诗流露出"擘笺沫墨乏奇句"(《陈侍御园坐上》)、"为问灞桥风雪里,何如田舍火炉头"(《南塘冬夜唱和》)那种追求奇险、重视室内生活体验的艺术兴趣,也写过《长安闸》《次韵唐致远雨后喜凉》《雪霁独登南楼》那样奇僻生涩的作品。但这在本期诗中毕竟只占少数,多数是清新晓畅的抒怀、咏史以及写景、纪行之作,其中包括了《催租行》《后催租行》等深刻反映阶级对立现实的名作,以及《初夏二首》等生活气息浓郁、富于艺术美的作品。这是范成大诗的幼稚阶段,但从这里我们看到了他将成长为诗的巨人的征兆。

从绍兴二十五年冬任徽州司户参军起,至淳熙十年由建康退居止,近三十年中,除两次罢黜、一次“求去”退居故里共约五年外,其余岁月都在朝廷和地方任职。其中大部分时间外任,加上使金,足迹遍及南宋和金人统治下的全中国。这是范成大在诗歌创作道路上不断追求、不断完善,因而自成一家的阶段。纪昀等说他“自官新安掾以后,骨力乃以渐而遒”,是很恰当的,但又说“盖追溯苏、黄遗法,而约以婉峭,自为一家”(《四库全书总目·石湖诗集提要》),却与实际情况不尽相符。首先,从创作理论看,江西诗派认为诗“从学问中来”,通过“夺胎换骨”“点铁成金”就可写出好诗;范成大却认为,创作的源泉是外界自然和人的生活,是壮丽的江山,“江山得句有神功”(《晚集南楼》)、“江山契阔诗情在”(《次韵唐幼度客中》);是四时的节物,“诗债无边春已老”(《春晚卧病》)、“新秋只合添诗兴”(《次韵边公辨》);是人的各种生活体验,“杯行起舞出新句”(《次温伯用、林公正、刘庆充唱和韵》)、“咸阳客舍有诗人”(《次韵赵正之同年客中》)、“日日乡心白雁诗”(《重九独坐玉麟堂》)。他认为,“簿书遮断寻诗路”(《进思堂夜坐怀故山》),因而他力求从这种羁绊中摆脱出来:“簿书尘外访渔樵。”(《北门覆舟山道中》)他体验到“十里山行杂市声,道傍无处濯尘缨。……宝珠寺里逢修竹,方有诗情约略生”(《题宝珠寺可赋轩》),因此,深入生活,不辞劳苦:“北邻亦复淡生活,要我忍寒吟此诗。”(《次韵李子永雪中长句》)他还体会到:诗歌创作应该在一种兴会淋漓的状态下及时捕捉诗的形象;稍纵即逝,也就谈不上诗了，"悬知画不到，未省诗能说。归来强搜句，冰砚冷于铁"（《赏雪骑鲸轩》）。这些描述在范成大诗里虽是零句碎语，但综合起来看，却表现了一种相当完整、成熟的创作思想，与"搜猎奇书，穿穴异闻"的江西诗派是判若两途的。这阶段时间最长，存诗最多，含《范石湖集》卷五后半至卷二十一，共一千一百多首。其中小部分作于临安任朝官时，大部分为外守六郡、使金途中以及闲居苏州作。前类诗中多为反映宫廷生活的酬唱、题画、题扇、挽歌之作，佳什极少；后类大多是写景、咏物、纪行、纪风土人情之作，中有使金组诗七十二绝句。这期间，他仍然广泛学习前人，不限于一家一派。从《夔州竹枝歌九首》《覆盆铺》《长风沙》《发合江数里，寄杨商卿诸公》等作可以看到他继续学习元、白、张、王乐府和刘禹锡等写民间情调的诗风；《北山草堂千岩观新成》七古则留下了学习、借鉴陶渊明和王、孟山水田园诗的痕迹。本阶段是范诗的成熟期，也是他继续广泛学习前人，"约以婉峭"自成一家的阶段。

因积劳成疾，范成大于淳熙十年八月由建康任上退闲归里，时年五十八岁，至绍熙四年九月病逝，十年中，除一度赴福州任中途病归及知太平州月余外，全在苏州度过。成大"幼而气弱"，常失眠，中年积劳积苦，多次卧床不起，此次因"头眩""头风"病退，千日不起；虽有祠禄维持着官僚贵族的生活地位，但不久就出现了"俸余强弩末，家事空囊涩"（《廛居久不见山》）的拮据趋势。为了就医和膳食的方便，他多数日子闲居在苏州盘门内的宅第里，有时隐居石湖别墅，有时泛太湖，攀洞庭，出横塘，登虎丘，有了更多的机会赏玩自然，与普通的市民和农民接触。多病，影响了范成大的诗歌创作，医生和亲朋都劝他戒诗，但他不甘心受生活摆布，觉得"眼目昏缘多押字，胸襟俗为少吟诗"（《坐啸斋书怀》），因而总是忘却旁人的嘱咐，"破戒"写诗。这十年中存诗十一卷，共六百四十余首，按年平均算，比以往还多。从这些诗看，他并未忘却时事，更细切地关怀着民生疾苦，写出了一些多为耳目所及即事抒感的优秀作品,如"野外即事"的《四时田园杂兴》六十绝、《虎丘六绝句》《晚登木渎小楼》《题夫差庙》《晚泊横塘》和室内即事的《丙午新正书怀》《晚思》《早衰》《枕上有感》《雪中闻墙外鬻鱼菜者》《自晨至午起居饮食皆以墙外人物之声为节》等等。这些诗内容积极健康,艺术上则达到了炉火纯青的地步,标志着范诗的最高成就。他不再有意专学某家某派,而是兼取众人之长,汇于笔端,即事名篇,随意流出,能曲尽人意,穷极物态,形成他清新妩媚而又不乏隽伟的风格。如果说,此前的一些作品还有较重的江西习气的话,那么,以《四时田园杂兴》为代表的晚期诗则完全是他自己的诗了。

总之,范成大三期诗各有特点,各有成就,他走的是一条从模仿到创造、由低级到高级、不断变化、不断完善的道路,是广泛学习前人终于熔铸成家的道路。从多关心时事、同情民病的内容和追求雅洁美的艺术观以及平白如话的语言、清新峭丽的风格来看,他的诗颇具唐音,所谓"范成大体"极类"元和体",故清人姚燮说他"绝类元和"(《宋诗略·卷首》,转引自《杨万里范成大资料汇编》第188页)。清人汪琬《读宋人诗五首》其二云:

　　　　唱得吴歈迥不同,石湖别自擅宗风。杨尤果与齐名否? 如此论量恐未公。

吴歈,即吴歌,苏州地区的民歌。汪琬认为,范成大在宋代诗坛是以他那深刻反映现实、语言通俗平浅、极富生活气息和民歌风调的诗歌艺术而自树一帜的。从这一点来看,他与稍前的江西派诗人吕本中、曾几迥异,与"从江西入而不从江西出"的杨万里、陆游也不同——尽管不能因此就说他比陆、杨的成就更高些。

范成大诗也有缺点。翁方纲说他"平浅",本身带有轻视通俗文学的偏见，自可不论；朱彝尊说他"弱"，就部分叹老嗟病之作而言，是恰当的，只是不能用以概范诗全体。范成大诗的真正缺点仍然和他那富贵诗人的身份有关，他诗集中有不少寿词、挽歌、释道偈语，或重复着人生如梦、万事皆空的论调，或寄托一种不食烟火的清高。但《石湖诗集》中的大部分作品是好的，几百年来赢得了许多人的喜爱。元代方回说他"一生爱诵石湖诗"（《桐江续集》卷二八《至节前一日六首》）。清人贺裳说："吾于汴宋最爱子由，杭宋则深喜至能。"（《载酒园诗话》，《清诗话续编》第一册第 450 页）效范成大诗，尤其是效他《四时田园杂兴》，宋季以后代不乏人。范成大在古代诗歌史上的地位是不容置疑的。

　　　　　　　　　原载《湘潭师范学院学报》1985 年第 2 期

王友胜《唐宋文学史论》序

　　我与王友胜同志,工作上同教研室,生活上比邻而居,相聚时感情交流,家居时开户接语;学业上,奇文共赏,疑义与析,有心得、成果时欢乐共享。常是互通电话或登门查询资料的卷数、页码,他还不远千里从上海给我购回需缺的书籍。论年岁我长他三十,却从不感到有"代沟"相隔,相反,有的是事业的契合,学问的投机,可谓忘年之交。前些天,王君抱着一帙打印文本——就是此刻展陈在眼前的《唐宋文学史论》,嘱我为作《前言》。友胜同志自20世纪80年代,先后攻读古代文学硕士、博士学位,侍墙名师,致力于唐宋文学及文献学研究。十几年中,先后出版专著《苏诗研究史稿》《李贺集校注汇评》,与陶敏同志合作《韦应物集校注》;在《文学评论》《文学遗产》《中国典籍与文化》《中国韵文学刊》等期刊上发表论文六十余篇。这本新著,即由已发表和尚未发表的部分论文整理、加工而成,是他治学道路上又一丰硕成果。我曾撰文推介他的《苏诗研究史稿》,粗知王君视野之开阔,学识之闳深。仅以《史论》涉及的文献而言,即在百种以上。这些书对学识肤浅的我来说,大部分未曾阅读,有些甚至是第一次闻知,因一再推辞;复念与王君交厚谊深,虽不敢以"君子"自诩,但"成人之美"的古训亦不敢忘,因不避挂一漏万之嫌,成此姑充《前言》,以申弘扬学术、让出一头之意。

　　在中国古代文学研究领域,主攻唐宋文学是热门,论著可谓汗牛充栋;但我认为,友胜同志从事唐宋文学研究,自辟蹊径,心有独得。

就这本《史论》而言，无论是研究领域开拓的宽度，抑或是研究成果达到的深度，都可以在琳琅满目的唐宋文学研究成果殿堂里，占有一席之地。

展读《史论》，给我的第一印象是，它是一部既有广度，也有深度的力作。它的内容构成是系列研究与个案研究的结合；而坚持宏观与微观的结合，在宏观指导下展开个案研究，在个案研究中引出规律性的结论，则是本书写作始终遵循的原则，也是本书最显著的特色之一。他拈出冯浩《玉谿生诗笺注》成功地运用以史证诗的诠释方法时，注意冯氏"广搜群籍，举凡群经、诸子、史部、诗文别集、总集及佛道二藏皆加以引录，以此为基础，勾勒义山生平事迹与交游，探索义山心态与思想，考证义山与晚唐史实的联系"的研究方法与学术创获，正由于灵犀相通，故自行提笔写作时，也常是自然而然地遵循着这种学术规范。《史论》无论是对一个作家及其作品的评论，或是对一个文学流派、一种文学现象、一种文体的讨论，总是将其置于深广的历史文化背景、现实生活土壤以及作者自身的社会经历、文学观念之下，做出动态的描述，得出符合实际的结论。书中关于李白游仙诗的研究，关于李商隐无题诗的研究，关于苏轼诗接受史的研究，都是这样。如论述李白游仙访道诗，通过史料的分析研究指出：古代游仙诗有着"庄、屈愤而离世的远游心态和秦皇、汉武追求长生的俗世情怀"两个源头，表现出"借游仙以寄慨，寓情意于烟霞"和"人高于神的哲学命题"两个优秀传统；至南北朝，上述传统丢失，"代之而起的是一种奢华淫靡的物欲追求，一种人生飘忽的生命悲哀"，在崇道风盛的时代和独特生活环境中熏染成长的李白，其游仙访道诗，塑造出一个具有奇幻、超人而又富于人间亲情三个层次的神仙世界，"通过丰富的想象，浪漫的手法，虚构了一个无忧无虑的情感世界，从而把现实的痛苦转化为仙界的快乐，让人间失落的理想在美好的天国得到回归"，"随着三个层次的不断推进，诗人的理想渐趋发展，最后升华到一个完美的高度。透过这扭曲的、变形的世界,可以窥见一个失意文人在封建社会中表现的真实心态"。对李白游仙诗艺术境界做出中肯切实的分析论述,并在此基础上,肯定他对游仙传统的革新成就。这样的研究及成果,从整体看,视野开阔,层次井然;从任一局部看,准确细致,无蹈空之弊。基于这一点,本书以"唐宋文学"之"史论"命篇,我认为是恰当的。

友胜同志曾著《苏诗研究史稿》一书,建立起苏诗接受史的框架,显示出苏诗研究史的轮廓,其中多精辟独到的见解。《史论》第三章各节,尤其是第一节《关于苏诗历史接受的几个问题》,对苏诗历史接受的过程轨迹、注苏的主要版本系统、苏诗主题形态与艺术风格的历史阐释、历代文艺论争中的苏诗评价,都做了准确的描述和精辟的论析,可说是《苏诗研究史稿》基本观点的提炼与升华。该章又辟专节对历代苏、黄优劣之争进行述评,在理清宋以来各个朝代、各个时期抑扬苏、黄史实的基础上,探究接受者抑扬苏、黄的时代、文艺思潮、审美情趣根源,得出结论:"苏、黄诗歌的影响史表明:历代诗人学黄诗较多而取法苏诗者则相对较少,反映了人们写诗时对法则的遵从;而苏、黄诗的历史接受又表明:拥护苏诗的呼声要比推尊黄诗的呼声高,这又说明了古人已在自觉不自觉地对传统诗学进行扬弃,对建立新的诗学观的追求。"诗的作者往往更愿意取法黄;而诗的读者更多地喜爱苏,希望有比黄甚至比苏更好的诗,事实不正是这样吗?

对文献史料的高度重视,在对史料进行精审的比勘、分析后做出结论,是友胜同志的治学门径与方法,也是体现在他科研成果中的特色之一。我有机会见过他通过普查列出的、作为《宋诗选本研究》基础工程的书目,从《西昆酬唱集》到《全宋诗》共百余种。其中关于《宋诗纪事》及其衍生的专著,就有陈世隆的《宋诗拾遗》,陆心源的《宋诗纪事补遗》《宋诗纪事小传补正》,哈佛燕京学社所编《宋诗纪事引得》,孔凡礼的《宋诗纪事续补》,钱锺书的《宋诗纪事补正》,甚至孔凡礼未曾刊印、已提供《全宋诗》编委会的《宋诗纪事续补拾遗》也在收罗之中。足见他在史料历史积累和生生不息的生态里，视野之阔，信息之灵，搜寻之勤及对新鲜事物的敏感。

与高度重视史料相联系，友胜同志似乎甚爱写书评，这从书评在《史论》中占有较大分量可见一斑。这些书评，涉及历代的有《唐宋分门名贤诗话》《诗家鼎脔》《濂洛风雅》《唐诗解》《宋诗别裁集》《宋诗纪事》《宋诗钞》《宋百家诗存》《玉谿生诗笺注》；涉及现当代的有《唐诗概论》《宋代文学通论》《沈佺期诗集校注》《李峤苏味道诗注》《李白研究管窥》《全唐诗人名考证》和《李白大辞典》等。我认为，这不是作者无谓的偏爱与癖好，而是他在深入做学问的道路上苦练基本功。事实上，这些书评不仅仅是他学术研究的史料基础，其本身也渗透着学术研究，不时闪烁着智慧的光点。如《〈沈佺期诗集校注〉注释商兑》举出该书对沈诗的注释，或不联系具体的语言环境仔细辨析词义，仅就字面加以解释，知其一义而不知其多义；或对诗中活典、僻典不注意而轻易错过；或对诗中的官职不甚清楚；或因弄不清古代地名及其历史变革，导致错误数十例，如针对《送友人任括州》"瓯粤迫兹守，京阙从此辞"原注"瓯粤，瓯江和粤江。瓯江在浙江东南境；粤江即珠江的旧称"，指出"此说大误。粤通越，瓯粤即瓯越，古代部族名，秦汉时分布在今浙江永嘉一带，因地临瓯江，故称。瓯越亦名东越，为百越之一。《元和郡县图志》卷二六《处州》：隋开皇九年平陈，改永嘉为处州，十二年又改为括州。据诗题知，佺期友人将出任括州，也就是古瓯越分布的永嘉"，就是很好的例子。

再如探讨唐汝询《唐诗解》对李白诗的艺术分析时，举《渡荆门送别》唐评"白本蜀人，江亦发源于蜀，故落句有水送行舟之语，盖言人不如水之有情也。题中'送别'二字疑是衍文"，进而通过细查发现，唐汝询以前，仅杨慎谓此诗寓有怀乡之意，而未做分析，从而认为唐创此说持之有故；又举王溥等《闻鹤轩初盛唐近体读本》、沈德潜

《唐诗别裁集》，说明此说颇为后人采用，近期学者还讨论言及，然如松原朗撰《李白〈灞陵行〉送别考》，"只提沈德潜，而不知最早提出者是唐汝询"。这里，可贵的不在拈出并肯定唐说的优长，而在对唐说出现前后进行的追本溯源、瞻前顾后的探讨。《史论》在肯定唐解多有发明的同时，也不讳言其疏误，如指出谓《蜀道难》作于安史之乱后，讽刺玄宗入蜀，是承萧士赟旧说而未深究；将酬赠贾至的岳州诸作之一《留别贾舍人至二首》系于乾元元年，未察贾至乾元二年九月方贬岳州司马；谓《春日归山寄孟浩然》作于李白初罢翰林的天宝三载，未察孟浩然开元二十八年春已卒等。——寻根究底，言必有征。

又如评论宋末佚名编选的《诗家鼎脔》，在叙述其版本、卷数、收诗数、成书年代、编次后，论其史料价值，先引曹溶《序》及《四库全书总目提要》，肯定该书在"征晚宋故实""宋末佚篇，赖此以存者颇多"；进而遍检《四库全书总目》之《袪疑说》《自鸣集》《默斋遗稿》《冷然斋集》诸集提要中言及《诗家鼎脔》所存作者佚诗；再将《全宋诗》与《诗家鼎脔》对检，不仅统计出前者据后者辑录作者五十四人，诗八十二首，又发现《全宋诗》失收五人六首，并对其中新增的三人，考出生平大略。在此基础上，标举《诗家鼎脔》在纠正史籍之误方面的价值，如据以考出《全宋诗》卷二九五八游似当为游仪，举《诗人玉屑》《宋诗纪事》以实之；任希夷字伯起，号斯庵，著有《斯庵集》，而《宋诗拾遗》卷一九收任希夷诗三首，卷一三收任斯庵诗一首，误将一人析为二人；《宋诗纪事》因不知李杜字元白，于卷六二据《后村千家诗》收李元白《废寺》，又于卷七一据《诗林万选》收李杜《过废寺》，二诗字句全同。比勘之详细，考证之精确，令人叹服。

他如拈出桐城派古文家方东树论评李白诗歌，以古文文法通于诗的诗学观，揭示李诗在字法、句法、章法上起承转合、格局布置、虚实详略的妙用；综览李商隐无题诗研究、列举历代对《锦瑟》等名篇解说中出现的种种歧见时，以为从接受美学的观点看，出现分歧是正常的，"我们要做的，主要不是判断这些歧见的谁是谁非，而是结合自己不同于前人的时代与生活，赋予诗歌以新的合理的含义"；列举《宋诗别裁集》误署作者和诗题，删削小序、题下注及诗下注，合二诗为一诗，以及编次失当、选诗疏漏等瑕疵，从而说明傅王露序称本书为"上下三百余年，诗家金科玉尺"之评论"不尽允当"。这样发人之所未发的例子，在书中触目可见，这里不能遍举。

　　《史论》是著者十几年古代文学研究成果的总汇，是著者学力加努力结出的硕果。友胜同志是我校有才华的青年骨干教师、学术带头人之一。他热爱教育事业，尤其热爱我国古代传统文化和文学遗产，在古代文学的教学、科研岗位上专心致志，孜孜以求。家藏古籍数千册，兼任拥有图书百多万册的校图书馆馆长，他与书籍朝夕相处，购书、读书是他唯一的嗜好。他对自己研究课题投入的不仅是精力，而且有感情。如本书第四章《苏轼诗歌接受史研究》，叙述到南宋苏诗编年注本的传播过程，不时有对该书不幸遗失的追惜、久佚复出的欣喜、新本残缺不全的遗憾以及对辑录至接近宋本原貌的期盼，字里行间，无不体现出他对古代典籍的珍爱与嗜好；叙述到清人宋荦"访宋刊《注东坡先生诗》数十年"，自云"尝图公像悬座右，而貌予侍其侧"；查慎行"尝取苏轼《龟山》诗'僧卧一庵初白头'句而号初白，名其室曰初白庵"，他补注苏诗，"三年戎马生活也未中辍"；王文诰"七岁即受父命编注苏诗"，"一生劳顿奔波，客粤三十年，亦手订苏诗，未尝中辍"，无不折射出著者本人倾注满腔心血，从事学术研究的影子。在探讨前人论著成就时，往往着意揭示其遵守学术规范，尊重别人劳动成果和应有的学术品德与良知，表现出《史论》著者本人严于律己的学人品格和严谨的学术风范。可以预期，在如此条件下产生的《史论》，必将得到学界的重视——尤其是看到这样一部史论结合、具有学术价值的著作，出于一位青年学者之手，更会如此。

　　但是，友胜同志并没有满足于《史论》所取得的成绩，我多次听他说，此书"因涉及面太广，史料搜集不全，有的论题分析深度不够"，日间问及所为何事，常是答以"工作任务杂，精力有所分散，影响读书、学问"，这不仅表明作者对自己和自己的著作有实事求是的认识，也说明他有不断进取，取得更多、质量更高的学术成果的决心。我知道他手边还有许多课题在做，如继续研究苏文研究史、苏词研究史，写出《苏轼研究史概要》；进一步完善宋代诗歌选本研究，写成专著等等。在此，由衷为《史论》这部新著问世感到欢欣鼓舞的同时，也衷心期待着他的其他新著早日完成，与读者见面。

　　　　李一飞 2005 年 10 月 28 日于湖南科技大学北校区东苑

　　　　原载《湖南科技大学学报》2009 年第 6 期

词的艺术手法探讨

词,上承诗,下启曲,在我国文学发展史上有其重要地位。由于它出现在诗后,由诗演变而来,故前人又称它为"诗馀",强调它同诗的一致性。诚然,词在形象性、抒情性以及讲究音律、富于节奏感等方面,都与诗有相似之处;但是,词,作为一种文体,自有区别于其他文体的特点在。本文拟在前人研究成果的基础上,从与诗的比较中,对词的艺术手法的特点做些零碎的探讨。

"诗庄词媚,其体元别"

先从一首词谈起:

> 一曲新词酒一杯,去年天气旧亭台,夕阳西下几时回?
> 无可奈何花落去,似曾相识燕归来,小园香径独徘徊。(晏殊《浣溪沙》)

这首词把过去、现在、未来联系起来,把情与景融合起来,在惜春悼残的主题中,抒发年华易逝的感叹,思致清逸深婉。"无可奈何"一联尤为工巧,向负盛誉。刘熙载称其为"触著之句"(《艺概》卷四),杨慎认为是"天然奇偶"(《词品》),作者自己也视之为得意之笔,又特地把它用在一首七律里:

　　　　元巳清明假未开,小园幽径独徘徊。春寒不定斑斑雨,宿醉
　　难禁滟滟杯。无可奈何花落去,似曾相识燕归来。游梁赋客多
　　风味,莫惜青钱万选才。(《假中示张寺丞王校勘》)

主题由惜春变为惜才,但"无可奈何"二句显得黯然失色。于是,词论
家从中品尝出词和诗在风格上的差异:

　　　　细玩"无可奈何"一联,意致缠绵,语调谐婉,的是倚声家语,
　　若作七律,未免软弱矣。(张宗橚《词林纪事》)
　　　　"无可奈何花落去",律诗俊语也,然自是天成一段词,著诗
　　不得。(沈际飞《草堂诗馀正集》)
　　　　或问诗词、词曲分界,予曰"无可奈何花落去,似曾相识燕归
　　来",定非香奁诗。"良辰美景奈何天,赏心乐事谁家院",定非
　　草堂词也。(王士禛《花草蒙拾》)

由此可见,词在风格上的特点是:缠绵、谐婉,"香而软"。这些特点不
能强加于诗,"著诗不得",否则,诗就会缺少风骨,有失庄重。因此,
李东琪说:"诗庄词媚,其体元别。"
　　妩媚多姿,确是许多词作的特点,如:

　　　　自在飞花轻似梦,无边丝雨细如愁。(秦观《浣溪沙》)
　　　　是处红衰翠减,苒苒物华休。惟有长江水,无语东流。(柳
　　永《八声甘州》)
　　　　海棠影下,子规声里,立尽黄昏。(洪咨夔《眼儿媚》)
　　　　临断岸、新绿生时,是落红、带愁流处。记当日、门掩梨花,
　　剪灯深夜语。(史达祖《绮罗香》)

　　这些词句，或比喻贴切，或点染得宜，或属对工巧，或描摹微妙，都显得委婉曲折，妩媚多姿，真如"娇女步春……一步一态，一态一变"（王又华《古今词论》引），"妖冶如揽嫱、施之祛"（张耒《贺方回乐府序》），是极宜于十七八女郎，手执红牙板，作尽态极妍的演唱的。

　　这些例句都属于婉约词，内容不外伤春、悼残、惜别、愁离，写得妍媚一些，是不难理解的。有趣的是：即使豪放词或与豪放接近的一些词，在怀古、咏怀中，在表现其家国之思时，也往往媚多于庄，远不像诗那样语促词迫。如苏轼的《念奴娇》"大江东去"、辛弃疾的《摸鱼儿》"更能消几番风雨"，就是这样。与辛弃疾志同道合、词风相近的陈亮，其《龙川词》被认为"不作一妖语媚语"（毛晋《龙川词跋》）。他的《水龙吟》表现了对南宋统治者丢失半壁河山的不满和对沦陷区人民的怀念，其中"恨芳菲世界，游人未赏，都付与、莺和燕"，刘熙载认为"言近指远，直有宗留守大呼渡河之意"（《艺概》卷四），但表达方式仍然是婉曲蕴藉的。

　　概括、融化前人诗句入词，是写词的常用手法之一。苏轼《水龙吟·次韵章质夫杨花词》中"梦随风万里，寻郎去处，又还被、莺呼起"，是化用了金昌绪的《春怨》诗；周邦彦的"且莫思身外，长近尊前"（《满庭芳·夏日溧水无想山作》），脱胎于杜甫的《绝句漫兴》；王安石的《桂枝香·金陵怀古》"至今商女，时时犹唱，后庭遗曲"，是概括了杜牧的《泊秦淮》。这些诗句一旦放进词的领域，声律变得更和谐，语言变得更婉丽，意思也更含蓄了。有人曾以晏几道《鹧鸪天》中的"今宵剩把银釭照，犹恐相逢是梦中"与杜甫《羌村三首》中的"夜阑更秉烛，相对如梦寐"做了比较，王楙认为晏词"盖出于老杜"（《野客丛书》）；刘体仁认为晏词的表达方法与杜诗有所不同，而这种不同，正好说明"此诗与词之分疆也"（《七颂堂词绎》）。杜诗"相对如梦寐"说明相逢是实；晏词"犹恐是梦中"则还不尽信相逢，特别是这种心情甚至是产生于"剩把银釭照"之后。可见晏词表现的因相逢而产生的惊喜之情是更为曲折深婉的。

"诗情不似曲情多"

这是杨慎《词品》中的话。词是配曲供歌唱的,故又叫曲子词、歌曲或曲。因此杨慎说的曲,就是指词。他说,词中的感情要比诗中的感情更浓、更深。类似的话旁人也说过:

> 词家先要辨得情字。(刘熙载《艺概》卷四)
>
> 词之情文节奏,并皆有馀于诗,故曰"诗馀"。(况周颐《蕙风词话》卷一)
>
> 作词与作诗不同,纵是用花卉之类,亦须略用情意。……如只直咏花卉,而不著些艳语,又不似词家体例。(沈伯时《乐府指迷》)

当然,一切真正的文艺作品都是要表达感情的。文有情,"情者文之经"(刘勰《文心雕龙》卷七);诗要有情,诗"发乎情"(《毛诗序》),"诗缘情"(陆机《文赋》)。但同诗、文比起来,词的"多情"的特点更为突出。诗除抒情诗外,还有叙事、写景、咏物之作,词则全是抒情的,没有叙事词,也没有或绝少单纯写景或咏物的词,故胡云翼在《宋词研究》中干脆说:"词就是抒情诗。"这句话作为词的定义自是稍嫌片面,但用以说明词在内容和形式上的一个特点,应该还是可取的。

词富于情大致有几种情况:

一是景中含情。情景交融原是我国古典诗词的传统特点,而词表现得尤其突出。好词描摹景物一般都很工细,但没有纯客观的描写,都是景中含情、情景交融的。因此,"词虽不出情景二字,然二字亦分主客,情为主,景是客"(李渔《窥词管见》)。例如:

真珠帘卷玉楼空，天淡银河垂地。年年今夜，月华如练，长是人千里。（范仲淹《御街行》）

起来携素手，庭户无声，时见疏星渡河汉。（苏轼《洞仙歌》）

梧桐叶上三更雨，叶叶声声是别离。（周紫芝《鹧鸪天》）

可堪孤馆闭春寒，杜鹃声里斜阳暮。（秦观《踏莎行》）

二十四桥仍在，波心荡、冷月无声。（姜夔《扬州慢》）

一、二例以清越之音，写清逸之境，深含幽远的情思；三、四例绘声绘色地写出环境的凄冷，与词人要表达的乡思离情相得益彰；第五例于寒寂的景物中透露出作者伤乱感时之情，读之令人寻思不已。

二是淡语有情。"平芜尽处是春山，行人更在春山外"（欧阳修《踏莎行》）、"郴江幸自绕郴山，为谁流下潇湘去"（秦观《踏莎行》），王世贞说："此淡语之有情者也。"（《艺苑卮言》）又如："斜阳外，寒鸦数点，流水绕孤村"（秦观《满庭芳》）、"长沟流月去无声，杏花疏影里，吹笛到天明"（陈与义《临江仙》）、"楼前绿暗分携路，一丝柳，一寸柔情"（吴文英《风入松》）、"看画船，尽入西泠，闲却半湖春色"（周密《曲游春》），都能于平淡中见情致，品尝起来，不禁舌底生津；而这种佳句在词中是极为常见的。

三是恒语有情。"断送一生憔悴，只消几个黄昏"（赵令畤《清平乐》），王世贞认为"此恒语之有情者也"。这种看似寻常口语而含有深意的佳句，词中也俯拾即是，如：

被冷香消新梦觉，不许愁人不起。（李清照《念奴娇》）

守着窗儿，独自怎生得黑？（李清照《声声慢》）

春色三分，二分尘土，一分流水。（苏轼《水龙吟》）

我住长江头，君住长江尾，日日思君不见君，共饮长江水。

（李之仪《卜算子》）

　　　父老争言雨水匀，眉头不似去年颦。殷勤谢却甑中尘。（辛
弃疾《浣溪沙》）

总之，词中景语、淡语、恒语，无不情浓意深。"诗情不似曲情多"的说
法是可信的。

"委曲尽情曰曲"

　　这话是刘熙载说的。胡寅《酒边词原序》也说："词曲者……名
之曰曲，以其曲尽人情耳。"杨慎《词品》也谈道："盖曲者，曲也。固
当以委曲为体。"这说明词在抒情时艺术手法的特点是：委婉曲折。
如黄孝迈的《湘春夜月》：

　　　　近清明，翠禽枝上消魂。可惜一片清歌，都付与黄昏。欲共
柳花低诉，怕柳花轻薄、不解伤春。念楚乡旅宿，柔情别绪，谁与
温存？　　空樽夜泣，青山不语，残月当门。翠玉楼前，惟是有、
一陂湘水，摇荡湘云。天长梦短，问甚时、重见桃根？这次第、算
人间没个并刀，剪断心上愁痕。

这是一首写乡思羁愁的词。起句触景生情，融"翠禽小小，枝上同宿"
之景，引起孤栖羁旅的"消魂"之情。第三句移情于物，故作曲说，至
上阕结句才点明乡思别愁，一曲一直，极写乡思无可与语，别愁无处
可诉。过片三句缘情造境。前人有"举杯消愁"之说，但此景此境，连
"举杯"的意兴也消弭殆尽，只有"空樽夜泣"而已。"惟是有"领起
"湘水""湘云"两句，以实代虚，有中写无，言下之意是：思念中的人
却是无踪无影。结句化用杜诗，渲染离愁别恨的欲忘不可、欲断不

能。全词采用多种表现手法,委婉曲折地把乡思离愁表现得淋漓尽致。清人查礼说:"情有文不能达、诗不能道者,而独于长短句中,可以委婉形容之。"(《铜鼓书堂词话》)江顺诒也说:"有韵之文,以词为极。……夫至千曲万折以赴,固诗与文所不能造之境,亦诗与文所不能变之体。"(《词学集成》卷五)观《湘春夜月》的委曲尽情,可见一斑。

那么,词是怎样达到委曲尽情的呢? 要全面准确地回答这个问题显然是很困难的,但也并非无迹可寻。下面仅就个人学词所见,做些初步归纳。

一、以景代情。如:

> 多少蓬莱旧事,空回首,烟霭纷纷。(秦观《满庭芳》)
> 当年燕子知何处? 但苔深韦曲,草暗斜川。(张炎《高阳台》)
> 试问闲愁都几许? 一川烟草,满城风絮,梅子黄时雨。(贺铸《青玉案》)

把欲道之情按下,以景代之,比直说更为深婉,因而也更耐人寻味。

二、移情于物。如:

> 自胡马窥江去后,废池乔木,犹厌言兵。(姜夔《扬州慢》)
> 啼鸟还知如许恨,料不啼清泪长啼血。(辛弃疾《贺新郎》)
> 年事梦中休,花空烟水流,燕辞归、客尚淹留,垂柳不萦裙带住,漫长是、系行舟。(吴文英《唐多令》)

这种拟人手法,在词中运用得最为普遍,它不仅增加了词的形象性,也使难以言传的感情得到委婉深邃的表达。

　　三、托物言情。咏物词一般都有寄托,著名的有陆游的《卜算子》咏梅,辛弃疾的《贺新郎》赋琵琶,姜夔的《齐天乐》咏蟋蟀,张炎的《解连环》咏孤雁等。又如:

　　　　惊起却回头,有恨无人省。拣尽寒枝不肯栖,寂寞沙洲冷。(苏轼《卜算子》)
　　　　欲将心事付瑶筝,知音少,弦断有谁听?(岳飞《小重山》)
　　　　到清明时候,百紫千红花正乱,已失春风一半。(李元膺《洞仙歌》)

苏词含有不肯苟合取容之意;岳词寓作者抗金复国的主张未被采纳、志不得展的遗恨;李词则是告诉人们,做事要及时,以免后时之悔。许多词论家,如清代的常州词派,在谈到词的特点时,强调比兴寄托,意内言外。上面所举的词例,是合乎这一要求的。

　　咏物词中,常用烘云托月的手法,如姜夔《齐天乐》咏蟋蟀中"露湿铜铺,苔侵石井,都是曾听伊处。哀音似诉,正思妇无眠,起寻机杼。……西窗又吹暗雨,为谁频断续,相和砧杵",不言蟋蟀而言听蟋蟀者,所谓"赋水不当仅言水,而言水之前后左右也"。咏梅不着一梅字,咏雨不着一雨字,咏燕不用一燕字,在词中是屡见不鲜的,这种侧面烘托的手法,也往往收到曲尽人情的效果。

　　四、故作曲说。如苏轼的中秋词《水调歌头》:"不应有恨,何事长向别时圆?"本是因月圆想到人未团聚,佳节倍思亲,却反问月亮为什么老在人伤别时才格外圆。又如他的《西江月》:"可惜一溪明月,莫教踏碎琼瑶。"分明是夜行蕲水、醉卧溪桥,却说这是为了不让马蹄踏碎一溪月色,故作曲说,真是无理而妙。周邦彦的《六丑》:"长条故惹行客。似牵衣待话,别情无极。"写蔷薇,不说人惜花,却说花恋人,确把无极的别情活现了出来。还有一种曲说,如李清照的《凤凰台上忆吹箫》：“新来瘦，非干病酒，不是悲秋。”是什么呢？是“离怀别苦”，但不直说。这种“欲说还休”、绕前捧后的手法，真有“杜诗韩集愁来读，似倩麻姑痒处搔”（杜牧《读韩杜集》）之妙。

五、衬跌圆转。上、下两句间，上句提示，下句跌转，相互映衬，使词意表达得更微妙。如：

> 惜春长怕花开早，何况落红无数。（辛弃疾《摸鱼儿》）
> 镜里朱颜都变尽，只有丹心难灭。（文天祥《酹江月》）
> 明朝且做莫思量，如何过得今宵去？（周紫芝《踏莎行》）

这些词句，或转折，或递进，或以退为进，欲进先退，无不把词旨愈引愈深，正如刘熙载所说的：“一转一深，一深一妙，此骚人三昧，倚声家得之，便自超出常境。”（《艺概》卷四）

委婉曲折地抒发感情，是词的重要艺术手法，但需要说明的是，不能把曲折表情绝对化，以为只有曲才好，越曲越好。事实上，很多妙词、许多佳句，常有运用口语，在平淡中见深致的，“盖曲者，曲也。固当以委曲为体。然徒狃于风情婉娈，则亦易厌”（杨慎《词品》卷四）。如读了婉约词，回头来看苏、辛词，其豪放而清新、瑰丽而风趣的妙作，真能令人耳目一新。词也有以直说为妙的，如“衣带渐宽终不悔，为伊消得人憔悴”（柳永《蝶恋花》）、“男儿西北有神州，莫滴水西桥畔泪”（刘克庄《玉楼春》）之类，即况周颐所说的“词以含蓄为佳，亦有不妨说尽者”（《餐樱庑词话》），贺裳所谓“作决绝语而妙者”（《皱水轩词筌》）。只有在更好地表达思想感情的前提下，谈表达方式的曲折或直抒，才符合艺术的辩证法。

"叠字""虚字"与"排句"

词的遣词造句,也有其特点。

第一,叠字与叠句。

诗也有叠字的,但没有词用得普遍,用的效果也往往不及词。词中叠字运用甚广:一句中一字两叠的,如"春未老,风细柳斜斜"(苏轼《望江南》);一句中二字各两叠的,如"斜晖脉脉水悠悠"(温庭筠《梦江南》);一句中连两个叠字的,如"衣上酒痕诗里字。点点行行,总是凄凉意"(晏几道《蝶恋花》);有一句中一字三叠的,如"庭院深深深几许"(欧阳修《蝶恋花》);有上下两句连用叠字的,如"寸寸柔肠,盈盈粉泪"(欧阳修《踏莎行》)、"渡头杨柳青青,枝枝叶叶离情"(晏几道《清平乐》)。词中叠字最奇的是李清照的《声声慢》起句"寻寻觅觅,冷冷清清,凄凄惨惨戚戚",三句十四字,七字相叠,真似"大珠小珠落玉盘",而意极凄恻缠绵。

词中叠句也常见。一字句相叠的,如"山盟虽在,锦书难托,莫!莫!莫!"(陆游《钗头凤》);二字句相叠的,如"胡马,胡马,远放燕支山下"(韦应物《调笑令》);三字句相叠的,如"湘水流,湘水流,九疑云物至今愁"(刘禹锡《潇湘神》);三字句与前句后三字相叠的,如"阑干影卧东厢月。东厢月……"(范成大《忆秦娥》);四字句相叠的,如"少年不识愁滋味,爱上层楼。爱上层楼,为赋新词强说愁"(辛弃疾《丑奴儿》)。

叠字与叠句,更接近口语,更宜于婉转曲折地表达感情,取得一咏三叹的效果。

第二,用虚字。

张炎《乐府指迷》云:"词与诗不同……合用虚字呼唤。"有单音虚字:任、正、纵、奈、但、更、方、莫、甚、应……有双音虚字:恰似、试问、不妨、又是、无端、莫是、又还、料得、欲待……有三音虚字：最无端、更那堪……张炎自己就是最擅用虚字的，如"更凄然。万绿西冷，一抹荒烟"（《高阳台》），一"更"字领起下三句；"当年燕子知何处？但苔深韦曲，草暗斜川"（同前）、"正沙净草枯，水平天远"（《解连环》），"但"字、"正"字分别领起四字对句；"恨西风不庇寒蝉，便扫尽、一林残叶"（《长亭怨》），"便"与"恨"前后顾盼，彼此呼应。这些虚字的运用更增加了词的情味。贺铸曾因他的名句"试问闲愁都几许？一川烟草，满城风絮，梅子黄时雨"而获得"贺梅子"的雅号。但刘熙载认为："其末句好处全在'试问'句呼起。"（《艺概》卷四）的确！单是"梅子黄时雨"一句，直不过无绿叶相扶的红花；前有"试问"呼起，后有三句连用，才极形象地道出了闲愁之多而且深，简直无法摆脱。

　　第三，排句。

　　写诗，特别是写近体诗要避免犯重。韩愈的《南山诗》连用"或"字，就被认为是标榜险怪。词却不然，不仅容许，而且多以此显得奇妙。如：

> 无穷官柳，无情画舸，无根行客。（晁补之《忆少年》）
> 落日解鞍芳草岸。花无人戴，酒无人劝，醉也无人管。（无名氏《青玉案》）

这种排句，语淡而情浓，事浅而意深，清人先著据此评论说："唐以后特地有词，正以有如许妙语，诗家收拾不尽耳。"（《词洁》）这样的排句在词中还很多，如：

> 莫开帘。怕见飞花，怕听啼鹃。（张炎《高阳台》）
> 无奈被些名利缚，无奈被他情担阁，可惜风流总闲却。（王

安石《千秋岁引》)

一室秋灯,一庭秋雨,更一声秋雁。(王沂孙《醉蓬莱》)

更有全词多处运用排句的,如蒋捷的《一剪梅》:

一片春愁带酒浇。江上舟摇,楼上帘招。秋娘渡与泰娘桥,风又飘飘,雨又萧萧。 何日归家洗客袍?银字筝调,心字香烧。流光容易把人抛,红了樱桃,绿了芭蕉。

读起来,似乎听到了歌唱,有领有合,有顿挫,有抑扬,余音袅袅,余意绵绵。

最后应该说明的是,作为文体,诗词各有所长。正如王国维所指出的:"词之为体,要眇宜修。能言诗之所不能言,而不能尽言诗之所能言。诗之境阔,词之言长。"(《人间词话》)如果以词之所长比诗之所短,并由此得出"诗不如词"的结论,那将是十分荒谬的了。

原载《湘潭师专学报》1981年第1期

试论词体地位的逐步提高

文学的发展史表明：每一种文学体式都是从民间产生，在巷陌村野流传，然后为文人重视，进行创作，得到发展和提高。诗歌、散文、小说、戏剧是这样，作为诗歌中一种新体式的词也是这样。

在我国古代，诗的创作高度繁荣，诗的社会地位很高。孔子很重视诗的教化作用，说："诗，可以兴，可以观，可以群，可以怨。"（《论语·阳货》）在封建社会初期，赋诗是政治、外交事务中的一项重要活动，故有"升高能赋……可以为大夫"（毛苌《诗经·鄘风·定之方中》"卜云其吉"句传）之说。唐代实行科举取士，进士科考试的主要科目就是诗赋，赵匡《举选议》云："进士者，时共贵之，主司褒贬，实在诗赋，务求巧丽，以此为贤。"（《通典》卷一七）但是，诗歌这种崇高的地位，并非从它产生时就确定了的。《诗经》是我国第一部诗歌总集，收集的大抵是西周初至春秋中叶的诗歌，而诗歌最初的源头应该追溯到商代卜辞中的一些片段。如果确认最早肯定诗歌重要地位的是孔子，那么，从殷商到孔子的时代，诗歌的发展已经有了大约一千年的历史。词，作为一种新的文学体式，其地位的提高，同诗一样也经历了一个漫长的过程。

一

《敦煌曲子词》的发现，证明词最早产生于初盛唐的民间；中唐以后,始有文人倚声填词;至晚唐、五代,才蔚成风气。这时写词,不仅为世人鄙视,作者本人也视为小道,耻于言及,写词足以成为文人脸上的污点,仕进的障碍:

> (温庭筠)士行尘杂,不修边幅,能逐弦吹之音,为侧艳之词……由是累年不第。(《旧唐书·温庭筠传》)
>
> 晋相和凝,少年时好为曲子词,布于汴洛。洎入相,专托人收拾焚毁不暇。然相国厚重有德,终为艳词玷之。契丹入夷门,号为"曲子相公"。(孙光宪《北梦琐言》卷六)
>
> (薛昭蕴)每入朝省,弄笏而行,旁若无人,好唱《浣溪沙》词。知举后,有一门生辞归乡里,临歧献规曰:"侍郎重德,某乃受恩,尔后请不弄笏与唱《浣溪沙》,即某幸也。"时人谓之至言。(孙光宪《北梦琐言》卷四)

这里提到的温、和、薛几人,都是花间派词人。《花间集》收温词六十六首、和词二十首、薛词十九首,这些词或写男女艳情,或叙离愁别恨,镂玉雕琼,裁花剪叶,深染一层凄迷、要眇的色彩,于他们的"花落子规啼,绿窗残梦迷"(温庭筠《菩萨蛮》)、"肌骨细匀红玉软,脸波微送春心"(和凝《临江仙》)、"正是断魂迷楚雨,不堪离恨咽湘弦"(薛昭蕴《浣溪沙》)这些词句,可见一斑。时人看来,手写口吟这样的词,如果是普通人还情有可原,如果是上层统治阶层,则有失庄重,不仅本人的名誉会受到玷污,甚至门人亲友也会感到不光彩。尽管《北梦琐言》的作者孙光宪自己是花间词人,也不能不承认这一点。

　　但是,倚声填写的词,适应了社会生活的需要,自有其生命力。宋初,写词的文人更多,技巧也更趋成熟。他们写词,或"期以自娱"(晏几道《小山词自序》),或"聊佐清欢"(欧阳修《采桑子·咏西湖》词小引),每成一词,免不了有人递唱传抄,不胫而走。叶梦得《避暑录话》称"凡有井水饮处,即能歌柳词",就说明了词在宋初的普及情况。但是,词毕竟只在歌台舞席间占有地位,而不登大雅。陈师道《后山诗话》载:

> 柳三变……作新乐府,赋骸从俗,天下咏之,遂传禁中。仁宗颇好其词,每对酒,必使侍从歌之再三。三变闻之,作宫词号《醉蓬莱》,因内官达后宫,且求其助。仁宗闻而觉之,自是不复歌其词矣。

仁宗赵祯的"觉"可以理解为:一是觉得柳永这首词中"此际宸游,凤辇何处"几句有讽刺他耽于安乐、沉湎声色的因素;二是发觉了宫廷外的人知道他爱好小词。本来爱好词而又忌讳别人知道,这种表里不一的态度,实际上反映出社会舆论对词的轻视。

关于宋人鄙视词的记载并不是个别的。据说司马光于文彦博夫人生日"献小词",受到同僚的"峻责"(孔毅夫《野史》);晏几道为其父晏殊词进行辩解,说"先公平日小词虽多,未尝作妇人语也"(《诗眼》,《宾退录》卷一引);尊重欧阳修的后人,将他有鄙亵之语的词嫁名于"仇人无名子"(《直斋书录解题》卷二一),都说明词在宋初人们心目中的地位甚低。

世人鄙视词,含有轻视民间文学的因素。清人冯煦论及柳永词的得失时,虽然一方面肯定柳词"曲处能直,密处能疏,奡处能平,状难状之景,达难达之情,而出之以自然,自是北宋巨手",另一方面指责柳"好为俳体,词多媟黩",不失为持平之论。但他在引《四库全书总目提要》所说柳词"以俗为病"、《避暑录话》"凡有井水饮处,即能歌柳词"后说"三变之为世诟病,亦未尝不由于此,盖与其千夫竞声,毋宁《白雪》之寡和也"(《蒿庵论词》三),为批评柳词的媟亵,而否定柳词的通俗。似乎广大人民群众喜爱的是俗滥,少数士大夫喜爱的才是高雅。因而在批评俗滥时，否定了通俗的文学形式，这却是片面的、错误的。

当时人们鄙视词的另一重要原因是对晚唐、五代以来词中普遍存在的不健康内容的贬责。陆游《跋花间集》突出地反映了这种观点：

> 方斯时，天下岌岌，生民救死不暇，士大夫乃流宕如此，可叹也哉！或者亦出于无聊故耶？
>
> 唐自大中后，诗家日趣浅薄，其间杰出者，亦不复有前辈闳妙浑厚之作，久而自厌，然梏于俗尚，不能拔出。会有倚声作词者，本欲酒间易晓，颇摆落故态，适与六朝跌宕意气差近，此集所载是也。故历唐季五代，诗愈卑，而倚声者辄简古可爱。（《渭南文集》卷三〇）

陆游生活在屈辱偏安的南宋，是一位痛心国事、慷慨悲歌的爱国诗人，因此他首先批评的是花间词人把国家安危、人民生死置之度外的生活态度，是花间词没有反映出当时时代面貌的缺陷。但是他没有以封建卫道者的面孔出现，将词这种新体式一笔抹杀，他肯定词从民间产生，"本欲酒间易晓，颇摆落故态"，是一种大众化的文学形式，与日趋衰靡的唐末五代诗相比，显得"简古可爱"。陆游从文学与社会生活的关系，从文学发展规律来评价初期词，无疑是正确的。

二

正当宋初词坛还被香艳词风笼罩着的时候，一些有识之士如范仲淹、王安石等，先后写出了一两首超出常轨的词，他们在扩大词境、提高词体地位的历史过程中，有着筚路蓝缕之功。但真正走出一条新路,使词风为之转变,从而使词的地位得到显著提高的,还要推北宋中期的苏轼以及南宋以辛弃疾为代表的一群爱国词人。

神宗熙宁七年(1074),苏轼作《沁园春·赴密州早行马上寄子由》,词风开始转变。此后,在密州、徐州先后写了《江城子·密州出猎》《蝶恋花·密州上元》《水调歌头》中秋词、《浣溪沙·徐门石潭谢雨道上作》五首等,用词咏怀述志,追忆往事,描写农村风物和农民的生活、劳动,有意识地开拓词境,转变词风。他在徐州任上作《与鲜于子骏书》云:"近却颇作小词,虽无柳七郎风味,亦自是一家。呵呵!数日前,猎于郊外,所获颇多。作得一阕,令东州壮士抵掌顿足而歌之,吹笛击鼓以为节,颇壮观也。"(《东坡续集》卷五)札子提到的猎词已佚,但对这种创作实践进行了总结,标志着他在创作豪放词的道路上有了更多的自觉性。此后,他继续写了《浣溪沙·游蕲水清泉寺》《念奴娇·赤壁怀古》等豪放词,进一步扩大词的题材范围,真正达到"无意不可入,无事不可言"的境地,使苏词"自是一家"(刘熙载《艺概》卷四)。对苏轼在词史上的这种巨大贡献,囿于一孔之见的词论家往往是视而不见的,他们站在"词以婉约为宗"的狭小阵地上,指责东坡词为"变体"(王世贞《词评》)、"别格"(《四库全书总目·东坡词提要》)、"要非本色"(陈师道《后山诗话》)。只有少数词论家独具只眼,如胡寅与王灼,他们说:

> 词曲者,古乐府之末造也。……然文章豪放之士,鲜不寄意于此者,随亦自扫其迹,曰谑浪游戏而已也。唐人为之最工,柳耆卿后出,掩众制而尽其妙,好之者以为不可复加。及眉山苏氏,一洗绮罗香泽之态,摆脱绸缪宛转之度,使人登高望远,举首高歌,而逸怀浩气,超然乎尘垢之外。于是花间为皂隶,而柳氏为舆台矣。(胡寅《酒边词原序》)

东坡先生非醉心于音律者,偶尔作歌,指出向上一路,新天

下耳目,弄笔者始知自振。(王灼《碧鸡漫志》)

这些评论用发展的眼光看词,在内容与形式的关系上,更注重内容的充实和感情的健康,其艺术观是客观而公正的。

南渡以后,宋的疆土日削,国步艰危,人民爱国救亡的情绪高涨,反映在词的领域,出现了张元幹、张孝祥、辛弃疾、陈亮、刘过、刘克庄等一大批爱国词人。他们继承苏轼的豪放词风,在新的历史条件下,继续开拓词境,形成了一个声势浩大、影响深远的爱国词坛,在提高词体地位的历程中做出了杰出的贡献。宋代许多词论家就肯定了这一点。如黄昇叙张元幹词本事云:

> 绍兴戊午之秋,枢密院编修官胡铨邦衡上书乞斩秦桧,得罪,责昭州监当。后四年……除名送新州编管。三山张仲宗以词送其行……又数年,秦始闻此词,仲宗挂冠已久,以它事追赴大理削籍焉。……二公虽见抑于一时,而流芳百世,视秦桧犹苏合香之于蜣蜋丸也。(魏庆之《诗人玉屑》卷二一)

刘克庄评辛弃疾词云:

> 公所作,大声镗鎝,小声铿鍧,横绝六合,扫空万古,其秾丽绵密处,亦不在小晏、秦郎之下。(《后村诗话》)

黄昇结合人品去品词,对张元幹《贺新郎·送胡邦衡待制赴新州》这首具有强烈爱憎感情、慷慨沉郁的词给予高度评价;刘克庄对辛词的评价也侧重赞扬其在内容、风格上超越前人之处,都对南宋爱国词作给予了应有的历史地位。

明清以来的词论家,更多地看到了词的社会作用,因而对词更加重视。这首先因为他们特别注意到苏、辛词派作品具有的强烈感染力。清人冯煦在列举张孝祥《六州歌头》等几首"痛心北虏"之词后，肯定这些词"忠愤之气，随笔涌出，并足唤醒当时聋聩"（《蒿庵论词》二二）；刘熙载以为陈亮《水龙吟》之"恨芳菲世界，游人未赏，都付与、莺和燕"，是"言近指远，直有宗留守大呼渡河之意"（《艺概》卷四）；明代杨慎、清代况周颐认为刘克庄"男儿西北有神州，莫滴水西桥畔泪"（《玉楼春·戏林推》）这类词可谓"壮语足以起懦"（分别见杨慎《词品》卷五、况周颐《蕙风词话》卷二）；谢章铤在谈到苏、辛词强烈的感染力时说："读苏、辛词，知词中有人，词中有品，不敢自为菲薄。"（《赌棋山庄词话》卷九）刘熙载引申孔子以"兴、观、群、怨"高度评价诗的社会作用时认为，一些优秀词篇的社会作用并不低于诗：

> 词莫要于有关系。张元幹仲宗因胡邦衡谪新州，作《贺新郎》送之，坐是除名，然身虽黜而义不可没也。张孝祥安国于建康留守席上赋《六州歌头》，致感重臣罢席。然则词之兴、观、群、怨，岂下于诗哉！（《艺概》卷四。按：其中提到"重臣罢席"一事出于宋无名氏《朝野遗记》）

杜甫是唐代伟大的现实主义诗人，他用诗抒怀感事，寄寓他关心国家存亡、人民疾苦的深广胸怀。他的诗真实地反映了由盛而衰、动乱不宁的时代，被称为"诗史"。梁启超则认为，宋词中也有许多可与杜诗媲美的作品，他举南宋王沂孙的《高阳台》为例，引麦孺博说：

> 此言半壁江山，犹可整顿也。眷怀君国，盼望中兴，何减少陵！（《艺衡馆词选》丙卷）

我们不必也不能从这里引出王词等同杜诗，或者词人比诗人高明的结论,要说明的只是:前代词论家已经注意到,好的词和诗一样,都具有深刻的教育意义和强烈的艺术感染力。我们可从中看到,随着时间的推移,在人们心目中,词的地位在逐步提高,而词境的扩大,思想性的加强,是促使人们重视词体的重要原因。

三

清代词学颇盛,不仅词人辈出,词论家也随之蜂起。以朱彝尊、汪森为代表的"浙西派",提倡清空醇雅,推崇姜、张,比较着重形式技巧;以张惠言、周济为代表的"常州派"强调比兴寄托,重视苏、辛,比较注意词的内容。但就呼吁提高词体地位一点而言,两派有相同之处。他们"尊体"的呼吁在后来的一些词论家那里得到了响应。统观其理论:

一是为词清谱。即探寻词的起源,给词找到一个高贵的祖宗,以提高词的身份。早在词兴之初,就有"诗降而为词"的说法,名词曰"诗馀"。清代许多词论家不同意这种见解,汪森认为:

> 古诗之于乐府,近体之于词,分镳并骋,非有先后;谓诗降为词,以词为诗之馀,殆非通论矣。(《词综序》)

那么,词究竟与谁有血缘关系呢? 有学者认为:

> 自十五国风息而乐府兴,乐府微而歌词作。(成肇麐《唐五代词选序》)
> 词之为道……自有元音,上通雅乐。别黑白而定一尊,亘古今而不敝矣。……曲士以诗馀名词,岂通论哉?(况周颐《蕙风词话》卷一)

词是应歌而作的歌词,与风、雅、楚辞、乐府有相似之处,但我们所说的倚声填写的词,与古代按诗谱曲的声诗不同,是一种崭新的诗体,它适应城乡人民歌唱的需要,约出现于初唐时,产生于民间,与此前充当歌词的律绝有密切的关系。汪森、谭献等人欲从风、雅、乐府那里找到词的祖先,是不够正确也没有必要的。但是,他们批评"诗降为词"的文学退化论观点,是与文学本身发展规律相符的。

二是为词正名。张惠言《词选序》引《说文解字》"意内而言外,谓之词"之语解释曲子词的词。况周颐则认为:

> 诗馀之"馀",作"赢馀"之"馀"解。……词之情文节奏,并皆有馀于诗,故曰"诗馀"。世俗之说,若以词为诗之剩义,则误解此"馀"字矣。(《蕙风词话》卷一)

《说文》"意内而言外"所诠释的是词语之"词",与曲子词之"词"的含义显然有别;诗馀的"馀"也并非只能理解为"赢馀"之"馀"。张、况二人给词正名的理论并不十分科学,但他们的解释与常州词派强调词的比兴寄托一致,含有重视词的内容,从而提高词的地位这个正确因素,还是应予肯定的。

三是强调词的思想性,借以提高词体的地位,即周济所说的"意能尊体"(《介存斋论词杂著》二六)。周济还说:

> 感慨所寄,不过盛衰:或绸缪未雨,或太息厝薪,或己溺己饥,或独清独醒,随其人之性情学问境地,莫不有由衷之言。见事多,识理透,可为后人论世之资。诗有史,词亦有史,庶乎自树一帜矣。若乃离别怀思,感士不遇,陈陈相因,唾瀋互拾,便思高揭温韦,不亦耻乎!(《介存斋论词杂著》六)

周济要求词人突破词为艳科的局限,用词反映关系国家盛衰的大事,使后人能从中了解前代社会,发挥"词史"的作用。为此,词人应从个人得失的小天地里走出来,同时在艺术上努力创新。这种见解无疑是有进步意义的。比周济稍后的刘熙载发展了这种重意尊体的理论,以品评词的高下。他说:

> "没些儿婆珊勃窣,也不是峥嵘突兀,管做彻元分人物",此陈同甫《三部乐》词也。余欲借其语以判词品。词以"元分人物"为最上,"峥嵘突兀"犹不失为奇杰,"婆珊勃窣"则沦于侧媚矣。(《艺概》卷四)

陈亮词《三部乐·七月廿六日寿王道甫》之婆珊勃窣、峥嵘突兀是说王道甫遭遇困阸。婆珊,步履艰难貌;峥嵘突兀,形容山之险峻高出,词中引申为险峻突发之事;元分人物,犹杰出人物。刘氏借以比喻侧媚传统亦步亦趋、打破这种局限而自树豪放一帜以及兼取婉约豪放之长而冶成一更高境界的三种词,并分出高下,意在鼓励创新、推重词的思想内容的壮美。

为了推尊词体,刘氏等人还追本溯源,对词的传统风格进行了新的解释。过去词论家一般认为,词从它产生起,就是描写风月情事的靡靡之音。刘熙载则认为:

> 太白《忆秦娥》,声情悲壮,晚唐、五代,惟趋婉丽,至东坡始能复古。后世论词者,或转以东坡为变调,不知晚唐、五代乃变调也。(《艺概》卷四)

比刘氏稍后的谭献持同样见解。他说,词本来"大旨近雅……志洁行著,而后洋洋乎会于风雅",后之为词者,一反故态,"雕琢曼辞,荡而不反,文焉而不物者,过矣靡矣! 又岂词之本然也哉!"他认为,正是变风雅为淫词的蜕变,才导致人们对词的轻视,"靡曼荧眩,变本加厉,日出而不穷,因是以鄙夷焉,挥斥焉"(《复堂词录序》)。因此,谭献与刘熙载一样,要求词返重视内容之本,归风雅之真:休尊以求世尊。这种见解对清词创作实践产生过有益的影响。

　　文学是社会生活的反映,一种文学样式的生命力在于它真实地反映社会生活,与时代的脉搏、人民的感情息息相通。社会生活是丰富多彩的,文学的内容和形式也应该是丰富多彩的。"杨柳岸晓风残月"与"大江东去"都可美听,婉约词与豪放词中都有佳什,不必偏废。但比较起来,后者更能激励人们奋发向上。古代许多词论家有见及此,因而正确地提出:重意以尊体。词体地位逐步提高的历史,给我们的启示是有益的。

原载《湘潭师专学报》1984 年第 4 期

宋集小考五题

詹慥、詹体仁诗真伪辨

《全宋诗》第三四册卷一九二三第 21459 至 21461 页录詹慥诗十一首；第四八册卷二六一三第 30365 至 30367 页录詹体仁诗十首。体仁诗除一首引自清陆增祥《八琼室金石补正》外，其余九首均引自清朱秉鉴辑编的《詹元善先生遗集》；慥诗除一首引自清陆心源《宋诗纪事补遗》外，其余十首均引自《詹元善先生遗集》卷下附。詹体仁（1143—1206），字元善，建州浦城人，孝宗隆兴元年进士，历太常少卿、司农卿、湖广总领等官，《宋史》卷三九三有传。父慥，字应之，尝为张浚僚属。詹氏父子略有声于时，但知见史料未言及能诗，除吕本中有《送詹慥秀才》一诗外，未见人与之唱酬。考《詹元善先生遗集》所辑二人诗，除个别存疑外，全为他人作；《全宋诗》之二詹诗亦大都承其误。

先看詹慥诗。五古《月夜》为孔平仲诗，《全宋诗》第一六册孔平仲卷第 10863 页收录，引自《清江三孔集》卷二二。五古《上巳后一日登快哉亭》为贺铸诗，《全宋诗》第一九册贺铸卷第 12520 页收录，引自《庆湖遗老诗集》卷二，题下自注"甲子年赋"。七古《客谈荆渚武昌慨然有作》为陆游诗，《全宋诗》第三九册陆游卷第 24486 页收录，引自其《剑南诗稿》卷一一。五律《道中寒食》为陈与义诗，《全宋诗》

第三一册陈与义卷第 19489 页收录,引自《增广笺注简斋诗集》卷九;同题二首,录作詹慥诗的为其二。七律《舟行遣兴》亦陈与义诗,《全宋诗》第三一册陈与义卷第 19560 页收录,引自《增广笺注简斋诗集》卷二七。七律《春怀示邻里》"断墙着雨蜗成字,老屋无僧燕作家。剩欲出门追语笑,却嫌归鬓着尘沙。风翻蛛网开三面,雷动风窠趁两衙。屡失南邻春事约,只今容有未开花",为陈师道名作,《全宋诗》第一九册陈师道卷第 12718 页收录,引自《后山居士文集》卷六。五绝《南浦》为王安石诗,《全宋诗》第一〇册王安石卷第 6678 页收录,引自《临川先生文集》卷二六。五绝《早行》为刘子翚诗,《全宋诗》第三四册刘子翚卷第 21345 页收录,引自其《屏山集》卷一〇。七绝《寄胡籍溪》为元末朱希晦诗,见其《云松巢集》卷一(四库全书本,下引元人集同),题作《寄友》,字句全同。

《桐江吊子陵》:"光武亲从血战回,举朝谁识渭川才。黑熊果有周王卜,未必先生恋钓台。"录自陆心源《宋诗纪事补遗》卷四〇引《崇安县志》。《宋诗纪事》卷三四收徐大正《题钓台》,录自《建宁府志》,《全宋诗》卷一二六四录作徐大正诗,诗云:"光武初从血战回,故人称短尚论材。中宵若起唐虞兴,未必先生恋钓台。"二诗构意及首尾二句基本相同;《全闽诗话》卷二归徐大正,卷三又归詹慥。《纪事》云:"大正字得之,瓯宁人。元祐中,筑室北山下,名闲轩。秦少游为之记,苏子瞻为赋诗,人以北山学士呼之。"如此,虽不能遽断为徐作,也说明此诗归属有二说。《全宋诗》作詹慥诗,先据《宋诗纪事补遗》收录在前,又据《詹元善先生遗集》收录在后。后者原题作《渡湘江吊严子陵》,严子陵钓台在严州桐庐西南江边,渡湘江吊严子陵云云,亦误。

詹体仁卷也多为他人诗。五古《湘中》为元周权诗,见其《此山集》卷二;又见《诗渊》第三册第 1925 页,题名周衡之,衡之为周权字。五古《昔游诗》为姜夔作,《全宋诗》第五一册第 32055 页录入姜夔诗卷，引自《白石道人诗集》；原作为长短不一的"五字古句"十五首，有小序，谓为"时欲展阅，自省生平"而作，录作詹体仁诗的为其一；韩淲有《书姜白石昔游诗后》诗及之。五律《宿兰溪水驿前》为杨万里同题诗三首其二，《全宋诗》第四二册第 26427 页录入杨万里卷，引自《诚斋集》卷二六《江西道院集》。五律《江夏寓兴》为贺铸诗，《全宋诗》第一九册第 12556 页收入贺铸卷，引自《庆湖遗老诗集》卷五，同题诗二首，题下自注"前篇丙子十二月赋，后篇丁丑五月赋"，录作詹体仁诗的为其一。七律《过广陵驿》为元萨都剌作，见其《雁门集》卷四。七律《登岳阳楼》"洞庭之东江水西，帘旌不动夕阳迟。登临吴蜀横分地，徙倚湖山欲暮时。万里来游还望远，三年多难更凭危。白头吊古霜风里，老木苍波无限悲"，为陈与义名作，同题诗二首，此其一，《全宋诗》第三一册第 19529 页录入陈与义卷，引自《增广笺注简斋诗集》卷一九。七绝《解组自乐》"去日春蚕吐素丝，归来黄麦看金衣。沙鸥不入鸳鸿侣，依旧沧浪绕钓矶"，又见《全宋诗》第五〇册卷二六五九第 31177 页刘褒《题小桨》，引自宋魏庆之《诗人玉屑》卷一九，云："刘褒伯宠，武夷之文士，诗笔甚工，尝宦于朝，以台评而归。有句云云。怨而不怒之辞也。"次句作"归时秋菊剥金衣"；又见《全宋诗》第七二册卷三七七〇第 45474 页武夷《题旅舍》，引自《诗渊》第五册第 3304 页，似同出自《诗人玉屑》，作者题名则以"武夷之文士"为"武夷"；朱氏编《詹元善先生遗集》，将此诗辑入，未云何据，视以上源流，疑此诗非詹体仁作而是刘褒作。七绝《游南台闽粤王庙》为元范梈作，见《范德机诗集》卷六。七绝《幽居》为元洪希文作，见其《续轩渠集》卷八，同题诗二首，此其二。

　　《全宋诗》詹体仁诗，尚有七律《姑苏台同年会次袁说友韵》，录自清陆增祥辑撰《八琼室金石补正》卷一一六，为《吴下同年会诗》十二首中的一首，前有范成大总序，袁说友、詹体仁诗前各有小序，略云：光宗绍熙元年（1190），时为浙西宪台的袁说友、持节仓事的詹体仁，集隆兴元年同年进士成钦亮、赵彦卫等十二人于姑苏台，各赋诗一首，袁说友首唱，詹体仁等十一人酬和。除袁说友诗《全宋诗》据其《东塘集》收录外，詹体仁等十一人诗，均据《八琼室金石补正》收录。体仁一首，《金石补正》原题名"浦城张体仁"，杜范《清献集》卷一九《詹体仁传》谓体仁"初，后舅张氏，既为之立嗣，乃复归"，知《金石补正》之"张体仁"为"詹体仁"曾名，亦知此诗确为詹体仁作。《全宋诗》辑入是有益的。

由上可见，《全宋诗》引录的詹慥诗，除去本卷重见一首，实为十首。这十首诗中，除《桐江吊子陵》一首可能为本人作，然仍难断定外，其余九首均为他人诗；詹体仁诗十首，除《姑苏台同年会次袁说友韵》为本人作、《解组自乐》存疑外，其余八首均为他人诗，二人诗中为他人作者共十七首。应着重指出的是，恰恰是这十七首伪作，全都出自清朱秉鉴所辑编的《詹元善先生遗集》。看来，朱氏编辑该集是有意作伪而且费了心机的。它不像《江湖后集》周端臣卷（《全宋诗》第五三册卷二七八四）那样，掺入他人诗十九首，集中在魏野《东观集》和潘阆《逍遥集》二集中（《全宋诗》已加以鉴别而附于存目），而是取自十五位诗人，其中有宋人，还有元人；大部分诗原封不动地照抄，也有如《寄胡籍溪》故意改动原题的。胡籍溪（1086—1162），名宪，字原仲，崇安人，名儒胡安国从子，学者称籍溪先生，《宋史》卷四五九有传；《全宋诗》第二九册卷一六七八第 18809 页录其诗，刘子翚多次其韵，朱熹有诗寄、挽之。朱氏取元人诗为宋人诗时，植入宋人名，进一步造成混乱，更易掩人耳目。要不是十七首中有宋大家、名家一二名作和陆游《客谈荆渚武昌慨然有作》"去岁出蜀初东游"句与詹慥行事不符而露出破绽的话，是很难引起怀疑的；既怀疑，要从可能据引的众多诗集中找到这些伪作，也是有很大难度的。及至笔者从《全宋诗》和清顾嗣立《元诗选》中一一找到后，竟发现这十七首诗还悉数见于《宋诗别裁集》和《元诗别裁集》，又为作伪者的窘厄、捉襟见肘和笔者的自循弯道、事倍功半而忍俊不禁。但是,除了朱氏本人,读者又怎能预知这些伪作径取自《别裁》这样两个卷帙无多的集子呢?

朱秉鉴何许人?光绪续修《浦城县志》卷二三《文苑》有传,知其为清福建浦城人,生于乾隆二十三年(1758),卒于道光二年(1822)。三十进士,归主讲席,尝于嘉庆中纂修本邑县志。所著有《茹古堂文集》,检《清人别集总目》《续修四库全书》,均无著录;光绪续修《浦城县志》存其诗文十余首。志传谓朱氏主纂嘉庆《浦城县志》时,"复广搜邑前辈诗文之散佚者各汇为一编",《詹元善先生遗集》即在其中。此集卷上收《语录》、真德秀撰《詹公(体仁)行状》《宋史·詹体仁传》《朱子全集》所引体仁语数条;卷下录詹体仁疏、札、序等文六篇,诗九首,后附其父憶诗十首。《詹元善先生遗集》成书后,嘉庆中由浦城祝氏留香室刊入《浦城遗书》,道光二十五年、民国十九年先后有刊本,至此,其中诗又被《全宋诗》收录,如不还其本来面目,势将继续贻误后人。朱氏有意作伪,出现在清代学林重视考据辨伪的学术环境下,为《浦城遗书》这样的清代史料留下污点,是不能自辞其咎的。当然,朱氏作为,本不足与清代学人相提并论。

二张维及其诗辨

宋人同名者屡见,有声文坛的就有二王质、二陈起、三王介等。词人张先与其父张维,亦分别有同名者。二张先,夏承焘《张子野年谱》已考及;二张维尚无人着意分辨,清以前史料已有混淆,《全宋诗》虽分列二人,而所录诗错互重见。

张先之父维,周密《齐东野语》卷一五录《张氏十咏图》诗十首,引孙觉序详记其事:维,吴兴人,少年学书,贫不能卒业,去而躬耕以为养。善教其子,至于有成。子先,官至尚书都官郎中,维以子赠尚书刑部侍郎。维平居好诗，以吟咏自娱，享年九十一。卒后十八年，其子先致仕家居，取其父平生所自爱诗十首，写之缣素，号《十咏图》。时人以维兼得富、贵、寿考，又雅好诗歌，传为佳话。陈振孙跋《十咏图》据孙序推出：张维生于后周世宗显德三年（956），卒于宋仁宗庆历六年（1046）；英宗治平元年（1064）张先取其父诗写成《十咏图》；神宗熙宁五年（1072），时为吴兴守的孙觉为之序。

　　另一张维，为南宋人。朱熹《晦庵集》卷九三《右（当作左）司张公墓志铭》志其生平云：维，字仲钦，南剑州剑浦人。中绍兴八年进士，调贺州司理参军。历漳州龙溪丞，知福州闽县，受辟通判建康府事，擢为广南西路提点刑狱。未满岁，就除直秘阁、知静江府，主管经略安抚司公事。……终尚书左司郎中。年七十致仕，淳熙八年（1181）六月卒。著有《盘涧集》。

　　张仲钦维能诗，与张孝祥交游唱和。《于湖居士文集》多有诗文记其事。卷一四《棠阴阁记》云："前年余为建康，仲钦适通判府事，当涂阙守，余檄仲钦摄焉。居数月，余罢建康，仲钦亦代去。去年余来桂林，仲钦提点广西狱事。"卷七《张仲钦朝阳亭·次韵》（目录题作《静江朝阳岩赓建康韵》）诗序云："明年，余为桂州，仲钦以常参官十六人荐，为广西提点刑狱公事。又明年，余罢去，仲钦直秘阁，实代余。"考《宋史》卷三八九《张孝祥传》及吴廷燮《南宋制抚年表》，孝祥除直学士院，俄兼领建康留守，时在隆兴二年（1164），乾道元年移知静江府兼广南西路经略安抚使，二年罢去，张仲钦维代之。二人交游在其时，《于湖居士文集》存涉张仲钦诗十余首。《全宋诗》卷二〇〇录张仲钦维诗三首，均为涉孝祥或与其唱和之作。《留守舍人张公安国闻维筑亭为题其榜曰朝阳既去而亭成复为赋诗次韵》作于通判建康时，安国为孝祥字。孝祥原诗《张仲钦朝阳亭》，见《于湖居士文集》卷七，题注："亭在建康。"《题张公洞》录自明张鸣凤《桂胜》卷三，该书同卷有张维《张公洞记》，记乾道元年维为按刑，与使君张孝祥寻幽得此洞,孝祥去任后,维继任,于洞前建亭,题其洞曰"张公洞",以表"治中从事人心之去思"意。《次韵同经略舍人登七星山》录自清谢启昆《粤西金石略》,又见《桂胜》卷二,知亦作于桂州。孝祥原诗《登七星山呈仲钦》,见《于湖居士文集》卷一一。其事与仲钦、孝祥行迹合,而与"躬耕以为养……浮游闾里"(孙觉《十咏图序》)的吴兴张维相去甚远,是三诗为南宋张维作甚明。《全宋诗》将后二首重收作北宋张维诗,误。

《全宋诗》卷七三北宋张维诗中,还有《和刘颖》七律一首。刘颖,南宋绍兴、嘉定间人,《宋史》卷四〇四有传,叶适《水心集》卷二〇有《刘公(颖)墓志铭》。《全宋诗》卷二五一〇据《宋诗拾遗》卷一五辑刘颖《西湖再开呈张经略》七律一首。此诗又见《桂胜》卷三,并收张维和诗一首,同用"兵、名、生、荣"韵。《桂胜》卷三鲍同《复西湖记》云:"桂林西湖,今经略使徽猷张公所复也。"同卷张维《开潜洞记》谓"乾道四年春正月浚西湖",知刘诗中的张经略,即乾道二年后知静江府、主管经略安抚司公事的张仲钦维。是《和刘颖》为南宋张维作,《全宋诗》不收作南宋张维诗,而收入北宋张维诗中,误。

混淆二张维及其诗,前此已有。旧题宋陈思编、元陈世隆补《两宋名贤小集》卷二九录张维《鱼乐轩吟稿》,小传谓"张维字仲钦,延平人。隆兴中通判建康府事,乾道中广西经略安抚使",显指南宋张仲钦维;而所录其诗十二首,除应归属南宋张维的《西湖再开和刘颖韵》《题张公洞》《登七星山》外,又有北宋张维《十咏图》中的九首,造成小集名似北宋张维、小传为南宋张维、诗混二张维的情况。

《景文集》中的中山公

宋祁《景文集》卷二一《哭中山公三十韵》题注:"中山公即陈元佐。"《全宋诗》卷二二〇收此诗照录原注。今按:原注误,中山公指刘筠。

宋祁诗文屡言及刘筠，称中山公，其《景文集》卷五九《文宪章公（得象）墓志铭》云："虢略杨亿以雄浑奥衍革五代之弊，公与中山刘筠、颍川陈越推而肆之，故天下靡然变风。"见于祁诗的，有《景文集》卷一三《闻中山公沘上家园新成秘奉阁辄抒拙诗寄献》（《全宋诗》卷二一二第 2443 页）、卷一六《中山公损疾二首》（《全宋诗》卷二一五第 2474 页）、《景文集拾遗》卷三《中山公镇沘上》（《全宋诗》卷二二四第 2596 页）等。这些诗屡有自注，谓"公两镇沘上""祥符大记，公入西掖""罢内制镇沘上""罢宪司，出镇颍上""复入北门承旨""复沘上"，与《宋史·刘筠传》载刘筠仕历"迁左司谏、知制诰……以右谏议大夫知庐州。……拜御史中丞……知颍州。召还，复知贡举，进翰林学士承旨兼龙图阁直学士……再知庐州"（庐州，治合肥县，县有沘水，故称沘上；颍州，境有颍水，故颍上代指颍州。见王存《元丰九域志》卷五、一）相符；《闻中山公沘上家园新成秘奉阁》题及句中自注："公尝削奏于上求飞白题榜，俄蒙允赐。"史传及《续资治通鉴长编》载其事。《长编》卷一〇六云：天圣六年八月戊寅，翰林学士承旨兼龙图阁学士刘筠，以龙图阁学士知庐州，"筠前尝知庐州，爱其土，遂筑室城中，驾阁藏前后所赐书，上为飞白书曰'真宗圣文秘奉之阁'。及再至，即营冢墓，作棺，自为铭刻之。后三岁，竟卒于书阁"，叙其事原委甚详。

《哭》诗句中有自注云："始永定祥符暨今上天圣，凡三典贡部。"据《宋史》卷三〇五本传及《续资治通鉴长编》卷八四、一〇二、一〇五，刘筠于大中祥符八年，天圣二年、五年，三知贡举。《文献通考·选举考》载："仁宗天圣二年，赐举人宋祁、叶清臣、郑戬以下及诸科凡四百八十余人及第出身有差。"知刘筠于宋祁为座主，宋祁于刘筠为门生。祁有《送胡宿同年主合肥簿》（《景文集》卷一七；《全宋诗》卷二一六第 2495 页）"铃斋坐镇儒林丈，密启行闻达上方"，自注："君本出中山门下,今复在部中。"又有《刘立德同年赴滁州幕》(《景文集拾遗》卷三;《全宋诗》卷二二四第 2598 页)"幕中仍是红莲客,门下今为玉笋生"句自注:"君再擢第,即今中山公门下。"知胡宿、刘立德与宋祁同年登第,胡为合肥主簿、刘佐合肥幕时,座主刘筠正守庐州。

宋代其他史料中,称刘筠为刘中山者亦屡见,如《蔡宽夫诗话》云:"祥符、天禧之间,杨文公、刘中山、钱思公专喜李义山,故昆体之作,翕然一变。"严羽《沧浪诗话·诗辩》云:"杨文公、刘中山学李商隐。"魏了翁《鹤山集》卷六三《跋杨文公真迹》云:"刘中山与公齐名,其出处大致亦近之。"宋敏求《春明退朝录》卷下云:"徐坚等讨集故事,兼前世文辞,撰《初学记》。刘中山公子仪爱其书,曰:'非止初学,可为终身记。'"晁公武《郡斋读书志》载录:"刘中山《刀笔》三卷,右皇朝刘筠字子仪。"

称刘姓为中山人,其来有自。《三国志·蜀书·先主传》:"先主姓刘,讳备,字玄德,涿郡涿县人,汉景帝子中山靖王胜之后也。"后世刘氏自称中山便屡见,如《刘禹锡集》卷三九《子刘子自传》云:"子刘子,名禹锡,字梦得。其先汉景帝贾夫人子胜,封中山王,谥曰靖,子孙因封为中山人也。"故韩愈《柳子厚墓志铭》有"中山刘梦得禹锡亦在遣中"语。宋人多称刘筠为刘中山,门生宋祁尊称刘筠为中山公,就是很自然的了。

回头看原注之陈元佐,宋史料未见有其人,当为陈尧佐之误。《景文集》卷一〇《遣吏视诸公茔树回有感》其四《文惠陈丞相》(《全宋诗》卷二〇九第 2395 页),为怀吊陈尧佐而作。尧佐于大中祥符、天禧年间及明道、景祐年间,即在刘筠两知庐州前后,亦曾两知庐州;然与三典贡举、构阁藏先帝赐书今上为题榜等事不符。知以宋集之中山公刘筠一误作陈尧佐,出自原注;再误作陈元佐,为后人转刻传抄所致。

《晦庵集》中的王无功

《全宋诗》卷一六七八第 18806 页收王阆《在京思故园见乡人问》诗一首,录自朱熹《晦庵集》卷四《答王无功在京思故园见乡人问》题注引。然题注只附王无功原诗,并未云王无功即王阆。谓王无功即王阆,出《宋诗拾遗》。《全宋诗》按略谓"此诗亦见唐王绩《东皋子集》,《全唐诗》亦收入王绩诗。《宋诗拾遗》收作王阆诗。而诗的最早出处实为《晦庵集》。今见《东皋子集》为明人所辑,其可靠性亦在疑似之间,故仍收作王阆诗"。今按:此诗本属唐王绩,向无异议,今读此按,使其归属蒙上疑云,兹辩证于次:一、两《唐书·王绩传》及《全唐文》卷一三五杜淹《文中子世家》载:王绩字无功,绛州龙门人。兄通,隋大业中名儒,号文中子。通二子:长曰福郊,少曰福畤。与王无功《在京思故园见乡人问》诗"衰宗多弟侄"语合;二、朱熹《答王无功在京思故园见乡人问》诗托王无功乡人口云:"我从铜川来,见子上京客",劝慰无功"归哉且五斗,饷子东皋耕"。铜川,隋置,寻废,故治在今山西忻县西,而宋无铜川。《文中子世家》叙王通先世自先汉霸至安康献公云:"安康献公生铜川府君,讳隆,字伯高,文中子之父也。……府君出为昌乐令,迁猗氏、铜川……秩满退归,遂不仕。"史传云"(绩)尝躬耕于东皋,故时人号东皋子",与《答》诗语合。与之相反,宋王阆,明州慈溪(今属浙江)人,家世不明,与《问》《答》诗相去甚远;三、《在京思故园见乡人问》诗不仅见于经中唐陆淳删削的《东皋子集》三卷中,也收入王绩友人吕才编定的《王无功集》五卷本中,此本虽久湮泯,而近已被发现并刊行(韩理洲点校,上海古籍出版社 1987 年),明此诗最早出处并非朱熹《晦庵集》。总之,《在京思故园见乡人问》作者为唐王绩,不当别生枝蔓。

《全宋诗》中的赵希昼、释妙喜

　　《全宋诗》卷二八○五第 33338 页赵希昼,小传云:"赵希昼,据《宋史·宗室世系》排行,为太祖九世孙。今录诗二首。"检《宋史》并无赵希昼其人。所录其诗二首,《寄广南转运陈学士》为释希昼诗,题作《怀广南转运陈学士状元》(卷一二五第 1441 页),字句全同;《寄潮州于公九流》与卷九七第 1091 页陈尧佐同题诗重出,字句全同。卷一○九第 1252 页于九流有《和陈倅游西湖》。于九流,咸平初知潮州;陈倅,陈尧佐,时通判潮州,知《寄》诗为陈作。赵,当为释希昼俗姓。又:《全宋诗》卷九七第 1091 页陈尧佐《寄书上人》,"书"当为"昼"之讹。昼上人即释希昼,宋初诗僧,与惠崇、保暹等合称"九僧"。卷一二五录其诗十九首,中有《寄寿春使君陈学士》,尧佐于真宗咸平中自通判潮州"召还,直史馆,知寿州"(《宋史》卷二八四本传),知希昼此诗即为寄陈尧佐作。陈《寄书上人》引自《诗渊》第一册第 671 页,检该书,实作"书",未云所据,当为误书。

　　《全宋诗》卷一四二九第 16475 页释妙喜、卷一七二○第 19363页释宗杲为一人。释宗杲,号大慧,谥普觉,俗姓奚,宣州人。绍兴中先后住临安径山明月庵。《咸淳临安志》卷七○、《嘉泰普灯录》卷一五、《五灯会元》卷一九、明如惺《明高僧传》卷五有传,宋释祖咏有《大慧普觉禅师年谱》。如惺《临安府径山沙门释宗杲传》载云:"释宗杲,号大慧。因居妙喜庵,又称妙喜。"祖咏《大慧普觉禅师年谱》载丞相张德远,"见师一言而契,下榻朝夕与语,号之曰妙喜,字之曰昙晦"。宗杲尝以偈献高宗,"上甚嘉纳焉。寻复请为众说法,亲书'妙喜庵'三字"。韩驹有诗送(《全宋诗》卷一四四二),张孝祥《于湖居士文集》卷三七有尺牍,皆称之"妙喜"。宗杲自称妙喜,《年谱》中亦屡见。可证释妙喜、释宗杲实为一人。《全宋诗》

卷一四二九第 16476 页录妙喜诗偈四首,均重见于释宗杲诗卷,仅标题有异而已。

原载《中国韵文学刊》2007 年第 1 期

宋集小考（续）

《西昆酬唱集》与唱作者之一"刘秉"为"张秉"

《西昆酬唱集》卷下《清风》和者第六人、《戊申年七夕五绝》和者第四人，明嘉靖刊本题名"秉"，佚其姓氏和官称，清康熙戊子朱俊升刻本臆作"刘秉"，其后各本皆沿朱本。今按：刘秉当是张秉。秉（961—1016），字孟节，太平兴国五年（980）进士，官至礼部侍郎，枢密直学士。《新安文献志》卷九四上、《宋史》卷三〇一有传。秉善诗，淳化中，知郑州，二年九月，王禹偁赴商州贬所过境，访于逆旅，作联句诗抒怀（《小畜集》卷八）。咸平四年，杨亿有诗和张秉，《武夷新集》卷二《坐中朱博士言：今荆南张谏议典襄阳日尝留意一妓，公颇畏内，终不得近，及移郡荆渚泣别邮亭乃为歌词流布巴邨，予感其事赓而成诗》中之荆南张谏议、卷七《诸公寄题建州浦城县清河张君所居池亭诗序》中的"安定大谏"，均指张秉。张秉还是参与西昆酬唱的作者之一。《清风》诗首倡者晁迥五世孙晁说之，宣和五年知成州军事时，尝以《清风诗十韵七首》刻石，作《清风轩记》记其事，谓其祖尝倡作《清风十韵》，"属而和者六人"中，第六人为"张密学"，刻诗各署姓名、官称，有"左谏议大夫张秉"（《景迂生集》卷一六）。据史传，秉于真宗咸平至大中祥符间，先后"除左谏议大夫"，"加枢密直学士"，知晁说之时传本《西昆酬唱集》中保留着张秉原名，当是以后在辗转传抄过程中，佚其姓氏，至清，朱氏妄推为刘秉。王仲犖《西昆酬唱集注》附录《刘秉疑是张秉说》，只据史传考谓"秉诗六首，作于大中祥符元年，时秉官给事中……秉太宗世，擢进士甲科，史称其属词敏速，盖亦能文之士，故与杨刘相倡和也"，故只能"疑"是张秉。今证之以晁《记》及石刻诗，王先生《说》之"疑"是可得以消释了。

苏轼《百步洪》诗写作年月

苏轼名作《百步洪二首》（《苏轼诗集》卷一七），为历代诗坛推重，洪迈《容斋三笔》卷六谓其"用譬喻处，重复联贯，至有七八转者"，查慎行《初白庵诗评》卷中称其"联用比拟，局阵开拓，古未有此法，自先生创之"。然关于此诗写作时间，尚有模糊之处。冯应榴《苏文忠诗合注》引《乌台诗案》云："熙宁十年，知徐州日，观百步洪，作诗一篇。有本州教授舒焕和诗云……当即所云同赋也。"孔凡礼先于《苏轼诗集》此诗后录冯注；继于《苏轼年谱》卷一七元丰元年"十二月十二日，致简秦观，托道潜转致"条提及该诗序，而不系录该诗，致此诗写作时间尚在疑似之间。

今按：百步洪，在徐州城东南二里，苏轼于熙宁十年五月到知徐州任，元丰二年二月移知湖州，其间，两次游百步洪，均有诗。一为《次韵子由与颜长道游百步洪，相地筑亭种柳》（《苏轼诗集》卷一五），苏辙原诗《陪子瞻游百步洪》，见《栾城集》卷七。熙宁十年四月，苏轼赴徐州任，时辙受南京留守张方平辟为签书应天府判官，与轼同行至徐州，中秋次日，始离徐赴南都，其间，与颜长道（名复，时令彭城）游百步洪，《陪子瞻游百步洪》为此游作。一为《百步洪二首》，叙云："王定国访余于彭城。一日，棹小舟，与颜长道携盼、英、卿三子游泗水，北上圣女山，南下百步洪，吹笛饮酒，乘月而归。余时以事不得往，夜着羽衣，伫立于黄楼上，相视而笑，以为李太白死，世间无此乐三百余年矣。定国既去逾月，复与参寥师放舟洪下，追怀曩游，已为陈迹，喟然而叹。故作二诗，一以遗参寥，一以寄定国，且示颜长道、舒尧文，邀同赋。"此叙言及两次游百步洪，一为王巩与颜长道携妓游乐，一为王巩去后，苏轼与释道潜（参寥子）游，苏轼作诗。王巩，字定国，张方平婿，时在南都。《苏轼文集》卷一〇《王定国诗集叙》："又念昔日定国过余于彭城，留十日，往返作诗几百余篇。"《栾城集》卷八《送王巩之徐州》有"高秋远行迈""黄楼适已成"语。《苏轼文集》卷六六《书子由〈黄楼赋〉后》云"元丰元年八月癸丑（十二日），楼成。九月庚辰（九日），大合乐以落之"，十五年后，轼有诗忆其事，诗题云："在彭城日，与定国为九日黄楼之会。今复以是日，相遇于宋。凡十五年，忧乐出处，有不可胜言者。"知巩自南都游彭城在元丰元年重九前后，《百步洪二首》作于"定国既去逾月"，则为本年十月。《苏轼诗集》将上述冯应榴注置于《百步洪二首》下，与熙宁十年《次韵子由游百步洪》诗相混，误。

张舜民《郴行录》记时

张舜民为北宋中后期著名诗人，字芸叟，《宋史》卷三四七有传，著有《画墁集》一百卷。舜民尝因事谪监郴州酒税，赴贬所途中作《郴行录》纪行，今存《画墁集》卷七、八。该文上承李翱《来南录》、欧阳修《于役志》，下启陆游《入蜀记》，沿途朋会揽胜说诗，同为纪行名篇。观全文均以干支纪日，未明署年、月。兹略考于下：

《东都事略》卷九四《张舜民传》："元丰中，朝廷方讨西夏，五路出兵，环庆帅高遵裕辟掌机宜文字，遵裕败，谪监郴州酒税。"知事在元丰中。《续资治通鉴长编》卷三三〇载：元丰五年十月庚午（二十三日），"降授承务郎、新监邕州盐米仓张舜民监郴州茶盐酒税"，是为命下之日。其赴郴时日，《郴行录》纪云："戊子……是夕中秋。

《八月十五日夜清溪舟次》诗云：'清溪水底月团圆，因见中秋忆去年。旱海五更霜透甲，郴州万里桂随船。昔看故国光常满，今望天涯势似偏。只恐姮娥应笑我，还将只影对婵娟。'"检陈垣《二十史朔闰表》：元丰六年，岁次癸亥。八月甲戌朔，十五日戊子，与《录》记次日"己丑，与沈辽饮于齐山，观理浮桥，谒余为《齐山桥铭》……元丰癸亥仲秋，沈辽施桥，张舜民为之铭曰……"合。又《画墁集》卷四有《元丰癸亥秋季赴官郴岭，舣舟樊口……》诗，即《郴行录》"丙寅，招苏子瞻游武昌樊山……移舟离黄州，泊对岸樊溪口"事，凡此，均可证其赴郴在元丰六年，中秋过池州齐山。再循此逆、顺推检，可考知舜民此行日程：五月"丁丑（二日），拜双庙"于宋州睢阳；六月"辛亥（七日）见徐积"于山阳；闰六月过扬州；七月"庚戌（七日），晚次江宁府"；八月"癸未（十日），入池州溪口"，十五、十六日，会沈辽于州南之齐山；九月"壬戌（二十日），早次黄州"，会苏轼于雪堂，同游武昌樊山，时"子瞻坐诗狱谪此已数年"；十月"丙戌（十四日），次岳州。……辛卯（十九日），登岳阳楼"；十一月"甲子（二十三日），发潭州"；十二月"丁丑（七日），朝谒岳祠"；十二月戊子（十八日），尚在衡阳，其抵郴当在年末。

由此可见，《郴行录》的干支纪日，大体上是准确可信的。《清波杂志校注》卷四《张芸叟迁谪》，以为"己丑立秋""系元丰五年七月十日"，"癸酉十月朔"虽合元丰六年历，然计日"可怪"，进而疑今本《郴行录》"乃后人掇拾舜民《南迁录》遗文而妄题甲子且予增窜者"。其实，《校注》实未注意到元丰六年有闰六月，乙亥朔（检陈垣《二十史朔闰表》可见），"己丑立秋"为元丰六年闰六月十五日，是日立秋。"癸酉十月朔"一段则为错简，该段所记武口、青山矶，皆舟过黄州将达武昌黄鹤、白云之境况，当移前，置于"丁卯，会食李令，射于县圃""丙子，群会登石城"两段之间。看来，今本《郴行录》文字虽偶有错乱、残缺处，然还不能因疑而遽断为系后人"妄题甲子"者。李之亮

《张舜民诗集校笺》附《张舜民行事》系舜民郴行于元丰五年，亦误。

刘攽、孔武仲诗中的"三舍人"

元祐二年，刘攽（贡父、叔贡）、苏辙（子由）、曾肇（子开）、孔武仲（常父）同官中书舍人，以诗唱酬，朝官参与者甚众。诗中屡言及"三舍人"，而史料对三舍人所指颇有歧异，兹考证之。

唱和诗可分两组。苏颂《苏魏公文集》卷一二有《三月十七日三舍人宴集西省，刘叔贡作诗贻坐客，席上走笔和呈》《重次前韵，奉酬子由、子开、叔贡三舍人二首》，共十三首；陆佃《陶山集》卷二有《依韵和呈刘贡父舍人三首》《用前韵呈苏子容尚书》；苏辙《栾城集》卷一五有《次韵刘贡父省上示同会二首》；《苏轼诗集》卷二八有《次韵刘贡父省上》二首。知此次为刘攽首唱，苏辙、曾肇酬和，传开后，苏颂（子容）、苏轼（子瞻）、陆佃（农师）、胡宗愈（完夫）、邓忠臣（圣求）相继次韵。今刘攽原唱及胡、邓酬和诗均佚。

另一组为孔武仲首唱，《清江三孔集》卷六有武仲《三舍人题名于后省，皆赋诗，因寄呈刘贡父》，和之者有刘攽《次韵孔常父》（《彭城集》卷七）、苏辙《次韵孔武仲三舍人省上》（《栾城集》卷一五）、苏轼《次韵三舍人省上》（《苏轼诗集》卷二八）。又据孔武仲《曾子开示诗再用前韵》，知曾肇亦有和作，但佚。轼诗题下自注："三月二十九日作，明日驾幸景灵宫。"

两组诗均称"三舍人"，苏颂诗指明为苏辙、曾肇、刘攽；苏轼《次韵三舍人省上》"却见三贤起江右"句自注"曾子开、刘贡父、孔经父，皆江西人"；王文诰《苏诗总案》以为曾子开、刘贡父、孔常父；孔凡礼《苏轼年谱》《苏辙年谱》以为曾肇、刘攽、苏辙。今按：上述两组诗虽同为咏三舍人事，但时间前为三月十七日，后为三月二十九日；前用上平声齐韵，后用上声有韵转下平声阳韵；前为刘攽原唱，后为孔武仲原唱；前为宴集西省，后为题名后省。视其时有先后，用韵不同，原唱有异，事由非一，则三舍人所指亦未必尽同。《宋史·职官志一》：中书省，"舍人四人，旧六人。掌行命令为制词，分治六房，随房当制……元祐元年，诏舍人各签诸房文字，其命词则轮日分草"。据史传，时中书舍人为曾肇、刘攽、苏辙、孔武仲。上诗所云三舍人，为轮流当值三舍人，据苏颂诗，三月十七日为苏辙、曾肇、刘攽无疑；三月二十九日当值三舍人，其中曾肇、刘攽无疑，另一人似当为孔武仲。盖苏轼自注"曾子开、刘贡父、孔经父，皆江西人"，"经父"为"常父"之误；"皆江西人"，不当再误，更不至于将弟辙称作江西人，故王文诰案是。

"三舍人"之称，前此多有。白居易《初除主客郎中知制诰与王十一、李七、元九三舍人中书同宿话旧感怀》（《白氏长庆集》卷一九），作于长庆元年，三舍人指王起、李宗闵、元稹。王禹偁《贺三舍人新入西掖》（《小畜集》卷八），指吕祐之、钱若水、王旦。梅尧臣诗谓《韩子华、吴长文、石昌言三舍人见访》（《宛陵集》卷五四）。名最盛者，为封还除李定御史词命的宋敏求、苏颂、李大临，世称"熙宁三舍人"（《宋史》卷三三一《李大临传》）。及至元祐初，诸舍人及同僚以居此职为荣，反复以诗唱和，可谓盛况空前。时官吏部尚书兼侍读、充实录院修撰的苏颂，名在"熙宁三舍人"之列，引以为自豪，尤为属意。

张耒《送秦观从苏杭州为学序》为送秦觏作

《张耒集》卷四八《送秦观从苏杭州为学序》："秦子善文章而工于诗，其言清丽刻深，三反九复，一章乃成，大抵悲愁凄婉，郁塞无聊者之言也。……子方从眉山公，其以予言质之而归告予也。"诗题"观"字误，盖苏轼守杭时，觏正为蔡州教授；熙宁间，轼判杭州时，觏

虽从其游、学，然轼时为通判，不当称之"苏杭州"。观，当作觏。觏，
字少章，观之弟。《山谷内集诗注》卷一一《送少章从翰林苏公余杭》
和《后山居士文集》卷一《送秦觏二首》，任渊注均系于元祐四年，据
施宿《东坡先生年谱》：是岁三月，苏轼除龙图阁学士知杭州，四月出
京，七月至杭，"时秦少游之弟觏少章，从先生学于杭"。知末《序》为
送秦觏作无疑。

陈舜俞等生卒

　　比读《全宋诗》《全宋文》作者小传，生卒或有异、缺处，兹就其中
数人略为辩证、补考如下。

　　陈舜俞，字令举，北宋中期著名诗人，有《都官集》。《全宋诗》卷
四〇二小传作？—1075 年，《全宋文》卷一五三四作 1026—1076 年。
今按：《都官集》卷一二《枫桥诗》云："二十送上乡老书，白发堂上欢
愉愉。……明年偶中崇政第，赤城山下欣迎扶。"《都官集》附陈杞
《原跋》载舜俞"以庆历六年贾（黯）榜登进士第"，时年二十一，推知
其生于仁宗天圣四年。其卒，《宋史》卷三三一本传云"熙宁三年，以
屯田员外郎知山阴县……青苗法行，舜俞不奉令，上疏自劾……奏
上，责监南康军盐酒税，五年而卒"，似卒于熙宁八年。然释契嵩《镡
津集》附陈舜俞《镡津明教大师行业记》末署"熙宁八年十二月十五
日记，尚书屯田员外郎陈舜俞撰"，又似不当遽没于该年。检《苏轼文
集》卷六三《祭陈令举文》："予与令举别二年而令举没。"其与令举
别，指自杭州赴密州任，与舜俞相别，即卷七一《书游垂虹亭》所记熙
宁七年九月"吾昔自杭移高密，与杨元素同舟，而陈令举、张子野皆从
吾过李公择于湖，遂与刘孝叔俱至松江"事。《苏轼诗集》卷二四《王
中甫哀辞》叙记"仁宗朝以制策登科者十五人"中有王中甫、钱子飞、
吴长文、陈令举及苏轼、苏辙兄弟，"其后十有五年，哭中甫于密州，作

诗弔之，则子飞、长文、令举殁矣。又八年，轼自黄州量移汝海"。轼、辙于嘉祐六年（1061）制科入等；元丰七年轼自黄州量移汝州，则轼中科第后十五年、自黄移汝前八年，均为熙宁九年，是舜俞卒于熙宁九年（1076）无疑。

冯山，字允南，北宋中期诗人，有《安岳集》三十卷。《安岳集》卷首附刘光祖《原序》谓其"卒于绍圣元年"，无异说。其生年，《全宋诗》卷七三四小传存疑，《全宋文》卷一七〇八小传作1031年。今按：《安岳集》卷一〇《丁卯除夜》诗云："明朝五十八，消息近休官。"元祐二年（1087）岁次丁卯，明年五十八，知其生为天圣九年。《全宋文》是。

黄履，字安中，邵武人。其生卒，《全宋诗》卷六二七缺，《全宋文》卷一七九〇作1034—1101年。今按：《续资治通鉴长编》卷五〇六：元符二年甲戌，"是日，尚书右丞黄履乞罢政……（曾）布又言：履虽长于臣两岁，然极清健，无可去之理"。据《宋史》卷四七一《曾布传》"大观元年，卒于润州，年七十二"语，知曾布生于景祐三年（1036），亦知黄履生于景祐元年。《宋史》卷三二八《黄履传》："徽宗立，召为资政殿学士兼侍读……未逾年……提举中太一宫，卒。"《宋会要辑稿》礼四一之四六：建中靖国元年十月"资政殿大学士提举中太一宫兼集禧观公事黄履"，知其卒于是年（1101）十月。

林希，字子中，能诗善书，与苏轼、米芾等交游、唱和。郭祥正《青山集》卷二二《赠子中修撰》："试问行年俱乙亥。"同书卷二〇《癸酉除夜呈邻舍刘秀才》云："六十明朝是。"知祥正生于岁次乙亥的景祐二年（1035），林希亦同年生。《东都事略》卷九七、《宋史》卷三四三《林希传》载希"卒，年六十七"，知为建中靖国元年（1101）。《全宋诗》卷七四八录林希诗，小传缺生卒；《全宋文》卷一八一一希小传生卒1035—1101年，是。

孔平仲，字毅父，临江军新淦人，与兄文仲、武仲俱有名于时，号

"三孔"。《全宋诗》卷九二三、《全宋文》卷二二七二小传未具生卒。今按:李春梅《三孔事迹编年》庆历四年(1044)引《临江西江孔氏族谱》谓"平仲生于是年乙亥月己亥日丙寅时",可信。《宋史》卷三四四本传:"徽宗立,复朝散大夫,召为户部、金部郎中,出提举永兴路刑狱,帅鄜延、环庆。党论再起,罢,主管兖州景灵宫,卒。"党论再起,指崇宁元年(1102)五月诏贬元祐党人已故者司马光等官,在世者苏辙等"不得与在京差遣",九月立党人碑于端礼门(《续资治通鉴》卷八七及《宋史纪事本末》卷四九)。《清江三孔集》卷二九孔平仲《谢宫观表》有"备员关外,况洙泗乃先祖之乡"语,明为"主管兖州景灵宫"。九月,立党人碑,时平仲已卒,是知平仲卒于本年五至九月之间。

　　李之仪,字端叔,自号姑溪居士,擅诗词,与苏轼交往甚密,相与唱和,有《姑溪居士集前集》五十卷、《后集》二十卷。其生卒,《全宋诗》卷九五〇小传未具;《全宋文》卷二四〇九小传未具生年,谓"卒于重和元年以后,年八十余"。今按:其《姑溪居士集后集》卷三《寄耀州毕九》云:"我初与子未束发,长我一岁今皆翁。"耀州毕九,毕仲游,《永乐大典》卷二〇二〇五陈恬撰《西台毕仲游墓志铭并序》:"改秘阁校理、知虢州,未行,改耀州","宣和三年七月二十八日以疾卒于西京,享年七十五"。推知仲游生于庆历七年,亦知之仪生于庆历八年(1048)。周紫芝《太仓稊米集》卷五一《姑溪三昧序》载"政和四年秋七月,始见公于姑孰……后三年而公亡",似卒于政和七年。然《姑溪居士集前集》卷三五《祥瑛上人字序》自署"戊戌三月六日姑溪老农书",政和八年、重和元年(1118),岁次戊戌,则其卒在是岁,享年七十一,或卒于稍后。

原载《中国韵文学刊》2018年第2期

后　记

　　余长期从事中国古典文学教学与研究,主教唐宋文学,教学、工作中,坚持教书与育人并重,教学与科研结合,以科研促进教学。《论集》便是从近四十年执教中发表的六十余篇论文中精选,共三十篇。大体上可分几个部分:一是有选择地对唐宋部分作家生平行事作考证;二是对唐宋部分作家作品的评析;三是对唐宋某个历史阶段文学特征特质的评论;四是关于唐宋文学发展进程中文体兴革的阐述;五是关于唐宋一些作家在文学发展进程中历史地位的评价。尤着力于新说的阐发和对旧说偏差的修正。如对中唐传记文学、中晚唐怀旧诗作特质、价值的述评,对杜甫、韩愈、张籍、李商隐、梅尧臣、秦观、苏轼、范成大诸家以及对唐集、宋集的考评、着墨尤多。这些论文全都分别在国家级或省级学术刊物上发表,大多在唐(宋)代文学学术会议上宣读,多篇由人大复印报刊资料转载。

　　由于论文发表的时间跨度大,在不同的学术刊物上发表,行文、表述、注解方式,多有差异,此次出版需要规范、统一,幸得中华书局学术著作编辑室罗华彤先生审处;责任编辑余瑾女士,大自谋篇布局,细至脱字、误字、引文校正,一一提出"修改意见",对提高《论集》的质量,起到难以估量的作用;王友胜教授代为撰写序言,褒奖溢美,语重心长,在此一并致以深深的谢忱。

　　至此,对出版一本有总结性、有代表性、有较高质量的论文集的期望,已说得足够了,俚谚有云"家有敝帚,享之千金",杨亿对其著

《武夷新集》也有"雕篆之文，窃怀敝帚之爱"的期许，书此以代余言，并期同行专家、读者有以赐教、指正。

　　　　　　　李一飞于湖南科技大学北校区东苑半坡庐

　　　　　　　　2020 年 6 月 5 日芒种节